楚辞选

[战国] 屈原等 ◎ 著

霍振国 ◎ 译注

江苏人民出版社

图书在版编目（CIP）数据

楚辞选 /（战国）屈原等著；霍振国译注 . — 南京：
江苏人民出版社 , 2023.5
ISBN 978-7-214-26986-7

Ⅰ . ①楚… Ⅱ . ①屈… ②霍… Ⅲ . ①古典诗歌—诗
集—中国—战国时代 Ⅳ . ① I222.3

中国版本图书馆 CIP 数据核字 (2022) 第 010038 号

书　　　名	楚辞选
著　　　者	[战国]屈原等
译　　　注	霍振国
责 任 编 辑	胡海弘
装 帧 设 计	凤凰含章
出 版 发 行	江苏人民出版社
地　　　址	南京市湖南路 1 号 A 楼，邮编：210009
印　　　刷	文畅阁印刷有限公司
开　　　本	710 mm × 1 000 mm　1/16
印　　　张	19.5
插　　　页	4
字　　　数	404 000
版　　　次	2023 年 5 月第 1 版
印　　　次	2023 年 5 月第 1 次印刷
标 准 书 号	ISBN 978-7-214-26986-7
定　　　价	45.00 元

（江苏人民出版社图书凡印装错误可向承印厂调换）

　　"楚辞"最基本的含义，是指战国时代产生于南方楚地的一种新的诗体；同时，指楚国诗人屈原和后来其他诗人用这种诗体写的一些诗；后来，刘向把这些诗选辑成集并命名为《楚辞》。

　　作为一种诗歌体式，楚辞源于"楚声""楚歌"。楚国的民歌很早就出现了楚辞这种体裁，只是没有像北方的民歌那样被人们较早地搜集整理成书而已。远在周代，《诗经》中的《周南》《召南》都是江汉流域的歌曲，都产生在楚地。《周南》之《汉广》《螽斯》，《召南》之《摽有梅》，句尾或用"思"字，或用"兮"字，和后来的楚辞的句式很接近。

　　在春秋时代，乐歌已有"北风""南风"之称，而楚国的音乐和民歌被称为"南风"或"南音"。据《吕氏春秋·音初》记载，涂山氏之女等候禹于涂山之阳，作歌曰："候人兮猗！"这便是南音的起源。《左传·成公九年》记载，楚人钟仪在晋鼓琴而操"南音"，被誉为"乐操土风，不忘旧也"。《左传·襄公十八年》记载，晋人闻有楚师，师旷曰："不害。吾骤歌北风，又歌南风。南风不竞，多死声，楚必无功。""南风"即南方的曲调。师旷说，南方的曲调不强，象征死亡的声音很多。其实，"死声"也就是"巫音"。"巫音"，即巫的乐舞。《吕氏春秋·侈乐》说："楚之衰也，作为巫音。"这是说，楚政衰败之时，巫音在楚国宫廷上下风靡。在巫风不盛的诸夏看来，巫音是不登大雅之堂的。楚国巫风盛行，民间祭祀时，必使巫觋"作歌乐鼓舞以乐诸神"，充满了原始的宗教气氛。"楚辞"就是这种带有巫音色彩的诗歌。

　　屈原以前的楚地民歌，有公元前六世纪中叶楚国著名的《越人歌》："今夕何夕兮，搴舟中流？今日何日兮，得与王子同舟？蒙羞被好兮，不訾诟耻。心几烦而不绝兮，得知王子。山有木兮木有枝。心悦君兮君不知！"（见刘向《说苑·善说》）稍后几十年，又出现了《孺子歌》："沧浪之水清兮，可以濯我缨。沧浪之水浊兮，可以濯我足。"（见《孟子·离娄上》）这两首诗歌都使用语

1

气词"兮"，与后来的楚辞的基本形式相同，乃是楚辞的先导。此外，这种楚歌还有徐地的"带剑"咏（见《新序·节士》），吴地的"庚癸"谣（见《左传·哀公十三年》），楚地的"接舆"讴（见《论语·微子》）等。

战国时，楚国地方音乐已极为发达，其乐曲就有《涉江》《朱菱》《劳商》《薤露》《阳春》《白雪》等。楚辞里不少诗篇都有"乱"辞，有"倡""少歌"，这些都是乐曲的组成部分。《楚辞》中保存这些乐曲的形式，就说明它的产生同音乐有关。

楚辞的直接渊源应该是以《九歌》为代表的楚地民歌。《九歌》本来是古代楚国广泛流传的民间祭歌，经过屈原的修润、加工，正式形成楚辞。可见，楚辞是在这些楚地民歌的基础上形成的。

在汉初，就已经有"楚辞"这个名称了。把楚人的诗歌称为"楚辞"，最早见于西汉武帝时期。这时"楚辞"已经成为一种文学体裁。"楚辞"之名首见于司马迁的《史记》。《史记·酷吏列传》载："始长史朱买臣，会稽人也。读《春秋》。庄助使人言买臣，买臣以楚辞与助俱幸，侍中，为太中大夫，用事。"朱买臣以善言"楚辞"为汉武帝所宠幸，获得汉武帝的召见并得以升迁。后又见于班固的《汉书》。《汉书·朱买臣传》："会邑子严助贵幸，荐买臣。召见，说《春秋》，言楚辞，帝甚说之，拜买臣为中大夫，与严助俱侍中。"从《史记》和《汉书》的记载来看，朱买臣是因为善"言楚辞"而被武帝看重的。

根据记载，汉初就已经有人在搜集楚辞了。《汉书·王褒传》还记载："宣帝时修武帝故事，讲论六艺群书，博尽奇异之好，征能为《楚辞》九江被公，召见诵读，益召高材刘向、张子侨、华龙、柳装等待诏金马门。"九江郡人被公因为精通《楚辞》为汉宣帝所欣赏，汉宣帝召见他，让他诵读《楚辞》。又《汉书·地理志》载："汉兴，高祖王兄子濞于吴，招致天下之娱游子弟，枚乘、邹阳、严夫子之徒，兴于文景之际；而淮南王安，亦都寿春，招宾客著书；而吴有严助、朱买臣贵显汉朝，文辞并发茂，故世传楚辞，其失巧而少信。"当时，吴王刘濞以及他的弟子，还有淮南王刘安与他的门人都在搜集楚辞。可见，楚辞是比较受欢迎的。

"楚辞"被编辑成集是比较晚的。最初楚辞大概还是单篇流传，汉武帝时，淮南王刘安曾给《离骚》这一篇作注，叫《离骚传》。《离骚传》今已亡佚，但它的一些片段还保留在《史记·屈原列传》与班固的《离骚序》里。在《史记·屈原列传》中，司马迁提到的屈原作品也只有《离骚》《天问》《招魂》《哀郢》和《怀沙》这几篇。楚辞的样式是屈原创造的，它突破了《诗经》的四言格式，提高了诗歌的表现力。继屈原之后，宋玉、唐勒、景差效法屈原，从事楚辞写作，到汉代又有贾谊、淮南小山、东方朔、王褒等人继续写作，使楚辞成为一个时期诗歌的代表性体裁。

"楚辞"之所以号为"楚"，是因为它的声韵、歌调、思想乃至精神风貌，都带有鲜明的楚地特点。又因屈原的《离骚》是楚辞的代表作，所以楚辞作品或者效仿楚辞的体例又被称为"骚"或"骚体"。这种新诗体具有浓郁的楚地地方色彩和语言特征，描写细致，含有叙事成分，但它以抒发个人感情为主，富于抒情性。后世将此种文体称为"楚辞体"。宋人黄伯思在《校定楚辞序》中说："盖屈宋诸骚，皆书楚语，作楚声，纪楚地，名楚物，故可谓之楚辞。"（见《宋文鉴》卷九十二）因为楚辞的代表作乃是"逸响伟辞，卓绝一世"（鲁迅《汉文学史纲要》）的《离骚》，故后人又称其为"骚体诗"。这是继《诗经》后新出现的自由诗，在我国古代诗歌发展史上是一次了不起的创新。

楚国诗人屈原无疑是楚辞的奠基者，是楚辞的代表作家和最高成就者。屈原以自述身世、遭遇、心志为中心的长篇抒情诗《离骚》是楚辞中的佼佼者。屈原约生于公元前339年（楚威王元年），卒于公元前278年（楚顷襄王二十一年），共经历了威王、怀王、顷襄王三个王朝，他的主要政治活动和创作活动是在怀王和顷襄王时期。据《史记·屈原列传》记载，他是出身于楚国的贵族，"博闻强志，明于治乱，娴于辞令"，怀王时曾任左徒一职，很受信任。怀王让他"造为宪令"，草稿未成，上官大夫靳尚要夺去看，他不给，上官大夫便向怀王进谗言，怀王因此大怒，把他放逐到汉北。后来顷襄王即位，以子兰为令尹。屈原痛恨子兰劝怀王入秦而致其死，子兰使上官大夫向顷襄王进谗言，顷襄王又把他放逐到江南，流落于沅、湘之间。屈原在江南到处漂泊，忧心憔悴，最后在郢都被秦国攻破后投汨罗江而死。端午节据说就是他的忌日。屈原的作品，据《汉书·艺文志·诗赋略》记载，共二十五篇。这二十五篇比较完整地保存到现在。虽然其中有些篇目的真伪问题学术界还有争论，但《九歌》（十一篇）、《九章》（九篇）以及《离骚》《天问》等篇一般公认为屈原所作。这些作品真实深刻地反映了他那个时代，反映了楚国当时的社会现实。屈原的大部分篇章是他被疏远或流放在外时创作的，基本上都是围绕被放逐的经历、处境和苦闷心情而写的。

在楚辞之前的《诗经》，诗句以四字句为主，篇章以短章、复叠为主，而《楚辞》则形成了五、六言乃至七、八言的长句句式，并保留了咏唱中的叹声词"兮"，句式参差错落，结构富于变化，篇章宏阔，气势汪洋。《史记》称《离骚》："其文约，其辞微，其志洁，其行廉。其称文小而其指极大，举类迩而见义远。"《楚辞》与因"国风"而被称为"风"的《诗经》相对，在中国文学史上往往"风""骚"并称，以"风"来指代《诗经》，以"骚"来指代楚辞。后人也常以"风骚"代指诗歌，或以"骚人"称呼诗人。

在汉代，楚辞也被称为辞或辞赋。如司马迁在《史记》中有屈原"乃作《怀沙》之赋"之语。《汉书·艺文志》中也列有"屈原赋""宋玉赋"等名目。汉代最为著名的文学体裁当属"赋"，而赋中有一"骚体赋"的类型，与楚辞的联系甚是密切，其中大量"兮"字的运用是它与其他文学作品有别的最显著特征。由于楚辞和汉代赋作之间的渊源关系，所以屈原作品又有"屈赋"之称。到了西汉末年汉成帝时，著名文学家刘向领校群经时，把楚国人屈原、宋玉的作品和汉代人贾谊、淮南小山、东方朔、严忌、王褒等人模仿这种诗体的作品，加上他自己写的《九叹》汇编成集，共十六卷，定名为《楚辞》。这是《诗经》以后，我国古代又一部具有深远影响的诗歌总集。

东汉安帝元初初年，著名文学家王逸给刘向所编的《楚辞》作注，又加进他自己写的一篇《九思》，而命名全书为《楚辞章句》，共十七卷。这就是现存最古的《楚辞》注本。刘向编录的十六卷本《楚辞》久已亡佚，我们未能确知其篇章卷数，但是从被认为是保存较完好的《楚辞章句》及通行版本看，应该是十六卷十六篇：《离骚》《九歌》《天问》《九章》《远游》《卜居》《渔父》《九辩》《招魂》《大招》《惜誓》《招隐士》《七谏》《哀时命》《九怀》《九叹》。依据的底本，就是刘向所整理出来的本子。《汉书·艺文志》说屈原有二十五篇作品，而王逸《楚辞章句》中归到屈原名下的二十五篇，是《离骚》、《九歌》（十一篇）、《天问》、《九章》（九篇）、《远游》、《卜居》、《渔父》。另外，还收入了宋玉和一些汉代作家的作品：《九辩》《招魂》《大招》《惜誓》《招隐士》《七谏》《哀时命》《九怀》《九叹》《九思》。

《楚辞》的注本除了王注本流传较广，很长时间内都没有再出现优秀的《楚辞》注本。晋代郭璞有《楚辞注》，南朝梁刘杳有《离骚草木虫鱼疏》，但是都已经失传。隋朝释道骞有《楚辞音》，今天还有敦煌抄本的残卷。南朝梁昭明太子萧统编订的《文选》在唐代极为盛行，其中就选有许多《楚辞》代表作，包含《离骚》、《九歌》（六篇）、《九章》（一篇）、《卜居》、《九辩》（五篇）、《招魂》、《招隐士》。唐初李善为《文选》作注，但是关于《楚辞》的篇目全是用的王逸旧注。其后又有吕延济、刘良、张铣、吕向、李周翰共注的《五臣注文选》，其中关于《楚辞》的部分，每节都是先引王逸注，然后再加上自己的注释。唐代还有陆善经《文选·离骚注》比较有价值，可惜也已经残缺了。

到了宋代，出现了两个重要的注本：洪兴祖的《楚辞补注》和朱熹的《楚辞集注》。《楚辞补注》共有十七卷，该书敢于破除旧说、自立新说，又能旁征博引，且所录楚辞异文最多，所以也引起了很大的关注。现在我们看到的这个本子的篇目次序如下：一、《离骚》（屈原）；二、《九歌》；三、《天问》；四、《九章》；五、《远游》；六、《卜居》；七、《渔父》；八、《九辩》（宋玉）；九、《招魂》；十、《大招》（屈原或景差）；十一、《惜誓》（贾谊）；十二、《招隐士》（淮南小山）；十三、《七谏》（东方朔）；十四、《哀时命》（庄忌）；十五、《九怀》（王褒）；十六、《九叹》（刘向）；十七、《九思》（王逸）。《楚辞集注》共有八卷，是以王逸的《楚辞章句》为底本。朱熹将《楚辞章句》选录的《七谏》《九怀》《九叹》《九思》删去，又收入贾谊的《吊屈原赋》和《鵩鸟赋》。他将这些作品分成了两部分：屈原作品和非屈原作品。《楚辞集注》卷一到卷五将屈原的作品总称《离骚》，包括《离骚》《九歌》《天问》《九章》《远游》《卜居》《渔父》七篇，而将非屈原的作品命名为《续离骚》，包括《九辩》《招魂》《大招》《惜誓》《吊屈原赋》《鵩鸟赋》《哀时命》《招隐士》，并附释文。《楚辞集注》不同于《楚辞章句》和《楚辞补注》的面貌，也奠定了其楚辞学史上的地位。

本书以汲古阁刊本《楚辞补注》作为底本，选取最具代表性的《离骚》、《九歌》（十一篇）、《天问》、《九章》（九篇）、《远游》、《卜居》、《渔父、》《九辩》、《招魂》、《大招》等楚辞精华。

目录

离骚

题解

　　《离骚》是屈原的代表作，也是《楚辞》的代表作。《离骚》收在《楚辞》里，是楚辞的灵魂诗篇，因此楚辞又被人们称为"骚体"。《离骚》全篇三百七十多句，近二千五百字，是我国古典文学中最长的抒情诗。《离骚》是中国乃至世界诗歌史上伟大的不朽之作。

对"离骚"的含义，历来解释不尽一致。司马迁引淮南王刘安《离骚传序》说："离骚者，犹离忧也。"班固在《离骚赞序》里解释道："离，犹遭也；骚，忧也；明己遭忧作辞也。"王逸《离骚经序》说："离，别也；骚，愁也。经，径也。言己放逐离别，中心愁思，犹依道径，以风谏君也。"因此，"离骚"有离别忧愁、遭遇忧愁、牢骚以及遣愁等说法。根据《离骚》的内容，人们比较认同的是"遭受忧患"说以及"离别忧愁"说。

《离骚》是屈原自述政治遭遇和心灵求索的长篇抒情诗。先是追述了自己的家世、姓名的由来；接着历数上古圣君、尧、舜、桀、纣等人的为政得失；随即又写了自己的政治抱负和所受的迫害，以及对黑暗现实的揭露和批判；最后又幻想了自己心目中的美政。全诗表达了诗人政治革新的要求和对美政理想的执着追求，通过哀君王之昏庸、怒党人之卑劣表现出强烈的爱国激情，同时也抒发了他坚持正义、不畏强权、不与奸邪同流合污的高洁伟岸的情怀和九死未悔的斗争精神。《离骚》中体现的强烈的爱国情操和主人公高洁的品质，成为忠臣义士的象征。正如明人桑悦所言："《骚经》一篇，令人读之抚剑，于数千载下犹若歔歔不尽者。可见屈子孤忠，感人最深。"

《离骚》结构宏伟、文采绚烂、感情深沉、想象丰富。前半篇以赋体为主，将作者的思想感情娓娓道来；后半篇善用象征手法，富于浪漫色彩。《离骚》的创作，既植根于现实，又富于幻想色彩。诗中大量运用古代神话和传说，通过极其丰富的想象和联想，并采取铺张描述的写法，把现实人物、历史人物、神话人物交织在一起，把地上和天国、人间和幻境交织在一起，构成了瑰丽奇特、绚烂多彩的幻想世界，从而产生了强烈的艺术魅力。诗中又大量运用"香草美人"的象征手法，把抽象的意识品性、复杂的现实关系生动形象地表现出来。

对《离骚》的写作时间，也有各种不同的推测。司马迁《史记·屈原列传》、刘向《新序·节士篇》、班固《离骚赞序》、王逸《离骚经序》、应劭《风俗通义·六国篇》等认为《离骚》作于楚怀王时，是屈原在被楚怀王疏远后写的。但也有观点认为是作于楚顷襄王时，司马迁《报任安书》说"屈原放逐，乃赋《离骚》"，则当在楚顷襄王当朝，屈原被流放江南时所写。从作品本身看来，这篇长诗大约写成于楚怀王十六年（前313年），是屈原被上官大夫谗毁而放逐汉北，离开郢都时所作。

原文

帝高阳之苗裔兮①，朕皇考曰伯庸②。

摄提贞于孟陬兮③，惟庚寅吾以降④。

皇览揆余初度兮⑤，肇锡余以嘉名⑥。

名余曰正则兮⑦，字余曰灵均⑧。

纷吾既有此内美兮⑨，又重之以修能⑩。

扈江离与辟芷兮⑪，纫秋兰以为佩⑫。

汩余若将不及兮⑬，恐年岁之不吾与⑭。

朝搴阰之木兰兮⑮，夕揽洲之宿莽⑯。

日月忽其不淹兮⑰，春与秋其代序⑱。

惟草木之零落兮⑲，恐美人之迟暮⑳。

不抚壮而弃秽兮㉑，何不改此度㉒？

乘骐骥以驰骋兮㉓，来吾道夫先路㉔！

离
骚

注释

①帝：帝之本义为花蒂或胚胎，引申为始生之祖。夏、商、周三代称已死的君王为帝，这里指远祖。高阳：五帝之一的颛顼，号高阳氏。高阳是南楚神话中的地方神，始由天神所派，后逐步由地方神演变为楚人之祖先。据《史记·楚世家》，帝高阳为黄帝之孙，是楚国芈姓贵族的远祖。其世系为：颛顼（高阳）—称—卷章—重黎—吴回（重黎之弟）—陆终—季连（陆终六子之一，楚芈姓之先）。屈原与楚王同宗，故也以帝高阳颛顼为始生之祖。苗裔：植物的茎叶为苗，衣服最下面的襟为裔；苗裔即遥远祖先的后代。兮：语气词，楚地方言，相当于现在的语气词"啊"。

②朕：我。先秦时期贵贱通用的第一人称形式，秦以后才为帝王专用。这里是屈原自称。皇考：对亡父的尊称。皇，大，美，光明。考，指亡父。伯庸："皇考"的字，应该是化名，同下文的"正则""灵均"。诗中"我"的父亲，即屈原父亲的名或字。一说是屈原先祖或祖父的名或字。

③摄提："摄提格"的简称。木星（岁星）绕日一周约十二年，以十二地支来表示，寅年名摄提格。《尔雅·释天》曰："岁阳，太岁在寅曰摄提格，在卯曰单阏，在辰曰执徐，在巳曰大荒落，在午曰敦牂，在未曰协洽，在申曰涒滩，在酉曰作噩，在戌曰阉茂，在亥曰大渊献，在子曰困敦，在丑曰赤奋若。"贞：正，正当之意。孟陬（zōu）：孟春正月。正月为陬，又为孟春日，故称。夏历正月，以十二支计算则为寅月。

④惟：句首发语词。庚寅：干支纪时日，正为寅日。古代以干支纪日，六十日为一轮。庚寅是诗中之"我"的降生日。庚寅日为楚民间习俗上的吉宜日，通常楚人以寅时出生为吉。寅年寅月寅日，古人认为是难得的吉日。吾：是作者在长诗中创造的神话式的艺术形象，不等于他的原型屈原本人。降（古音hōng）：诞生，降生世间。本义为自天而降，这里屈原自言天生。

⑤皇：即上文皇考的简称。览揆：估量。览，观察。揆（kuí），揣度。初度：始生时的气度。度，态度，气度，气象。诗中人以寅年、寅月、寅日生，大吉大利，气度不凡。下文的"内美"即据"朕"出生不凡而言。

⑥肇：开始。锡：赐。嘉名：美名。

⑦正则：公平而有法则。正，平正。则，法则。屈原名平，正则即含着"平"字的意思。正则是对

"平"字进行的解释。《尔雅·释地》说："大野曰平，广平曰原。"可见"平"与"原"是相互关联的。

⑧字：取表字。灵均：灵善而均调。灵，善。均，均平，协调。屈原字原，古代称广而平或高而平的土地为原。平者，正之则也；"原者，地之善而均平者也"（王夫之《楚辞通释》）。灵均两字内含着"原"字。正则、灵均分别为平、原二字的代语。洪兴祖《楚辞补注》说："正则以释名平之义，灵均以释字原之义。""正则、灵均"的含义是为人正直、正派，为政公平、公正。

⑨纷：多，盛，作副词用。内美：内在的美好品质。

⑩重（chóng）：加上，增多。修能：即修态，指美好的仪态、容貌。

⑪扈（hù）：披戴。江离：江边所生的一种香草。江离亦作"江蓠"，又称蘼芜。辟：通"僻"，偏僻。芷（zhǐ）：香草名，即白芷。辟芷，指偏僻幽静处生长的芷草。

⑫纫：穿连，联缀。秋兰：香草名，秋季开花。佩：佩戴，装饰，古人身上的饰物。

⑬汩（yù）：疾行，快速，引申为时光逝去如水。若将不及：好像跟不上时光的流逝，即害怕时光虚度的意思。

⑭恐：担心。与：等待。不吾与："不与吾"的倒文，时光不等待我的意思。

⑮搴（qiān）：拔取。阰（pí）：山丘。木兰：香木的一种，花开像莲，又称辛夷。

⑯揽：采摘。洲：水中小岛。宿莽：冬生不死之草。

⑰忽：急速。淹：停留。

⑱序：次。代序：以次相替。

⑲惟：感思，思虑。零落：凋零。

⑳美人：美是壮盛的意思，美人指壮年的人，也指品德高尚的人，国君或忠贞贤良之士。《离骚》中的美人都是"吾"思念、追求的对象。有时指代楚王，有时自喻，有时也用来称呼美好的人。此处应指楚王。一说指楚怀王。迟暮：指年老。比喻晚年。

㉑抚：趁着。抚壮：趁壮年。弃秽：抛弃污秽的言行。秽，本义指污秽之物，在此指楚国的秽政。

㉒度：指楚王因循苟且的态度。一说指现行的体制法度。

㉓骐骥（qí jì）：良马，此处指任用贤才。

㉔来：招邀之辞。道：同"导"，引导。夫：语气词。先路：前路，即走在路之先，为王前驱的意思。

译文

我是古帝高阳氏的子孙啊，我已去世的父亲的名字叫伯庸。

岁星在寅那年的孟春月啊，正当庚寅日那天我降生。

父亲端详我初生时的气度啊，于是赐给我一个好名字。

父亲把我的名取为正则啊，同时把我的字叫作灵均。

我已有如此众多的内在美好品质啊，又加上具有出众的才能。

披着香花蘼芜和香草白芷啊，编结秀草秋兰作为腰间的佩带。

时光匆匆而我总好像赶不上啊，唯恐无情的岁月一去不再逢。

清晨拔取山丘的木兰花啊，傍晚采撷水洲中的宿莽。

日月匆匆不停留啊，春秋往复相轮代。

想到草木将要凋零啊，担心美人也将步入老年。

为什么不趁年壮时除尽秽污啊，何不就此改变态度？
骑上骏马奔驰啊！来吧，让我在前面为你引路！

赏析

　　全诗共分三大段。以上是第一大段的第一层：诗人叙述家世出身、生辰名字，以及他还要努力修身，锻炼品质和才能，并决心辅助楚王进行政治改革，使国家富强起来。

　　屈原首先追溯世系，表明自己是楚国宗室之臣；详纪生年和名、字的由来，强调禀赋的纯美。"首溯其本及始生之月日而命名命字，郑重之体也。"（清顾天成《离骚解》）接着叙述他对待生活的态度。由于热爱生活，所以特别感到时间的易逝，生命的短暂；因而孜孜不倦地培养品德，锻炼才能，来充实自己的生活。诗人似乎在不经意地自述出身，实际上是在表达他决心报效楚国，愿意为国尽忠的热忱。屈原的青少年时期，正处于楚国的"宣威盛世"。楚宣王在位三十年，其子楚威王在位十一年，楚国坚持休兵息民政策，国力强盛，所谓"地方五千里，带甲百万，车千乘，骑万匹，粟支十年"。公元前516年王子朝把周室的许多典籍携带到楚国，楚国的郢都学术氛围非常浓厚。屈原自幼聪明，又勤奋好学，孜孜不倦地博取众善，满怀热忱地准备为国效力。司马迁在《史记》中说他"博闻强志""娴于辞令"，这当中就包括赞许他具有非凡才能的意思。屈原二十四岁就做了楚怀王的左徒。左徒官位在楚国是较高的，是楚国内政外交的一个主要负责人。楚怀王最初十分信任他，许多法令由他颁布，太史公说屈原"入则与王图议国事，以出号令；出则接遇宾客，应对诸侯。王甚任之"。屈原对楚国的内忧外患洞若观火，其急切的心情如快鞭驱逐敝马，他热切地呼唤楚王骑上自己这匹骏马。诗人自述自己珍惜时间，积极准备为国效力，希望在楚国政治改革中贡献出自己一份力量。诗句描绘了君臣同心，追逐楚国富强梦的动人情景。

原文

昔三后之纯粹兮①，固众芳之所在②。

杂申椒与菌桂兮③，岂维纫夫蕙茝④？

彼尧舜之耿介兮⑤，既遵道而得路⑥。

何桀纣之猖披兮⑦？夫唯捷径以窘步⑧。

惟夫党人之偷乐兮⑨，路幽昧以险隘⑩。

岂余身之惮殃兮⑪？恐皇舆之败绩⑫。

忽奔走以先后兮⑬，及前王之踵武⑭。

荃不察余之中情兮⑮，反信谗而齌怒⑯。

余固知謇謇之为患兮⑰，忍而不能舍也。

指九天以为正兮⑱，夫唯灵修之故也⑲。

曰黄昏以为期兮⑳，羌中道而改路㉑。

初既与余成言兮㉒，后悔遁而有他㉓。

余既不难夫离别兮㉔，伤灵修之数化㉕。

注释

①三后：后，君王、君主。三后具体所指，说法不一。一说指三代的奠基之君夏禹、商汤、周文王；二说指三皇，即少昊、颛顼、高辛；三说指三皇，即黄帝、颛顼、帝喾；四说指楚之先君熊绎、若敖、蚡冒；五说指伯夷、禹、稷。据近年楚地所出竹简，三后又指老童（即卷章，为颛顼之子，颛顼生老童，老童生祝融）、祝融（重黎和其弟吴回担任过的管火的官职名号）和鬻（yù）熊（楚国的先祖，曾协助周文王起兵灭商，楚国开国君主熊绎之曾祖父）。纯：至美。粹：齐同。纯粹，指纯正不杂，引申指德行完美无缺。

②固：固然，本来。众芳：喻群贤。在：汇集，聚集。

6

③杂：聚合。申：重叠。椒：花椒，一种香料。菌桂：肉桂，一种香木。

④维：通"惟"，只有。岂维：难道只，表示反问的语助词。蕙：兰属，一茎一花为兰，一茎多花为蕙。茝：香草，与芷同，即白芷。

⑤彼：那。尧舜：上古时代的圣君。耿：光明。介：正大。

⑥遵：遵循。道：正途。路：大道。

⑦桀：夏朝末代君主。纣：商朝末代君主。猖披：穿衣不系带的样子，引申为狂妄放纵。

⑧唯：只。捷径：近便而斜出的小路，喻不徇正轨的做法。窘步：步履困窘。

⑨夫：彼。党人：朝廷里结党为奸的群小。此处指楚王周围的一批奸党小人。偷乐：苟且偷安，寻欢作乐。

⑩幽昧：黑暗。险隘：危险狭窄。

⑪惮（dàn）：畏惧。殃：灾祸。

⑫皇：君。舆（yú）：车。皇舆，君王乘的车子，比喻国家、国政。败绩：本指军队溃败，此指车驾倾覆，引申指事业的败坏、国家的败亡。

⑬忽：匆忙。奔走以先后：效力左右的意思，指在楚王身边前后奔走。

⑭及：赶上。前王：即上文的"三后"。踵（zhǒng）武：足迹。踵，足跟。武，足迹。

⑮荃（quán）：石菖蒲一类的香草，又名荪，比喻君主，此处指代楚怀王。中情：同"衷情"，内心的真情。

⑯逸：谗言，挑拨离间之言。齌（jì）怒：疾怒，盛怒，暴怒，怒火中烧。"齌"本指用猛火烧饭。

⑰固：本来。謇（jiǎn）謇：本指难于说话的口吃，此处指无法表达清楚的忠贞之言。患：害。

⑱九天：古说天有九重，谓天之中央与八方。第九重天是天的最高层，是传说中玉皇大帝居住的地方。此处指上天、上帝。正：通"证"，作主，作证。"指九天以为正"乃发誓用语，接近后世所言苍天作证。

⑲灵修：原指神灵。也指聪明有远见的人。这里指楚怀王，是楚人对君王的美称。

⑳"曰黄昏以为期兮，羌中道而改路"两句现已公认是衍文。《九章·抽思》中有"曰黄昏以为期，羌中道而回畔兮"句，后人据此推测这两句衍文是由于错简而窜入《离骚》的。期：相会，约定。

㉑羌：句首词，表转折的意思，犹如今语的"却"。中道：半途。改路：改变方向。

㉒初：起初、当初。成言：成约，互相约定的话。

㉓遁：遁辞、托辞。悔遁：翻悔逃避，变心，在此是背弃成言的意思。他：其他，别的主意。有他：改变原有主意，另有他种打算。

㉔难：惧怕。不难离别，即不怕离别。

㉕伤：哀伤，悲伤。数（shuò）化：多次变化，反复无常。

译文

　　从前的三位贤王德行纯洁完美啊，群芳都聚集在他们周围。

　　花椒丛肉桂树聚集一处啊，岂止有蕙与茝贯穿连缀？

　　唐尧和虞舜光大圣明啊，他们遵循正道使国家走上正途。

　　为什么桀与纣猖狂放纵啊，都只怪抄近路陷入泥涂。

　　结党小人偷安贪乐啊，国家的前途渺茫险阻。

　　难道我是担心自己遭殃吗？怕的是国家倾覆灭亡。

急匆匆奔走在君王前后啊，想使他能追踪先王的足迹。
君王不体察我的衷情啊，反而听信谗言对我发怒。
我明知道忠言会招来灾祸啊，想忍心放弃却又忍不住。
且让我指苍天作为见证啊，一切都只为了君王的原因。
原本说好黄昏为约期啊，谁知君王半途改变主意另有他求。
当初你已和我有了约定，却背弃成言而另走他途。
原本我不怕与你君臣分离啊，伤心的是君王你的屡屡变卦。

赏析

　　以上是第一大段的第二层：诗人从回顾历史到返回楚国现实，向楚王表示忠心，阐明自己的政治观点和立场，却因不能为楚王采纳而颇为伤感。

　　屈原首先述三后以诚今王，接着陈尧舜以示典范。诗人以振兴邦国、实施美政为己任，以古代国君为楷模，告诉楚王为君之道，也阐述了自己心中的美政理想。屈原激励引导楚王"及前王之踵武"，希望辅助楚王进行政治改革，来实现使楚国富强的理想。为此，他就必须争取楚怀王的合作，首先是取得他的信任。可是怀王的态度是不坚定的。这一矛盾的存在，就展开了屈原和"偷乐"的"党人"之间的剧烈斗争；同时，怀王的听信谗言，也就决定了屈原政治上的客观遭遇。由于屈原的政治理想和改革实践触犯了腐朽的贵族集团的既得利益，所以招致了他们的重重迫害和打击，诽谤和诬蔑漫天而来，

而楚王也听信谗言，疏远和放逐了屈原；就在此时，屈原为实现理想而精心培植的人才也纷纷变质，使屈原的处境极为孤立。自己的理想无法实现，而祖国陷入"路幽昧以险隘"的岌岌可危的境地，使爱国爱民的屈原陷入极度的痛苦之中。屈原少年得志，为人正直，才能杰出，经常代国君宣布号令，本来就得罪了一些朝臣。实施改革不免又触犯了一些权贵的利益，令嫉妒他的政敌在其后施放暗箭，这些人绝非只是上官大夫。但楚怀王相信小人的谗言，导致诗人见疑遭疏，使他心痛不已。《史记》多次写到楚怀王在用人、外交上反复无常。楚怀王疏远了屈原，屈原的美政理想中途夭折，楚之富国强兵的梦想化为泡影，尤其令屈原痛心。

原文

离骚

余既滋兰之九畹兮①，又树蕙之百亩②。

畦留夷与揭车兮③，杂杜衡与芳芷④。

冀枝叶之峻茂兮⑤，愿竢时乎吾将刈⑥。

虽萎绝其亦何伤兮⑦？哀众芳之芜秽⑧。

众皆竞进以贪婪兮⑨，凭不厌乎求索⑩。

羌内恕己以量人兮⑪，各兴心而嫉妒⑫。

忽驰骛以追逐兮⑬，非余心之所急⑭。

老冉冉其将至兮⑮，恐修名之不立⑯。

朝饮木兰之坠露兮⑰，夕餐秋菊之落英⑱。

苟余情其信姱以练要兮⑲，长顑颔亦何伤⑳？

擥木根以结茝兮㉑，贯薜荔之落蕊㉒。

矫菌桂以纫蕙兮㉓，索胡绳之纚纚㉔！

謇吾法夫前修兮㉕，非世俗之所服㉖。

虽不周于今之人兮㉗，愿依彭咸之遗则㉘。

长太息以掩涕兮㉙，哀民生之多艰㉚。

余虽好修姱以鞿羁兮㉛，謇朝谇而夕替㉜。

既替余以蕙纕兮㉝，又申之以揽茝㉞。

亦余心之所善兮㉟，虽九死其犹未悔㊱。

怨灵修之浩荡兮[37]；终不察夫民心[38]。

众女嫉余之蛾眉兮[39]，谣诼谓余以善淫[40]。

固时俗之工巧兮[41]，偭规矩而改错[42]。

背绳墨以追曲兮[43]，竞周容以为度[44]。

忳郁邑余侘傺兮[45]，吾独穷困乎此时也[46]。

宁溘死以流亡兮[47]，余不忍为此态也[48]。

鸷鸟之不群兮[49]，自前世而固然[50]。

何方圜之能周兮[51]，夫孰异道而相安[52]？

屈心而抑志兮[53]，忍尤而攘诟[54]。

伏清白以死直兮[55]，固前圣之所厚[56]。

注释

①滋：栽培，移栽。九畹（wǎn）：九是虚指，表示多（下文"九死"同此）。畹，田亩单位，三十亩为一畹，一说二十亩。

②树：作动词，种植。树蕙指的是对贵族子弟的培育。百：虚指。

③畦（qí）：田垄，四面有界埂之田，此处指分田块开垦种植。留夷、揭车：皆香草名。

④杂：间种，套种。杜衡、芳芷：皆香草名。

⑤冀：希望。峻茂：高大茂盛。

⑥俟（sì）：古"俟"字，等待。时：时机。刈（yì）：收割。

⑦萎绝：凋谢，枯死。伤：损伤，哀痛。何伤：无伤，无妨。

⑧芜秽：因荒芜而污秽、腐烂。此引申为人才变节、变质、腐败，是说自己培养的贤才改变了节操而与恶势力同流合污了。

⑨哀：哀伤、痛心。众：党人、小人。指楚国朝中的众官吏。竞进：争着向上爬；竞相钻营。贪婪：贪财图利。

⑩凭：古楚方言，满。不厌：不满足。求索：索取。这句是说，私囊已满还不满足地贪求索取。

⑪羌：楚方言，发语词，表反问和转折语气。恕己：对自身宽恕。量人：用自己的标准去估量、指责别人；对他人苛求。

⑫兴心：生心，起心，打主意。

⑬驰骛（wù）：奔跑，追逐：指你追我赶地追求利禄。

⑭非余心之所急：所急：所追求的、所急切渴求的。此句屈子自表其心不同于众，而众人不必嫉妒他。

⑮冉冉：慢慢地，渐渐地。

⑯修名：美名，长久美好的名声，好修身之名。立：建立。

⑰坠露：坠下的露水。

⑱落英：初生之嫩花瓣。落为初始义，如房屋落成之落等。这二句比喻诗人洁身自好，不同于流俗。

⑲苟：假如，如果。情：指内心。信：真实。姱（kuā）：美好。信姱，指确实美好。练要：精要，精粹。王夫之《楚辞通释》："练，习事熟也；要，得事之理也。""信姱"是就美德说，"练要"是就明智、才能说。

⑳顑颔（kǎn hàn）：因长期饥饿而面黄肌瘦的样子。何伤：有何伤害。

㉑擥（lǎn）：同"揽"，执持。木根：香木之根。陈本礼《屈辞精义》："木兰之根须。"结：系。

㉒贯：穿连，连接。薜（bì）荔：一种蔓生的香草，常绿藤本植物，一名木莲。蕊：花心。

㉓矫：举。菌桂：桂花树枝条。此指菌桂的嫩枝。

㉔索：绳索，此处作动词，有编结绳索之意，指搓绳子。胡绳：香草，茎叶可做绳索。纚（xǐ）纚：长而下垂、整齐美观的样子。形容绳索搓得又长又好的样子。

㉕謇（jiǎn）：句首语气词。法：取法，效法。前修：前贤。

㉖服：穿戴，佩带，指前文所说的服饰和服食。此句指我的服饰与服食均不同于世俗之人。

㉗不周：不合，不相容。

㉘彭咸：殷商时期的贤人，据说他谏君不听，投水而死。遗则：遗留的法则、榜样。

㉙太息：长长的叹息。掩涕：掩面拭泪。

㉚民生：有多种解释：一说民生即人生，指诗人自己，艰，指艰难；一说民指百姓，民生多艰即百姓生活苦难；又一说民生指同朝小人，艰指其人心险恶。当以第一说为佳。

㉛虽：只。好：爱好，喜好。修：修饰。姱：美貌。修姱：美好貌，喻美德。鞿羁（jī jī）：鞿是马缰绳，羁是马络头；鞿、羁在此作动词，指束缚、受到牵连拖累，有自我约束的意思。

㉜朝：早晨，与夕字相对成文。谇（suì）：进谏。替：罢黜，撤职。

㉝纕（xiāng）：佩带。蕙纕，即用蕙草制成的带子。

㉞申：重申，再加。揽茝：采摘兰茝。与上句谓撤换的原因，是因为自己进德修业而遭人指责。

㉟亦：语助词。善：爱好。

㊱虽：即使。九死：多次死去，九表示多，虚指。

㊲浩荡：本形容水大无边，引申为茫然无思虑貌。比喻楚王的恣意妄为。

㊳民心：人的内心。

㊴众女：喻朝廷中的群小。蛾眉：蚕蛾的须细长而弯曲，用来形容女子眉毛之美。在此指自己的美好品质。

㊵谣诼（zhuó）：楚方言，造谣毁谤，谗毁。淫：邪乱，淫乱。

㊶固：本来。工巧：善于取巧。

㊷偭（miǎn）：违背。规矩：木工的工具，量圆用的为规，量方用的为矩，引申为法度、规则。改错：错通"措"，改错即改变措施。

㊸绳墨：木工用作取直的染墨的绳，引申为规则，亦比喻法度。追：随。曲：邪曲。

㊹竞：争着。周容：苟合取容，指以求容媚为常法，无原则地就圆随方，奉承讨好别人。度：法度；处世方法。

㊺忳（tún）：烦忧的样子。郁邑：忧愁，愁闷得喘不上气的样子。侘傺（chà chì）：失意的样子。

㊻吾：我，自称也。穷困：困难之极，处境窘迫。

㊼溘（kè）死：忽然死去。流亡：随水流去。指魂离魄散。

㊽此态：指佞臣的周容（苟合取容）之态。

㊾鸷（zhì）鸟：鹰、鹞一类的猛禽。不群：猛禽总是离群索居，不与凡鸟合群。诗人以此来表明自己不与凡庸为伍。

㊿固然：本来如此，原本就是这样。

(51)方圜：方，方头的榫；圜即圆，圆形的孔。周：重合，相吻合。指方木榫头与凿的圆孔应相合。

(52)孰：谁。夫孰：哪能。异道：志向和操守不同，不志同道合。

(53)屈：心里忍受委屈。抑：压抑，按捺。

(54)尤：罪过，责备。忍尤：容忍罪过。攘：含，取。诟（gòu）：耻辱。

(55)伏：通“服”，保持，抱定，坚守。清白：节操纯洁。死直：直，正直，为直道而死。

(56)厚：重视，看重，赞赏。

译文

我种下了九畹的兰花啊，又栽上了百亩的蕙草。
将留夷和揭车分畦种植啊，其间又掺杂着杜衡和芳芷。
希望它们枝叶繁茂啊，我愿意等待时机将它们采摘。
即使是枯萎凋零又有什么好感伤啊？伤心的是所有的芳草都变了质。
众人都竞相贪求财物啊，争名夺利永不满足。
他们以自己的心肠来猜度我啊，各自私念丛生又充满妒忌。
急急忙忙地追逐名利啊，那不是我心中想要的。
人生暮年渐渐降临啊，我担心的是人生的美名还没有树立。

清晨饮着木兰滴下的露水啊，黄昏吃着秋菊坠落的花瓣。

只要我的内心美好专一啊，即使长久以来面黄肌瘦又有何悲戚？

持着木兰根系挂上白芷啊，把薜荔刚绽放的花蕊联结成串。

举起香木菌桂缀结上香蕙啊，胡绳编结的绳索修长又漂亮！

我一心效法前代的圣贤啊，并非世俗所认为的只学穿着。

既然不能迎合当世众多的人啊，我愿顺从彭咸留下的范型。

长长的一声叹息我掩面拭干眼泪啊，感伤人生的道路如此艰辛。

我虽爱好美好的德行却受到约束啊，早上向君王进谏傍晚就遭到贬逐。

先是谗毁我以蕙草作为佩带啊，又说我不该用兰茝作为佩饰。

它们都是我心中最喜好的啊，为此纵然万死我也不后悔。

埋怨君王行事荒唐糊涂啊，始终不能明察我的忠心。

众女忌妒我的美丽容貌啊，谣言中伤我善于淫逸。

本来世俗就善于投机取巧啊，违背原则改变措施。

抛弃了标准没有原则啊，争抢着迎合讨好且习以为常。

忧郁烦恼我失意不安啊，偏偏只有我受困于此时寸步难行。

就算突然死去顺水漂流啊，也不忍心和他们一样做出邪恶之态。

鸷鸟高飞远走不与凡鸟为伍啊，自古以来就是这样。

圆凿和方枘怎么能够吻合啊，谁又能道不同却彼此相安无事？

委屈本心压抑情志啊，包容他人的过错含垢忍辱。

坚持清白之身为正道而死啊，这本就是前代圣人所看重的。

赏析

以上是第一大段的第三层：诗人写自己的高尚品德和坚定信念，叙述自己在政治斗争中的客观遭遇，并分析其原因。

首先，政治上的改革，单靠个人的力量是不够的。除了争取君王的合作，还必须培植人才，广结同志，共赴其成。屈原在这方面作了充分的准备。可是想不到"众芳芜秽"，致使他的计划落空，陷于孤立。诗人为怀王实现美政积蓄力量，为国家培植了许多人才。然而，随着诗人的见疏，培养的人才和改革的同道全都变节投靠邪恶、保守势力。诗人最感哀痛的，是富国强兵的改革大业中途夭折，美政理想付诸流水。其次，屈原认识到他和"党人"之间的矛盾的根本原因是，朝廷群小们竞相争夺高位、权力，令诗人大失所望，但诗人追求的乃是立德流芳的"修名"，决不改变心志，随波逐流。"修名，修洁之名也。屈子非贪名者，然无善名以传世，君子所耻。"（洪兴祖《楚辞补注》）他们之所以勾心斗角，排除异己，只不过是为了个人的利益；而屈原的坚持理想，则是为了"恐修名之不立""哀民生之多艰"。这里，屈原强调法度绳墨，进一步提出他的法治思想，这和腐化没落的贵族势力绝不相容，因而这一斗争是不可调和的。而在这样不可调和的斗争中，怀王的昏庸糊涂，"不察民（人）心"，不辨黑白，助长了邪气的高涨，造成了群小进谗的有利条件。屈原竭诚为君，忠心辅国，改革变法，培植人才，朝夕劝谏，与各种邪恶势力做斗争，事实昭昭；楚王看不见这些事实，却因奸佞的谗言中伤将其罢黜，屈原能无怨言吗？既"怨"怀王随心所欲，思无定准，不能体察善恶，又"怨"佞臣出于妒忌造谣毁谤，翻"美"为丑。诗人的特立独行引起世间庸人的谗毁，从而使他再一次遭遇挫折，陷入孤独绝望的境地。但诗人依旧矢志不屈，甘愿"伏清白以死直"，也不愿意屈服认同世俗——"背绳墨以追曲"。他从邪正不能相容，预测自己前途遭遇的必然性；强调不屈服、不妥协的顽强精神，并准备为此而不惜作任何牺牲。他慨叹自己生不逢时，才华得不到施展，感到窒息、烦闷，忧愁苦闷欲绝，心中极大悲愤，宁愿突然死去，即使死了，连灵魂也要逃离此处。他认为道不同不能相安，故毅然决然地与旁门左道的群小决裂。

原文

悔相道之不察兮①，延伫乎吾将反②。

回朕车以复路兮③，及行迷之未远④。

步余马于兰皋兮⑤，驰椒丘且焉止息⑥。

进不入以离尤兮⑦，退将复修吾初服⑧。

制芰荷以为衣兮⑨，集芙蓉以为裳⑩。

不吾知其亦已兮⑪，苟余情其信芳⑫。

高余冠之岌岌兮⑬，长余佩之陆离⑭。

芳与泽其杂糅兮⑮，唯昭质其犹未亏⑯。

忽反顾以游目兮⑰，将往观乎四荒⑱。

佩缤纷其繁饰兮⑲，芳菲菲其弥章⑳。

民生各有所乐兮㉑，余独好修以为常㉒。

虽体解吾犹未变兮㉓，岂余心之可惩㉔？

注释

①相（xiàng）：观察。察：详细看清楚。相道指观看道路，喻反省自己所选择的道路。
②延：引颈长望。伫（zhù）：站立。反：同"返"，返回。
③回：调转。复路：走回头路，回到过去的路。
④及：趁。行迷：行入迷途。

⑤步：信步。步余马：即余步马，就是解开车驾，让马散步。兰皋（gāo）：长满兰草的水边高地。皋，水边的高地。

⑥椒丘：长有花椒木的山丘。且：暂且。焉：于是，在此。且焉止息，姑且在这里停留一下。

⑦进：仕进，指在政治上有所作为。不入：不被接纳。进不入，指仕进不得意。进指"仕"，下句的退指"隐"。离尤：获罪，遭罪。离，通"罹"（lí），遭受。尤，罪祸。

⑧退：退隐，归隐。初服：当初未入仕时的服装，喻固有的美德。修吾初服，即重新修炼美好品德。

⑨制：裁剪。芰（jì）：菱。荷：莲。芰荷，指菱叶与荷叶。一说芰荷为一物。衣：上衣。

⑩芙蓉：莲花的别名。裳：下衣，古人称下身穿的衣裙，男女皆服。古代服制多为上衣下裳。

⑪不吾知："不知吾"的倒文，不理解我。亦已兮：算了吧。

⑫苟：只要。信芳：真正芬芳。

⑬冠：帽子。岌（jí）岌：高耸的样子。

⑭佩：佩物，指剑。陆离：长长的样子。

⑮芳：草香，亦泛指香，香气。泽：古为汗衣，引申为污浊，污垢。糅（róu）：混杂，混合。杂糅，夹杂，比喻自己与小人共处一朝。

⑯昭质：清白的本质。亏：亏损，损伤。

⑰忽：不经意。反顾：回头看。游目：纵目远眺。

⑱四荒：四方荒远之地。

⑲佩：指前文所言包括各种香草在内的佩饰。缤纷：繁盛而交杂的样子。繁饰：众多的彩饰，盛饰。

⑳菲菲：香气勃发的样子。芳菲菲：香气阵阵。弥章：愈来愈明显。章：同"彰"，彰显，显著。

㉑民生：即人生。乐：喜好，爱好。

㉒好修：喜作修饰；喜好修身。常：常规，习惯。

㉓体解：即肢解，分解人的肢体，即车裂，古代酷刑之一。泛指死。

㉔岂：难道。惩：惩戒，戒惧。

译文

后悔选择道路时未曾看清啊，久久凝望后我要往回走。

掉转我的车头回到原来的道路啊，趁着误入迷途还不算远。

放松缰绳让马漫步在长满兰草的水边啊，奔跑到长着椒树的山丘休息。

进谏君王不被采纳反遭责难啊，我将隐退重新穿上当初的衣冠。

用菱叶裁制成上衣啊，再缀合莲花做下裳。

无人理解我也就算了吧，只要我内心真正高洁芬芳。

把我的切云冠高高耸起啊，将我的佩剑修饰得更长。

芳香与污臭混杂在一起啊，只有我洁白的本质不曾缺损。

猛然回头往远处看啊，我将去四方荒远的地方游览。

佩戴丰繁华美的佩饰啊，浓郁的芳香使它们更加耀眼。

人生各有各的喜好啊，只有我偏好修养美德成了习惯。

就算把我的躯体分解也不会改变啊，我的心中还有何恐惧？

赏析

以上是第一大段的第四层：写自己极端苦闷中的矛盾心情。诗人深悔当初没有看清现实，就踏入仕途。仕途坎坷崎岖，理想渺不可及，诗人顿生退隐之心，想掉转车头，回到当初未仕时。陶渊明《归去来兮辞》："悟已往之不谏，知来者之可追。实迷途其未远，觉今是而昨非。"即承屈原此意。既然理想不能实现，则退隐可以独善其身；为个人计，又何尝不心安理得？可是这种知其不可为而不为的逃避现实的态度，和屈原的个性是决不相容的。这使他暂时宁静下来的情感又掀起无限的波澜；在波澜起伏中，一层一层地展开了内心深处的矛盾、彷徨、苦闷与追求，以及在这种心情下的斗争过程。从这段起，所写的都只是一种思想意识的反映，并非事实的叙述。诗人对进退得失进行对比，流露出在朝不得意、不受重用的牢骚，明言欲退却又恋恋不舍。他不愿与奸臣小人同流合污，并对自己的理想追求充满了自信："人生各有各的喜好啊，只有我偏好修养美德成了习惯。"诗人情愿退隐自修，坚守正道，也绝不同流合污，屈从世俗。他相信退隐后自己的美德会更加彰显，芳名远播。诗人修炼出不惧邪恶的浩然正气，故而"就算把我的躯体分解也不会改变啊，我的心中还有何恐惧"。

至此，为全诗第一大段。这部分内容是诗人对往事的回顾，从自己的出生、世系、品质、修养写起，回忆自己辅助楚王进行政治改革和遭谗被疏的经历，抒写了自己忠而被疏的痛苦困惑和坚持理想的执着精神，表明自己的政治态度和坚定信念。第一大段从起始历述了修能以事君，遭谗而被疏，退守而志不移；下文则转为"路漫漫其修远兮，吾将上下而求索"的心路历程。作品侧重表现诗人自己不断地修身养性，渴望施展抱负，然而楚国的现实却容不了他；他为之做了艰苦卓绝的努力，却依然困难重重，令人失望。君主的昏庸固然是重要因素，而奸党小人们的妒忌与谗言毁谤，更助长了邪气的高涨。

女媭之婵媛兮①，申申其詈予②。

曰鲧婞直以亡身兮③，终然夭乎羽之野④。

汝何博謇而好修兮⑤，纷独有此姱节⑥。

薋菉葹以盈室兮⑦，判独离而不服⑧？

众不可户说兮⑨，孰云察余之中情⑩？

世并举而好朋兮⑪，夫何茕独而不予听⑫？

依前圣以节中兮⑬，喟凭心而历兹⑭。

济沅湘以南征兮⑮，就重华而陈词⑯：

启《九辩》与《九歌》兮⑰，夏康娱以自纵⑱。

不顾难以图后兮⑲，五子用失乎家巷⑳。

羿淫游以佚畋兮㉑，又好射夫封狐㉒。

固乱流其鲜终兮㉓，浞又贪夫厥家㉔。

浇身被服强圉兮㉕，纵欲而不忍㉖。

日康娱而自忘兮㉗，厥首用夫颠陨㉘。

夏桀之常违兮㉙，乃遂焉而逢殃㉚。

后辛之菹醢兮㉛，殷宗用而不长㉜。

汤禹俨而祗敬兮㉝，周论道而莫差㉞。

举贤而授能兮㉟，循绳墨而不颇㊱。

皇天无私阿兮㊲，览民德焉错辅㊳。

夫维圣哲以茂行兮㊴，苟得用此下土㊵。

瞻前而顾后兮，相观民之计极㊶。

夫孰非义而可用兮？孰非善而可服㊷？

阽余身而危死兮㊸，览余初其犹未悔㊹。

不量凿而正枘兮㊺，固前修以菹醢㊻。

曾歔欷余郁邑兮^㊼，哀朕时之不当^㊽。

揽茹蕙以掩涕兮^㊾，沾余襟之浪浪^㊿。

注释

①女媭（xū）：传说为屈原的姐姐。有几种说法：第一种认为是屈原的姐姐或妹妹；第二种认为是女巫或神巫；第三种认为是女伴或侍女；第四种认为是妾；第五种认为假想的女性，泛指女性。嬋媛（chán yuán）：相连，引申为关切的意思。也有几种说法：第一种认为是叹息，表示情绪激动；第二种认为是形容女媭的容貌；第三种认为是情意绵绵；第四种认为是言语婉转。

②申申：反复，重复。詈（lì）：责骂。予：我。

③曰：说。鲧（gǔn）：号崇伯，大禹之父，因治水不力而被处死。婞（xìng）直：刚直。亡身：一作"方身"。一说当作"方命"，是不听指挥，不服从命令之意。一释为忘身，不顾自身。

④殀（yāo）：夭折，死于非命。羽：羽山，地名。

⑤博：广博，引申为过度、过盛。謇：忠直，直言。博謇即过分正直的意思。

⑥纷：纷然，美盛。姱（kuā）节：美好的节操。

⑦薋（cí）：指众草聚集的样子。菉（lù）：又名王刍、菅草，篇中被视为恶草。葹（shī）：一名枲（xǐ）耳，苍耳。三者都是杂草。盈室：满室。

⑧判独：分别离散，与他人不同，指屈原分离出众。判：分别，区别，别异。离：舍弃。服：用，使用。

⑨众：言众人对我误会。户说：挨家挨户地说。

⑩孰：谁。云：语助词。余：我们。

⑪并举：互相抬举，指任人唯亲。好朋：好结成朋党。朋：朋党。

⑫茕（qióng）独：孤独，不合群。不予听：不听予的倒装，即不听从我。予：我，女媭自谓。

⑬依：遵循。前圣：即下文提到的重华。节中：犹折中，节制中和，中正。

⑭喟（kuì）：叹息，叹声。凭：满，指愤懑。历兹：经历至此。

⑮济：渡水。沅（yuán）、湘：沅水、湘江，皆湖南境内流入洞庭湖的河流。南征：南行。

⑯重（chóng）华：舜名，虞舜的美称。一说舜重瞳，故名。

⑰启：指夏启，大禹之子，夏代开国君主，相传曾做客天庭，向天帝进献三个美女，换得天庭乐舞《九辩》《九歌》，然后把二卷偷往人间。《九辩》《九歌》：《九辩》，夏代乐名。《九歌》，古代乐曲，相传为禹时乐歌。据《山海经》记载，《九辩》和《九歌》都是天上的音乐，被启偷了带到人间。

⑱夏康：太康，夏朝君主，夏启的儿子。自纵：任情恣肆，放纵自己。

⑲顾难：考虑祸患。图后：谋及将来，为未来做打算。

⑳五子：夏启的五个儿子。有四解：一释为启的五个儿子，二释为太康昆弟五人，三释为启之第五子，四释为启的兄弟。"五子"曾于夏启晚年作乱。用失乎：即"用乎"，"失"字为衍文。用乎，因之，因而。家巷（hòng）：即家讧，巷，通"哄"，内讧、内乱。

㉑羿（yì）：即后羿。传说中夏代有穷氏之国君，一度推翻夏朝，善射，因不修民事，为家臣寒浞所杀，与神话后羿射日的羿不是同一个人。淫游：无节制地游荡。佚（yì）：放纵，放荡。

畋（tián）：畋猎，打猎。

㉒好（hào）：喜好。封狐：肥大的狐狸。泛指大野兽。

㉓乱流：乱逆之流。鲜（xiǎn）终：少有善终。

㉔浞（zhuó）：寒浞，传说中夏时有穷氏羿的家臣。厥：其，指羿。家（gū）：通"姑"，古时对妇女的一种称谓，这里指羿的妻室。据《左传》记载，羿做了国君后，淫逸无度，不理政事，寒浞遂指使他的家臣逢蒙射杀了羿，强取羿的妻室而生浇、豷二子。

㉕浇（ào）：传说中夏代寒浞的长子浇。被服：本义是穿戴、装饰，在此有"具备"意。强圉（yǔ）：强壮有力。被服强圉，即负恃有力，指依仗自己强大的力量。

㉖忍：节制。不忍：不能自制。

㉗康娱：康，大；康娱即无忧无虑地沉湎于享乐。自忘：忘记自身安危。

㉘首：头颅，脑袋。用夫：因而。颠陨（yǔn）：坠落。传说寒浞之子浇成人后日夜淫逸无度，终于被夏康的后代少康杀死，夏恢复王位，史称少康中兴。

㉙夏桀：夏代最后一个君主，名履癸，相传为暴君。常违：经常违背天道和人理。

㉚遂：终于。焉：因此。逢殃：遭祸殃。

㉛后辛：即殷纣王。后，君主。辛，纣王之名。菹醢（zū hǎi）：亦作"葅醢"，古代把人剁成肉酱的酷刑。后亦用以泛指将人处死。

㉜殷宗：殷商之国祚。宗：宗祀，此指王位。用而：同"用夫"，因而，因此。

㉝汤、禹：商汤、夏禹，皆古贤君。一释为大禹。俨（yǎn）：恭敬，庄重，庄严。祗（zhī）敬：恭敬。

㉞周：周家，此指周文王、周武王。论道：讲究治国之正道。莫差：无偏差。

㉟授能：任用贤能人士。举贤授能是屈原重要的政治主张之一，所以他在诗中反复强调。

㊱循：顺着，遵从。绳墨：木工画直线用的工具，此处喻规矩、准则和法度。颇：偏颇。

㊲皇天：上天，对天及天神的尊称。私阿（ē）：偏爱，私心偏袒，曲意庇护。

㊳民德：在皇天看来，人君也是臣民，故此"民德"是指那些得了天下的君王而言。错辅：安排辅助。错，通"措"，安排。

㊴维：同"唯"，唯独。夫唯：唯有。圣哲：此处指具有超人的道德才智的人。茂行：德行充盛。

㊵苟：于是。苟得：才能，乃能。用：拥有，享有，治理。下土：国土，天下。

㊶相（xiàng）：看，观察。相观：察看。计：谋虑。计极：衡量事物的终极标准，最终发展结果，兴亡的原因。极：终极。

㊷非善：不善，不善之人。服：行，行事。

㊸阽（diàn）：临近危险。危死：濒临死亡。

㊹览：回想、回顾。初：初志，初衷。

㊺量（liáng）：衡量。凿（záo）：榫眼，斧孔。量凿，度量凿的圆孔。正：审定，确定。枘（ruì）：斧柄嵌入斧孔的一端，指器物的榫头。正枘，对准方榫。

㊻前修：古代的贤人，此处指因忠言直谏而遭到菹醢之刑的贤人，如龙逢、梅伯等。

㊼曾：一次次，屡屡不断。歔欷（xū xī）：悲泣、抽噎的声音。郁邑：即"郁悒"，苦闷，忧愁。

㊽时之不当：时运不济，生不逢时。当，引申为"值"，逢、遇之义。

㊾茹蕙：一种香草。茹，柔软。一释为香草名。

㊿沾：同"霑"（zhān），浸湿。浪（láng）浪：水流不止，此指泪流不止。

译文

女婴情绪激动啊，重重地斥责我。

她说鲧因为个性刚直而遭流放啊，最后死在羽山的荒郊野外。

你何必过于忠直而爱好美洁啊，唯独与众不同保持这美好的节操。

蒺藜、茛草等野花杂草堆满屋子啊，你为什么偏偏不肯佩戴身上过于孤傲？

不可能向每个人去表明自己的想法啊，谁能明白我们内心的真诚呢？

世人喜欢互相推举而好结党营私，你为什么偏要一意孤行不听我的劝告？

遵循前代圣贤的标准来评判啊，可叹我的遭遇竟然如此。

渡过沅水、湘水向南远行吧，到虞舜面前表述衷情：

夏启取来《九辩》和《九歌》啊，肆意寻欢作乐以致放纵堕落。

不居安思危做长远打算，五子内讧不断因而就失掉故都。

后羿过度沉迷打猎啊，又喜好射杀大狐取乐。

原本淫逸就没有好结果啊，寒浞夺权后还占有了他的妻子。

寒浞之子浇依仗力壮武强啊，放纵欲望不能节制。

每天沉浸在寻欢作乐忘乎所以，他的头颅因此被人砍落在地。

夏桀不近人情违背常道啊，最后自己遭到了大灾祸。

纣王以酷刑残害忠良啊，殷商朝江山因而无法久长。

夏禹、商汤严谨而敬畏神灵啊，文王、武王施行治国之道毫无差错。

凭德才推举、任用贤能啊，遵循法度不差分毫。

上天对人公正不偏袒啊，观察人的品德才给予佐助。

只有那深具贤良睿智美德的人啊，才能拥有整个天下。

细看前朝回顾后世啊，考察人世成败的最终归向。

谁多行不义却被重用啊？又有谁作恶多端却被礼遇？

即便身处险境几近赴死啊，静观初衷我也永不后悔。

不度量凿孔就去削榫头啊，这就是前贤被剁成肉末的原因。

我唏嘘呜咽而忧伤啊，哀叹自己生不逢时。

拿起柔软的蕙草擦拭眼泪啊，泪水婆娑浸湿了我的衣襟。

赏析

　　以上为第二大段的第一层：写女嬃的劝告和向重华陈词。女嬃好心劝告诗人，希望他改变耿直性格，明哲保身。但诗人没有听从她的劝告，转而又向重华陈词，重申了自己坚定不移的立场。全诗至此由实入虚，转入精神漫游部分。"此章以下多假托之词，非实有是物与是事也。"（朱熹《楚辞集注》）所谓非实物实事，是借幻境表达诗人执着难舍之情，诗人的心路历程是真实的。

　　女嬃担忧诗人因直招祸，责备、劝说诗人，提出了四个要求：一是要求诗人放弃忠直的美德；二是随俗入世，放弃自己高洁的操守；三是不求人理解，不期望别人了解他的忠心；四是世人都喜欢相互抬举结党营私，要求诗人加入党人团伙。女嬃指出处于没有是非曲直的社会里，屈原如果不改变他那种孤忠耿直的作风，是不会见容于当世的，而且会遭到杀身之祸的。她是屈原人世间唯一的亲人，她所说的也是娓娓动听的人情话。可是她的话仅仅是单纯从爱护屈原、关心屈原出发，提高到思想原则上来说，她对屈原却缺乏本质上的认识。女嬃对他的指责说明连亲人也不理解他，他的孤独是无与伦比的。女嬃尚且如此，那么屈原内心深处的痛苦又向谁去申诉呢？于是诗人就不得不把他生平的政治见解假托于向他所最崇拜的古代圣君帝舜来倾吐衷肠了。虞舜一直是诗人仰慕的圣贤，相传葬地又在楚境之内；而夏启以后的事为舜所不及见，诗人因而向他陈词，这是由现实社会向幻想世界的一个过渡，亦是对女嬃劝责的间接回答。诗人先从反面列举了夏启、后羿、浇、夏桀、纣王等身死国灭的原因，他们都是受命于天的国君，然而，由于他们纵情淫逸，残害忠良，弄得祸患不绝，江山倾覆。又从正面列举商汤、夏禹、文王、武王的国家昌盛的原因，在于他们为君严谨恭敬，遵守治国之道，进而总结出治国的根本在于选贤任能，遵循法度。诗人进一步总结，并非国君受命于天，上天就因此偏袒他，是因为上天观察人的品德才给予佐助。那么，国家兴衰成败的根源在哪里？他一针见血地指出：只有那深具贤良睿智美德的人，才能拥有天下。想到自己的不幸遭遇，诗人只好怨自己生不逢时。"始因姝言而自疑，至是益自信，信非余之过，乃朕时之不当也。然予何以遂当此时乎？固不禁其哀感而泣涕矣。"（钱澄之《屈诂》）诗人有一腔热血却生不逢时，这既是人生之咏叹，更是对现实之愤慨。

原文

跪敷衽以陈辞兮①，耿吾既得此中正②。

驷玉虬以乘鹥兮③，溘埃风余上征④。

朝发轫于苍梧兮⑤，夕余至乎县圃⑥。

欲少留此灵琐兮⑦，日忽忽其将暮⑧。

吾令羲和弭节兮⑨，望崦嵫而勿迫⑩。

路曼曼其修远兮⑪，吾将上下而求索⑫。

饮余马于咸池兮⑬，总余辔乎扶桑⑭。

折若木以拂日兮⑮，聊逍遥以相羊⑯。

前望舒使先驱兮⑰，后飞廉使奔属⑱。

鸾皇为余先戒兮⑲，雷师告余以未具⑳。

吾令凤鸟飞腾兮，继之以日夜。

飘风屯其相离兮㉑，帅云霓而来御㉒。

纷总总其离合兮㉓，斑陆离其上下㉔。

吾令帝阍开关兮㉕，倚阊阖而望予㉖。

时暧暧其将罢兮㉗，结幽兰而延伫㉘。

世溷浊而不分兮㉙，好蔽美而嫉妒㉚。

注释

①敷：展开，铺开。衽（rèn）：衣襟，指长袍前下摆。

②耿：光明，作副词用。中正：纯正忠直、不偏不倚之道，与上文"节中"一词相呼应。

③驷（sì）：古代以四匹马驾一辆车，称为驷。此处作动词用，意同驾。虬（qiú）：传说中无角的龙。鹥（yì）：传说中凤凰一类的鸟，身有五彩。

④溘（kè）：通"盖"，引申为凌驾。溘埃风：凌驾于尘埃之风。一说溘为突然之义。

⑤轫（rèn）：固定车轮的横木。发轫，指行车以前把轫移去，犹言启程。苍梧：山名，即九嶷山，为舜墓所在。上文"吾"在九嶷山向舜陈辞后上天，故说从苍梧发轫。

⑥县：通"悬"。神话中的昆仑山相传有三层：樊间、悬圃、增城。

⑦少留：稍微多留一会儿。琐：门上雕刻的花纹，代指门。灵琐指神灵宫门。

⑧忽忽：匆匆、很快、渐渐。

⑨羲和：日御，神话中驾驶日车的人。弭（mǐ）节：放下驾车的节，停止进度，指驻车。

⑩崦嵫（yān zī）：神山名，传说中日落之处。迫：迫近。

⑪曼曼：通"漫漫"，悠长而遥远的样子。修远：长远。

⑫上下：上下左右，到处。求索：寻求觅索。求索的对象，各家说法不一，指寻求真理、答案，寻求贤君，"求天帝之所在"或上天追求理想女子等的行动。

⑬饮（yìn）：让牲畜喝水。咸池：日出处的池泽。神话中谓太阳洗澡之处。

⑭总：打结系上。辔（pèi）：缰绳。扶桑：日出处的神树，据说在东方，日栖其上。

⑮若木：日落处的神树，生在昆仑山西端，是太阳下落后栖息之处，相传其花在日落后会发出红光，照耀大地。拂：敲击，拂拭。

⑯聊：姑且。逍遥：悠然自得。相羊：同"徜徉"（cháng yáng），皆徘徊、徜徉之意。

⑰望舒：月神。一说为月亮驾车者。

⑱飞廉：风神。奔属：随从于后而奔走。

⑲鸾（luán）皇：亦作"鸾凰"。鸾与凰，皆瑞鸟名，常用以比喻贤士淑女。戒：警戒。

⑳雷师：雷神丰隆。未具：未准备齐全。

㉑飘风：旋风。屯：聚集。离：附着。

㉒帅：通"率"，率领。云霓（ní）：云霞。霓：虹的一种，又称副虹（相对于主虹而言）。御：迎接。

㉓总总：丛簇聚集的样子。离合：忽开忽合。

㉔斑：杂色貌，犹言斑斑，色彩多样。陆离：光亮炫目，光辉灿烂的样子。

㉕帝阍（hūn）：帝庭的守门人。开关：开门。关，这里指用来闩门的门栓。

㉖倚：倚靠。阊阖（chāng hé）：天门。望予：望我，指不欲开门。

㉗暧（ài）暧：昏暗不明的样子。

㉘结：编结。"结幽兰"指怀抱芳洁。延伫：长久站立，不忍离开。

㉙溷（hùn）：通"混"，混乱。溷浊，犹言混浊。不分：不辨黑白，不分善恶，美丑无别。

㉚蔽美：遮盖美好的东西。

译文

铺展衣襟跪下吐露衷肠啊，我得到了光明正道心中豁然开朗。
驾驭着四条无角玉龙拉着的凤车啊，瞬间我依托旋风直上天空。
清晨我从苍梧山启程啊，黄昏就到了昆仑山的悬圃。
我想在神灵的住所前稍作停留啊，可惜太阳渐渐西下天将入暮。
我祈求太阳神羲和缓步前行啊，望着日落的崦嵫山不要急着靠近。
前途漫长遥远无边啊，我将上天入地去寻求出路。
先让我的马在咸池喝水啊，将马缰系在太阳升起的扶桑树上。
折下若木来遮蔽太阳光啊，姑且逍遥徜徉自由自在。

让月神望舒在前开路啊，让风神飞廉追随在后。
鸾皇为我警戒开道啊，雷神却告诉我还没准备。
我命令凤凰展翅腾飞啊，日夜兼程不能停息。
旋风忽聚忽散迎面而来啊，率领彩云前来迎接。
缤纷的云霞离离合合啊，色彩斑斓上下翻飞。
我叫天帝的守门人打开天门啊，他却倚靠在天门外冷眼旁观。
暮色暗沉一天就要结束了啊，我只得编结幽兰长久停驻。
世间混浊良莠不分啊，总喜欢遮掩贤良美德妄加嫉妒。

赏析

　　以上为第二大段的第二层，诗人在圣君虞舜面前陈辞后，再次验证自己从前的认识和美政理想是正确的，更加坚定了诗人的信仰和信念。诗人坚信一切不合理的政治必然归于覆亡，只有"义"和"善"、"循绳墨"和"举贤能"才能使国祚昌盛；而他所坚持的，正是关系楚国国运兴衰的根本问题，他自然不能听从女嬃的劝告，作明哲保身之计了。屈原同其他伟大的政治思想家一样，他是"百变而不离其宗"，决不可能放弃他的主张的。这种主张在现实环境中既然找不到出路，于是下文就进入了"上下求索"的幻境。正是在这新的认识基础上，他开始满怀激情地进行了新的"求索"。在精神活动的领域里开拓了一个更为宽广的世界，把极其深刻而复杂的内心矛盾，一步步推向高潮。于是诗篇又展现了一个再生灵魂为实现理想而顽强追求的动人情景。

诗人在舜墓陈辞后，从苍梧出发，抵达昆仑山的悬圃，即登天的第二层。即使到了"老冉冉其将至兮"之时，诗人仍怀着无比的热情和一往无前的勇气，探求救国的真理："路曼曼其修远兮，吾将上下而求索。"在太阳沐浴的咸池，诗人让他的玉龙马在池边悠闲地饮水，又把马牵到日出之东的扶桑拴住。诗人折下神木轻拂太阳，使"曜灵"（古人认为太阳的光亮由曜灵发出）更光洁明亮，好照耀着诗人上下求索。月亮升起后，诗人又上路了。诗人命令月神望舒在前开路，让风神飞廉追随在后。鸾皇为诗人警戒开道，但是却受到雷神的阻挠。雷神借口还没有准备好，使诗人不得夜行。诗人并没有因为雷神的阻挠而放弃求索，然而，到天门前就吃了一个闭门羹：我叫天帝的守门人为我开门，他却倚靠在天门外冷眼旁观。原来天上和人间一样，都是那样的昏庸势利。对于楚国人慕拜的上帝，诗人毫不客气地给予嘲弄："天门"如黑暗的朝廷大门一样，冷气森森地把高贵的诗人拒之门外。"守门人"自然是势利庸人的写照。"'令帝阍'句，极写见帝情迫、刻不容缓之状。"（朱冀）而下句"倚门而望，冷眼不瞅睬也"（夏大霖），且在此日之阳谷逍遥自在地游逛，等待月亮升起来吧。诗人不由得慨然长叹：世间混浊良莠不分，喜欢遮掩贤良美德横生嫉妒。林云铭云："欲求知于天上，初来时，异样急切，既到后，何等悲凉。因思天帝之溷浊不分，与世无异，不得不舍之而他求也。"（《楚辞灯》）

原文

朝吾将济于白水兮①，登阆风而绁马②。

忽反顾以流涕兮③，哀高丘之无女④。

溘吾游此春宫兮⑤，折琼枝以继佩⑥。

及荣华之未落兮⑦，相下女之可诒⑧。

吾令丰隆乘云兮⑨，求宓妃之所在⑩。

解佩纕以结言兮⑪，吾令蹇修以为理⑫。

纷总总其离合兮⑬，忽纬繣其难迁⑭。

夕归次于穷石兮⑮，朝濯发乎洧盘⑯。

保厥美以骄傲兮⑰，日康娱以淫游。

虽信美而无礼兮⑱，来违弃而改求⑲。

览相观于四极兮⑳，周流乎天余乃下㉑。

望瑶台之偃蹇兮㉒，见有娀之佚女㉓。

吾令鸩为媒兮㉔，鸩告余以不好㉕。

雄鸩之鸣逝兮㉖，余犹恶其佻巧㉗。

心犹豫而狐疑兮㉘，欲自适而不可㉙。

凤皇既受诒兮㉚，恐高辛之先我㉛。

欲远集而无所止兮㉜，聊浮游以逍遥㉝。

及少康之未家兮㉞，留有虞之二姚㉟。

理弱而媒拙兮㊱，恐导言之不固㊲。

世溷浊而嫉贤兮㊳，好蔽美而称恶。

闺中既以邃远兮㊴，哲王又不寤㊵。

怀朕情而不发兮㊶，余焉能忍与此终古㊷？

注释

①白水：神话中源于昆仑山的一支河流，传说饮其水可以不死。

②阆（làng）风：神话中山名，在昆仑山上。绁（xiè）：牵牲畜的绳子，引申为系、拴。绁马：把马拴住，表示停留。

③反顾：回头看，转身四望。

④高丘：高山，指楚国的山名，喻楚朝廷。无女：不见一个神女，喻无可代为通君的人。

⑤溘（kè）：忽然、突然地。春宫：东方青帝所居之宫，青帝为司春之神。

⑥琼枝：玉树枝条，指神话传说中的玉树。继佩：增饰佩带。继，续，接。

⑦荣华：指花朵，此处喻美好的容颜或年华。荣华未落：指青春尚未凋殒。

⑧相（xiàng）：审视，寻找，物色。下女：下界之女，相对天上神女而言，指后文的宓妃、简狄、二姚等人。诒（yí）：通"贻"，赠送。指赠礼订婚。

⑨丰隆：神话传说中的雷神，后多用作雷的代称。一说为云神。

⑩宓（fú）妃：传说为伏羲氏的女儿，溺于洛水而死，化为洛神。

⑪结言：指订约，致爱慕之意，寄言结交。

⑫蹇（jiǎn）修：人名，传说中伏羲氏之臣，古贤者，此处作媒人。蹇，敲磬；修，敲钟。理：使者，媒人。

⑬纷总总：杂乱貌，指宓妃一开始心绪很乱，拿不定主意。离合：言辞未定，若即若离，指态度暧昧。

⑭忽：飘忽不定。纬䌬（huà）：违拗；乖违，不相投合。迁：改变。难迁：固执不肯相从，难以迁就。

⑮次：停留，住宿。穷石：后羿所居之处。传说宓妃是河伯之妻，与后羿有淫乱关系。因此诗中说

她晚上次于穷石。

⑯濯（zhuó）发：洗涤头发。洧（wěi）盘：神话中的水名，相传发源于崦嵫山。

⑰保：仗着，自恃。厥：其，指宓妃。

⑱信美：真美，确实美。无礼：不合礼法，指宓妃骄傲淫游，不守规矩，行为不正。

⑲来：乃，于是。来是招呼从者之词，即回来吧！这是招回丰隆的话。违弃：抛开，丢开。改求：另外寻求。

⑳览相观：三个叠字同义，都是看的意思。四极：泛言四方之边极。

㉑周流：遍游，周游。乃：于是，才。

㉒瑶台：用美玉砌成的高台。偃蹇（yǎn jiǎn）：高耸的样子。

㉓有娀（sōng）：有娀氏的简称，古代部落名。佚（yì）女：美女。指有娀氏美女简狄。简狄成为高辛氏帝喾最宠爱的妃子后，跟妹妹建疵在瑶台的玄池泡澡的时候，因为吞食了玄鸟蛋而生下殷商的始祖契（xiè）。

㉔鸩（zhèn）：传说中的一种鸟，羽毛有毒，以羽浸酒，饮之立死。

㉕不好：不爱。意思是鸩回话说她对你无意，不爱你。一说鸩回话撒谎说了她的种种不好。

㉖鸣逝：边飞边叫，叫着飞走。指叫唤着飞去说媒。

㉗恶（wù）：讨厌，憎恨。佻（tiāo）巧：轻佻取巧，花言巧语。

㉘犹豫：迟疑不决。狐疑：猜疑，怀疑。

㉙自适：亲往。适，往，去到。

㉚凤皇：即凤凰。受诒：指凤凰已接受了送给简狄的聘礼，准备前去说媒。诒，通"贻"，指聘礼。

㉛高辛：帝喾初受封于辛（今商丘市高辛镇），后即帝位，号高辛氏。

㉜集：栖止，停留。远集指到远处去。无所止：无处可以栖身。

㉝浮游：徘徊，无目的地漫游。逍遥：徘徊不进，与"浮游"义近。

㉞少康：夏的中兴君主，是太康弟仲康之孙，其父帝相为寒浞子浇所杀，少康是相的遗腹子，生在有娀氏，后来少康逃到有虞国，有虞氏把两个女儿嫁给他。后来少康杀死寒浞和浇而复国，遂中兴夏朝。未家：未成家。

㉟留：留在家里，未被人娶走的意思。有虞：相传是虞舜后裔的部落国家，故址在今河南虞城县。二姚：有虞国国君姚思的两个公主。虞国属姚姓，故其两个女儿称"二姚"。

㊱理弱：使者无能。媒拙：媒人不可靠。

㊲导言：媒人撮合之言。不固：靠不住。

㊳世溷（hùn）浊：时世混乱污浊。

㊴闺：古代女子居住的房屋称闺。闺中：旧时用来称少女的居室。这里指宫室之中，指所求之女宓妃、有娀、二姚的居所。邃（suì）远：深远。

㊵哲：明智。哲王：圣明之王，指楚怀王。寤（wù）：通"悟"，醒悟。

㊶不发：不得发泄。发：抒发。

㊷焉能：怎么能。此：指自己的理想，即求理想中的女子。终古：终生，生命结束。

译文

清晨我要渡过白水啊，登上阆风山顶系好马驻足。

猛然回头眺望潸然泪下啊，伤心这楚国的高丘上竟然没有神女。

我快速去了东方青帝居住的春宫啊，摘下玉树琼枝来补充佩饰。

趁着琼花尚未凋零啊，寻访下界的美女送给她。

我请雷神丰隆驾起云彩啊，寻找洛水女神宓妃的住所。

我解下佩带的香囊作为信物啊，请蹇修来做媒人。

她的态度暧昧若即若离啊，善变乖戾的脾气难以迁就。

她晚上到穷石住宿啊，清晨在洧盘河洗发梳头。

她依仗美貌高傲无礼啊，整天寻欢作乐游玩无度。

虽然她确实美丽但不知礼仪啊，我打算放弃她再去别处寻找。

察看天下四方啊，周游过整个天界后又回到人世间寻觅。

望见玉砌高台巍然耸立啊，我看见了美丽的有娀氏简狄。

我让鸩鸟为我做媒啊，鸩鸟却对我说了她的种种不好。

雄鸠一面鸣叫一面远去啊，我想托它又厌恶它太过轻佻。

心中犹豫又无法决断啊，想亲自前去又觉得不合礼数。

凤凰已带着聘礼前去啊，恐怕帝喾会比我先到一步。

想去远方栖身却不知道哪里可以落脚啊，姑且漫无目的地四处飘流。

趁着少康还没有成家啊，有虞氏的两位姚姓姑娘正待字闺中。

可惜媒人个个无能又笨拙啊，恐怕无法正确传达心曲让人信服。

这世道太混浊嫉恨贤能啊，喜欢遮蔽美德而称扬恶行。

宫闱是那样地幽深遥不可及啊，明哲的君王又不醒悟。

满怀忠贞之情却不能发泄啊，我如何才能隐忍含恨了却终生？

赏析

以上为第二大段的第三层，写前往下界"求女"而不遂。诗人开始离开现实世界，向幻想的天国境界求索神游，借求爱的炽热和失恋的苦痛来象征自己对理想的追求。由于屈原爱国之深，尽管在现实的恶劣环境中备受各种打击，但他仍然锲而不舍，因而就产生了以"求女"为中心的幻想境界，并形成这种上天入地驰骋幻想的表现形式。其间他设想了"三求女"的情节，却三次均告失败，这是对理想追求的执着表现。

诗人扣帝阍而不开，天门九重，无人代为自己传达心声，以达天听。诗人第一次求"下女"宓妃，因为宓妃傲慢无礼而失败。诗人远远望见瑶台的九层之台有一个美女，那不是芳名远播的简狄吗？这时，诗人听到凤凰和鸣之声，抬头望去，空中凤凰翔舞，看这情形，貌似帝喾先诗人娶走了简狄。因失去时机，第二次"求女"失败后，诗人的内心充满了挫折感和悲怆，想飞到远方去，却又无栖身之地，只好在空中无所归止地流浪，所谓"逍遥"是诗人悲凉的自我解嘲。游国恩先生云："盖此又承上言，有娀之佚女既不可求，遂又顾而之他。然以屡次图谋之不遂，觉前路茫茫，殆无托足之所，姑且上下浮游，徜徉自适而已。"（《离骚纂义》）诗人这时忽然想到，少康还没有成家时，有虞氏有两个娇女还待字闺中，可是由于媒人能力差，笨嘴拙舌，诗人的第三次"求女"又失败了。诗人三次"求女"所追求的，有九重的天女，有高丘的神女，有人间的佚女，她们的身份不同，但在她们的身上同样可以寄托爱情；也如楚国统治集团当中的任何一员，都有可能通过他们来实现自己的理想。诗人"求女"的心情是炽热的，可是他选择对象的条件则是极其苛刻的。他不仅追求美丽的容貌，更重要的是要有高尚的道德品质。也就是说，政治上的结合必须建立在共同的思想基础上。而且，无论在任何情况下，他决不肯枉尺直寻，不择手段以求进身的。爱情的炽热和求爱条件的苛刻，正是矛盾的焦点，失恋的苦痛，就是在这个焦点上形成的。因此在"上下求索"的过程中，回答他满腔热情的只是空虚和幻灭、怅惘与彷徨。他在幻觉中的一切感受，正是"溷浊不分，蔽美称恶"的丑恶现实的反映。"此一叹与见帝章一叹遥对作章法，而意有浅深。盖前云'溷浊不分'，是乱在邪正之莫辨也；今云'溷浊嫉贤'，则浊乱之极，至于正道莫容矣。前云'蔽美嫉妒'，是犹知其为美而嫉妒兴心也；今云'蔽美称恶'，则公然恶直丑正，惟奸宄是崇矣。总以见世局日坏一日，真不可挽回耳。"（清朱冀《离骚辩》）又王邦采云："前一叹是蒙蔽者多，君德之所以日荒也。此一叹是叹媚嫉者众，贤士之所以长往也。故下文紧接闾中、哲王二语，非徒章法有深浅也。"（《离骚汇订》）诗人上天下地四方求索，伤心痛苦至极，故有"焉能忍与此终古"之语。

以上是全诗的第二大段，以女媭的劝告与向重华陈词，作为全诗的一大转折。诗人先后经历重华之证、帝阍之拒、"求女"之败，与现实政治上的受挫虚实相应，强化了作品情感的深广度。诗人充分展开想象的翅膀，把众多的历史事件与神话传说糅合在一起，任意驱遣。为了追求理想的寄托，他上天入地，遨游天际，风云雷电都成了诗人的最好助手与工具。"路曼曼其修远兮，吾将上下而求索"，以"求女"为中心的天国漫游，展示了天国神奇的图景。其中"求女"又含求神女与凡女两项，然而求索是失败的，勾勒出不懈追求美政理想的艰辛足迹，以及理想破灭的残酷现实。诗人借女媭劝告，向重华

离骚

陈词，总结历史经验教训，阐述了"举贤授能"的政治主张，描绘了"上下求索"的幻想境界，表现了自己对理想的执着追求。

原文

索薆茅以筵篿兮①，命灵氛为余占之②。

曰两美其必合兮③，孰信修而慕之④？

思九州之博大兮⑤，岂唯是其有女⑥？

曰勉远逝而无狐疑兮⑦，孰求美而释女⑧？

何所独无芳草兮⑨，尔何怀乎故宇⑩？

世幽昧以眩曜兮⑪，孰云察余之善恶⑫？

民好恶其不同兮⑬，惟此党人其独异⑭。

户服艾以盈要兮⑮，谓幽兰其不可佩。

览察草木其犹未得兮⑯，岂珵美之能当⑰？

苏粪壤以充帏兮⑱，谓申椒其不芳。

欲从灵氛之吉占兮⑲，心犹豫而狐疑。

巫咸将夕降兮⑳，怀椒糈而要之㉑。

百神翳其备降兮㉒，九嶷缤其并迎㉓。

皇剡剡其扬灵兮㉔，告余以吉故㉕。

曰勉升降以上下兮㉖，求矩矱之所同㉗。

汤禹严而求合兮㉘，挚咎繇而能调㉙。

苟中情其好修兮㉚，又何必用夫行媒㉛。

说操筑于傅岩兮㉜，武丁用而不疑㉝。

吕望之鼓刀兮㉞，遭周文而得举㉟。

宁戚之讴歌兮㊱，齐桓闻以该辅㊲。

及年岁之未晏兮㊳，时亦犹其未央㊴。

恐鹈鴂之先鸣兮㊵，使夫百草为之不芳。

注释

①索：取，拿。藑（qióng）茅：占卜用的灵草。筳（tíng）：占卜用的小折竹。篿（zhuān）：圆形的竹器，这里指用灵草和小竹枝占卜。

②灵氛：灵即巫，氛为巫的名，即《山海经》所载之巫盼，神话中之巫师。占：占卜吉凶。

③曰：灵氛之辞。两美：指明君贤臣。两美其必合：指男女匹合，喻圣君贤臣的遇合。

④孰：谁。信修：诚然美好，真正美好。慕：爱慕。

⑤九州：泛指天下。《尚书·禹贡》中称冀、徐、梁、雍、兖、荆、扬、青、豫为九州。

⑥岂唯：难道只有。是：此处，这里，指楚国。有女：即有美女，欲求的贤妃，暗喻贤君。

⑦曰：灵氛的再次叮嘱。勉：努力。远逝：远行。狐疑：犹豫不决。

⑧释：丢开。女：通"汝"，你。释女，丢开你，放过你。

⑨所：处所。何所：何处。芳草：比喻美女、贤妃。

⑩尔：你。怀：留恋。故宇：故居，故宅，指楚国。宇，屋檐。

⑪幽昧：昏暗不明。眩曜（xuàn yào）：使人眼花，迷乱。眩，一作"眩"。曜，通"耀"。

⑫云：语词。余：包括"灵氛"与"吾"，犹今"咱们"，同上文"孰云察余之中情"。

⑬民：人，人们，指一般人、普通人。

⑭惟：唯。此：指"故宇"。党人：群小。诗中指楚国谄上欺下的结党营私之徒。独异：与众不同。

⑮户：家家户户。服：挂，佩带。艾：艾草，白蒿。盈要：满腰。盈，满。要，通"腰"。

⑯未得：不能得到实情。

⑰瑆（chéng）：美玉。瑆美即美好。当：恰当，得当。

⑱苏：拾取。粪壤：粪土。帏（wéi）：香囊。充帏：填满荷包。

⑲从：听从。吉占：吉利的占辞。

⑳巫咸：上古神巫，名咸。《山海经》记载的灵山十巫之一，地位身份要比灵氛高。夕降：傍晚降神。

㉑椒糈（xǔ）：椒，香料，糈，精米。椒、糈皆为享神的供品，椒糈是用椒香拌和的精米，类似粽子。要：通"邀"，迎候。

㉒翳（yì）：遮蔽，掩盖。备降：一同降临。备，悉。

㉓九嶷：即九疑，山名，在湖南宁远县南。此指九嶷山诸神。缤：纷纷。并迎：一起来迎接百神。

㉔皇：同"煌"，灿烂。剡（yǎn）剡：光华四溢的样子。扬灵：显圣，显扬神灵。

㉕吉故：吉利的缘故，指下文所言君臣相得的故事。

㉖曰：以下至"使夫百草为之不芳"都是巫咸劝诫诗人的话。勉：勉力。升降以上下：上天入地，周游四方，有寻找贤君知己之意。升降、上下，即上下求索之意。

㉗矩：同榘，画方形的角尺。矱（yuē）：量尺，量长短的工具。矩矱，即规矩尺度。

㉘严：庄重，严肃。求合：访求志同道合的人。合，匹合。

㉙挚（zhì）：商汤时贤臣伊尹，辅佐商汤灭夏。咎繇（gāo yáo）：咎，通"皋"，亦作"皋陶（yáo）"，即皋陶。传说皋陶是尧时的法官，是舜的贤臣，禹继舜位后，欲选他做继承人，因早死于禹，故未受位。调：协调，和谐。

㉚苟：假如。中情：内心真情。

㉛行媒：做媒，这里指往来传话的使者。

㉜说（yuè）：即傅说，殷高宗武丁的贤臣。傅说本为奴隶，在傅岩筑墙做苦役，后商王武丁梦见了他，就画了像到处寻访，结果在傅岩找到，聘以为相，中兴商朝。操筑：也称版筑，版指墙板，用两板相夹，填泥其中，以杵捣实成墙。操，持。筑，打墙用的木杵。傅岩：地名，传说服贱役的

地方，在今山西平陆东。

㉝武丁：商王盘庚之侄，商王小乙之子，商朝第二十二任君主，即殷高宗，商代的明君，一代中兴之君。不疑：不以出身低微而怀疑。

㉞吕望：即辅佐周武王灭商的姜尚，其祖先封地在吕，又称太公望、吕尚，俗称姜太公、姜子牙。姜尚曾在朝歌做屠夫，后为周文王举用，晚年出仕，助武王破商，受封齐地。鼓刀：振动刀刃，敲刀发声，以招揽生意，即指屠户。

㉟周文：即周文王姬昌，武王之父，周家基业的奠定者，到儿子武王时一举实现灭殷大业。举：举用、提拔。

㊱宁（nínɡ）戚：春秋时期卫国人，为商贾驱赶牛车，在车旁"饭牛"（喂牛）时敲着牛角唱歌，被齐桓公听到，发现他是个贤才，就任用他做齐国客卿。《史记·鲁仲连邹阳列传》记载："宁戚饭牛车下，而桓公任之以国。"讴歌：徒歌，没有伴奏地歌唱。

㊲齐桓：齐桓公，春秋五霸之一，曾九次召令诸侯拱卫周室，并为盟主。该辅：任用贤人以备辅佐，使辅助更加完备。该，周详，完备。

㊳未晏：未晚。晏，晚。

㊴时：时间。犹：还。未央：未到极点，未到尽头。央，尽。

㊵鹈鴂（tí jué）：鸟名，即子规，古书上的杜鹃鸟，也作鶗鴂。一说指伯劳鸟，秋天鸣。根据《现代汉语词典》，指伯劳鸟时一般写作"鴂"。

译文

取来占卜用的茅草和竹片啊，请灵氛为我解决疑问。
他说两种美好的事物注定结合啊，哪个真正美好的人不让人爱慕？
想九州天下这么辽阔啊，难道只有这里才有美好的人存在？
他说努力到远方去不要迟疑啊，哪个真心追求美好的人会把你丢下？
天下什么地方没有芬芳的花草啊，你为什么单单留恋这里？
世道昏暗让人迷乱啊，谁能明察我心中的善恶？
每个人好恶的标准各不相同啊，只是那些结党营私的人不可思议。
家家户户人人都把艾草挂满腰间啊，却说幽香的兰草不适合做佩饰。
连草木都无法辨别真切啊，鉴别美玉的重任又怎能担当？
拾取粪土塞满香囊啊，偏说那申椒一点都不芬芳。
我想听从灵氛的吉利占辞啊，但心里还是有些犹豫彷徨。
巫咸傍晚就会降临啊，我怀抱花椒和精米前去迎候。
众神遮天蔽日纷纷降临啊，九嶷山诸神纷纷来迎接。
光芒四射皇天显灵啊，他们告诉我吉卦的缘故。
我努力上天入地周游四方啊，只为寻求君臣间同心戮力。
就像商汤、夏禹虔诚寻求合德的贤臣啊，伊尹、皋陶与之调和辅佐政事。
只要内心真正追求美德啊，又何必用使者来沟通。
傅说在偏远的傅岩筑土打墙啊，殷高宗武丁任用他毫不迟疑。
姜太公在市场挥刀屠肉啊，遇见周文王而得以重用。

宁戚敲着牛角唱歌啊，齐桓公听见后请他做辅臣。

趁着年岁还不算太老啊，时机还没有失尽。

生怕杜鹃叫得太早啊，使花草凋零不再芬芳。

原文

何琼佩之偃蹇兮^①，众薆然而蔽之^②。

惟此党人之不谅兮^③，恐嫉妒而折之^④。

时缤纷其变易兮^⑤，又何可以淹留^⑥？

兰芷变而不芳兮，荃蕙化而为茅^⑦。

何昔日之草兮，今直为此萧艾也^⑧？

岂其有他故兮^⑨？莫好修之害也^⑩。

余以兰为可恃兮^⑪，羌无实而容长^⑫。

委厥美以从俗兮^⑬，苟得列乎众芳^⑭。

椒专佞以慢慆兮^⑮，樧又欲充夫佩帏^⑯。

既干进而务入兮^⑰，又何芳之能祗^⑱？

固时俗之流从兮^⑲，又孰能无变化？

览椒兰其若兹兮^⑳，又况揭车与江离^㉑。

惟兹佩之可贵兮^㉒，委厥美而历兹^㉓。

芳菲菲而难亏兮^㉔，芬至今犹未沬^㉕。

和调度以自娱兮^㉖，聊浮游而求女^㉗。

及余饰之方壮兮^㉘，周流观乎上下。

楚辞选

注释

①琼佩：玉佩，比喻美德。琼，美玉。偃蹇：众盛貌，形容美盛的样子。

②薆（ài）然：指遮蔽的样子。

③此党人：这帮小人。谅：正直可信。

④恐：一说为"共"的误字。之：指上文琼佩。

⑤时：时势。缤纷：纷乱，这里形容时世纷乱混浊。

⑥淹留：停留，羁留，逗留。

⑦茅：茅草，贱草。这里比喻谗佞小人。

⑧直：一下子，竟然。萧艾：贱草，恶草，这里比喻谗佞小人。萧，即白蒿。艾，艾草。

⑨他故：其他原因。

⑩莫：不。好修：喜好自修善德。

⑪兰：兰草，指上文"滋兰"之兰。一说指令尹子兰，乃楚怀王幼子，襄王弟。一说此处"兰"并非实有所指，只是喻指变节之人。恃：依靠，倚仗。

⑫羌：发语词。无实：不结果实，指徒有其表，无实在内涵。容长：外表修长，外貌美好。容，外貌。长，华硕，美好。

⑬委：丢弃，这里是遭人抛弃的意思。厥美：它的美。委厥美，指美德见弃于众人。从俗：追随世俗，与小人同流合污。从，追随。

⑭苟：苟且。苟，此处表疑问，如何的意思。苟得，能够得到，实际上还配不上。

⑮椒：花椒。一种说法认为是影射当时楚国大夫子椒。另一种说法认为只是对于变节之人的比喻说法。专佞：专横谗佞。专，专横；佞，奸巧。慢慆（tāo）：怠惰逸乐，傲慢放肆。

⑯樧（shā）：恶草名，似茱萸而小，似椒而不香的一种草，比喻楚官场的一批小人。夫：于，乎。充：填满。

⑰干进：即汲汲于进退之间，钻营以谋求个人权位利禄。干，求。进，进身。务入：使劲混入，即务必求进，与"干进"同义。

⑱祗（zhī）：尊敬，恭敬，指敬重。这里是说那些干进的人是不能尊重任何芳香之物的。

⑲流从："从流"的倒误，随波逐流，如水流顺势而下，比喻盲目随从流俗，不辨是非。

⑳若兹：如此，像这样。

㉑又况：又何况。揭车与江离：皆香草，芳香不及椒兰，比喻自己培育的一般人才，才干略逊一筹者，或贤才之变节者。

㉒兹佩：兹，此，即上文所言的琼佩，诗人自指。

㉓委：秉，持。历兹：至今，到这个地步的意思，意即遭遇祸殃，以至于此。

㉔难亏：难亏损，难损坏。亏，亏损，消歇。

㉕沬（mèi）：通"昧"，消失，泯没，这里是香气消散的意思。

㉖和：调和，缓和。调度，调整。"和调度"三个字同意，为并列结构，指自我调适，缓和心情的意思。这句是说把自己的心情调整得和悦、愉快一些。

㉗浮游：四处漂游。求女：寻求美女，这里比喻求贤君，寻求志同道合的人。

㉘饰：服饰，这里指外表看起来。方壮：正美盛。壮，盛，壮健，这里比喻年富力强。余饰之方壮，比喻年华未老。

译文

玉佩多么瑰丽不凡啊，人们却把它的光芒遮蔽。

想到那些结党私营者无义无信啊，恐怕会因为嫉妒将它伤害。

世事纷乱多杂变化无常啊，我有什么理由在此长期滞留？

兰草、白芷变质不再芳香啊，荃、蕙也变得跟茅草一样。

为什么曾经的香草啊，如今变成了白蒿、艾草一样的杂草？

难道还会有其他的原因吗？这是不好修洁不要德行带来的危害。

我以为幽兰可以依靠啊，谁知它只是华而不实虚有其表。

抛弃它原有的美德追随世俗啊，苟且偷生挤进众芳的行列。

椒专横跋扈狂傲自大啊，椴又想混进香料被缝进香囊。

既然一心只想钻营名利啊，又如何知道敬重芳芬本有的品格？

世俗本来就是随大流啊，谁又能固持原则永远不变？

看到花椒、幽兰也是这样啊，更不用说揭车和江离。

只有我的佩饰高雅可贵啊，这样的美德却遭人鄙弃。

我的香囊香气袭人毫无缺损啊，芬芳经久不消还未散去。

调节心情以求自娱自乐啊，姑且四处游览寻找知己。

趁着我还年富力强啊，走遍四面八方去周游。

赏析

以上为第三大段的第一层：诗人"求女"不得后，再请灵氛占卜，求巫咸降神以询来探索出路。灵氛让他去国远游，巫咸劝他留以求合，但都不合诗人之意，诗人矛盾痛苦，感叹世人变化无常。

诗人多次"求女"未成，苦闷不知所从，于是请灵氛占卜。灵氛卜卦的结果是必须远游离开楚国才有出路。天涯何处无芳草，你为什么一定要在楚国"求女"呢？灵氛认为诗人不必留在楚国，可以如当时社会的游士一般四出干禄，以达成自己的理想。尽管灵氛两次占卜为"吉"，诗人仍踌躇再三。诗人经过一番考虑，仍然犹豫不决。于是再请巫师降神求教。与灵氛相比，巫咸更直接列举前代君臣际合的佳话，劝诗人把握时机，另觅君主效力。巫咸为诗人指明前途后，诗人对党人群小卑鄙手段的抨击更为激烈。除了愤世嫉俗，还有诗人对楚国前途的担忧。之后，诗人又经反复审慎地思索，最终决定"远游自离去"，离开楚国出游。灵氛之断也好，巫咸之劝也好，实质是诗人的内心独白。尽管自己能坚持理想，决不动摇，但留下来，希望又在哪里呢？结果，灵氛的劝告在他的思想上取得了暂时的优势，于是他就冲破了楚国的范围，进入了"周流上下""浮游求女"的另一幻境。"言我愿及年德方盛之时，周游四方，观君臣之贤，欲往就之也。"（王逸《楚辞章句》）

原文

灵氛既告余以吉占兮，历吉日乎吾将行①。

折琼枝以为羞兮②，精琼爢以为粻③。

为余驾飞龙兮，杂瑶象以为车④。

何离心之可同兮⑤？吾将远逝以自疏⑥。

遭吾道夫昆仑兮^⑦，路修远以周流^⑧。

扬云霓之晻蔼兮^⑨，鸣玉鸾之啾啾^⑩。

朝发轫于天津兮^⑪，夕余至乎西极^⑫。

凤皇翼其承旗兮^⑬，高翱翔之翼翼^⑭。

忽吾行此流沙兮^⑮，遵赤水而容与^⑯。

麾蛟龙使梁津兮^⑰，诏西皇使涉予^⑱。

路修远以多艰兮，腾众车使径侍^⑲。

路不周以左转兮^⑳，指西海以为期^㉑。

屯余车其千乘兮^㉒，齐玉轪而并驰^㉓。

驾八龙之婉婉兮^㉔，载云旗之委蛇^㉕。

抑志而弭节兮^㉖，神高驰之邈邈^㉗。

奏《九歌》而舞《韶》兮，聊假日以婾乐^㉘。

陟升皇之赫戏兮^㉙，忽临睨夫旧乡^㉚。

仆夫悲余马怀兮^㉛，蜷局顾而不行^㉜。

注释

①历：选择。将行：将要远行。

②琼枝：琼树的枝条。羞：通"馐"，珍肴，美食。

③精：作动词，捣碎，将米舂得很细。琼麇（mí）：玉屑。麇，同"糜"，细末。粻（zhāng）：粮食，这里指干粮。

④杂：兼用，杂用，装饰。瑶：美玉。象：象牙。瑶象，意为用美玉和象牙为车的装饰。

⑤离心：贤愚异心，心志不同。此句谓离心离德的人怎么可以合作同处。

⑥远逝：远行。自疏：自动疏远，指自己将远游而言。

⑦遭（zhān）：转向，楚方言，转道的意思。道：取道。

⑧周流：周游，四处游览。

⑨扬：飞扬，举起。云霓：旗帜，以云霓为旗帜。晻（yǎn）蔼：日光被遮蔽的样子。

⑩玉鸾：玉雕刻成的鸾鸟形状的车铃。啾啾：玉铃声，形容铃声如鸟鸣。

⑪天津：天河，一说天河的渡口。

⑫西极：西方的尽头。

⑬翼：作动词，展翅。承旗（qí）：托起旌旗。承：举。旗：同"旗"，指画有交叉龙形的旗帜。

⑭翱翔：翅膀一上一下叫翱，张翅不动而飞叫翔，指在高空自由飞翔。翼翼：飞翔的两翅整齐，动

作和美。

⑮流沙：西方的沙漠，因沙流动而得名。据《山海经·海内西经》载，流沙从昆仑经过。

⑯赤水：神话水名，源出昆仑山。容与：犹豫、踌躇不前。

⑰麾：指挥。梁津：作为桥梁与渡口。梁，作动词用，搭桥。津，渡，指从水面渡过。

⑱诏：通告。西皇：西方天帝少暤（也作少昊）。涉予：渡我过去。

⑲腾：驰，指传令，传告。径侍：径直侍候。

⑳路：路经，指经过、路过。不周：神话山名，在昆仑西北。

㉑西海：古代神话传说中西部大湖名。期：相会。为期，会合的目的地。

㉒屯：聚集，集合。乘（shèng）：量词，古代四马驾一车称乘。

㉓齐：使整齐，作动词。玉轪（dài）：玉轮。轪，车轮，楚地方言。

㉔婉婉：同"蜿蜿"，龙行弯曲的样子。即龙在空中飞行时身体一伸一屈摆动的姿态。

㉕委蛇（wēi yí）：同"逶迤"，随风飘动的样子。

㉖抑志：抑制情绪，定下心来。一说抑止云旗。志，与"帜"通用。弭节：放慢徐行。

㉗神：精神。高驰：高高飞扬。邈邈：高远无际的样子。

㉘假日：假借时日。媮乐：媮同"愉"，愉乐。

㉙陟（zhì）：上升。皇：皇天。皇，初升的太阳。赫戏：戏，同"曦"，光明貌。

㉚临：居高临下。临睨（nì）：俯视，俯瞰。睨，旁视，斜视。旧乡：故乡。

㉛仆夫：御车的仆人。怀：怀恋。

㉜蜷（quán）局：弯曲身体，卷曲不伸，指"余马"，即驾车的"玉虬"蜷缩不行。顾：回视，回头。

译文

神巫已经告诉我占卜吉祥啊，选好吉日我就要出发了。

采摘琼枝嫩枝作珍馐美味啊，把精制玉屑当作干粮。

我驾着腾飞的龙车啊，用珠玉和象牙装饰车身。

离心离德的人怎么能待在一块啊？我将远去主动离开。

调转车头我前往昆仑啊，路程遥远我四处环游。

飘扬的云霓旌旗遮天蔽日啊，龙车上玉制的铃铛啾啾作响。

清晨从天河渡口出发，黄昏就到了太阳落山的最西边。

凤凰的翅膀和旌旗相连啊，高飞在天羽翼舒展。

我快步来到西方的流沙地带啊，沿着赤水岸边徘徊不前。

指挥蛟龙在渡口搭起桥梁啊，命令西皇少皞迎我涉水过河。

路程遥远艰难重重啊，传令随从的众车径直侍候在我的身边。

路过不周山再向左转弯啊，遥指西海那聚会地点。

我集结了成千的车辆啊，玉饰的车轮一起飞转。

驾着八龙马车蜿蜒飞驰啊，载着飞舞的云旗迎风飘扬在天空。

抑制兴奋的心情徐缓前进啊，我的神思却向高处飞翔。

演奏《九歌》伴随《韶》乐起舞啊，姑且借用时光获得短暂的欢悦。

登上灿烂辉煌的天界啊，忽然间低头却瞥到了故乡。

车夫悲伤我的马也哀恋啊，曲身回头再也不肯向前。

赏析

以上为第三大段的第二层：诗人决心听从灵氛劝告，再次去国远游，寻求理想。诗篇展示天国神游情景，但毕竟爱国怀乡之心强烈，最终幻想破灭，重又回到现实人间。然而，离开现实世界的天国神游，并不能如愿以偿，理想在与现实的相撞中往往宣告破灭。于是，诗人又不得不重回楚国故土——一个无法摆脱的楚国眷恋情结之中。

诗人向灵氛和巫咸求卜问卦，实属无奈之举。受灵氛的指引，诗人心情沉重地踏上了去国的路。从自身之穷通来考虑，诗人想按照灵氛卜辞的指示办，但从君国之义、爱国之情考虑，诗人又不能不心生犹豫。假如单纯为了不忍去国，则留下来而采取一种消极逃避的态度，尽管在极端黑暗的现实环境里，又何尝不能作和光同尘、明哲保身之计？但这是屈原所万万做不到的。假如单纯为了抒展个人的政治抱负，正如司马迁所说的，"以彼其材，游诸侯，何国不容？"（本传赞）在当时"楚材晋用"的士风之下，本是顺理成章的事。但这又是他心所不忍的。"原以灵氛之占为然。故曰吉占。灵氛勉以无狐疑，而不能不狐疑也。知远逝之当从，复去国之不忍，恋阙之情，未能决绝，故复决于巫咸。"（钱澄之《屈诂》）诗人求卜之后内心复杂的矛盾斗争，确如赵逵夫先生所说："此段文字，直如出家剃度前遥拜父母之一哭。"留既不能，去又不可，个人的远大政治抱负和深厚的爱国主义情感的无法统一，诗人内心的矛盾无可避免地使得驰骋在云端里的幻想又一次掉到令人绝望而又无法离开的土地上。正是由于对故乡故国深挚的感情，诗人毅然打消了离开祖国的念头，"本有路可走，卒归于无路可走，屈子是也"（刘熙载《艺概》）。但正是通过这一矛盾和抉择，充分表现出一位伟大爱国者的情操。马茂元、陈伯海评析说："这一节文字写得瑰丽多彩，汪洋恣肆，极富于浪漫气息。诗人选择好吉日，准备好干粮，上路了。飞龙为驾，象牙饰车，凤凰开路，千车随从，发天津，涉西极，渡流沙，循赤水。正当这支浩浩荡荡的车队扬着云旗，鸣着鸾铃，载歌载舞地登上高空，即将远离楚国黑暗的现实世界而去时，诗人的眼睛忽然瞥见了他那出生、长大的故乡，那种血肉相连、声息与共的炽热的情感，刹那间粉碎了他去国远游的美妙向往，使他再也无法继续自己的行程。这一感情上的剧烈转折，把诗人内心世界的悲剧性冲突推向了高潮，而整个诗的演进也就不能不到此戛然而止。诗人上下求索，云游八荒，但最终的立足点还是在他念念不忘的祖国。"（《千古绝唱话〈离骚〉》）

原文

乱曰[①]：已矣哉[②]！

国无人莫我知兮[③]，又何怀乎故都[④]？

既莫足与为美政兮[⑤]，吾将从彭咸之所居[⑥]。

注释

①乱：古代乐曲结尾的齐奏合唱，从诗的结构看，是总括全篇要旨之语。乱，本是古代乐曲里的一个名称，用在末尾，约相当于今天的"尾声"。辞赋最后往往也有"乱"辞作为一篇的总结。

②已矣哉：算了吧，罢了啊。已，止。

③国无人：国家无人。人，指贤人。莫我知："莫知我"的倒文，即不了解我。

④故都：故国故乡，指楚国。

⑤为：推行。美政：美好的政治，理想的政治，指屈原的美政理想，如任用贤人，变法图强，效法禹、汤、文、武等振兴楚国，等等。

⑥彭咸：传说中的殷朝贤士，因君王不采纳其劝诫，最终投水而亡。

译文

尾声：算了吧！

国中没有贤士没有人理解我啊，又何必苦苦眷恋我的故国？

既然没有人与我一起推行美政啊，我将独自去追随彭咸到他栖息的居所。

赏析

以上为第三大段的第三层：诗人对人生作出"从彭咸之所居"的最后决断。"乱"是

诗歌的结论。在楚辞中，"乱"有两层意思。从内容上说，它是一篇内容的总结；从音乐的角度说，它是一篇的高潮。由于有前诗的漫漫求索，开头的"已矣哉"系有极大的情感张力。这一声长叹，诗人用尽"洪荒之力"，抒诉无尽的冤气，万般无奈唯有泪千行。龚景瀚曰："'莫我知'，为一身言之也；'莫足与为美政'，为宗社（祖国）言之也。世臣与国同休戚，苟己身有万一之望，则爱身正所以爱国，可以不死也。不然，其国有万一之望，国不亡，身亦可以不死；至'莫足与为美政'，而望始绝矣。既不可去，又不可留，计无复之，而后出于死，一篇大要，'乱'之数语尽之矣。太史公于其本传终之日'其后楚日以削，后数十年竟为秦所灭'，言屈子之死得其所也，是能知屈子之心者也。"（《离骚笺》）最后诗人决心"从彭咸之所居"，用死来殉其"美政"的理想。

以上为全诗的第三大段，写诗人在追求不得后，请灵氛占卜、巫咸降神、询问出路，然后决定去国远游。诗人在艰难的处境中仍然没有完全放弃希望，他问卜灵氛，求疑巫咸，并听从二者的建议决计远行，但就在他升腾远游之时，对故国的强烈眷恋使他不忍离开，展示了诗人内心去与留的复杂矛盾。全诗的尾声虽然简短，却是诗人心声的绝唱。它告诉世人：诗人的理想抱负既然不能实现，国中又无人能理解自己，那么选择"从彭咸之所居"——投水自尽，便是最后的，也是最好的归途。

点评

《离骚》是屈原自传性的叙事诗，是屈原心路历程和人生悲剧的再现，也是楚国由盛转衰的历史写照。全诗按照屈原求学（自修）、屈原引路、屈原被疏、屈原不屈、屈原被怨、屈原说理、屈原叩天、屈原求女、屈原问卜、屈原求神、屈原去国、屈原言志的顺序娓娓道来。整首诗从家世出身、政治抱负写起，写到了忠诚却不被重用的痛苦，以及坚持理想的执着精神，充满了爱国主义激情和对世事的愤懑之情。《离骚》塑造了一个纯洁高大的抒情主人公的形象，通过这篇富有鲜明个性特点的诗篇，使我们看到了一个充满爱国激情，具有崇高政治理想和峻洁人格的庄严而伟大的诗人塑像。正是这样，诗人屈原本身成为我国文学史上一个伟大、不朽的爱国诗人的典型形象，感动了一代又一代读者，对后世产生无限的感召力。

在《离骚》这首长诗中，伟大的诗人屈原在其中创造了三个艺术世界：一个是现实世界。在这个世界里，诗人描绘了楚国当下君昏臣庸，利欲熏心，争权夺利，奸佞嚣张，谗言肆虐，暗箭遍布，邪恶横行，小人当道，忠良被害，凤凰在笼，鸡雀满朝的是非颠倒、黑白不分的溷浊之世的图像，将批判的锋芒直接指向衣冠楚楚、人面兽心的上层社会。整个上层社会糜烂腐败，诗人身处其中，孤独、失望、悲愤而无奈。诗人高洁的形象像一面镜子，越发照见这个世界的污浊；这幅黑暗的现实图景又像一面镜子照见着后世。在对现实世界进行描绘时，诗人也不是纯客观地描写，而是经过提炼和典型化，其中的象征比比皆是。第二个世界是神话世界。由于黑暗现实的挤压，诗人展开想象的翅膀，乘龙驭风，上天入地，上昆仑，赴春宫，入河府，憩肠谷，擦太阳，求神问卜，展现了一个瑰丽、旖旎、迷人的神话世界和楚国的风俗画，把"路漫漫其修远，吾将上下而求索"这种热切追求理想、百折不回的精神，表现得充分、真切而生动。第三个世界是象征世界。如以栽培香草比延揽人才；以众芳芜秽比好人变坏；以善鸟恶禽比忠奸异类；以规矩绳墨比公私法度；以饮食芳洁比人格高尚；以男女恋情比君臣关系，等等。诗人用美人、香草、女、帝阍、琼玉、凤鸟等丰富的意象，开辟了一个新奇而多彩的艺术世界，大大丰富了《诗经》的象征意象和表现手法，为后世的诗文创作指示了康庄大道。在今天看来，香草、美人、琼玉之类意象似乎很简单。然而，如果屈原用直接的语言描写小人的嘴脸和破败的景象，作品中就不会有如此瑰丽的语言；如果在诗中直接描写小人如何谄媚，楚王如何昏庸，他又如何不愿意与这些人为伍，那么作品中就不会出现那么多奇异的景象了。正是因为诗人把炽烈的感情与奇丽的超现实想象相结合，把对现实的批判与历史的反思相结合，熔宇宙自然、社会现实、人生经历、神话传说和历史故事于一炉，把人类的美德用香花美草来象征，从而结构出一个无比恢宏壮丽的抒情体系。

　　《离骚》是《楚辞》的代表作，从诗歌体裁来说，它是战国后期以屈原为代表的诗人，在楚国民歌基础上开创的一种新诗体。《离骚》是楚辞和屈原作品中最有代表性、最具思想性及艺术性的作品，后人常用"骚"代称《楚辞》作品，以"骚赋"代指屈原的作品。以屈原的《离骚》为代表的楚辞带着南方的浪漫气质，带着花香水汽，猛然隼入华夏文明，中国的诗歌史迎来了一个划时代的崭新时期。"不有屈原，岂见《离骚》! 惊才风逸，壮志烟高。"齐梁时代的文学理论家刘勰在《文心雕龙·辨骚》中这样评价天才诗人屈原及其伟大诗篇。鲁迅在《汉文学史纲要》中曾评论屈原《离骚》说："逸响伟辞，卓绝一世。较之于《诗》，则其言甚长，其思甚幻，其文甚丽，其旨甚明，凭心而言，不遵矩度。其影响于后来之文章，乃甚或在三百篇以上。"《离骚》与《诗经》一起成为我国文学史上浪漫主义与现实主义的两块奠基石，被文学史上称为文坛双璧，随着岁月的流逝和时代的变迁，不断地绽放出永恒的艺术魅力!

九歌

题解

　　"九歌"之名，《左传》《离骚》《天问》《山海经》中都有提及，都说它是夏代的乐章，是夏后启从天上带来的。在这些神话传说中，"九歌"也只是乐曲名称。屈原《九歌》借用了古代这一乐曲名，或者说对古旧乐章进行了翻新改写。如东汉王逸解释说是屈原被放逐沅湘之野时，见当地民间祭祀的歌辞"鄙陋"难听，屈原遂作《九歌》（《楚辞章句·九歌序》），朱熹也认为是屈原对南楚祭歌修改加工，"更定其词"（《楚辞集注》）。《九歌》包括《东皇太一》《云中君》《湘君》《湘夫人》《大司命》《少司命》《东君》《河伯》《山鬼》《国殇》《礼魂》十一篇作品。这是一组清新优美的抒情诗，也是屈原根据楚地民间祭祀神祇的乐歌创作而成。

　　《九歌》是楚国祭祀神祇的乐歌，分别对天、地、人进行了赞颂。其中《东皇太一》《云中君》《东君》《大司命》《少司命》这五篇为祭祀天神之歌，每篇都表达了对神的敬爱之情；《湘君》《湘夫人》《河伯》《山鬼》这四篇为祭祀地祇之歌，每篇实际是对爱情的赞美，表达了配偶间的倾慕、思念、等待之情；《国殇》为祭祀楚国阵亡将士的哀歌，表达了对英雄的崇敬之情；最后一篇《礼魂》为送魂曲，表明祭礼结束。对"天神""地祇""人鬼"的祭祀安排，体现了《九歌》的完整性及系统性特点。既然是《九歌》，为什么又是十一篇呢？前人对此有不同解释，一种说法认为《九歌》的首章《东皇太一》和结尾的《礼魂》为迎神、送神曲，中间的九篇才是实际的祭祀乐歌。又有人认为《九歌》中的《湘君》和《湘夫人》两篇实际为一曲演唱的两个组成部分，《大司命》和《少司命》的情况也一样。这样，《九歌》也还是九曲之歌。

　　关于《九歌》的创作时间，王逸认为是屈原被放逐江南时所作，当时屈原"怀忧若苦，愁思沸郁"，故通过制作祭神乐歌，以寄托自己的思想感情。"昔楚国南郢之邑，沅湘之间，其俗信鬼而好祠，其必作歌乐鼓舞以乐诸神。屈原放逐，窜伏其域，怀忧若苦，愁思沸郁。出见俗人祭祀之礼，歌舞之乐，其词鄙陋。因为作《九歌》之曲，上陈事神之敬，下见己之冤结，托之以风谏。"（王逸《楚辞章句》）但现代研究者多认为作于屈原被放逐之前，《九章·惜往日》所言"受命诏以昭诗"即指《九歌》创作而言，所以时间应在诗人被信任时，《九歌》仅供祭祀之用，是屈原创作的一组祀乐歌。

东皇太一

题解

东皇太一，是楚人对天帝的尊称，是楚人信仰中最尊贵的天神。对"东皇"的解释，综合起来有五种。一种认为东皇即东方天帝，因为它的祠坛立在东边，又可能与天从东方破晓以及东方为一年之始有关；一种认为"东"是春的意思，认为"东皇"即"春神"；一种认为"东皇"指东方君王；一种认为"东皇"即太阳神；一种把"东皇"作通假解释，认为"东皇"通"重皇"，又通"神皇"，即"皇帝"，亦即"黄帝"等。一般比较认同"东皇"即东方天帝。

"太一"也有不同解释。一种认为"太一"指形成天地万物的元气。郭店简《太一生水》说"太一生水，水反辅太一"以成天地、四时、阴阳乃至万物。由此可知战国时期在楚地，"太一"之尊贵是超过任何神的。一种认为"太一"指神的名字。有学者认为"太一"应该和"太乙"相通。因为在《吕氏春秋·仲夏纪·侈乐》中的"太乙"一词，就是指神的名字。"太一"即天神、天帝。湖北云梦睡虎地秦简《日书》甲种 101 正贰有"毋已子卜著，害于上皇"之语。上皇因其地位重要而称"太一"。宋玉在《高唐赋》中曾说："上皇即上帝之称变，言上皇者，以协韵之故，以此知战国时已以太一为上帝矣。"既而又进一步引申说："细考先秦故籍，以一字表事物最高概念浸假而为造化之原，自《易》至《老》《庄》莫不有此思想。……道立于一，则一之又一曰太一，太者更加神圣之谓，故以太一为造物主，亦即为以太一为帝。惟此说北土渐衰，故惟屈子、道家尚存其说。"汉景帝、汉武帝时期，"太一"渐渐成为天神和天帝的专用名字。

汉代以来，天文学家们将天极最明亮的星辰也取名为"太一"。《天官书》言："中宫，天极星，皇其一明者，太一常居也。"由此可见，汉代的神话故事中，也是将"太一"当成天上的天极神的。据《楚辞通故·书篇部》称：祭于东方的神叫东太一；西方的神为西太一；中央的神则为中太一。一说太一是北极星神。《史记·封禅书》索隐引宋均曰："天一，太一，北极神之别名。"宋代洪兴祖、清代陈本礼和今人李学勤、葛兆光、冯时等先生均考证"太一"即北极星神。一说"太一"又是水神。《灵枢经》曰："'太一者，水之尊号也。先天地之母，后万物之源。'以今验之，草木子实未就，人虫胎卵胎胚皆水也，岂不以为一？及其水之聚而形质化，莫不备阴阳之气在中而后成。"古人说颛顼是以水德为帝，即水神。《史记·楚世家》载："楚之先祖出自帝颛顼高阳。"《国语·周语》载："昔武王伐纣，岁在鹑火，月在天驷，日在析木之津，辰在斗柄，星在天鼋。星与日、辰之位皆在北维，颛顼之所建也，帝喾受之。"韦昭注："北维，北方水位也。建，立也。颛顼，帝喾所代也。"至战国时，颛顼高阳氏已上升为楚人至高无上的天神、天帝，其象征为北极星（北辰星）。楚人祭祀颛顼在东郊，故曰"东皇"。"东皇"颛顼和天神、天帝"太一"既是北极星神，又是水神，所以联称"东皇太一"。由此可见，"东皇太一"指东方天帝，具体指的就是楚人信奉与崇拜的天帝颛顼高阳氏。

"东皇太一"是最高神的称呼，是众神之首，拥有至高无上的地位和权威，因此也是祭典的主要对象。《九歌》中所写的下面诸神，则是从祭的对象。它们构成了一套完整的祭礼。《东皇太一》是祭祀最高天神的乐歌，因居《九歌》之首，所以又被称为迎神曲。本篇是群巫的合唱歌舞辞，也可以看作是整个祭典的开场白。

原文

吉日兮辰良[①]，穆将愉兮上皇[②]。

抚长剑兮玉珥[③]，璆锵鸣兮琳琅[④]。

瑶席兮玉瑱⑤，盍将把兮琼芳⑥。

蕙肴蒸兮兰藉⑦，奠桂酒兮椒浆⑧。

扬枹兮拊鼓⑨，疏缓节兮安歌⑩。

陈竽瑟兮浩倡⑪。

灵偃蹇兮姣服⑫，芳菲菲兮满堂⑬。

五音纷兮繁会⑭，君欣欣兮乐康⑮。

注释

①吉日：好日子。辰良：同"良辰"，为押韵之故，指美好的时刻。辰，时辰。

②穆：恭恭敬敬。愉：同"娱"，娱乐，作动词，使之快乐。上皇：天帝，这里指东皇太一。

③抚：持，拿。珥（ěr）：即剑珥，剑鞘出口旁像两耳的突出部分，又叫剑鼻。这里指剑把。

④璆（qiú）：美玉，玉磬。锵（qiāng）：金属器物撞击所发出的声响。琳琅：美玉名，精美的玉石，也指玉石相击的声音。

⑤瑶席：铺在神位前面用来摆放祭品的席子。一说瑶，香草，指用瑶草编的席子。一说瑶，美玉名，指饰有玉石的席子。玉瑱（zhèn）：用来压住坐席的玉器。瑱，通"镇"。

⑥盍（hé）：通"合"，会集。一说为发语词，无意。将把：此为同义复合词，指摆设的动作。将，拿起。把，拿着。琼芳：美好的芳香植物。琼，本义美玉，引申为美好。一说琼芳即玉枝。

⑦蕙肴：用蕙草包裹的佳肴。蕙，香草名，又名薰草。肴蒸，亦作"殽烝"，祭祀时放在俎里的大块煮熟的肉。这里是说用蕙草盖在祭肉上。兰藉：铺垫在祭食下的兰草编的垫子。兰，香草名。藉，古时祭礼朝聘时陈列礼品用的草垫。

⑧奠：献上祭品。桂酒：用桂花泡制的酒。椒浆：犹椒酒，用椒花泡制的酒浆。浆，一种味薄的饮料，《周礼》"四饮"之一。桂、椒都是香料。

⑨扬：举起。枹（fú）：同"桴"，古时击鼓的槌。拊：轻轻敲打。

⑩疏缓节：音乐的节拍舒缓。节，节拍。安歌：唱歌者意态安详，歌声悠然。安，安详。

⑪陈：排列有序。竽（yú）瑟：均为古代乐器。竽，笙类的吹奏乐器。瑟，弹奏乐器，琴类，弦乐。浩倡：倡，通"唱"，指声势浩大的歌声。

⑫灵：楚人称神为灵，称巫也为灵。这里指降神的巫师。偃蹇（yǎn jiǎn）：指巫师优美的舞姿。姣服：华丽的服饰。姣，美好。

⑬芳菲菲：香气馥郁，即香喷喷。

⑭五音：指宫、商、角、徵、羽五个音调。纷：指纷纷然并奏。繁会：各种音调会集在一起，交响合奏。

⑮君：这里指东皇太一神。欣欣：欣喜愉快的样子。乐康："康乐"之倒文，即获得极大的欢乐。康，平安，安乐。

译文

吉利的日子啊美好时刻，恭恭敬敬啊祭东皇太一。
手抚长剑啊玉石为珥，身上玉佩啊叮当作响。
瑶草席上啊压着玉镇，摆设成把啊鲜花芳草。
蕙草包裹祭肉啊铺着兰草垫，进献上桂花酒啊椒浆饮料。
祭巫举起鼓槌啊敲击着鼓面，节奏舒缓啊歌者安详。
吹竽弹瑟放声唱啊声势浩大。
巫师起舞姿态美好啊衣服华美，芳香浓郁啊飘满厅堂。
各种乐器的声音啊交响在一起，东皇太一欣喜愉快啊平安快乐。

赏析

《东皇太一》是屈原对"东皇太一"的颂歌，是"屈赋"中最为庄重、肃穆的一篇，同时又贯穿了热烈欢快的情绪。本诗再现了上古楚国祭礼的场面，自始至终只是对祭礼仪式和祭神场面的描述，举行祭礼的过程十分清晰。

全诗先点出祭祀的时日。人们选择一个良辰吉日，准备恭恭敬敬地祭祀东皇太一。由于东皇太一是天神，因此人们用隆重的仪式来欢迎他。主祭者手握长剑，恭敬而威严。这把长剑的珥，也就是剑环、剑柄和剑身相接处两旁的突出部分是用玉装饰而成，显得高贵而圣洁。主祭者的服饰肯定也是盛装，这里着重通过描写他衣服上所佩戴的美玉撞击发出的锵锵声响，来衬托他的虔诚。接着描述了祭祀中所用的祭品。作为一场祭礼，丰富的祭品必不可少。盛放祭品的场面也很隆重：华美如瑶的座席，四角上面压着玉制的器具；色如美玉的芳草鲜花被扎在一起摆放；然后还有让人垂涎欲滴的用香草蕙来包裹着的祭肉，以及用玉桂泡的酒和用花椒酿的浆。天神已经降临了，准备享用佳肴美酒了，这时候怎么能缺少了乐舞，于是迎神的乐队举起鼓槌敲起了鼓，唱曲的人们跟着节奏徐徐缓缓地轻歌。不一会儿，吹竽弹瑟开始了，大家又开始高声歌唱，整个场面热烈激昂。伴随着音乐，身着华丽服饰的灵巫开始翩翩起舞。这时候，阵阵香气飘满堂，五音交鸣齐奏乐，人们所有的祈愿都指向一个目标，那就是"君欣欣兮乐康"，希望东皇太一快乐又健康。

这首诗整个祭祀过程都只有群巫在载歌载舞，扮演东皇太一的主巫却没有唱歌，这也是为了给太一树立威严高贵的形象。清人蒋骥《山带阁注楚辞》云："《九歌》所祀之神，太一最贵，故作歌者但致其庄敬，而不敢存慕恋怨忆之心，盖颂体也。"这也正是《东皇太一》在《九歌》中有异于其他诸篇之处。

云中君

题解

  云中君也是一位神，一位时常出现在云端的神。有人说云中君是指云神。王逸《楚辞章句》题解说："云神丰隆也。一曰屏翳。"有人说云中君是湘君。徐文靖在《管城硕记》中认为云中君是云梦泽中之神，也就是湘君。司马相如在《子虚赋》中描述："'云梦者，方九百里。'湘君有祠，世数如云中，可无祠乎？"有人说云中君是电神。何剑熏在《楚辞拾沈》中指出，云中君应该是指电神，"余意云中君者，电神也"。有人说云中君是指月神。姜亮夫认为云中君是月神，其《屈原赋校注》中说："《云中》在《东君》之后，与东君配，亦如大司命配少司命，湘君配湘夫人，则云中君月神也。"但有学者怀疑云中君为月神的说法。既然云中君是指月神，《云中君》文中为什么会出现"蹇将憺兮寿宫，与日月兮齐光"之句？"月神"所居的寿宫又如何与日月齐光？1977年在湖北江陵天星观一号楚墓出土了一批记录楚人祭祀及卜筮情况的竹简，其中记载了楚人祭祀"云君"。学者们已肯定"云中君"即"云君"，是云神。洪兴祖在《楚辞补注》中注"云中君"说："云神丰隆也。一曰屏翳。""屏"是遮蔽的意思。"翳"，《离骚》王逸注："蔽也。"《广雅·释诂二》："障也。"则"屏翳"之名实表示了同"览冀州兮有余，横四海兮焉穷"一样的意思。古人以为雨是云下的，云师有下雨的职责。周宣王祈雨之诗名曰《云汉》，贾谊《悯旱》之赋题曰《旱云》，俱可以看出古人对云和云神的看法。朱熹《楚辞集注》云："谓云神也。"屈原《离骚》："吾令丰隆乘云兮，求宓妃之所在。"屈原《九章·思美人》："愿寄言于浮云兮，遇丰隆而不将。"都是说云神丰隆乘浮云而来去。云神因居于云中、驾驭浮云而得名。可见，屈原的《云中君》正是祠祀云神的祭歌。

原文

浴兰汤兮沐芳^①，华采衣兮若英^②。

灵连蜷兮既留^③，烂昭昭兮未央^④。

蹇将憺兮寿宫^⑤，与日月兮齐光^⑥。

龙驾兮虎服^⑦，聊翱游兮周章^⑧。

灵皇皇兮既降^⑨，猋远举兮云中^⑩。

览冀州兮有余^⑪，横四海兮焉穷^⑫？

思夫君兮太息^⑬，极劳心兮忡忡^⑭。

注释

①浴：浴身。兰汤：用兰草煮的洗澡水。汤，热水。古人祭神前，用兰草沐浴。《夏小正》："五月蓄兰，为沐浴也。"沐：洗发。芳：白芷。沐芳，用白芷洗头发，因其芳香。此下四句为祭巫所唱。

②华采：缤纷的色彩，指衣服的美丽色彩。若英：像花朵一样。一说为杜若。若，如。英，花。

③灵：灵子，降神的巫师，指祭祀中有神灵附身的巫觋。一说指神，即云中君。连蜷（quán）：长而曲折的样子，形容身姿矫健美好。既留：已留在天上。留，停留。这句是说女巫降神时，神灵附体，模拟云神的姿态。

④烂昭昭：光明灿烂的样子，指云神的神采灿烂。烂，光明。昭昭，明亮。未央：未尽，未已。央，极，尽。

⑤蹇（jiǎn）：句首发语词。憺（dàn）：安居。寿宫：寝堂，供神之堂。王逸《楚辞章句》："供神之处也，祠祀皆欲得寿，故名为寿宫也。"一说为云中君在天上的宫阙。此下四句为扮云中君的巫所唱。

⑥齐光：齐辉，同辉，一起大放光芒。

⑦龙驾：龙拉的车。这里指驾龙车。虎服：驾着虎。

⑧聊：姑且，暂且。翱游：翱翔，有逍遥的意思。周章：周旋，周游往来。王逸《楚辞章句》："犹周流也。言云神居无常处，动则翱翔，周流往来且游戏也。"指云神从天上下来以前，先在天上盘旋一下。

⑨皇皇：光明的样子。皇，同"煌"。降：从天上降临地面。此下二句为祭巫所唱。

⑩猋（biāo）：疾速前进，很快离去的样子。远举：远扬，高飞。举，高飞。

⑪览：云神所见。冀州：冀是九州之首，居于九州的中间，故以为中国之代称。有余：还有其他的地方，这里指所望之远，不止此一州，是说云神的视野超出中国。此下二句为云中君所唱。

⑫横：横奔，遍及。四海：犹世界，指九州以外。古人认为九州之外被东南西北四海包围。焉穷：何尽。焉，何处。穷，尽。"焉穷"与"有余"互文，写云神高瞻远瞩，无所不到。

⑬夫：语气词。君：巫女对云神的尊称，即云中君。太息：不停叹息。此下二句为祭巫所唱。

⑭极劳心：整日忧心劳碌。忡忡：心神不定，形容心忧的样子。

译文

　　用兰草泡的热水浴身啊用白芷水洗发，穿上漂亮的衣服啊如同花一样。

　　灵巫身姿美好啊神灵附体，神采灿灿啊无限辉煌。

　　云中君将要安居啊在那寿宫，同日月一起大放光芒。

　　乘着龙车啊穿着天帝的衣，暂且翱翔盘桓啊周游来往。

　　带着灿烂光辉啊驾着虎，又迅速飞远啊回到云上。

　　俯瞰神州大地啊还有其他地方，横越四海啊何处才是尽头？

　　思念云中君啊长声叹息，忧心劳碌啊心神不宁。

赏析

　　《云中君》一篇按韵可分为两章，每章都采用主祭的巫与扮云中君的巫对唱的形式，通过两方对唱，表达人们对云中君的思念，以及祈求云中君的保佑。云中君是云神，云中是神的住所。整首诗既写了云神的出行和光彩，以及忽然而降、飘然而去的神秘莫测，也写到了灵巫代表人对他的虔诚和思念。

开篇四句先是灵巫唱，说她用香汤洗浴了身子，穿上花团锦簇的衣服来迎神。灵子翩翩起舞，神灵尚未离去，身上隐隐放出神光。开头两句写灵巫之华丽芬芳，之所以引出云中君的光彩灿烂——"烂昭昭兮未央"。这是表现祭祀的虔诚和祭祀场面的隆重。"蹇将憺兮寿宫"以下四句为云中君（充作云中君的灵子）所唱，表现出神的尊贵、排场与威严。由于群巫迎神、礼神、颂神，神乃安乐畅意，精神焕发，神采飞扬。在灵巫的唱词中，云神的宫殿同日月一起大放光芒，他驾起龙车身穿帝服周游四方，这是多么逍遥惬意！这两句，上句是说明"神"的身份，下一句更表明"云神"的身份。"龙驾兮帝服"是说出行至人间受享；"聊翱游兮周章"则表示不负人们祈祷祭祀之意，愿了解下情。这两句，使云中君这位"灵"的神采在云光晕影的礼赞中呈现出来，又以其俯仰周旋，雍容华贵的气象，跟流云的神态配合得完全一致。

　　"灵皇皇兮既降"以下三句是灵巫和云中君的唱和。"灵皇皇兮既降，猋远举兮云中"为灵巫所唱，是说神灵带着灿烂光辉降下天来，又如狂飙一般飞升而去。"览冀州兮有余，横四海兮焉穷"为云中君所唱，是说云神高瞻远瞩遍览九州，横奔四海无边无疆。"思夫君兮太息，极劳心兮忡忡"为灵巫所唱，是说思念起云神长声叹息，令人满怀忧思心神惶惶，表达对神灵离去的惆怅与思念。云神倏忽而来，又飘然而去，怅然若失之际，不禁越发思念云神，感叹云神咫尺千里，目视九州，而转眼无踪，人生聚散离合的际遇不过如此。对此，清人贺贻孙曾分析得很精辟："（《九歌》）各章俱有触望惆怅，唯恐神不来之意。独《云中君》不恨其不来，而恨其易去，盖云之来去甚疾，不若诸神之难降，但降而不留耳。'翱翔周章'四字，画出云之情状。'灵皇皇兮既降，猋远举兮云中'，出没云中，俊甚快甚！'览冀州兮有余，横四海兮焉穷'，有俯视天下、沧海一粟之意。高人快士，相见时不令人亲，去后尝令人思，劳心忡忡，亦云神去后之思也。"（《骚筏》）

　　由于自然界云和雨不可分开，祭云神是为了下雨，希望云行雨施，风调雨顺。本篇寄寓了古时候人们对自然界云雨之神的祈祷与企盼。

湘 君

题解

《湘君》《湘夫人》二诗，是《九歌》诗中写得最为优美而富于抒情性的诗篇。历来都认为它取材于传说中的帝舜与尧二女娥皇、女英的故事。但从作品本身来看，并不能得到印证。

在古代神话传说中，帝舜有两个妃子：娥皇和女英，传说她们是尧的女儿。关于帝舜和二妃的记载有很多，如《礼记·檀弓上》："舜葬于苍梧之野，盖二妃未之从也。"再如《山海经·中山经》："洞庭之山……帝之二女居之，是常游于江渊。"据说舜在前往苍梧巡视时死在那里。舜帝南行的时候，二妃没有随行。在听到舜帝死于苍梧的消息后，

她们赶到了洞庭湖滨抱头痛哭，最终双双投入湘水。此后其神灵经常出没于湘水洞庭，"其出必以飘风暴雨"（《山海经·中山经》），楚地之人为之立祠。

《湘君》《湘夫人》历来被认为是《九歌》中艺术成就最高的作品。但是关于《湘君》《湘夫人》两篇作品中湘君、湘夫人与舜的关系，学界历来纷争不断。对于"湘君"和"湘夫人"到底是谁，历来争议很大。归纳起来有以下五种说法。

一说湘君、湘夫人同为湘水神，分别为尧之二女、舜之二妃娥皇、女英。此说最早见于西汉司马迁的《史记·秦始皇本纪》："（秦始皇）浮江，至湘山祠。逢大风，几不得渡。上问博士曰：'湘君神？'博士对曰：'闻之，尧女，舜之妻，而葬此。'"司马迁认为湘君是指舜的二妃，即湘君是女神，这种说法刘向在《列女传》卷一中也表示认同。中唐韩愈进一步完善此说，其《黄陵庙碑》记载："以余考之……尧之长女娥皇，为舜正妃，故曰君。其二女女英，自宜降曰夫人也。"即韩愈认为湘君是娥皇，湘夫人是女英。此说法为宋明清学者普遍接受，如洪兴祖、朱熹等就赞同此说。

一说湘君是湘水神，湘夫人是舜之二妃。此说最早见于东汉王逸《楚辞章句》，其《楚辞·九歌》注云："君，谓湘君也……言湘君所在，左沅、湘，右大江，苞洞庭之波……以为尧用二女妻舜，有苗不服，舜往征之，二女从而不反，道死于沅、湘之中，因为湘夫人也。所留，盖谓此尧之二女也。"王逸认为湘君指的是湘水之神，湘夫人是舜之二妃。对于湘夫人为舜妃，西晋张华的《博物志·史补篇》卷八中也如此说："尧之二女，舜之二妃，曰湘夫人。舜崩，二妃啼，以涕挥竹，竹尽斑。"顾炎武在《日知录》中也认为湘君、湘夫人是湘水神的两位夫人。

一说湘君是帝舜，湘夫人是舜之二妃。在岁时祭祀的漫长过程中，二女的传说也发生了变化，逐渐变成了一对配偶："湘君"有了舜的影子，人们把舜尊为湘水的男神；另一女神则变成了"湘夫人"，舜之二妃化身为湘水的女神。如唐司马贞《史记·秦始皇本纪》索隐曰：《楚辞·九歌》有湘君、湘夫人。夫人是尧女，则湘君当是舜。"于是湘君、湘夫人又演变为帝舜和舜之二妃。唐朝杜甫《祠南夕望》写道："百丈牵江色，孤舟泛日斜。兴来犹杖屦，目断更云沙。山鬼迷春竹，湘娥倚暮花。湖南清绝地，万古一长嗟。"杜甫在诗中提到了"湘娥"，实际是将湘君看作了帝舜，将湘夫人看作了舜妃。现代很多人发扬这一说法，何新先生说："舜即湘君，变为楚族之祖，楚之社神。湘夫人即湘妃，帝尧之女……"这种说法认为，帝舜死后，天帝封其为湘水之神，号湘君，封二妃为湘水女神，号湘夫人。在楚人心目中，他们是一对配偶神。

一说湘君是湘水神，湘夫人是其配偶。此说最早见于明末清初的王夫之《楚辞通释》："王逸谓湘君，水神；湘夫人，舜之二妃。或又以娥皇为湘君，女英为湘夫人……《九歌》中并无此意……盖湘君者，湘水之神，而夫人，其配也。"王夫之认为湘君是湘水神，湘夫人是其配偶。清代顾炎吾、赵翼等从此说。当代董运庭先生也说："湘君和湘夫人，他们本是一对湘水配偶神。"

一说湘君是湘山之神，湘夫人是湘水之神，他们是楚俗所祀湘山神夫妇。近年出土葛陵、天星观及包山各地之楚简，均称湘君和湘夫人为"二天子"，或即"天帝二位子女"之意。当代学者曹胜高先生认为："从《湘君》《湘夫人》来看，他们先后抵达祭祀地北渚，接受楚人的礼敬后，一起回到九嶷山。湘夫人的原型是《山海经》所载的天帝之

二女，而非尧之二女，演化为湘水之神。湘君因居于九嶷山，其原型可能为葬在九嶷的尧之子丹朱，演化为湘山之神。"刘梦鹏《屈子章句》也认为湘君、湘夫人为天帝的两个女儿。

一般认为，湘君是湘水男性之神，与湘水女性之神湘夫人是配偶神。《湘君》和《湘夫人》虽各自为题、独立成篇，其实是合而为一的整体，他们都是湘水之神。结合《湘君》和《湘夫人》所描写的实际内容来看，湘君、湘夫人是一对配偶神。《湘君》写湘夫人对湘君的思念，以及她主动追寻爱人的过程。《湘夫人》则写湘君对湘夫人的思念，以及她对湘君的期盼和忠贞。湘君、湘夫人之间的热烈思念，既是人们对超自然力量的崇拜，又是人们对纯真爱情的向往和对幸福生活追求的意愿。《湘君》与下篇《湘夫人》虽是祭歌，却通篇描写了湘君与湘夫人的爱情生活，是我国古典爱情诗的典范之作。全诗特别从两人相互思念却总是乖违不偶上加以表现，从而流露出浓郁的缠绵幽怨之情。《湘君》与《湘夫人》及《九歌》其他各篇一样，都是祭祀的乐歌，诗中有些内容是巫代表神唱的。《湘君》为女唱，应是由扮演湘夫人的女巫唱给湘君听的，可以把诗名理解为"致湘君"。《湘夫人》为男唱，应是由扮演湘君的男巫唱给湘夫人的歌，可以把诗名理解为"致湘夫人"。《湘君》与《湘夫人》作为祭祀的献歌，将神话传说融入自然景观中来写，给这两篇普通的"约会诗"赋予了特别的含义，这也是民众对自然崇拜的一种表现，更表达出人们对纯真爱情和幸福生活的向往。

本篇是祭湘君的诗歌，描写了湘夫人思念湘君那种临风企盼，因久候不见湘君依约聚会而产生怨慕神伤的感情。

原文

君不行兮夷犹①，蹇谁留兮中洲②？

美要眇兮宜修③，沛吾乘兮桂舟④。

令沅湘兮无波⑤，使江水兮安流⑥。

望夫君兮未来⑦，吹参差兮谁思⑧？

驾飞龙兮北征⑨，邅吾道兮洞庭⑩。

薜荔柏兮蕙绸⑪，荪桡兮兰旌⑫。

望涔阳兮极浦⑬，横大江兮扬灵⑭。

扬灵兮未极⑮，女婵媛兮为余太息⑯。

横流涕兮潺湲⑰，隐思君兮陫侧⑱。

桂棹兮兰枻⑲，斫冰兮积雪⑳。

采薜荔兮水中㉑，搴芙蓉兮木末㉒。

心不同兮媒劳㉓，恩不甚兮轻绝㉔。

石濑兮浅浅㉕，飞龙兮翩翩㉖。

交不忠兮怨长㉗，期不信兮告余以不闲㉘。

朝骋骛兮江皋㉙，夕弭节兮北渚㉚。

鸟次兮屋上㉛，水周兮堂下㉜。

捐余玦兮江中㉝，遗余佩兮醴浦㉞。

采芳洲兮杜若㉟，将以遗兮下女㊱。

时不可兮再得㊲，聊逍遥兮容与㊳。

注释

①君：湘君。指湘夫人对湘君的称呼。行：动身走来，即赴湘君之约。夷犹：犹豫不决，心思不定。

②蹇（jiǎn）：滞碍难行的样子。《说文》："蹇，跛也。"一说蹇通"謇"，发语词，楚地方言。谁留：为谁停留。中洲：洲中，水中小岛。

③要眇（miǎo）：美目流盼的样子，形容姿态美好。宜修：修饰打扮得合宜得体。

④沛：急速地飘然而行，形容船顺流而下快行的样子。吾：我，湘夫人自称。桂舟：桂木制作的船。后用作对舟船的美称。

⑤沅湘：沅水、湘水，都在今湖南境内。

⑥江水：指长江。一说即指沅、湘之流水。安流：平稳地流淌。

⑦夫：发语词。君：这里指湘君。

⑧参差：指用长短不齐的竹管制成的排箫。《风俗通》："舜作箫，其形参差，像凤翼参差不齐貌。"传说排箫为舜发明，所以此处吹箫以表对舜的思念之情。谁思："思谁"倒文。

⑨驾飞龙：指以龙驾舟，或指刻画着龙的快船。北征：向北出发。征，行。湘水北流，入于洞庭，而注于大江，故称"北征"。

⑩邅（zhān）：楚地方言，回转，转道，指绕道而行。

⑪薜荔：一种蔓生植物。柏：通"箔"，帘箔。绸：通"帱"，或作"裯（chóu）"，即床帐，帐子。

⑫荪（sūn）：香草名，荪草。桡（ráo）：船桨。一说旗杆上的曲柄。旌：旌旗，古代旗的一种。旌，旗杆上头的装饰。

⑬涔（cén）阳：地名，在湖南境内。极浦：远方水岸，指涔阳。涔阳可能是传说中湘夫人经常居留的地方。

⑭横：横渡。扬灵：划船前进。扬，指高扬船桨。灵，通"舲"，一种带楼阁的船，此句指驾楼船飞速急行。

⑮未极：未至，指未到湘君之处。

56

⑯女：侍女，指扮演湘夫人的男巫身边的巫女。婵媛：忧虑怨恨时，喘息激动的样子。太息：叹气。

⑰横流涕：即涕泪横流。潺湲：水不停流动的样子，形容泪水往下淌。

⑱隐：兀自暗暗地，指内心伤痛。陫侧：即"悱恻"，悲凄失望，形容内心悲痛。

⑲棹（zhào）：船桨。枻（yì）：船旁板，即船舷。

⑳斵（zhuó）：同"斲"，砍削。斵冰，江水冻结，上有积雪，必须破冰开道。这里"冰""雪"是对湘夫人欲见湘君困难重重的比喻说法。

㉑薜荔：植物名，一种香草。

㉒搴（qiān）：拔取，采摘。芙蓉：荷花。木末：树梢。以上二句为比喻，薜荔生于陆而到水中去采，芙蓉生于水而向树梢上摘，如同缘木求鱼，比喻徒劳无功，寻觅湘君相会而落空。以上两句是说对湘君的思念寻求是白忙一场的意思。

㉓媒：媒人。劳：徒劳。媒劳，媒人劳而无功。

㉔恩：恩爱。不甚：不深。轻绝：容易决绝，轻易弃绝。

㉕石濑：石上清浅的流水。濑，沙石间的流水。浅（jiān）浅：水快速流动的样子或流水声。

㉖飞龙：湘君所乘之船。翩翩：形容轻盈疾快。

㉗交：交往，结交，交情。怨长：长久的怨恨。

㉘期：约会。不信：不守信。不闲：指故意托辞说没有空闲。

㉙鼂（zhāo）：通"朝"，清晨。骋骛（wù）：急驰而行。江皋：江岸。皋，水边高地。

㉚弭（mǐ）节：将船停下。北渚：北面的小洲，指洞庭湖北边一个地方。

㉛次：止宿，栖息。屋上：迎神用的屋子。

㉜周：环绕。堂下：祭坛下面。

㉝捐：抛弃，丢弃。玦（jué）：一种圆形玉器，似环而有缺口，通常是关系决裂的象征物。

㉞遗（yí）：留下。佩：玉佩，古时系在衣带上的饰物。醴（lǐ）浦：醴水边，这条河流通向洞庭湖。

㉟芳洲：水中的芳草地。杜若：香草名。

㊱遗（wèi）：赠予。下女：指湘夫人身边的侍女。

㊲时：时光，时机，机会。

㊳聊：暂时。容与：从容漫步，舒缓放松的样子。

译文

湘君你犹豫不决啊终未赴约，到底是为谁啊驻留在水中沙洲？
我仪容美好啊已为你打扮修饰，急水里驾着桂木舟啊前去等候。
我叫沅水湘水啊不要掀起波浪，让那长江之水啊缓缓流动。
我望穿秋水啊却不见湘君你来，只有吹起排箫啊谁会明白我？
我驾着龙舟啊向北行走，转个弯儿啊到了洞庭湖。
用薜荔作帘啊蕙草作帐，以香荪饰桨啊兰草为旌。
远远望见涔阳啊在遥远水边，横渡大江啊划船前行。
划着船啊还是没有到达，身边的侍女啊也为我叹息。
眼泪横涌啊不停地流，想起你来啊不由地伤心难过。
桂木为桨啊木兰为舷，劈波斩浪啊水花四溅。
就好比到水里啊采摘薜荔，爬到树梢啊采摘荷花。

两人心意不同啊媒人说合也徒劳，恩爱不深啊就会轻易弃绝。

水流在石滩上啊湍急流淌，我驾着龙船啊在水上飞快前行。

不能推心交往啊难免怨恨绵长，约期不守信用啊却说自己没有空闲。

早晨乘船到江边啊把你寻找，傍晚将船停下啊停靠在北岸。

鸟儿栖宿啊在屋檐之上，水流环绕啊在祭坛之下。

我将玉玦啊抛向了江心中，把佩饰啊留在了醴水畔。

在芳草地里啊采摘杜若，我要将它啊送给身边侍女。

时光来不及啊机会难再得，姑且漫步游啊排遣忧愁。

赏析

《湘君》写湘水女神湘夫人思念和追寻恋人湘君的过程。《湘君》为女唱，表达了湘夫人因恋人未能如约前来而产生的失望、怀疑、哀怨的复杂感情。

《湘君》全诗共分四段。第一段写湘夫人在精心打扮后，乘着小船来到与湘君约会的地点，可是却不见湘君前来，于是在失望中抑郁地吹起了哀怨的排箫，让人宛如看到了一幅望穿秋水的佳人图。诗中写湘夫人为了这次约会，进行了十分认真的准备，把本已姣好的姿容修饰得恰到好处，然后才驾舟而来。然而久候恋人不至，她开始心中责备他为什么留在洲中不肯到来。由于她的内心对湘君充满了深深的爱恋，她甚至虔诚地祈祷

沅湘的江水风平浪静，以便能使湘君顺利赴约。

第二段写湘夫人久等湘君不至，便驾着轻舟向北往洞庭湖去寻找，忙碌地奔波在湖中江岸，结果依然不见湘君的踪影。湘夫人心中猜想：湘君大约已经驾着飞龙来了，正在横渡过大江呢，然而他并没有来。她满怀希望驾着龙舟北出湘浦，转道洞庭去寻找湘君，可是一无所见。失望之余，她仍不甘心，放眼远眺涔阳，企盼能捕捉到湘君的行踪，然而毫无结果。她的心灵横越大江，遍寻沅湘一带的广大水域，最终还是没有找到。看到她如此痴情地企盼和执着地追求，身边的侍女也为她叹息起来。湘夫人顿时止不住泪水纵横，一想起湘君的失约心中就阵阵作痛。

第三段写湘夫人等不到湘君之后失望至极的怨恨之情的直接宣泄。湘夫人多方努力也见不到湘君，她仍漫无目的地挥动船桨泛舟水中。接着用在水中摘采薜荔和在树上收取芙蓉来比喻以上追求不过是一种徒劳而已。面对水流石滩声溅溅，龙舟急急奔向前，湘夫人内心产生一连串斥责和埋怨：两心不同媒人也徒劳，恩爱不深决绝在一朝！爱情不忠贞怨恨长又深，口称无暇失约只是不守信。这是湘夫人在极度失望的情况下说出的激愤之语，把一个爱之愈深、责之愈切的女子的内心世界表现得淋漓尽致。

第四段写湘夫人浮湖横江从清晨奔波到傍晚还是没见到湘君。她早上驱车在江岸，晚上到北洲才停鞭。用鸟落屋子上、水流绕厅堂，比喻她兜了一大圈仍回到约会地"北渚"。这时候，湘夫人的心情也焦躁起来，情绪开始变得过激。她把玉环抛入江中，把佩饰留在岸边。既然湘君不念前情，一再失约，那么这些信物又有何用？等到湘夫人的心情逐渐平静下来，她又在水中的芳草地上采集杜若，准备送给下界的女子或者安慰她的侍女。此刻她又徘徊在江边不忍离去，因为她感到良辰美景不再来，只能漫步聊散心。似乎她的内心深处仍抱有一线希望，渴望湘君的到来，其缠绵悱恻之情，跃然纸上。

湘夫人

题解

  《湘夫人》主要讲述湘君对湘夫人的思念之情，表达了赴约的湘君来到约会地北渚，却不见湘夫人的惆怅和迷惘。这首诗的主题主要是描写相恋者生死契阔、会合无缘。

  《湘夫人》是《湘君》的姊妹篇。《湘夫人》以湘君看见湘夫人降临北渚始，所写的内容正发生在《湘君》中湘夫人久等湘君不至而北出湘浦，转道洞庭之时。因此当晚到的湘君抵达约会地北渚时，自然难以见到他的心上人了。《湘夫人》与《湘君》在风格上几乎一致，只是叙述、抒写角度不同——主人公换了，然而二者所表达的情感则如出一辙，都是因等候心上人不至而忐忑不安，在怅惘中向对方表示深长的幽怨，表现了对爱情的忠贞不贰、始终不渝。湘君和湘夫人因为赴约时错过了相会的时间，彼此都因相思不见而难以自拔，心灵和感情遭受了长时间痛苦的煎熬。尽管遇到挫折，但他们都没有放弃追求和期盼，当他们在耐心平静的相互等待之后终于相见时，这场因先来后到而产生的误会和烦恼必然会在顷刻间烟消云散，迎接他们的将是超乎想象的欢乐和幸福。

  楚国的民间文艺有着浓厚的宗教气氛。湘君、湘夫人这对神祇反映了原始初民崇拜自然神灵的一种意识形态和"神人恋爱"的构想。当人们在祭湘君时，以女性的歌者或祭者扮演角色迎接湘君；祭湘夫人时，以男性的歌者或祭者扮演角色迎接湘夫人，各致以爱慕之深情。他们借神为对象，寄托了人间纯朴真挚的爱情，同时也反映了楚国人民与自然界的和谐。神的形象也和人一样演出悲欢离合的故事，人民意念中的神也就具体地罩上了历史传说人物的影子。湘君和湘夫人就是以舜与二妃——娥皇、女英的传说为原型的。如此一来，神的形象不仅更加丰富生动，也更加能够与现实生活中的人在情感上靠近，使人感到亲切可近，富有人情味。

九歌

原文

帝子降兮北渚①，目眇眇兮愁予②。

嫋嫋兮秋风③，洞庭波兮木叶下④。

白薠兮骋望⑤，与佳期兮夕张⑥。

鸟萃兮蘋中⑦，罾何为兮木上⑧？

沅有茞兮醴有兰⑨，思公子兮未敢言⑩。

荒忽兮远望⑪，观流水兮潺湲⑫。

麋何食兮庭中⑬？蛟何为兮水裔⑭？

朝驰余马兮江皋⑮，夕济兮西澨⑯。

闻佳人兮召予⑰，将腾驾兮偕逝⑱。

筑室兮水中⑲，葺之兮荷盖⑳。

荪壁兮紫坛㉑，播芳椒兮成堂㉒。

桂栋兮兰橑㉓，辛夷楣兮药房㉔。

罔薜荔兮为帷㉕，擗蕙櫋兮既张㉖。

61

白玉兮为镇^㉗，疏石兰兮为芳^㉘。

芷葺兮荷屋^㉙，缭之兮杜衡^㉚。

合百草兮实庭^㉛，建芳馨兮庑门^㉜。

九嶷缤兮并迎^㉝，灵之来兮如云^㉞。

捐余袂兮江中^㉟，遗余褋兮醴浦^㊱。

搴汀洲兮杜若^㊲，将以遗兮远者^㊳。

时不可兮骤得^㊴，聊逍遥兮容与^㊵。

注释

①帝子：在这里指湘夫人。"子"是上古时期对儿子、女儿的统称。传说湘夫人是舜妃，是帝尧之女娥皇、女英，所以称为帝子。北渚：指靠近洞庭湖北岸的小洲。

②眇（miǎo）眇：远望不清的样子，又有望眼欲穿之意。愁予：使我发愁。愁，作动词用，使之愁。予：我，湘君自称。一说愁予，即忧愁。

③嫋（niǎo）嫋：同"袅袅"，本义指柔弱曼妙，这里指微风吹拂的样子。

④波：动词，生波，起波浪。木叶：树叶。

⑤白蘋（fán）：水草名，形状像莎草而稍大。指长白蘋草之地。骋望：放眼远望，纵目而望。

⑥佳期：与佳人约会的时间。佳人，指湘夫人。夕张：傍晚张设帷帐。张，陈设，展开。

⑦萃：集。蘋（pín）：水草。

⑧罾（zēng）：用木棍或竹竿做支架的方形渔网。为：挂。连上句是写鸟不在树上而群集于水草，渔网不设在水中而挂在树上，这些都是反常现象，是用物非其所比喻所愿不得，一切落空了。

⑨沅：沅水。茝（chǎi）：即白芷，香草名。醴，同"澧"，澧水。

⑩公子：指湘夫人。古代贵族称公族，贵族子女不分性别都可称"公子"。

⑪荒忽：同"恍惚"，神思迷惘。指渺渺茫茫、看不清楚的样子。

⑫潺湲：河水缓慢不绝地流动。

⑬麋（mí）：鹿类动物，即麋鹿，也叫"四不像"。

⑭蛟：传说中龙的一种，无角。水裔（yì）：水边。裔，本义是衣的下摆，引申为边。连上句是写麋鹿本应在野外觅食，现却来到庭中，蛟龙本应隐伏在深渊，现却出现在水边，其寓意与上文"鸟萃兮蘋中，罾何为兮木上"二句同。

⑮余：女巫自称。江皋：江边。

⑯济：渡水。澨（shì）：水边。

⑰佳人：爱人，即湘君。

⑱腾驾：驾着飞腾的马车。偕逝：同去，一起远走高飞。"召予""偕逝"，以及下文所写的同居生活，都是湘君夜宿"西澨"时的南柯美梦。

⑲筑：板筑，古代一种筑墙的方式。室：古代称堂后为室。

⑳葺（qì）：用茅草覆盖屋顶，亦泛指覆盖。荷盖：此指用荷叶盖房。盖，房顶。

㉑荪：即溪荪，香草名。紫：紫贝，是一种珍美的水产。坛：庭院。紫坛是指用紫贝砌成的庭院。

㉒播：散布、涂抹。芳椒：植物的名字，椒实多而香，故名芳椒。成：通"盛"，涂饰。堂：坛，在这里是指祭坛。播，一本作匊（jū），即"掬"字，谓两手掬椒泥以涂堂室。成堂，一本作盈堂。

㉓桂：桂木。栋：房屋正中最高的大梁。兰：木兰。橑（lǎo）：搭在栋旁的木条，以承载瓦的重量，又叫椽或榱（cuī）。

㉔辛夷：植物名，带有香气，此指辛夷树或其花。楣：门框上的横木，又称房屋的次梁。辛夷楣，指用辛夷做的房屋的次梁。药：香草名，这里指白芷。房：偏房，古人称堂后曰室，室之两旁曰房。药房，指以白芷饰房。

㉕罔：同"网"，在这里指编织。薜荔（bì lì）：一种植物，又称木莲。帷：围起来作遮挡用的帐子。

㉖擗（pī）：分开，剖开，裂开。蕙：动词，用蕙草做。櫋（mián）：隔扇，屏风。櫋，一本作"楣"，通"幔"，帐子的顶。一说櫋为屋檐板。张：张挂，放置。

㉗镇：镇席，镇压坐席的用具。

㉘疏：散布，分散地摆放，指稀疏布种。石兰：香草名，即山兰，兰草的一种。芳：同"防"，在这里指屏。

㉙芷葺：以白芷覆盖的屋顶。荷屋：盖着荷叶的屋，或指荷叶形状的屋。

㉚缭：缠绕。杜衡：一种香草，俗称"马蹄香"。

㉛实：充实，充满。

㉜馨：散布很远的香气。庑（wǔ）门：指庑和门，庑是堂下四周的屋子。庑，厢房，在这里指堂屋外的其他房间。

㉝九嶷（yí）：山名，又名苍梧，传说舜就埋葬在那里。九嶷，此指九嶷山的群神，即下句的"灵"。缤：纷繁众多的样子。

㉞灵：神灵。指扮神的女巫。

㉟捐：抛弃。余：女巫自称。袂（mèi）：衣袖。

㊱遗：丢弃。褋（dié）：单衣，又称禅衣，贴身的内衣、汗衫。一说为扳指。醴（lǐ）浦：澧水之滨。

㊲搴（qiān）：采摘。汀（tīng）洲：水中或水边的一块平地。杜若：香草名，又名山姜。

㊳遗（wèi）：赠予。远者：远来的，陌生人，这里指湘夫人。

㊴骤得：轻易得到，一下子就得到的意思。

㊵聊：暂且。逍遥：漫步周游，悠游自得的样子。容与：徘徊，漫步，以排遣忧伤，使心情平静。

译文

帝尧之女湘夫人啊降临在北沙洲，望眼欲穿不见湘君来啊满怀愁绪。

秋风缕缕啊徐徐吹拂，洞庭湖微波起啊树叶纷纷飘落。

我站在白蘋丛中啊放眼四望，为与佳人约会啊昨晚就准备停当。

鸟儿为什么啊聚集在水蘋中，渔网又为何叫挂在树梢上？

沅水有白芷啊醴水有兰草，心想着湘君啊又不能说出口。

我一脸迷茫啊放眼张望，只见那清澈的流水啊缓缓流淌。

麋鹿为什么啊去庭堂上吃草？蛟龙为什么啊来到浅水滩？

早晨我骑马啊在江边奔驰，傍晚我渡水啊到了西岸。

听到爱人啊在将我召唤，我立刻飞奔啊要与她同往。

建一座宫室啊在水中央，用荷叶啊盖在屋顶上。

用香荪装饰墙壁啊以紫贝铺地面，用芳椒和泥啊来涂抹祭坛。

用桂木作梁啊以木兰为椽，用辛夷为门楣啊以白芷点缀偏房。

编织薜荔啊用作帷帐，剖开蕙草啊做隔扇。

用白玉做镇啊压住坐席，用石兰做屏啊芳香四溢。

用白芷加盖啊荷叶盖顶，四面环绕啊还有杜衡。

汇集百草啊摆满庭院，门廊之间啊香气弥漫。

九嶷山众神啊纷纷来道贺，众神降临啊齐集如云。

我把衣袖啊抛在江水中，将单衣啊扔向澧水滨。

我到水洲上啊采摘杜若，想要送给啊远方的人。

美好时光啊不会再来，只有暂且漫步啊解忧愁。

赏析

《湘夫人》是由扮演湘君的男巫唱给湘夫人的歌，全篇以湘君思念湘夫人的语调去写，表达了始终不能相见的无奈与伤感惆怅。

《湘夫人》全诗共分四段。第一段写湘君带着虔诚的期盼，久久徘徊在洞庭湖的岸边，望眼欲穿渴望湘夫人的到来。眼前的不绝秋风轻轻吹拂，洞庭落叶湖面水波泛起。湘君踩着白蘋放眼观望，为约会忙到月昏黄时分仍不见湘夫人前来。这种情形就好像山鸟集水蘋，又好比渔网挂树上，充满着所求不得、徒劳无益的意味，表现了湘君思念湘夫人时那种望而不见、遇而无缘的期待心情。

第二段写湘君对湘夫人的默默思念，竟然产生了驾起车儿与她同往的幻觉。澧有兰草沅有茝，湘君想湘夫人却无法开口。远看一片白茫茫，只见流水缓缓来，以此暗示远望中时光的流逝。接下来所写的麋食中庭和蛟滞水边又是两个反常现象，与前文对鸟和网的描写同样属于带有隐喻性的比兴，再次强调爱而不见的事与愿违。于是湘君在久等不至的焦虑中，也从早到晚骑马去寻找。他在急切的求觅中，忽然产生了听到佳人召唤、并与她一起乘车而去的幻觉。

第三段写湘君幻想中与湘夫人如愿相会的情景。当湘君得知湘夫人应约即将到来的消息后，喜出望外，在有缘相见而又未相见的期待心情中忙碌着新婚前的准备事宜。建在水中央的庭堂都用奇花异草香木构筑修饰。诗中罗列了荷、荪、椒、桂、兰、辛夷、药、薜荔、蕙、石兰、芷、杜衡等十多种植物，来极力表现他们相会之地的华美艳丽。直到九嶷山的众神来把湘君的恋人接走时，他才从这如梦幻般的幻境中惊醒，随之又陷入痛苦的相思之中。

第四段写湘君在绝望之余，也像湘夫人那样情绪激动，向江中和岸边抛弃了对方的赠礼，"我把衣袖啊抛在江水中，将单衣啊扔向澧水滨。"但是表面的决绝却无法抑制内心的深恋，湘君最终同样恢复了平静，在汀洲上采来芳香的杜若，准备把它赠送给远方的陌生之人。"美好时光啊不会再来，只有暂且漫步啊解忧愁。"湘君还在徘徊等待，等待着有可能遇到突然出现的湘夫人，内心充满无限的期待，期待出现幻想中相会的美好情景。

九歌

大司命

题解

  司命是掌握人的寿运之星官。《周礼·大宗伯》《礼记·祭法》《史记·天官书》均记载了古人祭祀"司命"。如《周礼·大宗伯》："以槱燎祀司中、司命。"郑玄注："司中、司命，文昌第五、第四星。"《礼记·祭法》有"王为群姓立七祀：曰司命……诸侯为国立五祀：曰司命……"的记述。湖北江陵望山一号楚墓、天星观一号楚墓、包山楚墓中出土的记录楚人祭祀及卜筮情况的竹简，记载了楚人祭祀"司命"。不过楚简与《周礼》一样，都不分大小。司命入祀是在战国中后期。传说中司命的地位仅次于天之尊神东皇太一，"神君

最贵者太一，其佐曰太禁、司命之属。"(《史记·郊祀志》）对司命神的虔诚与祈祷，反映了上古时代人民对生命重要性的粗浅认识，以及人难以主宰自己命运而发出的呼唤。

"大司命"一名最早见于金文《齐侯壶》(又名《洹子孟姜壶》)。齐国器铭《洹子孟姜壶》曰"齐侯拜嘉命……于大無（巫）、司折于（与）大司命"。从《大司命》中"何寿夭兮在予"的话看来，大司命是天神中主宰人间寿命的神，因而在一般人心目中自然是十分重要的神。因为生命无常、死生在天，人们无法把握自己的生命，为了延年，不能不以最虔诚的心情祈求司命之神。

大司命和少司命都为星宿名。大司命掌管寿命，那么他和少司命又有什么区别呢？按司命，从命名上就可以知道他是主管人的生命、命运的神。司命又分为二，大司命主生死，实际上是主死，或偏重于主死亡、寿终；少司命则主生，即主对生命的守护和福佑。对于大司命与少司命的职责划分，王夫之《楚辞通释》说："大司命统司人之生死，而少司命则司人子嗣之有无，以其所司者婴稚，故曰少，大则统摄之辞也。"这就详细述说了大司命是掌管人的寿命的，而少司命则是掌管传宗接代的。也有说法认为"大司命"和"少司命"是一对配偶神，如汤炳正《楚辞今注》认为"大司命"为男性神，"少司命"为女性神。《大司命》为女巫迎祭男神之辞，《小司命》乃男巫迎祭女神之辞，两篇的祭辞有互表爱慕之意。从《大司命》中"吾与君"云云，可知楚人祭祀时，大概由女巫迎接大司命，男巫迎接少司命，男女巫各与神灵相对酬唱而且歌舞。

《大司命》是一首迎送大司命的乐歌。全诗由扮演大司命的男巫独唱。诗中描写了大司命的威严、神秘和冷酷，表现了人们祈求永命延年、珍惜生命的美好愿望。

原文

广开兮天门①，纷吾乘兮玄云②。

令飘风兮先驱③，使冻雨兮洒尘④。

君迴翔兮以下⑤，踰空桑兮从女⑥。

纷总总兮九州⑦，何寿夭兮在予⑧！

高飞兮安翔⑨，乘清气兮御阴阳⑩。

吾与君兮齐速⑪，导帝之兮九坑⑫。

灵衣兮被被⑬，玉佩兮陆离⑭。

壹阴兮壹阳⑮，众莫知兮余所为⑯。

折疏麻兮瑶华⑰，将以遗兮离居⑱。

老冉冉兮既极⑲，不寖近兮愈疏⑳。

乘龙兮辚辚㉑，高驼兮冲天㉒。

结桂枝兮延伫㉓，羌愈思兮愁人㉔。

愁人兮奈何㉕？愿若今兮无亏㉖。

固人命兮有当㉗，孰离合兮可为㉘？

注释

①广开：犹言大开。天门：传说天帝所居的紫微宫之门。

②纷：盛多貌，浓密的样子，形容玄云。吾：钱锺书说："即降于巫之神自道。"（《管锥编》）也就是巫假装大司命从天降临，附在他身上，他就代表大司命说话。所谓"皂神附体，代神立言"，说的就是这种情况。本篇中的"吾""予""我"，有时是巫的自称，有时是神（大司命）的自称，变化多端，但均出自巫一人之口，具体指谁，要随上下文语气而定。乘：乘坐，驾驭。玄云：黑中透红的云，浓云。玄，黑色。

③令：叫。飘风：旋风，狂风。先驱：前导。

④冻（dōng）雨：暴雨。洒尘：洗尘。

⑤君：神君，是指用第三人称的叙述语气称呼大司命。迴翔：盘旋，像鸟儿一样盘旋飞翔。

⑥蹸：同"逾"，越过。空桑：神话中的山名，产琴瑟之材。女：通"汝"，你，主巫称大司命。

⑦纷总总：众多的样子，指人类。九州：古代划分天下为九州。此指全天下，人口众多。

⑧何：为什么。寿：长寿。夭（yāo）：短命。予：我，是巫用第一人称代大司命自述。在予：操于我手。此句说为何寿命的长短都在我大司命手中。一说为何寿命的长短都由您大司命给予。

⑨安翔：徐缓平稳地飞翔。

⑩乘：乘车。御：驾驭车马。此处乘、御均为驾驭之意。清气：天地间清明之气。阴阳：阴阳之气。古人认为阴气厚重，阳气轻清，构成宇宙之气。

⑪吾与君：吾指巫，君指大司命之神灵。齐速：同速前进。意思是同速而行，以导迎天帝。齐：一本作"斋"，当是"齊"之讹误。斋速，则指虔诚而恭谨的样子。

⑫导：引导。帝：指大司命。之：往。九坑：一作"九冈"，楚地山名。坑，通"冈"，高地。一说九冈即九州，泛指人间。一本作"九阬"。

⑬灵衣：一本作"云衣"，以云为衣，指神灵的衣裳。被被：同披披，衣服飘动而悠长的样子。

⑭陆离：光彩闪耀。

⑮壹阴壹阳：指或阴或阳，时晦时明，变化无端。一说犹言一死一生。一说阴、阳，此指男女。

⑯莫知余所为：不知我在做什么。

⑰疏麻：神麻，传说中一种神树，开白花如玉，服食可以令人长寿。瑶华：指神麻似玉的白花。

⑱遗（wèi）：赠送。离居：离去他居者，此指大司命。

⑲冉冉：渐渐。既极：已至。极：到尽点。

⑳寖（jìn）近：稍稍亲近。寖，逐渐。愈疏：更加疏远。

㉑龙：指龙车。辚辚：车声。

㉒驼：古"驰"字，飞驰而去。

㉓结：编织。延伫（zhù）：长久站立。

㉔羌：句首发语词，有"乃"义。愁人：使人愁闷。

㉕愁人：愁绪满怀，愁肠百结。

㉖愿若今：希望从今以后都能像今日一样。无亏：无亏损，身体健康，指相聚团圆，无离别之苦。

㉗固：本来。有当：有常，有定数。当，正常。

㉘孰：谁。离合：指人与神的分离和聚合。为：做，掌握。这句说，谁又能掌握离合呢？即非人力所决定的。

译文

全都打开啊天宫的大门，浓云纷飞啊我驾乘着乌云。

我让旋风啊在前面开路，又令暴雨啊给道路洗尘。

大司命盘旋飞翔啊从天而降，翻越空桑山啊我将你紧跟。

人数众多啊九州的众生，生老病死啊都掌握在我手中！

大司命在高空啊悠然飞翔，乘着清明之气啊主宰阴阳。

我跟着你啊同速前进，迎接您来到啊九州大地。

云霞之衣啊飘逸悠长，佩带的玉饰啊光彩闪耀。

天地之间啊生存与死亡，众人哪知道啊都由我掌握。

折下神麻啊摘取如白玉的花朵，准备送给啊那即将离去的神灵。

我已渐渐啊走入暮年，再不亲近神灵啊很快就会疏远。

大司命驾龙车啊车声辚辚，它飞腾而起啊直入云天。

我手执编好的桂枝啊久久伫立，越来越多的思念啊愁肠百结。

愁绪满怀啊又能怎样？宁可保持现状啊没有缺损。

人的生死啊原本就有定数，面对人神的离合啊又能做些什么？

赏析

本篇所祭祀的是"大司命"。大司命是主宰人寿命的神。这首诗就是楚人祭祀主宰人类寿命的神的乐歌。该诗描写了巫扮大司命下降与迎神巫者相会的场面,既表现了人们对这位掌握生杀大权之神的敬畏,同时又展示了积极乐观的人生态度。

全诗共分为三段。第一段是大司命的唱词,为扮大司命的巫所唱。"全都打开啊天宫的大门,浓云纷飞啊我驾乘着乌云。我让旋风啊在前面开路,又令暴雨啊给道路洗尘。"描写大司命降临时,广开天门,驾乘着乌云,使风为先驱,暴雨洒尘,十分威严。这是大司命的自唱自白,既想象丰富,又契合神灵的身份。大司命在天宫的地位未必很高,但对人间来说掌握着每个人的生老病死,则权力可谓大矣。因此在人们的想象中,大司命来到人间时,可以摆出最大的排场,显出最大的威严,必须气派十足。

第二段是迎神巫者与神灵的对唱。"大司命盘旋飞翔啊从天而降,翻越空桑山啊我将你紧跟。"这是迎神女巫的唱词。这两句写神自高天盘旋而降,迎神者急越空桑而从。大司命是受了迎神女巫的礼祭从天而降的,而迎神女巫的追求则是出于对大司命的爱恋。诗人想象迎神巫者带着一片虔诚,飞越空桑,赶去引导大司命的降临。"人数众多啊九州的众生,生老病死啊都掌握在我手中!"这是大司命的唱词。这两句写神自矜夸九州之大,芸芸众生,或死或生,任凭于我,口气甚是高傲和自豪。紧接着又是迎神女巫的唱词:"大司命在高空啊悠然飞翔,乘着清明之气啊主宰阴阳。我跟着你啊同速前进,迎接您来到啊九州大地。"听到大司命亮明自己的权威与身份,迎神巫者也显得虔诚恭谨,不住地夸赞神飞得有多安详,驾驭着清气、阴阳如何神通无边、功德无量。迎神女子都愿意与其相携同行,引导他去"九坑"相聚,同欢共好。大司命听着这些赞美和恭维心里美滋滋,他又来了几句唱词:"云霞之衣啊飘逸悠长,佩带的玉饰啊光彩闪耀。天地之间啊生存与死亡,众人哪知道啊都由我掌握。"这里仍是大司命夸耀其衣饰华美、神力非常的自炫之辞。大司命终于飘扬着神衣,振响着玉佩,高高兴兴地降临于祭坛。一时间神光闪耀,时隐时现,真是变幻莫测!

第三段是迎神女巫所唱。迎神女巫一边祭着,一边唱起歌。"折下神麻啊摘取如白玉的花朵,准备送给啊那即将离去的神灵。我已渐渐啊走入暮年,再不亲近神灵啊很快就会疏远。"人们折来神麻、供上鲜花,开始对神灵献祭。虽然相聚甚欢,但神在人间并不能久留。折疏麻之瑶华相赠,有身虽离而思念不绝之意。当老年之期到来之时,距告别尘世也就不远了。如不多加亲近,情义就会日益疏远。因此,谁都想亲近这位神灵,期望得到他的垂悯。这几句表现了迎神女巫对神的崇敬、依恋,人生谁无寿老丧死的牵挂?迎神女巫接下来的唱词是:"大司命驾龙车啊车声辚辚,它飞腾而起啊直入云天。我手执编好的桂枝啊久久伫立,越来越多的思念啊愁肠百结。"一想到大司命享过祭品,便又要乘着龙车迅疾地离去了。迎神女巫手持编好的桂枝久立凝望,越是想念他啊越是忧愁悲伤。这四句既表现了大司命的冷酷无情,又表现了迎神女巫的痴情与忧愁,真是一叹三咏。女巫又唱道:"愁绪满怀啊又能怎样?宁可保持现状啊没有缺损。人的生死啊原本就有定数,面对人神的离合啊又能做些什么?"这是神离去之后迎神女巫的自我宽解之辞:神已离去使人忧愁,可又有什么办法呢?但愿自今而后事侍之心不减。生生死死本

就有常规，哪会因神、人的离合而改变。人们希望神在离去之后，还能保佑世人，像如今一样健康无亏。其弦外之音，也可以理解为既然人的命运由天而定，又何必苦苦追求，又何必因与神的离合而徒增忧伤呢？显示了代表人们的迎神女巫对生老病死的达观态度，这对于为离合、亲疏而担忧的世人来说，无疑是美好的慰藉。

少司命

题解

　　少司命是掌管祛灾呈祥护卫生命的神。少司命主灾祥说者如清戴震《屈原赋注》："文昌宫四曰司命，主灾祥，《九歌》之'少司命'也。"主情缘说者如清蒋骥《山带阁注楚辞》："大司命主寿，故以寿夭壮老为言，少司命主缘，故以男女离合为说，殆月老之类也。"南宋罗愿在《尔雅翼》中称："少司命，主人子孙者也。"他也被称为最早界定少司命权限的人。

　　王夫之说少司命乃由高禖演变而来，是女神，其《楚辞通释》曰："弗（祓）无子者祀高禖。大司命、少司命皆楚俗为之名而祀之。"古之高禖，即求子之神。实质上，高禖管生，司命管死，故在齐楚民间以司命为"大司命"，而以高禖为"少司命"。高禖的来源，郑玄注说是"玄鸟遗卵，娀简狄吞之而生契，后王以为媒官，嘉祥而立其祠焉。变媒言禖，神之也"。可见高禖本来就是司子嗣之神。高亨在《楚辞选》中认为："少司命神主宰少年儿童们的命运。楚人祭祀时，可能是由男巫扮少司命，而由女巫迎神，相互酬答着歌唱并舞蹈。所以歌辞是一对男女的对话，有人神恋爱的意味。"从《少司命》中"竦长剑兮拥幼艾"的话看来，少司命是主宰人间子嗣和儿童命运的神。少司命是司子嗣之神，她主管人间的生育，为凡间送子并保佑其平安。为了子孙后代的延续，人们自然对她顶礼膜拜，恭敬有加。

　　如果说大司命是一位严肃而带有神秘的男神，少司命则是一位年轻貌美而又温柔多情的女神，这大约同生育主要由女子承担有关。因此，与《大司命》相比，《少司命》这篇在情感色彩上多了属于情爱方面的内容与情调，读起来与《湘君》《湘夫人》有相似之处。诗中"悲莫悲兮生别离，乐莫乐兮新相知"二句，道出了人间悲欢离合的生活真谛，故被传为深含人生哲理的佳句。本篇为少司命的祭歌。全诗塑造了一位既威武、勇敢而又深情、慈爱的人类守护神的形象。

原文

秋兰兮麋芜^①，罗生兮堂下^②。

绿叶兮素枝^③，芳菲菲兮袭予^④。

夫人自有兮美子^⑤，荪何以兮愁苦^⑥？

秋兰兮青青^⑦，绿叶兮紫茎^⑧。

满堂兮美人^⑨，忽独与余兮目成^⑩。

入不言兮出不辞^⑪，乘回风兮载云旗^⑫。

悲莫悲兮生别离^⑬，乐莫乐兮新相知^⑭。

荷衣兮蕙带[15]，倏而来兮忽而逝[16]。

夕宿兮帝郊[17]，君谁须兮云之际[18]？

与女游兮九河[19]，冲风至兮水扬波[20]。

与女沐兮咸池[21]，晞女发兮阳之阿[22]。

望美人兮未来[23]，临风怳兮浩歌[24]。

孔盖兮翠旌[25]，登九天兮抚彗星[26]。

竦长剑兮拥幼艾[27]，荪独宜兮为民正[28]。

注释

①秋兰：古兰草，秋七月开花所以称秋兰。麋（mí）芜：麋，通"蘼"，即蘼芜，蘼芜是川芎的苗，据辞书解释，苗似芎䓖，叶似当归，香气似白芷，是一种香草，味辛温，治妇病。《本草汇言》："入手少阴、足少阳、厥阴经。"妇女去山上采撷蘼芜的鲜叶，回来以后，于阴凉处风干，叶子风干可以做香料，亦可以作为香囊的填充物。古人相信蘼芜可使妇人多子，然而在古诗词中蘼芜一词多与夫妻分离或闺怨有关。罗生：罗列生长，即并列而生。罗为动词，陶渊明诗云："榆柳荫后檐，桃李罗堂前。"

②堂下：厅堂阶下，此处堂指祭祀神堂，堂下即指祭堂之下。

③素枝："枝"应作"华"。素华，白色的花。素：白色，有淡泊无争之意。"素华"二字，本解为素淡的花，也有版本做"素枝"就是"素淡的枝头"，但是下文有"紫茎"即"紫青色的茎"，如果这里做"素枝"就重复了，所以以"素华"解之。

④菲菲：草香浓郁。袭：熏染，侵袭，香气袭人。予：假借"余"，我，为群巫自称。

⑤夫（fú）：句首语气词，那。美子：对他人子女的美称。子，子女。

⑥荪：香草名，"即今菖蒲是也"（《梦溪笔谈》）。此指代神，是对少司命的美称。

⑦青青：通"菁菁"，草木茂盛的样子。

⑧紫茎：秋兰的紫色的茎。

⑨美人：与"美子"相应，指出众美好的人。这里应是以参与祭祀的众巫来代指人间的女性。

⑩余：我，据上下文意，应即少司命。目成：目光传递情意，眉目传情。目成，指通过目目传情来结成亲好。

⑪入：指少司命来到祭祀场所。出：离开。辞：辞别。

⑫乘：乘坐，驾驭。回风：旋风。

⑬生别离：活生生的离别，即活着的时候分离。

⑭新相知：新结交的知己。相知，指互相了解、知心，也指互相知心的朋友。

⑮荷衣、蕙带：都是神的服饰。荷，荷叶。蕙，蕙草。

⑯倏（shū）而：倏，一作"儵"，迅疾，忽然。意指不告而来。

⑰帝郊：天帝之郊，天国郊野。

⑱君：少司命。须：等待。

⑲女：通"汝"，指少司命。九河：水名，传说禹把黄河分为九股，称九河。一说指天河，银河。一说"与女游兮九河"与下句"冲风至兮水扬波"这两句古本中没有，一般认为系《河伯》中的词句，窜入本篇，应删去。

⑳冲风：指直吹而来的风。

㉑女（rǔ）：通"汝"，你。沐：洗头发。咸池：天池，神话中的水名，日浴之处。

㉒晞（xī）：晒干。阳之阿（ē）：神话中日出之旸谷。一说面阳的山谷。阿，指屈曲偏僻之处。

㉓美人：指少司命。

㉔临风：迎风。怳（huǎng）：恍惚，心神不定、失意的样子。浩歌：大声歌唱。

㉕孔盖：孔雀羽毛制作的车盖。翠旌：翠鸟羽毛制作的旌旗。

㉖九天：古代传说天有九重，此指天极高处。抚：握持，用手按着。彗星：又名扫帚星，传说可以扫除一切灾害邪恶。《左传·昭公二十六年》："天之有彗也，以除秽也。"

㉗竦（sǒng）：执，持，挺着。拥：保护，护卫。幼艾：泛指少年男女。幼，幼儿。艾，《孟子》注："美好也。"幼艾，美好的儿童。

㉘荪（sūn）独宜：即"独荪宜"，只有您才适合。荪，对神的敬称，指少司命。宜，合适，适宜。民正：民之长官。正，古人称官长为正，谓理民事的官。为民正，即为民之主，是人民的命运主宰。

译文

秋兰啊蘼芜，罗列生长啊在厅堂前。
碧绿的叶子啊白色的花，浓郁的芳菲啊香气袭人。
世人都会有啊美好的子女，您为什么啊还要愁烦担心？
秋兰啊青翠茂盛，绿色的叶子啊紫色的茎。
满屋尽是出众美好的人，刹那间眉目传情灵犀一点通。
来时不说话啊离开也不告辞，乘着旋风啊飘扬着云旗。
世间最大的悲伤啊莫过于活生生地离别，最大的快乐啊莫过于结交新的知己。
用荷叶做衣啊用蕙草做带，忽然来到啊又突然离去。
傍晚住宿在啊天国的郊野，您在等谁啊在云端之上？
多想与你畅游啊在天河中，疾风来临啊扬起波澜。
多想与你沐浴秀发啊在咸池，晒晾你长发啊在向阳坡。
翘盼美人啊你还没有来，迎着恍惚啊我放声高歌。
孔雀羽为车盖啊翠鸟羽为旌旗，登上九天啊抚摸彗星。
手持长剑啊保护婴幼儿童，只有您最适合啊为民做主。

赏析

《少司命》是祭祀少司命神的歌舞辞。本篇是少司命（充作少司命的灵子）与男巫（以大司命的口吻）对唱。

全诗分为五段。第一段是开头六句，是代表人间妇女的群巫合唱的迎神曲。由于少司命是专管人间生儿育女和儿童命运的女神，很自然地参加祭祀仪式的也都是女巫。人们在祭堂前供满了秋兰和蘼芜，绿叶白花，香气菲菲，祭祀现场显得极为清雅素净。这一方面是对少司命这个爱护生命的女神的烘托，另一方面也暗示此祭祀为的是求子嗣。《尔雅翼》云："兰为国香，人服媚之，古以为生子之祥。而蘼芜之根主妇人无子。故《少司命》引之。"少司命一开始就赞叹的也是兰草，同样暗示了生子的喜兆。然而在这欢乐祭祀的良辰，"少司命"的眉眼之间却还带着一丝忧愁，这便引出了迎神巫者的深情询问："世人都会有啊美好的子女，您为什么啊还要愁烦担心？"这二句是群巫以女性代表的身份告诉少司命，人们在她护佑之下养育儿童情况良好，她也就不必成天为此操心担忧了。

第二段是"秋兰兮青青"以下八句，是扮成少司命的主巫的独唱辞。开头二句是少司命目中所见的现场背景。她一边暗暗夸赞着花草的芳洁，一边用那关切的目光，掠过挤满堂前的"美人"。"满堂兮美人，忽独与余兮目成"，是说来参加迎神祭祀的妇女很多，都希望有好儿好女，对她投出企盼的目光，她也回以会意地一瞥。"忽独与余兮目成"，历来被解说为少司命与世人（男子）的相爱传情，恐怕是误解了。其实呢，少司命是女神，满堂美人也是女性。说这两句话的不是满堂美人而是少司命。她说自己一到祭祀之处，满堂的美人就都对她眉目传情。少司命既是"子嗣之神"，这独与她"目成"的美人所表达的，当然不是要与她相爱，而是企求能有美好的子嗣。她愿意满足所有人的良好

愿望。她同这些人既已"目成",也就没有愁苦了。她看了祭堂上人的虔诚和礼敬,心领神受,进来既没说一句话,临走也未告一声别。她乘着旋风,上面插着云彩的旗帜。对于自己又认识了很多相知,她感到十分快活;而对于同这些人又将分离则感到悲伤。这是将人的感情与神相通,体现出女神的多情。"悲莫悲兮生别离,乐莫乐兮新相知",正表现了这种离别时的悲伤和得遇"相知"的意外喜悦。这复杂情感的交融,便化成了屈原笔下这两行传诵千古的名句。

第三段是"荷衣兮蕙带"以下四句,是群巫合唱的问辞。"荷衣兮蕙带"同大司命的"灵衣兮被被,玉佩兮陆离"比起来,带有女性的特征。只见少司命荷衣蕙带,已倏然消逝于青云缥缈之中。"夕宿兮帝郊"是说自己离开后将去的地方。"倏而来兮忽而逝"与"入不言兮出不辞"相呼应,都说明少司命来去匆匆,不过前面是少司命自述,这里是群巫对她的描述。但是此时主巫实际上尚未退场,她只是站在某个高处,离群巫远远的,所以代表人间妇女的群巫问她:您在天郊云际等候什么人呢? 这一想象也很巧妙,引出了下文少司命一段情意深长的答辞。

第四段是"与女兮游九河"以下六句,是扮成少司命的主巫的答辞。开头二句"与女兮游九河,冲风至兮水扬波"一般认为系《河伯》中的词句窜入本篇,因此这二句姑且不论。三四句是少司命对群巫的疑问作的回答:"多想与你沐浴秀发啊在咸池,晒晾你长发啊在向阳坡。"孙作云先生在《〈诗经〉恋歌发微》中指出:古人有"祭祀生子之神的'高禖',以及用洗涤的方法来求子的风俗"。由此看来,少司命女神愿与她的"美人"朋友们一起"沐乎咸池",正是为了实现她们的求子热望。但是人间的朋友们怎会跑到天上来呢? 因此少司命感到惆怅,不禁临风放歌以抒发她的绵绵之情了。

第五段是"孔盖兮翠旌"以下四句,是群巫合唱的送神曲。诗之结尾,是对这位美丽神女的热情赞颂。诗中想象少司命这时已经驾着车乘远去,带着全副仪仗"登九天兮抚彗星"。因为彗星的出现,是人间灾祸的预兆,她要严密监视彗星,降服危害人类的"扫帚星"。"竦长剑兮拥幼艾",则描述出这位女神一手挺着长剑、一手抱着幼儿的光辉形象。她不仅是送子之神,也是保护儿童之神。有这样一位女神做儿童的保护神,人们怎能不喜形于色,发出"荪独宜兮为民正"的由衷赞叹。"您最适于为民做主",事实上唱出了人民对少司命的崇敬与爱戴。

东君

题解

　　《东君》是祭祀日神的乐歌。"东君"为日之别称、尊称。《广雅·释天》："朱明、曜灵、东君，日也。"古书记载中，羲和多被称为日神。据《山海经》记载，羲和国中有个女子名叫羲和，她是帝俊之妻，生了十个太阳。后来，十个兄弟不满先后次序，十日并出，被后羿射杀其中的九个。也有人认为少昊即日神，也就是太阳神。《左传》昭公十七年记郯子说：我高祖少昊挚之其族徽就是"飞鸟负日"的复合图腾；少昊氏亦做少皞氏，"皞"字从从日从皋，皋为"王鸠"之类的鸷鸟，正好与飞鸟负日的含义相同，说明少昊就是太阳神。少昊是楚国的始祖颛顼帝的叔，颛顼从十岁起辅助少昊十年。颛顼以其初封之地"高阳"为氏，常璩说"德在少昊"，正是指其太阳神、鸟崇拜而言。《说文》："阳，高明也。"高明者何？太阳也。高明即高阳，所以，楚国祭祀太阳神少昊，本质上也是祭祀始祖颛顼帝，二者是合一的。但楚地风俗将日神称为东君，东君是远古楚神话的太阳崇敬。而之所以叫东君，则是因为日出东方。

　　《东君》描写的是一位自然神——日神的形象。篇中的"吾""余"都是日神自称，即是说，诗篇是以日神的口吻写的。诗歌各章歌辞之间的连接承转极其天然，在轮唱中衬托出日神的卑贱、雍容、严肃、威武，那高亢洪亮的声乐正恰到好处地演绎出光明之神的

光耀灿烂，很好地表示了太阳神的特点。《东君》作为祭祀太阳的乐歌，不仅用祭者和神灵交替歌唱的方式表现了日神战胜邪恶、为民除害的英雄气概，更赞颂了它普照万物、惩除邪恶、保佑众生的光辉形象，描绘了大众对太阳和光明的无限渴望。诗中反映了古先民对日即太阳这一巨大自然天体的观察和感受。诗人屈原的这篇以日神神话为素材的作品，通过对这位太阳神英雄性格的塑造，在一定程度上寄托了他的报国之思和爱国之情。对上古神话进行创造性地重铸，使之服从于新的主题，是诗人屈原的一大创造，是中国文学浪漫主义精神和传统的重要来源。

原文

九 歌

暾将出兮东方①，照吾槛兮扶桑②。

抚余马兮安驱③，夜皎皎兮既明④。

驾龙辀兮乘雷⑤，载云旗兮委蛇⑥。

长太息兮将上⑦，心低徊兮顾怀⑧。

羌声色兮娱人⑨，观者憺兮忘归⑩。

絙瑟兮交鼓⑪，箫钟兮瑶簴⑫。

鸣篪兮吹竽⑬，思灵保兮贤姱⑭。

翾飞兮翠曾⑮，展诗兮会舞⑯。

应律兮合节⑰，灵之来兮蔽日⑱。

青云衣兮白霓裳⑲，举长矢兮射天狼⑳。

操余弧兮反沦降㉑，援北斗兮酌桂浆㉒。

撰余辔兮高驼翔㉓，杳冥冥兮以东行㉔。

注释

①暾（tūn）：太阳初升时光明、温暖之貌，指旭日。

②吾：我，主祭者（日神）自称。槛（jiàn）：窗下或长廊旁的栏杆。扶桑：东方的神树，传说日出于扶桑之下，亦可代指太阳。

③抚：轻拍。余：主祭者自称。安驱：安然驶进。

④皎（jiǎo）皎：明亮貌。皎皎，同"皎皎"，形容明亮的样子。

⑤龙辀（zhōu）：龙驾的车。辀，车辕，此代指车。乘雷：车行的响声。

⑥委蛇（yí）：同"逶迤"，曲折盘旋，舒卷蜿蜒的样子。此处指旌旗飘动。

⑦太息：大声地叹气。上：升起。

⑧低佪：即"低徊"，一作佪（dī）佪，徘徊，迟疑不进的样子。是说心低佪，依恋不舍。顾怀：怀恋。顾，回头。

⑨羌：发语词。声色：指日出时的奇景。

⑩憺（dàn）：安乐，一说迷恋、贪恋。

⑪缄（gēng）：同"縆"，紧张，绷紧，此谓急促地弹奏。缄瑟，张紧琴瑟上的弦。交鼓：相对击鼓，对着击鼓。

⑫箫钟：箫声、钟声合鸣。一说箫，通"撞"，当作"敲击"。瑶：通"摇"，使动摇。一说瑶为美玉。簴（jù）：通"虡"，指悬钟磬等乐器的木架两侧的立柱。

⑬篪（chí）：古代竹制管乐器形似笛，有八孔。竽：古代竹制簧管乐器，与笙相似而略大。

⑭灵保：灵巫。贤婍：温柔美好。

⑮翾（xuān）：小飞，轻飞。翠曾（zēng）：像翠鸟般举翅，形容舞姿。曾，展翅飞翔，高举的样子。

⑯展诗：陈诗，唱诗，这里指放声歌唱。会舞：合舞。

⑰应律：合音律。合节：合节拍。

⑱灵：指其他神灵。蔽日：遮蔽日光，极言侍从众多。形容神灵众多。

⑲白霓（ní）裳：以白霓为下裳（下装）。

⑳长矢：长箭。天狼：天上的星辰名，传说天狼星主侵掠，是恶星。

㉑弧：弧矢，星名，状似弓，名为天弓。这里指天上的弧矢星，由九颗星组成弓箭形，箭头常指向天狼星。弧矢星主备盗贼，是吉星。反：反身射。一说反，同"返"，返身西向。沦降：降落，指日将西落。

㉒援：引，拿起。北斗：星名，形似斗。酌：斟酒。桂浆：桂花酿制的酒。

㉓撰（zhuàn）：拿着，抓住。辔：缰绳。高驼翔：高驰飞翔。驼，同"驰"。

㉔杳：深远貌，幽暗。冥冥：黑暗。

译文

温暖明亮的太阳啊从东方升起，照着门前的栏杆啊阳光出自扶桑。

轻拍马儿啊缓步徐行，夜色渐渐散去啊即将天亮。

驾着龙车扶着车辕啊车声震天，云彩为旌旗啊蜿蜒飘扬。

长长地叹息一声啊我将直上云霄，内心犹豫啊眷恋大地不停回望。

日出时迷人的景色啊让人心情愉悦，众多的人看得入迷啊流连忘返。

急促弹瑟啊对着击鼓，敲击铜钟啊钟架轻摇。

吹响了篪儿啊吹奏起竽，思念着神灵啊他们贤又美。

轻柔地飞啊如翠鸟展翅忽低忽高，吟诗唱歌啊一起跳舞。

应着音乐旋律啊和着节拍，神灵纷纷前来啊遮蔽了阳光。

以青云作衣啊以白霓为裳，举起长箭啊射杀天狼。

我操起天弓啊返回西方，端起北斗星啊斟满桂花酒。

抓紧缰绳啊向高处飞翔，冥冥夜色中啊奔向东方。

赏析

　　《东君》由领唱的巫扮日神，中间有众巫饰观者伴唱，描绘巫师祭祀日神的场面，并融进楚人祭神时祈求福佑的心理。祭祀日神之诗，自然充满对光明之源太阳的崇拜与歌颂。在《九歌》描写祭祀的场面中，这一篇写得最热闹。

　　全诗分为四段。第一、第二段即开头十句，是扮神之巫所唱。第一段是"暾将出兮东方"以下四句，为巫者扮东君的唱辞。日神出场，实即旭日东升情景。这段描写日神方始苏醒，尚未升天，故阳光一抹首先照亮的是其所居的扶桑树枝干。接着写他轻驱龙车，开始了一天的行程。随着日神的启程和徐徐到来，黑夜开始退去，大地一片光明。描绘日出情景，形神俱现。

　　第二段是"驾龙辀兮乘雷"以下六句，也是巫者扮东君的唱辞。首二句写日神东君升天时的车驾威仪，实乃描摹日出时的瑰丽、壮观情景。次二句写日之甫升，吞吐浮沉于云气之中，乍升乍降，犹似一将远行游子，现出低徊顾怀之情。最后二句则写观众对这一奇观之迷醉心理。即将升天巡行的东君为什么突然发出长长的叹息？因为他将回到栖息之所，而不能长久陶醉在给人类带来光明带来一切的荣耀中，所以他只有眷顾，只有彷徨。但那行天时轰响的龙车声和委蛇的云旗确实给他以快意，就连观者也因之乐而忘返。

第三段是"缅瑟兮交鼓"以下八句，为迎神之巫所唱。这段叙写祭祀日神歌舞场面的繁盛，表现了人们对日神的爱慕和期望。人们弹起琴瑟，敲起钟鼓，吹起篪竽，翩翩起舞，抒写了人们接迎神灵降临的隆重热烈的场面。诗中以悬钟架之摇动，形容敲钟者之亢奋用力，钟声之洪亮；以翠鸟之盘旋飞舞，形容巫女舞姿之巧美轻盈；以应律合节，形容歌、乐、舞纷作而齐一，皆精细贴切而极富表现力。东君已完全被祭神歌乐所征服，也为人们这虔诚之心所感动，急率着属神、旗仗，纷纷扬扬飞降而下，竟把天空都遮蔽了。

　　第四段是结尾六句，仍为巫者扮东君的唱词。这段写太阳神的自述，描写东君由中天而西行时除暴诛恶的豪侠义举，以及成功后的喜悦。在接受了世人的祭享之礼后，日神并不是趁着暮色悄悄地回返。他以青云为衣，白霓为裳，倚天而立，手持长箭去射那罪恶之神天狼星。为阻止那灾祸降到人间，他操起天弓一发即坠返回西方，拿过北斗斟满了桂花酒浆。直到夜色茫茫，他才又整辔驱车，跃上高天，向东方驰去。诗中描写的这位日神以弧矢为弓，以北斗为杯，痛饮美酒，以庆祝射天狼之胜利，想象何等丰富，形象何等豪迈！

河 伯

题解

河伯，即黄河之伯，亦即黄河水神，传说名冯夷。文献记载说冯夷以八月上庚日渡河溺死，天帝命之为河神。关于水神河伯的神话，古籍中有一些记载，如："从极之渊，深三百仞，维冰夷恒都焉。冰夷人面，乘两龙。"(《山海经·海内北经》)"戊寅，天子西征鹜行至于阳纡之山，河伯无夷之所都居，是惟河宗氏。"(《穆天子传》)"冯夷得之，以游大川。"(《庄子·大宗师》) 这是汉代以前关于河伯的零星记载，据郭璞等人旧注，冰夷、无夷、冯夷，均指河伯，即同一人。上述记载，只记了河伯名字、所居、身份，没有什么故事内容。《九歌·河伯》诗中形容河伯出游，云"驾两龙兮骖螭"，恰与《山海经》中"乘两龙"相同，可与古神话相印证。

河伯曾在治理黄河中发挥过重大作用，他死后，被东夷、华夏各族奉为河神、社神。殷墟卜辞中有祭河和祭"高祖河"的记载，已把河神当作始祖神、部落神来祭祀。夏代时楚人祖先芈姓季连，因居于楚丘（今河南滑县），其部落便以楚为号。楚人受河伯治水之益较多，所以也接受了河伯文化的影响，尊河伯水神为自己的社神，有祭祀河神的传统。楚人自黄河之滨南迁到长江之滨后，时间虽然已长达千余年，但仍保留着先楚祖宗时代祭祀河伯水神的习惯。楚昭王生病时，曾一度放弃祭祀河神，而改祭楚国境内的江、汉、雎、漳四水。但是在楚国民间，百姓仍沿袭古俗不衰。王夫之在《楚辞通释》中解释说："楚昭王有疾，卜曰：河为祟。昭王谓非其境内山川，弗祀焉。昭王能以礼正祀典，故已之，而楚固尝祀之矣。民间亦相蒙僭祭，遥望而祀之，《序》所谓'信鬼而好祠'也。"所以，《河伯》是屈原创作的反映楚国民间祠祀神灵的祭歌。

屈原《天问》中也涉及河神故事，《天问》中的"胡射夫河伯，而妻彼雒嫔"，是说后羿夺取河伯之妻的事。相传河伯之妻为洛水女神宓妃，本篇或正是写的他们之间的恋爱故事。本篇从头到尾都在写河伯神的恋爱游乐，而未涉及祭祀内容，在《九歌》中别具一格。后世"送别南浦""南浦美人"的典故，即出于此篇。

原文

与女游兮九河①，冲风起兮横波②。

乘水车兮荷盖③，驾两龙兮骖螭④。

登昆仑兮四望⑤，心飞扬兮浩荡⑥。

日将暮兮怅忘归⑦，惟极浦兮寤怀⑧。

鱼鳞屋兮龙堂⑨，紫贝阙兮朱宫⑩。

灵何为兮水中⑪？乘白鼋兮逐文鱼⑫。

与女游兮河之渚⑬，流澌纷兮将来下⑭。

子交手兮东行⑮，送美人兮南浦⑯。

波滔滔兮来迎⑰，鱼邻邻兮媵予⑱。

注释

①女：通"汝"，你。九河：黄河下游河道的总名，相传夏禹治理黄河时开了九条河流，故称。这里泛指黄河的众多支流。

②冲风：暴风，大风。横波：横起大波。

③乘：乘坐。盖：车顶。

④驾两龙：指河伯用两条龙为自己拉车。骖（cān）：四匹马拉车时两旁的马叫骖。螭（chī）：古代传说中没有角的龙。

⑤昆仑：古代神话传说中的山名。

⑥浩荡：形容心绪放达，无拘无束。

⑦怅：姜亮夫《屈原赋校注》认为是"憺"字之讹，为安乐的意思。

⑧极浦：遥远的水边尽头。寤（wù）怀：睡不着而怀念，形容思念之极。寤，睡醒。寤怀，指从对昆仑的迷恋中警醒过来，怀念起遥远的水乡。

⑨鱼鳞屋：以鱼鳞筑造的屋子，取其光彩闪耀。龙堂：壁上画龙的厅堂。

⑩紫贝：是一种珍美的水产。阙（què）：宫门前面两边高耸的望台。紫贝阙，用紫贝装饰门楼。朱宫：一作"珠宫"，珍珠做的宫。

⑪灵：神灵，这里指河伯与洛水女神。

⑫鼋（yuán）：大鳖。《古今注》："江东呼鼋为河伯使者。"文鱼：有花纹的鲤鱼。古人认为鲤鱼跳过龙门就变成龙（见《三辅黄图》等书）。鱼与龙在神话中能互相转化，所以鲤鱼又叫龙鱼、龙鲤，是一种"神鱼"。

⑬女：通"汝"，指河伯。渚（zhǔ）：水中的小块陆地。

⑭流澌（sī）：解冻时河中流动的冰块。一说流水。"欲渡黄河冰塞川"，河里的浮冰被古人当作

河神的"垂迹"，所以河伯又名"冰夷"。郭璞注："冰夷，冯夷也。《淮南》云：'冯夷得道，以潜大川。'即河伯也。《穆天子传》所谓'河伯无夷'者，《竹书》作冯夷，字或作冰也。"冯夷、无夷俱冰夷的音转，夷者大人也，冰夷就是冰人。

⑮子：您，指河伯。交手：执手，握手，古人将别，则相执手表示不忍分离。一说拱手作别。

⑯美人：指洛神。浦：水边，河岸。南浦，洛水与黄河的连接处；洛水自南注入黄河，故称。

⑰波：波涛。滔滔：滚滚。

⑱隣（lín）隣：通"粼粼"，一个接着一个，形容众多。媵（yíng）：本指伴嫁的女子，这里意思是送别。

译文

  多想和你畅游啊九河之上，暴风来临啊水中掀起波涛。

  乘着水车啊以荷叶作盖，两条龙驾车啊螭龙在两旁。

  登上昆仑啊四处张望，心绪飞扬啊深深激荡。

  天色已晚啊忘了归去，怀念遥远水乡啊难以入睡。

  鱼鳞盖屋啊龙鳞装饰厅堂，紫贝修饰宫门啊珍珠做成宫殿。

  神灵你为什么啊停留在水中？乘坐大白鼋啊追随五彩鲤鱼。

  与你一起游啊在河中小洲，冰凌纷纷啊顺流而下。

  与你拱手告别啊向东而行，送你送到洛水入河的南岸边。

  波浪滔滔啊前来迎接，众多鱼儿啊前来送别。

赏析

全诗皆为想象之辞，共分三段。第一段是前八句，写想象等河伯从游而不得。诗一开头就通过主祭者的眼睛对河神进行了描述。前四句写河神遨游黄河，暴风掀起波浪，他以荷盖饰车，龙螭为驾，一路逆流而上，直至河源。后四句写他登上昆仑山四望，不禁心胸舒畅，意气昂扬。这是其出游的高潮。但随着夜幕的降临，环顾四望，忽而产生了若有所失，不知何处是归宿的感觉，于是怀念起"极浦"，即温馨的栖所来了。诗句表现出登山望远时的曲折心情。

第二段是中间六句。先写河伯的居室：鱼鳞饰屋，龙纹嵌堂，紫贝搭阙门，朱红涂宫室。河伯既是水中之神，居于水下是极自然的，为什么还要发问呢？"灵何为兮水中？"灵，指河伯与洛水女神，问他们在做什么呢？许多研究学者都说，这句诗是对男女亲昵之事的隐讳提法。同居后河伯又伴洛水女神在水上嬉游而下，他们乘着慢腾腾浮游的白鼋，追逐着五颜六色的纹鱼，在河上逍遥畅游，看到的是浩荡的黄河之水缓缓而来。这一幕生动地写出了结伴同游的愉悦情怀，可以想见二人的情深绵绵。

第三段是末尾四句。写二人顺着水流嬉戏至下游。当河伯再欲东行时，和主祭者握手告别。分别时刻到了，美人称自己不能不离去了，将要回归南浦。波涛来迎，鱼儿随从，河伯继续巡视于黄河下游。送别场面写得如此缱绻、动情，以至"南浦送别"，竟成为后世叙写离情别绪的脍炙人口的典故。

山鬼

题解

　　山鬼即山中的神灵。"山鬼"一词最早出现在《史记·秦始皇本纪》："使者奉璧具以闻。始皇默然良久，曰：'山鬼固不过知一岁事也。'"其意是说，山里鬼怪本来不过能预知一年的事。之所以不称作山神而叫山鬼，大概是由于没有经过天帝的册封，属于地仙之类。用今天的话就是不在编的神仙。《西游记》中神仙也分很多种，用吴闲云先生的说法就是"有正式编制的就是神仙，不在编的就是妖怪"。

　　"山鬼"到底是什么？历代学者都对此做出了不同的解释。一是清人顾成天的"山鬼即是巫山神女瑶姬"说，郭沫若、马茂元、陈子展、聂石樵、金开诚、汤炳正等认同此说；二是宋人洪兴祖、清人王夫之的"山鬼为山魈"的山精树怪说；三是明人汪瑗的"山鬼即山神"说。

　　对于"山鬼即是巫山神女瑶姬"的说法，李善注在《文选·别赋》的"君结绶兮千里，惜瑶草之徒芳"句里称："宋玉《高唐赋》曰，我帝之季女，名曰瑶姬，未行而亡，封于巫山之台，精魂为草，寔曰灵芝。《山海经》曰，姑瑶之山，帝女死焉，名曰女尸，化为草，其叶胥成，其花黄，其实如兔丝，服者媚于人。"由此他们认为，"瑶姬"是巫山神女。而由于《高堂赋》中的巫山神女与屈原的《山鬼》从样貌到自然环境都有很多相似之处，因此山鬼很可能就是巫山神女瑶姬。《山鬼》是祭祀山神的乐歌。屈原的《山鬼》里祭祀的是一位温柔多情、缠绵悱恻的山中女神。

原文

若有人兮山之阿①，被薜荔兮带女罗②。

既含睇兮又宜笑③，子慕予兮善窈窕④。

乘赤豹兮从文狸⑤，辛夷车兮结桂旗⑥。

被石兰兮带杜衡⑦，折芳馨兮遗所思⑧。

余处幽篁兮终不见天⑨，路险难兮独后来⑩。

表独立兮山之上⑪，云容容兮而在下⑫。

杳冥冥兮羌昼晦⑬，东风飘兮神灵雨⑭。

留灵修兮憺忘归⑮，岁既晏兮孰华予⑯？

采三秀兮于山间⑰，石磊磊兮葛蔓蔓⑱。

怨公子兮怅忘归⑲，君思我兮不得闲⑳。

山中人兮芳杜若㉑，饮石泉兮荫松柏㉒。

君思我兮然疑作㉓。

雷填填兮雨冥冥㉔，猨啾啾兮狖夜鸣㉕。

风飒飒兮木萧萧㉖，思公子兮徒离忧㉗。

【注释】

①若：好像，一说那儿。山之阿（ē）：山的深处，一说山的一角，山的弯曲处。

②被：同"披"。带：用以约束衣服的狭长或扁平形状的物品，古代多用皮革、金玉、犀角或丝织物制成。此处用作动词。女罗：植物名，即松萝，地衣类植物，多附生在松树上，成丝状下垂。或说即菟丝。带女罗，以女罗为带。

③含睇（dì）：含情而视。睇，微微斜视。宜笑：适宜于笑，指笑时很美，笑得自然。

④子：山鬼对所思之人的称呼，指公子。予：我，山鬼自称。窈窕（yǎo tiǎo）：娴静、美好的样子。

⑤赤豹：毛呈赤色，有黑色斑点的豹。文狸：毛色有花纹的狸猫。

⑥辛夷：香草。结桂旗：编织桂枝作旗。

⑦石兰：香草名。杜衡：香草名，即杜若。

⑧遗：赠。所思：指被思念者。

⑨余：我，山鬼自称。幽篁（huáng）：幽深的竹林。终不见天：整日看不到天空。

⑩后来：迟到。

⑪表：突出地，形容卓然而立。这句是说，独个儿站在山上突出的地方，盼望情人。

⑫容容：云气浮动的样子。

⑬杳（yǎo）冥冥：阴暗。羌：发语词。昼晦（huì）：白日光线昏暗。

⑭神灵雨：神灵降雨。神灵，指山鬼。

⑮留：挽留。一说等待。灵修：山鬼对情人的尊称。留灵修，为灵修而留。憺（dàn）：安乐，安然。这里是入迷的意思。

⑯岁既晏（yàn）：指年岁已老。晏，晚，迟。华予：使我如花开般美丽。华，使开花，这里是使

动用法。孰华予，指谁给我宠爱，谁给我光彩。

⑰三秀：灵芝草的别名，灵芝一年开花三次，故又称三秀。

⑱磊（lěi）磊：形容石头众多堆积的样子。葛：葛草，多年生草本植物，茎蔓生。蔓蔓：连结缠绕，形容葛草蔓延的样子。

⑲公子：山鬼称所思之人。怅：怨望，失意。

⑳君：指山鬼。得闲：空闲。

㉑山中人：山鬼自称。芳杜若：芬芳似杜若，比喻香洁。

㉒荫松柏：以青松翠柏荫蔽，言居处的清幽。

㉓君：山鬼称爱人。然疑：将信将疑，半信半疑。然，肯定，相信，与"疑"相对。作：兴起，发生。然疑作，指肯定与怀疑并生。

㉔填填：形容雷声之大。冥冥：阴雨貌。雨冥冥，因下雨而天色昏暗。

㉕猨（yuán）：同"猿"，似猕猴。啾（jiū）啾：鸟兽虫的鸣叫声。狖（yòu）：黑色长尾猿。

㉖飒（sà）飒：风声。萧萧：草木摇落声。

㉗徒：空，徒然。离：通"罹"，遭受。

译文

隐隐约约有人啊在那山的拐弯处，身披薜荔啊腰系松萝。

含情脉脉啊微笑美好，你爱慕我啊娴静美好。

驾着赤豹啊跟着花狸，辛夷为车啊桂枝为旗。

披着石兰啊佩带杜衡，折枝鲜花啊送给思念的人。

我住在幽深的竹林啊整日不见天，道路艰险啊姗姗来迟。

独自一人站立啊在山顶之上，云雾翻腾啊在山脚之下。

天色变得昏暗啊白天如同黑夜，东风狂吹啊神灵开始降雨。

想挽留思念的人啊使他乐而忘返，时光已逝啊谁能让韶华重现？
我采摘灵芝啊在山间，岩石堆积啊藤蔓缠绕。
怨恨公子啊惆怅忘返，莫非你也思念我啊没时间来。
我这山中人啊如芬芳的杜若，饮的山泉啊住在松柏下。
你思念我啊半信又半疑。
雷声隆隆啊阴雨绵绵，猿猴啼叫啊长夜不停。
风声飒飒啊树叶萧萧，思念公子啊徒然忧伤。

赏析

《山鬼》描写山中女神赴约、不遇、失望而忧伤的情景，表现了女神对爱情的渴望和追求。全诗共分四段。

第一段即诗中的开头八句，是赴约前的准备。那打扮成山鬼模样的女巫正喜滋滋飘行在接迎神灵的山坳，她身披薜荔，腰束松萝。写山鬼约会前精心打扮，介绍山鬼的性情外貌，表现出山鬼对赴约的期待与内心的喜悦。前两句点出了山鬼的住所和穿着打扮，从刻画人物的角度属于外貌描写，写出了山鬼的与众不同。三、四句描摹其眼神和笑意，写她的仪态十分美丽，并不加掩饰地自夸自赞，从神态描写、心理描写刻画了一位温柔多情又自恋的少女。五、六句写她以赤豹为驾，花狸随后，香木制车，桂枝结旗，其仪从威严华美，气势凛然。七、八句写她披兰带衡，一再打扮自己，行色匆匆中，仍不忘折花赠给所爱，可以看出山鬼不仅把车子也装饰一新，还精心打扮自己。这一层描绘了一个芳洁、美丽、动人的山中女神的形象，表现了她对心上人倾其所有，爱得炽热，用情专一。

第二段即"余处幽篁兮终不见天"以下八句。前两句写满怀喜悦的女巫赴约途中的心理活动，因为林深路远，担心自己迟到使对方久等，心存歉疚，又何其深情而善良也。也有解释为山鬼见心上人没来，所以揣测由于道路艰难的缘故，也可以解释得通。三、四句写她到达了约会的山上却不见恋人，她独自站在山巅上，盼望着、等待着，白云在她的脚下飘动。这两句写约会地点在高山之上，山势高耸，白云在脚下缭绕，环境幽静。五、六句写随着时间的推移，天色渐渐阴沉昏暗，白天如同夜晚，这时吹来了一阵东风，夹带着雨点。山鬼一个人站在山巅，情人久久不来，内心焦虑不安，随着时间渐晚，天气也发生了变化。昏暗的环境，大雨滂沱，山鬼还在雨中痴情等待。后两句写是山鬼自述，仿佛对着心上人说："你赶快来吧，我一定会好好待你，让你高高兴兴，安居于此，忘了回去。"此情此景更增添了她年华易逝、青春难再之感，她决定要珍惜这个约会，留在这里等待恋人。大概是山鬼等得太久，白天转眼过去，想到了自己青春也如同这流走的时光一样，转瞬即逝，因而有此感慨。这一层描绘了女神不见恋人来会的焦灼心情，为珍惜恋情而决定留下等待恋人的到来。

第三段即"采三秀兮于山间"以下七句。前两句写她在山石磊磊、葛藤丛生的山间徘徊，采摘灵芝草（三秀）。这两句写采集灵芝的艰辛。为什么采灵芝？大概一是为了延年益寿，永葆青春；二来是因为等待的滋味很难熬借此消磨时光。三、四句写山鬼等得急了，

开始埋怨恋人为何还不来，感到怅然若失，忘了回去。但她依然对心上人抱有些许期望，抱有幻想，希望他能来。于是忽然又体贴对方，相信对方是会思念她的，只是因为"不得闲"而来得迟。"山中人兮芳杜若"以下三句，写山鬼自称像杜若一样贞洁，用情专一，还是继续等待着，渴了喝山泉水，累了在树荫下休息，就是不愿离开。因为离开就意味着希望彻底幻灭。然而恋人还是没有来，于是山鬼开始怀疑自己的心上人，"你思念我啊半信又半疑。"两个人在一起，最重要的就是信任，一旦产生怀疑，感情也会随之产生裂痕。山鬼已经不再对恋人抱有希望，希望最终幻灭。

第四段即末尾四句。写约会结束后的落寞感伤。前三句写景，最后一句抒情。雷声滚滚，风声雨声交织在一起；猿猴叫声凄惨，催人泪下；秋风飒飒，落叶萧萧，一片肃杀凄凉之景。前三句展现了一幅极为凄凉的山林夜景。正是在这凄风苦雨的无边静寂中，突然迸发一句痛切呼告之语："思念公子啊徒然忧伤。"最后一句山鬼直抒胸臆，山鬼思来想去，搜肠刮肚，费尽思量，受尽煎熬，倍感孤单凄苦。"思念公子啊徒然忧伤。"是山鬼的心灵呼唤，也是山鬼的痛苦悲泣。大抵古人"以哀音为美"，料想神灵必也喜好悲切的哀音。在祭祀中愈是表现出人生的哀思和悱恻，便愈能引得神灵的垂悯和呵护。

国殇

楚辞选

题解

国殇，指为国捐躯的人。"殇"，原指未成年而死。戴震在《屈原赋注》所附的《音义》中称："殇之义二：男女未冠（二十岁）笄（十五岁）而死者，谓之殇；在外而死者，谓之殇。殇之言伤也。国殇，死国事，则所以别于二者之殇也。歌此以吊之，通篇直赋其事。"他们因国事而死于非命，故称国殇。何为"国事"？据《左传》云"国之大事，惟祀与戎"，故所谓死于国事，必是死于祭祀与战争的人。汪瑗在《楚辞集解》也称："《小尔雅》曰：无主之鬼谓之殇。此曰国殇者，谓死于国事者，固人君之所当祭者也。此篇极叙其忠勇节义之志，读之令人足以壮浩然之气，而坚确然之守也。后世《乐府》有《从军行》，其或仿于此乎？汉魏而下，虽多能言之士，何足以逾之。"

屈原所处的时代，正是楚国由盛而衰的转折点。由于楚怀王、顷襄王父子的昏庸，楚国接连大败于强秦，丧城失地，死伤惨重。楚国从怀王后期即与秦国频繁交战，但均以失败告终。马其昶《屈赋微》："怀王怒而攻秦，大败于丹阳，斩甲士八万。乃悉国兵复袭秦，战于蓝田，又大败。兹祀国殇，且祝其魂魄为鬼雄，亦欲其助却秦军也。"由此可知，屈原的《国殇》是楚人对为国牺牲战士的祭歌。清人蒋骥在《山带阁注楚辞》中也指出："怀襄之世，任谗弃德，背约忘亲，以至天怨神怒，国蹙兵亡，徒使壮士横尸膏野，以快敌人之意。原盖深悲极痛之。"这首祭歌描写了楚国将士与敌军殊死搏斗，虽寡不敌众却至死不屈，尽数为国捐躯的壮烈场面，全诗慷慨激昂，大义凛然，是一篇惊天地、泣鬼神的爱国英雄主义壮歌。

原文

操吴戈兮被犀甲[①]，车错毂兮短兵接[②]。

旌蔽日兮敌若云[③]，矢交坠兮士争先[④]。

凌余阵兮躐余行⑤，左骖殪兮右刃伤⑥。

霾两轮兮絷四马⑦，援玉枹兮击鸣鼓⑧。

天时坠兮威灵怒⑨，严杀尽兮弃原野⑩。

出不入兮往不反⑪，平原忽兮路超远⑫。

带长剑兮挟秦弓⑬，首身离兮心不惩⑭。

诚既勇兮又以武⑮，终刚强兮不可凌⑯。

身既死兮神以灵⑰，子魂魄兮为鬼雄⑱。

注释

①操：持，拿，挥舞。吴戈：兵器名，吴地所产，春秋时吴国冶炼技术较高，所产武器精良锋利，战国时原吴国领土属楚国所有，故称，亦泛指精良的戈。一说指盾。戈，古代主要兵器，一种尖端有钩的长武器，其突出部分名援，援上下皆刃，用以横击和钩杀。又有石戈、玉戈，多为礼仪用具或明器。这里的"吴戈"泛指锋利的武器。被：同"披"，披挂，佩带。犀（xī）甲：犀牛皮制的铠甲。犀皮不常有，或用牛皮，亦称犀甲。此泛指坚韧的铠甲。

②错毂（gǔ）：轮毂交错。错，交错。毂，车轮的中心部位，周围与车辐的一端相接，中有圆孔，用以插轴，泛指战车的轮轴，这里代表整个车轮。短兵接：犹言短兵相接，指近战。短兵，刀剑等短武器。

③旌蔽日：杂多的旌旗几乎遮蔽了太阳。敌若云：敌人多得如同云一般。

④矢交坠：两军相射的箭交相坠落。士争先：勇士争先杀伐。

⑤凌：侵犯。躐（liè）：践踏，踩。行（háng）：军队的行列。

⑥左骖（cān）：古时用四匹战马牵一辆战车，左右两旁的马叫骖，中间两匹叫服。殪（yì）：死亡，指倒地而死。刃伤：为刃所伤。右刃伤，驾在右边的骖马受了刀伤。一说"刃"当为"服"，伤者是车右之服马。

⑦霾（mái）：通"埋"，遮掩，掩埋，指车轮陷入泥中。絷（zhí）：拴住马足。这句是说把车轮埋进土中，把马绊住不用，这就断绝了退路，只能与敌人作决死的拼搏。此即《孙子·九地》所说"方马埋轮"战术。

⑧援：拿着。玉枹（fú）：用玉装饰的鼓槌。援玉枹，古时以击鼓指挥军队进击。"枹"一作"桴"，鼓槌。

⑨天时坠：日暮。天时，天象，这里指上天。坠，坠下。坠，一作"怼"（duì），怼怒，怨恨。

⑩严杀尽：战场上的杀气结束。严杀，残酷杀戮。弃原野：指尸横遍野。

⑪出不入：指壮士出征，决心以死报国，不打算再进国门，与"往不反"互文见义。反：同"返"，返回。

⑫忽：渺茫，不分明的样子。超远：遥远无尽头。

⑬挟（xié）：夹持。秦弓：秦地所产良弓。秦地产坚硬的木材，用以为弓，射程较远。

⑭首身离：头与身分离，即牺牲。不惩（chéng）：不畏惧。

⑮诚：实在，确实，诚然。

⑯终：始终，毕竟，到底。凌：侵犯，指精神上不可战胜。

⑰神以灵：精神成为神灵，指精神不死而永生。

⑱子：对战士亡灵的尊称。魂魄：古人观念中一种能脱离人体而独立存在的神灵，附体则人生，离体则人死。附形之灵为魄，附气之神为魂。鬼雄：鬼中之英雄，用以称誉为国捐躯者。

译文

　　手持锐利的吴戈啊身披坚韧的铠甲，车轮交错啊短兵相接。

　　旌旗遮盖了太阳啊敌人多如云，箭交相坠落啊将士奋勇向前。

　　敌军犯我阵地啊冲乱了队列，左侧的马倒毙啊右侧的马受了刀伤。

　　埋住了车轮啊拴住了战马，拿起玉槌啊敲响战鼓。

　　上天怨恨啊神灵愤怒，被杀戮的勇士啊尸横遍野。

　　出征的时候啊就没打算活着归来，平原辽阔啊路途遥远。

　　带着长剑啊拿着秦弓，即使身首分离啊也无所畏惧。

　　你们实在勇敢啊武艺高强，始终刚强不屈啊不可侵犯。

　　为国捐躯啊精神永存，你们的魂魄啊也是鬼中英雄。

赏析

　　《国殇》是一首追悼楚国阵亡士卒的挽诗。《国殇》是一首祭歌，更是一首血泪交织的爱国主义、英雄主义的赞歌。古代流传至今的祭诗、祭文何止千数，但写得如此激动人心、鼓舞斗志的，却绝无仅有。全诗可分两大段。

　　第一段是前十句，叙写将士们与敌人激战及壮烈牺牲的经过。首句"操吴戈兮被犀甲"描绘出楚国将士的雄姿。他们要奔赴战场，去和敌人作殊死的战斗。以下三句写初战时的情景。"车错毂兮短兵接"，使人仿佛听到车轴相碰和刀剑相撞的声音，以及战士们嘶哑的呐喊声，令人感奋激越。"旌蔽日兮敌若云"是说敌人的旌旗遮天蔽日，他们人数众多，远远超出了我军之上，像满天乌云黑压压地向我方阵地涌了过来。这一句写出了敌人的强大、声势的凶猛，以反衬我军将士们的英勇无畏。"矢交坠兮士争先"，写出了尽管面对着强大的敌人，将士们仍旧奋勇争先，冒着飞蝗般的箭雨冲上前去，和敌人展开了一场短兵相接的战斗。"凌余阵兮躐余行"以下六句，描写了他们作最后的殊死格斗和壮烈牺牲的经过。敌军由向我军"矢交坠"的远攻到冲到我军阵地，冲散我军队列，驾车的战马或死或伤。敌军的凶残，激起了将士们坚定复仇必死的决心。楚国的将士们将剩余战车的两轮埋入土中，用绳索将驾车的战马羁绊在一起，举槌擂响了进军的战鼓。楚军将士虽伤亡惨重，仍然战鼓不停，英勇进击。一时战气肃杀，引得天怨神怒。待杀气散尽，战场上只留下一具具尸体，静卧荒野。楚军将士们全都为国捐躯了。

　　第二段是后八句，是对为国战死者的哀悼与颂扬。"出不入兮往不反"以下四句紧承上文，写出了作者对"严杀尽兮弃原野"的将士们无比沉痛地悼念：祖国的英雄们呵，你们一去不复返了。在那遥远的旷野里，你们安息了，永远地安息了！但是这四句诗的感情色彩并不仅仅是沉痛。"出不入兮往不返"，字字悲壮。视死如归，一去不返，写出了楚国将士受命忘身、义无反顾的英雄形象。"带长剑兮挟秦弓"二句写战死者死后仍保持着战斗的雄姿，更加深了这种悲壮气氛。诗的最后四句，作者怀着极大的敬意，对为国牺牲的将士作了热血沸腾的颂扬。"诚既勇兮又以武"二句赞颂战士们确实是既勇敢又威武，最后仍然刚强不屈，不容冒犯；"身既死兮神以灵"二句歌颂战士们身虽死但精神永存，他们的魂魄刚毅威武，将永远是鬼中的英雄。末尾四句既颂扬他们生前勇武刚强，凛不可犯，也颂扬他们死后威灵显赫，永为鬼雄；既是对死者的颂扬，也是对生者的激励。

礼 魂

题解

　　《礼魂》为送神曲。清王夫之《楚辞通释》称："此章乃前十祀之所通用，而言终古无绝，则送神之曲也。"认为此篇是通用于前面十篇祭祀各神之后的送神曲。自《东皇太一》请出最高神之后，又陆续请出各位神灵加以祭祀。典礼结束后，敬送各位神灵归位，此时歌唱《礼魂》。清吴世尚《楚辞疏》、王邦采《九歌笺略》、王闿运《楚辞释》也持同样的观点。明汪瑗《楚辞集解》、清张诗《屈子贯》则宣称此篇是"前十篇之乱辞也"，即认为《礼魂》总结前十篇的终结辞。也有人认为《礼魂》只是《国殇》一篇的乱辞的卒章，其"礼魂"一名，与《国殇》"子魂魄兮为鬼雄"一句相应。姜亮夫《楚辞通故》则释"礼魂"称："盖魂者气之神也，即神灵之本名，故以之概九神也。据此，《九歌》是最后之大合乐，盖总概《东君》《云中君》《湘君》《湘夫人》《大司命》《少司命》《河伯》《山鬼》《国殇》。九祀作最后之总结，篇首《东皇太一》为迎神曲，与此相合，有叙有结，蔚成套数，故曰《九歌》也。"也就是说，这种说法认为《礼魂》乃"礼"全部《九歌》的所有神祇、人鬼，或可称送神曲，而《东皇太一》则为迎神曲（如闻一多即持此说）。

　　姜亮夫《屈赋校注》又解"礼"为祀，汪瑗在《楚辞集解》中称："礼，一作祀。或曰：礼魂，谓以礼善终者，俱非是。盖魂犹神也，礼魂者，谓以礼而祭其神也，即章首'成礼'之'礼'字。一作祀者，祀与俗'礼'字相似而讹也。"洪兴祖在《楚辞补注》中也有相同看法，觉得"礼魂"实际上应该是"祀魂"，是因形近而误传而已。又有人认为"礼魂"之"魂"当为"成"字之误，礼魂实即礼成。按《礼魂》首句云："成礼兮会鼓。"成礼，指祭礼的完成。不管是"礼魂"还是"祀魂"，总之，这是一首送神曲。古代的宗教祭典结束后，都会有种特定表示欢庆的仪式。而由于这种仪式送的不仅有天地神，还包括人鬼，所以才称之为礼魂，而不是礼神。

原文

> 成礼兮会鼓^①，
>
> 传芭兮代舞^②，
>
> 姱女倡兮容与^③。
>
> 春兰兮秋菊^④，
>
> 长无绝兮终古^⑤。

注释

①成礼：完成了祭礼，结束了祭礼。一说"成"作"盛"，"成礼"意为盛大的仪式。会鼓：多面鼓同时快速敲击，鼓点密集，鼓声齐作。古代鼓乐器有多种，如悬挂在木架上的大鼓、手摇的小鼓等。会，会合，聚集。这里指鼓点密集，节奏急疾明快。

②芭：通"葩"（pā），初开的花的意思。一说芭，指香草。传芭，指舞者歌舞时互相传递花朵。这种"击鼓传花"与西南边少数民族祭神赛会时男女"抛彩球"（彩球大都用香草做成）有相似之处。一说"芭"即芭蕉，也可通，芭蕉在古今民俗中被认为是一种神草。巫师施法时大都要挥芭蕉扇、持芭蕉叶。民间传说牛郎织女七夕相会讲悄悄话时，人们在芭蕉树下能偷听到。因为芭蕉具有"通神"的作用，可作为"人神交际"的媒介，此处送神时传递芭蕉也很自然。代舞：轮番交替跳舞。

③姱（kuā）：美好。姱女，美女。倡：通"唱"。容与：从容舒缓。

④兰：兰花。《神农本草经》说兰花主"杀蛊毒，辟不祥……通神明"。春兰秋菊，指岁月更替，兰菊永芳，"春祠以兰，秋祠以菊"（王逸《楚辞章句》）。表示祭祀不断。

⑤长：永远。无绝：无尽期。终古：永远，犹言直至千古。按以上两句为女巫的唱词。这两句是说每

年春秋二季，兰、菊开花的时候，永远不断地来祭祀。这表现了人们对神明的虔诚和对幸福的期望。

译文

祭祀仪式结束了啊鼓乐齐鸣，
传递着花草啊翩翩起舞，
姣美的女子唱着歌啊从容自若。
春天用兰花祭奠啊秋天用菊花，
永远不断绝啊直到永远。

赏析

在古代的祭祀中，送神是最庄重的祭祀礼仪。《礼魂》以简洁的文字生动描绘出一个热烈而隆重的大合乐送神场面。整个仪式鼓乐声密集，鲜花、舞蹈、合唱组成了一次热烈隆重的送神仪式。

首句写乐，次句写舞，三句写倡（唱）。礼成之际，音乐、舞蹈、歌声相继而作，场面热烈。每祭完一位神灵，祭场上便鼓声交作，一队队青年男女传递着芬芳的花束，轮番交替着翩翩起舞。美貌女郎唱起歌，歌声舒徐和缓，从容不迫。这正是一个祭众神已毕时简短而又热烈的娱神场面。"春天用兰花祭奠啊秋天用菊花，永远不断绝啊直到永远。"人们以时令之花把美好的愿望总告于众神灵，并许以长此不绝以至终古的供奉之愿，希望美好的生活能月月如此，岁岁如此。

《礼魂》是《九歌》中最短的一首。前人论评中清人贺贻孙说得颇有见地，其文曰："《湘夫人》篇妙于繁，《礼魂》妙于简，二十七字，包括无穷。首三句情文悉备。'传芭兮代舞'，无限节目，他人数十字不能了者，五字了之。'春兰兮秋菊，长无绝兮终古'，即庙食无替之意耳。写得风华掩映，才人多情。惟《九歌》方不愧此语耳。读《九歌》者，涵咏既久，意味自深。"（见《骚筏》）

点评

《九歌》以山川神祇和自然风物为诗、以楚国宗祖的功德和英雄业绩为诗、以神话故事和历史传说为诗，通过赞美神祇、侯神娱乐以祈求神的庇佑，表达了人们对美好生活的渴望，对子孙繁衍的要求。诗人通过丰富的想象，创造了优美动人的诸神形象。这些神既是超人间的神，又是现实中神化了的人，具有人的体态、性格。作品充满了浪漫主义的气息，优美丰富的想象，曲折哀婉的情调，五彩缤纷的画面，活泼流畅的节奏，有一种深切感人的力量。同时，从诗中也可以隐隐看出诗人的政治感受，委婉曲折地折射出心中的奥秘，从而也抒发了诗人晚年被放逐南楚沅湘之时忠君爱国、忧世伤的愁苦心情。"《九歌》里并没有表现任何少年得意的心情，而只是隐隐约约地笼罩着一层从生活深处发散出来的忧愁幽思，感伤迟暮的气息。"（马茂元《楚辞选》）

《九歌》是以娱神为目的的祭歌。为了获得神的福佑，《九歌》中有的写祭祀中歌舞娱

神的热闹场面，有的写人们对神的热烈祀赞，如《东皇太一》《云中君》《东君》就是。它们庄严富丽的情调，与《诗经》的颂诗相近，但比颂诗生动活泼而有情致。《九歌》又有神与神、人与神相爱的描写，这是原始宗教"人神杂糅"的一种遗留，如《湘君》《湘夫人》《山鬼》三篇就是十分优秀的恋歌。《湘君》是湘夫人的独唱，《湘夫人》是湘君的独唱，都是表现他们互相追求终不得遇的复杂变化的心情；《山鬼》写神女去同爱人相会，但爱人却没有来。诗中极写女主人公相思、怨恨、怀疑、忧伤的情绪。《大司命》《少司命》和《河伯》或写愿结相知、顷刻别离的悲愁，或写同游九河、是暮忘归的快乐，都是很好的抒情诗。《国殇》是一首追悼为国牺牲的将士的挽歌，充满爱国主义精神。《国殇》风格刚健悲壮，语言朴素，色彩单纯，声调激越，与内容和谐一致，是《九歌》中风格突出的一首。

从《九歌》的内容和形式看，似已具备赛神歌舞剧的雏形。《九歌》中扮神的巫、觋在宗教仪式、人神关系上的纱幕下，表演着人间男女恋爱的话剧。这种男女感情的抒发是很复杂曲折的：有思慕、有追求、有猜疑、有悲痛、有哀思。这些鬼神的形象是很美的，有强烈的艺术魅力。如《湘君》中较多积极主动的追求，空间运动的路线行动历历可数，而《湘夫人》却更多静态的等待；《少司命》的结局虽然仍是离异，但仍充满期望与勉励，《大司命》却流露出无可奈何的情绪；《东君》亦如《少司命》虽离异也无怨辞，而《云中君》则用"忡忡"来形容其忧心；《河伯》始终情调热烈，而《山鬼》则幽怨凄凉。可以看出，《湘君》《少司命》《东君》《河伯》情绪较主动、情调较热烈、更富追求色彩，而《湘夫人》《大司命》《云中君》《山鬼》则情绪相对被动、情调幽怨，更富企盼等待的色彩。闻一多曾将《九歌》"悬解"为一出大型歌舞剧。《九歌》中虽然具有娱乐与扮演因素，而且某些篇章可构成一定情节，但并非所祭祀的每位神灵之间都有必然联系，整个《九歌》并未能构成完整的情节。《九歌》中涉及的对象有并不仅限于楚国而在北方各国也受到祭祀的神，如河伯、大司命、少司命；有沅、湘一带民间祭祀的山川土地之神，如湘君、湘夫人、云中君、山鬼，也有享受着国家祭祀的神，如东皇太一、东君等。从宗教祭祀的角度而言是杂乱无章的。巫师们时而扮神、时而媚神，其目的还是为了迎请神灵莅临祭坛、获得神灵的福佑，而非为了单纯的表演，故还不能将《九歌》看作一部完整的歌舞剧。

作为祭歌的《九歌》充满宗教神话色彩，弥漫着浪漫主义气息，实质上是由神的世界过渡到人的世界的桥梁，是浪漫主义文学的源头。《东皇太一》是对天神的祭歌，塑造了施恩德于民、与民同乐的天之尊神的崇高形象。《云中君》是对云神的祭歌，表现出人对云神的企盼、思念，与神对人礼敬的报答。《湘君》和《湘夫人》都是对湘水之神的祭歌，而湘夫人是湘君的配偶。《大司命》是对寿夭神的祭歌，在先民的原始意识中，大司命是威严、冷酷、神秘的化身，也是充满了阳刚之气的神祇。《少司命》是对子嗣之神的祭歌，她情系众生，善解人意，赐人子嗣，给人类带来幸福和欢乐。《东君》是对太阳神的礼赞，生动地表达了人们对驰驱不息、普照万物、乐于为民除害的太阳神的深情赞美。《河伯》是对黄河之神的祭歌，歌中没有礼祀之辞，而是河伯与女神相恋的故事。《山鬼》既展现了南国山幽林深的特点，又刻画了一个善良温柔、缠绵多情的山中女神形象。《国殇》通过对激烈战斗场面的描写，热烈地赞颂了为国死难的英雄，从中反映了楚民族性格的一个侧面。《礼魂》是送神曲，诗中描写祭礼完成时载歌载舞的热烈场面，表达了人们希望祭礼终古无绝。

天问

题解

　　目前学界公认的屈原写《天问》的原因，主要有以下几种：

　　第一种以王逸在《楚辞章句》中说的"叩壁问天"为代表。王逸认为，"屈原被逐，心中忧愁憔悴。彷徨于川泽之间，游荡在平原丘陵之上。向苍穹发出呼号，仰面叹息。见到楚国先王的宗庙以及王室公卿的祠堂，墙壁上描绘着主宰天地山川的神灵，画面瑰奇美丽，形象神奇怪异，又有描绘古代圣君贤王行事的图画。四下游览之后，身体疲惫，于壁画下修养精神，抬头正看到所绘图案，于是在墙壁上书写了文字，以抒发心中的愤懑之情。楚人哀叹屈原的不幸命运，将此文字收集起来，因此此篇在文字顺序上有颠倒之处。"这种说法认为是楚人哀叹屈原的不幸命运，将屈原抒发愤懑忧思的文字收集起来，即为《天问》。而这首诗似乎是通过质问的方式流露出一种很强烈的感情，其感情与屈原被流放后所写的大多数作品基本上是一致的。虽然也有一定历史文献的记载及文物可做参考，但未必就是屈原写《天问》的真实起因。在《天问》中，除问天地、日月、山川、灵异外，它所涉及的人事大多有当时的现实意义。因此，屈原所提出的问题不会是仅仅根据庙堂壁画，而是有他主观上的选择并经他精心结撰的。后人对此说表示怀疑，如王夫之就认为是屈原为讽谏楚王而作。

　　第二种以洪兴祖在《楚辞补注》中所说的"借问天实自解"为代表。洪兴祖认为，"《天问》之作，其旨远矣。盖曰遂古以来，天地事物之忧，不可胜穷。欲付之无言乎？而耳目所接，有感于吾心者，不可以不发也。欲具道其所以然乎？而天地变化，岂思虑智识之所能究哉？天固不可问，聊以寄吾之意耳。楚之兴衰，天邪人邪？吾之用舍，天邪人邪？国无人，莫我知也。知我者其天乎？此《天问》所为作也。"《天问》中所问都是上古传说中不甚可解的怪事、大事，屈原对这些问题似乎是要求得一个解答，找出一个因果。这些问题也都是春秋、战国以来的许多学人所探究的问题，在诸子百家的文章里，几乎都已讨论到，而屈原的《天问》则以惝恍迷离的文句，用疑问的语气说出来以成此旷世杰作。屈原在《天问》中从头至尾一口气提出了一百七十多个问题。这些问题包括宇宙的形成、天地的开辟、日月的运行等各类自然现象，也包括人类远古的神话传说、

朝代兴亡的历史等古往今来的各个方面。《天问》中有很多关于"宇宙""自然"的发问，这其中有许多问题人类至今还在探索。

第三种以姜亮夫在《屈原赋校注》中的"拷问远古历史"为代表。姜亮夫认为，"天"是对一切无法知晓的世间万物的总称，"天问"正是对世间万物的疑问。林庚在《天问论笺》中甚至认为《天问》实际上是一部人类兴亡史诗。"天"字的意思，在战国时代含义已颇广泛。大体说来，凡一切远于人、高于人、古于人，人所不能了解、不能施为的事与物，都可用"天"来统摄之。屈原能发出这样的疑问，显然，他对这些神话是"质疑"的，对"天道"是质疑的。《天问》中提出的问题，主要分为两个方面，一个是对"自然宇宙"的发问，另一个是对"人类社会"的发问。前者主要涉及的内容有"混沌天体""日月星辰""地理形成""鸟兽草木"等天地万物。后者除了对神话中的人物进行"人性"拷问，还对"历史兴亡"中"贤臣""君王""奸臣"的不同结局进行了"拷问"。《易·系词》中说："法象莫大乎天地。"《天问》的天，也颇有指一切法象的意味，与道家的"道"字，《易经》的"易"字，都是各家用以代表这些"法象"的名词，屈原在《天问》中对天地、对宇宙、对人性、对道德、对自然等方面的"拷问"，这些问题无论在当时还是在现代，也是非常大的哲学命题。

不管写《天问》的原因是什么，总之，《天问》的发问，实际上是屈原所处年代的人们对大自然运行规律的一种探讨。至于《天问》的写作时间，也不一定如王逸所说在顷襄王之世屈原被放逐以后，也有可能作于怀王之时。

原文

曰：遂古之初，谁传道之①？

上下未形，何由考之②？

冥昭瞢暗，谁能极之③？

冯翼惟像，何以识之④？

明明暗暗，惟时何为⑤？

阴阳三合，何本何化⑥？

圜则九重，孰营度之⑦？

惟兹何功，孰初作之⑧？

斡维焉系？天极焉加⑨？

八柱何当？东南何亏⑩？

九天之际，安放安属⑪？

隅隈多有，谁知其数[12]？

天何所沓？十二焉分[13]？

日月安属？列星安陈[14]？

出自汤谷，次于蒙汜[15]。

自明及晦，所行几里[16]？

夜光何德，死则又育[17]？

厥利维何？而顾菟在腹[18]？

女岐无合，夫焉取九子[19]？

伯强何处？惠气安在[20]？

何阖而晦？何开而明[21]？

角宿未旦，曜灵安藏[22]？

注释

①遂古：远古。遂，通"邃"，远，往。初：始。传道：传说。一说"道"通"导"，传道，即传导，流转导引。

②上下：指天地。形：成形。考：考察，一说形成。未形，没有形成固定的样子。

③冥：昏暗。昭：明亮，光明。瞢（méng）暗：昏暗不明、模糊不清的样子。极：穷极，探究其根本。紧承上句，描述当天地未分之时，宇宙明暗混沌的状态。

④冯（píng）翼：大气鼓荡流动的状态。像：本无实物存在的只可想象的形象、景象。

⑤明明暗暗：指一天分昼夜而有明有暗。时：通"是"，这个。为：谓。

⑥阴阳：阴气和阳气。三合：参错相合。三，通"参"，意即交融。本：本源。化：化生，派生。

⑦圜（yuán）：同"圆"，指天体。则：法度。九重：古说天有九重，极言其高。重，层。营度：量度营造。营，经营。度，度量。

⑧兹：此，这。何功：功同"工"，何等的工程。孰：谁。

⑨斡（guǎn）：运转的枢纽，转轴。维：指系于轴上的绳索，这里指空间维度。古代认为天体如车轮一样旋转，中心轴上有绳把天体系住。天极：天的顶端，即北辰、北极。加：放置，安放。

⑩八柱：古代传说有八座大山做支撑天宇的柱子。当：支撑。亏：缺陷。

⑪九天：指天的四面八方。古人认为天上与地下是一样的，把天也分为中央与八方，故称"九天"，也称"九野"。际：边界。安：哪里。放：依傍。属（zhǔ）：连接。

⑫隅（yú）：角落。隈（wēi）：弯曲的地方。

⑬沓（tà）：会合，指天地相合。十二：指十二辰，即日月在黄道上的十二个会合点。焉分：怎样划分。

⑭属：依附，寄托。陈：排列。

⑮汤（yáng）谷：或作"旸谷"，神话中地名，传说太阳由此升起。次：停宿，止息。蒙汜（sì）：或称"蒙谷"，古代神话中太阳在晚上停驻的地方。蒙，水名。汜，水边。

⑯明：天亮。晦：夜晚。

⑰夜光：指月亮。德：通"得"。死：指月缺而渐没。育：生，指月没而复圆。

⑱厥：其，指月亮。利：借为"鳌"（lí），黑色，指月中黑影。顾菟（tù）：菟，即"兔"，传说中月中之兔。闻一多《古典新义》及《天问疏证》认为是蟾蜍之异名。

⑲女岐：或作"女歧"，神女名，传说她无夫而生九子。合：交配，婚配。这里有野合之义。取：得，生。

⑳伯强：传说中北方的一位风神。一说为疠鬼；一说为水神；一说为伯阳，即老子；一说为阳气。惠气：即惠风，和畅的风。

㉑阖（hé）：关闭。晦：暗，指天黑。

㉒角宿（xiù）：东方星，星座名，二十八宿之一，东方青龙的第一宿，包括两颗星，早晨位在东方。古代传说两星之间为天门，黄道经其中，七曜行其间。且：指日出。曜（yào）灵：指太阳。

译文

　　请问：远古初始的事，是由谁传述下来？
　　天地没有形成之前的状况，要根据什么来考定？
　　宇宙明暗不分混沌一片，谁能够探究清楚？

大气弥漫浮动无形，怎么识别将它认清？

白昼光明夜晚黑暗，究竟它是为何如此？

阴阳二气互相交融，哪是本原哪是化生？

圆圆的天体分为九层，是谁曾去环绕量度？

如此浩大的工程，是谁开始建造完成？

天体的轴绳系在哪里？天体的顶部又在哪里？

撑天的八柱对着何方？东南的地面为何低陷？

天的中央与四面八方，究竟在哪里又是如何连接的？

天际的角落曲折很多，又有谁能知其数量？

天在何处与地交会？黄道怎样十二等分？

日月怎样附着在天上？众星如何排列有序？

太阳早晨从汤谷出来，夜晚歇息在蒙汜之地。

从天亮直到天黑，所走之路究竟几里？

月亮有着什么德行，可以缺而复圆？

月中黑影是什么？是否兔子或蟾蜍藏身腹中？

神女女岐没有婚配，为何能生出九个儿子？

风神伯强居于何处？那和畅之风从哪里吹来？

为什么天门关闭就是夜晚？天门打开就是白天？

东方两颗角宿星还没放光时，太阳又匿藏在哪里？

赏析

从结构看，全诗共分三大段。以上是第一大段的第一层：从首句"曰：遂古之初"至"曜灵安藏"，问的是天事。宇宙生成是万事万物的先决，这便成了屈原问难之始，其中从"遂古之初"至"何以识之"问的是天体的情况，"明明暗暗"以下四句讲宇宙阴阳变化的现象。从"圜则九重"到"曜灵安藏"则是对日月星辰提问：它们何以不会坠落？太阳每日要走多少路？月亮何以有阴晴圆缺？以及有关日月的一些传说的疑问。诗人所质疑的对象，是当时仍然在流传的某些有关它们的神话传说。如天有九重，天有绳系、柱撑；日神和月神的奇特故事；某些星宿的来源和职掌，等等。屈原对这些原始信仰所做的拷问，实际上是对超自然神界的怀疑和否定，代表了当时一种十分进步的理性精神。

原文

不任汩鸿，师何以尚之①？

金曰何忧？何不课而行之②？

鸱龟曳衔，鲧何听焉③？

顺欲成功，帝何刑焉④？

永遏在羽山，夫何三年不施⑤？

伯禹腹鲧，夫何以变化⑥？

纂就前绪，遂成考功⑦。

何续初继业，而厥谋不同⑧？

洪泉极深，何以寘之⑨？

地方九则，何以坟之⑩？

河海应龙，何尽何历⑪？

鲧何所营？禹何所成⑫？

康回冯怒，墜何故以东南倾⑬？

九州安错？川谷何洿⑭？

东流不溢，孰知其故⑮？

东西南北，其修孰多⑯？

南北顺椭，其衍几何⑰？

昆仑县圃，其尻安在⑱？

增城九重，其高几里⑲？

四方之门，其谁从焉⑳？

西北辟启，何气通焉㉑？

日安不到，烛龙何照㉒？

羲和之未扬，若华何光㉓？

何所冬暖？何所夏寒㉔？

焉有石林？何兽能言㉕？

焉有虬龙，负熊以游㉖？

雄虺九首，倏忽焉在㉗？

何所不死？长人何守^㉘？

靡蓱九衢，枲华安居^㉙？

一蛇吞象，厥大何如^㉚？

黑水玄趾，三危安在^㉛？

延年不死，寿何所止^㉜？

鲮鱼何所？鬿堆焉处^㉝？

羿焉彃日？乌焉解羽^㉞？

【注释】

①汩（gǔ）：治理洪水。鸿：同"洪"，洪水。师：众人。尚：推举，推荐。

②佥（qiān）：众人，全，都。课：试验，考核，考试。行：用。

③鸱（chī）龟：一种神龟。一说鸱龟指鸱、龟二物。鸱，鸱鸺（xiū），猫头鹰之类的鸟。曳（yè）衔：拉扯。听：通"圣"，圣德的意思。此句与前句上下倒装，言鲧有何圣德，而鸱龟之属，或曳或衔，佐其治水。

④顺欲：顺从愿望。指按照鲧的意图。一说"顺欲"为"川谷"两字的形衍。帝：上帝。刑：惩治，惩罚。

⑤永遏：长久囚系。永，长久。遏（è），幽闭，囚禁。羽山：神话中的山名，传说在东海海滨。一说在今江苏赣榆，一说在今山东蓬莱。三年：多年。三，虚数，表示多。施：施刑，判罪。一说施通"弛"，舍，解脱。

⑥禹：即夏禹，又叫大禹、帝禹。伯禹，伯为禹之封爵，禹曾受封为夏伯，故称伯禹。腹鲧，禹从父亲鲧的肚子里生出来。腹，一作"复"，这里指从腹中出来。

⑦纂（zuǎn）：继续，继承。就：成就。前绪：前业。绪，事业。遂：终于。考：称死去的父亲，禹之父鲧已死，故称考。功：事业。

⑧续初继业：继续鲧的事业。"续初"与"继业"互文。厥谋：指禹治水的方法。厥，指禹。谋，指治水的方略。

⑨寘（tián）：同"填"，填塞。

⑩方：区分。九则：九等，九品，以土地的美恶九等定则。据《尚书·禹贡》记载，禹治水后分天下土地为上上、上中、上下、中上、中中、中下、下上、下中、下下九等，不同等级的土地征收赋税不一样。坟：土堆，引申为堆积。一说通"分"，区分，划分。

⑪应龙：古代神话传说中有翼能飞的龙。尽：疑为"画"，划的意思。历：经过，流过。据说夏禹治水时，有应龙以尾画地，泄导水流，水泉即流通。一本此句作"应龙何画，河海何历"。游国恩《天问纂义》认为此句当是错简倒乱。

⑫营：营造，经营。一说营，惑乱。成：完成，成功。

⑬康回：水神共工名。传说共工与颛顼争为帝，败后盛怒，用头撞坏西北天柱周山，周山因而改称

不周山，大地也因而向东南倾斜。冯（píng）：通"凭"，满，盛。冯怒，盛怒，大怒。王逸《楚辞章句》："康回，共工名也。《淮南子》（按见《天文训》）言共工与颛顼争为帝，不得，怒而触不周之山，天维绝，地柱折，故东南倾也。"墬（dì）：同"地"，"地"的古字。倾：塌下。

⑭九州：传说禹治平洪水后把天下分为翼、兖、青、徐、扬、荆、豫、梁、雍九州。详见《尚书·禹贡》。安：什么地方。错：通"措"，安置。洿（wū）：凹坑，低洼，深陷。这里作动词用，使之成为凹坑，指挖水池。

⑮溢：满。孰：疑问代词，谁。故：原因。

⑯修：长度。

⑰椭（tuǒ）：狭长。古时历算认为大地南北距离较东西距离略短。衍：多余。

⑱昆仑：神话中的神山，在西部。县（xuán）圃：神话中神仙所居之地，在昆仑山上。县，通"悬"，悬空的意思，即系于天，故问其地基安在。尻（kāo）：即"尻"，本指脊椎尾骨或臀部。引申为山之尾麓，山脊尽处。这里是基础的意思。一说尻（jū），古同"居"，地址。

⑲增城：神话中的地名，在昆仑山上。传说昆仑山分为三级，最上一层即为增城。九重（chóng）：九层，极言高。其高几里：据《淮南子·地形训》说，昆仑山上有"增城九重，其高万一千里百一十四步二尺六寸。"增，与"层"相通，增城，也称"层城"，可解释为"层叠为城"。

⑳四方之门：昆仑山四方的山门。一说天的四方的四个天门。从：由，出入。

㉑西北：指昆仑山西北方的山门。辟启：开启，敞开。气：风。传说昆仑西北有"不周之山"，昆仑的"北门开以纳不周之风"，不周风就从这里通过（《淮南子·地形训》）。不周山传说是地狱幽都的门户，不周风被看作是阴风、肃杀之风。

㉒安：怎么。烛龙：神名。洪兴祖《楚辞补注》："《山海经》云：'钟山之神，名曰烛阴，视为昼，瞑为夜，吹为冬，呼为夏，不饮不食，不喘不息，息为风身长千里……人面蛇身，赤色。'注曰：即烛龙也。"一说神话中的神龙，人面蛇身，赤色，能照亮日光照不到的地方。

㉓羲（xī）和：神名，传说中为太阳神驾车的人。扬：日出，指扬鞭东行。若华：若木的花。若木，神话传说中长在西方日落处的大树，据说太阳落在若木之下，若木的花就会发出光芒。《山海经·大荒北经》："大荒之中，有衡石山、九阴山、灰野之山，上有赤树，青叶赤华，名曰若木。"

㉔何所冬暖、何所夏寒：这是针对昆仑山而问。神话传说中的昆仑山是冬暖夏凉、四季常青的仙境。

㉕石林：即"玉林"，昆仑山上有玉石树林。一说石柱之林，为喀斯特地貌中的特有景观，多分布在我国云南、贵州、广西等地。何兽能言：指为昆仑山守门的"开明兽"。《山海经·海内西经》："海内昆仑之虚……面有九门，门有开明兽守之。""开明兽身大类虎而九首，皆人面。"

㉖虬（qiú）龙：传说中的一种无角的龙。负：即"妇"。一说负，背，驮着。游：游牝，指与熊交媾，鲧有化为黄熊入于羽渊之说，疑此为鲧生禹说一事之分化。

㉗虺（huǐ）：毒蛇。雄虺，传说中有九个头的大毒蛇。《楚辞·招魂》："雄虺九首，往来偏忽，吞人以益其心些。"倏（shū）忽：行动迅速。倏，一作"儵"。一说儵忽为二神名，南海之帝为儵，北海之帝为忽。

㉘长人：即长寿之人。一说指身材高大之人。一说指防风氏。传说防风氏长三丈，守封、嵎二山。守：一说守卫，一说指操守。姜亮夫《屈原赋校注》："此中长寿之人，更有何操守而能长寿乎？"一说守，持，此处指长寿之人所持养生之术。

㉙麻蓱（píng）：蔓延而生的浮萍。麻，古通"麻"，曼延。蓱，同"萍"，水中浮萍。九衢（qú）：本指分岔的道路，这里指分支众多，引申为枝叶交叠的样子。衢，"欋"之借字，本指树根盘错。枲（xǐ）华：麻的花。枲，麻的一种。华，古"花"字。麻蓱的花与枲花相似，故称"枲华"。

㉚蛇吞象：《山海经·海内南经》："巴蛇食象，三岁而出其骨。"
㉛黑水：古代神话传说中水名，在昆仑山。《山海经·海内经》："流沙之东，黑水之间，有山名不死之山。"一说为怒江。玄趾：地名，疑为"交趾"，玄交形近而误，古地名，泛指五岭南。一说玄趾。三危：地名，神话中山名，据说在黑水之南，传说是座"不死山"。《淮南子·时则训》："三危之国，石室金城，饮气之民，不死之野。"三危说法有许多，一说在甘肃敦煌三危山，此为古三危山（《尚书·禹贡》）；一说在甘肃岷山西南（孙星衍《尚书今古文注疏·尧典》）；一说在西藏，姜亮夫《屈原赋校注》引刘逢禄《尚书古今集解》引《西藏总传》："卫在打箭炉西南，俗称前藏，藏在卫西南，俗称后藏。喀木在卫东南之处，统名三危，即《禹贡》'导黑水至于三危也'"；一说是仙山。
㉜不死：《山海经·海外南经》："不死民在其（交胫国）东，其为人黑色，寿不死。"《吕氏春秋·求人篇》说禹"南至……不死之乡"。延年不死，指长寿不死。
㉝鲮（líng）鱼：神话中的一种怪鱼，即《山海经》中所说的陵鱼，人面人手鱼身，见则风涛起。《山海经·海内北经》："陵鱼人面手足，鱼身，在海中。"鬿（qí）：即鬿雀。《山海经》说它状如鸡，而白首鼠足，食人。《山海经·东山经》："有鸟焉，其状如鸡而白首，鼠足而虎爪，其名曰鬿雀，亦食人。"堆："雀"的误字，即鸥，雀也。鬿，同"魁"，大。鬿堆，即大雀。
㉞羿（yì）：即"后羿"，此处指尧时善射箭者。彃（bì）：射。乌：金乌，指日中三足金乌，传说日中有乌鸦，也是日的代称。解羽：羽毛脱落，指鸟死。此谓羿射九日之事。传说尧时，十日并出，草木焦枯。羿奉尧命，射落九日，日中金乌羽毛飘零，都被射死。

译文

鲧不能胜任治理洪水，众人为什么还要推举他？
大家都说不必担忧，何不试试再说？
鲧有什么圣德，可以让神龟帮他治水？
鲧治理川谷马上大功告成，天帝为何还要对他施刑？
鲧长久被禁闭在羽山，为什么多年也不放他？
大禹从鲧的腹中生出，怎么会发生这种事情？
大禹接手父亲未竟事业，终于完成先父遗志。
为何继承前任遗绪，他们的谋略却不一样呢？
洪水如渊深不见底，是怎样来填塞的呢？
天下土地分成九等，是依照什么标准来划分的呢？
应龙如何以尾画地导河入海，河水怎样向大海流动？
鲧在治水中做了哪些事情？禹又是怎么取得成功的？
水神共工为什么一发怒，大地就会向东南倾斜？
九州是如何设定的？河谷之地为何低陷？
河水东流至海从不外溢，谁知这是什么原因？
从东到西从南到北，哪个方向的距离更长？
若说南北狭长成椭圆，它比东西长多少？
昆仑山顶上的县圃，它的山尾在何处？

山上的增城高九层，它的高度有几里？

昆仑山四面的山门，是谁从那里进出？

西北面的大门敞开着，什么风从那里吹过来？

太阳的光辉哪里照不到？为何还要烛龙的神光照耀？

羲和尚未扬鞭启程，若木为何能发出光来？

什么地方冬天温暖？什么地方夏天寒冷？

什么地方有岩石成林？什么野兽能说人话？

哪里有无角的虬龙，背着黄熊游来游去？

毒蛇雄虺长着九个头，来去迅捷到底在哪儿？

何处是不死之国？那些长命的人持何神术？

靡萍一枝有九个杈，枲麻的花儿开在什么地方？

巴蛇可以吞下大象，它的身体该有多庞大？

黑水、玄趾、三危在什么地方？

那里的人长生不死，他们究竟要活到什么时候？

长着人面的鲮鱼生在何处？吃人的怪鸟魁堆生在哪里？

后羿怎样射下九个太阳？太阳中的三足金乌又如何死去？

赏析

以上是第一大段的第二层：从"不任汨鸿"至"乌焉解羽"问的是地事。从"不任汨鸿"至"何气通焉"说的是上古传说中关于地球的一些情况。尧帝时洪水泛滥九州，众臣向尧帝推举鲧治水。鲧采用堵的办法治水，一说他从天上带来息壤堵水，水涨息壤也涨，但是结果是一样：堵了东堤溃西堤，九年而不成。尧帝把他长久流放在羽山。鲧死后，他的儿子禹反其道而行之，采用疏导的办法治水成功。屈原首先对鲧禹治水之事表示疑问。紧接着是诗人对九州版图如何划分的疑问。传说大禹治平洪水后把天下分为九州，那么这九州是如何设置的呢？接下来，屈原又围绕传说中的昆仑山提问。昆仑山这座神山，它的边际在哪里？与其说屈原对这座神山表示怀疑，不如说他是怀着好奇的心情探索这座神山。而从"日安不到"至"何所夏寒"则就地球上所看到的太阳的现象发问。哪里有太阳不能照到的地方？什么地方又要靠烛龙去照？太阳未升起的时候，若木的花怎么能放光？什么地方冬天温暖？什么地方夏天寒冷？从"焉有石林"至"乌焉解羽"这部分多为二句一问，都是当时民间传说中的怪事。什么地方有岩石成林？什么野兽能说人话？哪里有独角虬龙，驮着黄熊游来游去？九个头的毒蛇来往迅疾，现在飘忽到了哪里？什么地方是不死之国？长寿的人掌握了什么秘方？蔓生的浮萍分枝极多，花寄生在什么地方？一口能吞下大象的巴蛇，它的身子又有多大？黑水、交趾、三危在什么地方？延年益寿以求不死，寿命活到几时终止？传说中的鲮鱼生活在什么地方？怪鸟魁堆又在哪里？后羿怎样射下九日？金乌的羽毛又散落在哪里？

至此，为全诗第一大段。自首句"曰遂古之初"至"乌焉解羽"，主要是问天地形成，宇宙变化，并联想到与此有关的神话传说。诗人首先对宇宙起源、天体结构和日月星辰的运行发问，接下来对大地结构和鲧禹治水、羿射九日等事件发问。在这部分，诗人就天地的开辟、日月的运行、大地的形状、川流的走向，以及鲧禹治水的故事，等等一一发问，为我们再现了一个璀璨无比的远古神话世界，而其中通过诘问所流露出来的，则是诗人对宏观宇宙的思考和怀疑。

原文

禹之力献功，降省下土方①。

焉得彼嵞山女，而通之于台桑②？

闵妃匹合，厥身是继③。

胡维嗜不同味，而快鼌饱④？

启代益作后，卒然离蠥⑤。

何启惟忧，而能拘是达⑥？

皆归射鞫，而无害厥躬⑦。

何后益作革，而禹播降⑧？

启棘宾商，《九辩》《九歌》⑨？

何勤子屠母，而死分竟地⑩？

帝降夷羿，革孽夏民⑪。

胡射夫河伯，而妻彼雒嫔⑫？

冯珧利决，封狶是射⑬。

何献蒸肉之膏，而后帝不若⑭？

浞娶纯狐，眩妻爰谋⑮。

何羿之射革，而交吞揆之⑯？

阻穷西征，岩何越焉⑰？

化为黄熊，巫何活焉⑱？

咸播秬黍，莆雚是营⑲。

何由并投，而鲧疾修盈⑳？

白蜺婴茀，胡为此堂㉑？

安得夫良药，不能固臧㉒？

天式从横，阳离爰死㉓。

大鸟何鸣，夫焉丧厥体㉔？

蓱号起雨，何以兴之㉕？

撰体协胁，鹿何膺之㉖？

鳌戴山抃，何以安之㉗？

释舟陵行，何以迁之㉘？

注释

①禹：即大禹。力：努力，勤劳。献：贡献。功：指治理水灾、平定九州的功业。降：从天降临。
省：视察，查看。降省，到下面视察。

②龠（tú）山：即"涂山"，其地不可确指。一说在安徽当涂，一说在浙江会稽，传说大禹在治水途中娶涂山氏的女儿女娇为妻。王逸《楚辞章句》："言禹治水，道娶龠山氏女也，而通夫妇之道于台桑之地。"通：相会。台桑：一说是地名，其地不可确考。一说指桑间野地，为古代男女私会的地点。

③闵（mǐn）：爱怜。妃：配偶。匹合：婚配。厥身：指禹。继：延续，继承，即指生启之事。

④胡：为什么。维：语助词，朱熹《楚辞集注》本作"为"。胡维，为何。嗜：爱好。快：满足。鼂（zhāo）：同"朝"，一朝，指时间很短，比喻一时的快乐。饱：满足。

⑤启：夏启，大禹的儿子，夏朝国王。益：伯益，传说是启的贤臣，大禹曾选定他继承帝位。后：君王，国王。卒：通"猝"，突然。离：通"罹"，遭受。孽（niè）：忧患，灾难。

⑥惟：通"罹"，遭受。拘：拘囚，囚禁。达：逃脱。

⑦归（kuì）：通"馈"，送来。射鞠（jú）：这里指交战。躬：本身。厥躬，指启。

⑧后益：即益，因做过君主，所以叫后益。作：通"祚"，国祚，国家命运福祉。革：推翻，变革，指启代益为王。播降：播下种子，比喻繁荣昌盛。播，通"蕃"。降，通"隆"。

⑨棘（jí）：急切。宾：祭祀。商："帝"字之讹。《九辩》《九歌》：均为古乐曲名，传说是夏启从天帝那里偷来的。

⑩勤子：贤子，指启。屠母：传说启母涂山氏化为石，石破而生启，故曰屠母。死：通"尸"，尸体。竟地：满地，到处都是。

⑪帝：天帝、上帝。降：派下，从天降临。夷羿：指羿，东夷有穷国的君主，擅长射箭，驱逐夏太康，自立为君，后被寒浞杀死。革：革除。孽：祸患。夏民：夏朝之民，或泛指民众。

⑫河伯：即黄河水神。一说河伯为古诸侯。王夫之《楚辞通释》："河伯，古诸侯，同河祀者。羿射杀河伯，而夺其妻有雒氏。"雒嫔（luò pín）：上古神话中的雒水女神，即宓妃。

⑬冯（píng）：持。珧（yáo）：本指蚌蛤的甲壳，用以修饰弓的两头，这里指良弓。利：精良。决：通"玦"，古代射箭时套在右手大拇指上用象骨做成的用以钩弦的套子。封：大。豨（xī）：野猪。历史传说中羿有多人，尧时之羿有射封豨事，屈原或混杂之。

⑭献：进献，进奉。蒸肉：祭祀用的肉。蒸，通"烝"，冬祭。膏：肥美的肉。后帝：上帝，天帝。若：顺心，欢喜。一说若通"诺"，赞许，保佑。

⑮浞（zhuó）：人名，即寒浞，传说是羿的相，谋杀羿而自立为君。纯狐：人名，羿的妻子。眩（xuàn）妻：善于迷惑人的妻子，指纯狐。爰（yuán）：于是。

⑯射革：传说羿力大善射，能射穿七层皮革。革，皮革。交：合力。吞：消灭。揆（kuí）：揣度，此指计谋、暗算。

⑰阻：通"徂"，往。西征：西行，指鲧被放逐东方海滨的羽山，曾向神巫众多的西方行进求救。岩：险峰，这里指前往羽山。《左传·昭公七年》："昔尧殛鲧于羽山，其神化为黄熊。以入于羽渊，实为夏郊，三代祀之。"

⑱化：变成。黄熊：指鲧。活：救活。

⑲秬（jù）黍：黑米。莆（pú）：即"蒲"，水草。藋（huán）：通"萑"（huán），芦苇类植物。营：耕种。曹耀湘《读骚论世》释此四句云："莆藋者，洿泽之草也。投即殛也，所谓投诸四裔也。洪水之时，草木畅茂，鲧所以障洪水者，盖欲使沮泽之地，芸除恶草，而皆播种禾黍，是其心亦为民耳。事虽不成，何以遂与共工、驩兜、三苗并受流放之罪，至今犹以鲧为病，如是之长久盈满乎？"

⑳由：原因。并投：一起放逐，传说与鲧一起被放逐的还有共工、驩兜、三苗等人。一说鲧与妻修

己一同被流放。疾：罪行，罪过。修盈：指罪行极多。修，长。盈，满。

㉑蜺：同"霓"，虹的一种，也称副虹，色较淡。白蜺，白色的虹。婴茀：指妇女首饰。婴，本指装饰品，这里释为"缠绕，环绕"。茀（fú），云雾。堂：堂皇，盛美，指衣着华丽。

㉒良药：好药，指不死之药。固臧（cáng）：妥善保管。固，稳妥。臧，同"藏"，保存，保管。

㉓天式：自然的法则。式，法式。从（zòng）横：即"纵横"，指阴阳二气的消长变化。阳离：阳气离开。古人认为阳气离开身体，人就会死亡。爰：乃。

㉔大鸟：指王子侨的尸体变成的大鸟。《列仙传》记载："崔文子学仙于王子侨。子侨化为白蜺，而婴茀持药与之。文子惊怪，引戈击蜺，因堕其药。俯而视之，子侨之尸也。须臾化为大鸟，飞鸣而去。"王逸《楚辞章句》注曰："言崔文子取王子侨之尸，置之室中，覆之以弊筐，须臾则化为大鸟而鸣，开而视之，翻飞而去。文子焉能亡子侨之身乎？言仙人不可杀也。"丧：失去。厥体：它的躯体。

㉕蓱（píng）：古代传说中雨师的名字，又名蓱翳（yì）、屏翳。蓱，洪兴祖《楚辞考异》引一本作"萍"。号：呼，号令。

㉖撰：通"巽"，柔顺。协：合顺。鹿：指风神飞廉，传说风神飞廉为鹿身。膺（yīng）：响应。

㉗鳌（áo）：传说的大龟。戴：背负，驮。抃（biàn）：本义是两手相击，这里是形容大龟四肢挥动。《列仙传》中有"巨灵之鳌，背负蓬莱之山，而抃舞戏沧海之中"的记载。《列子·汤问》中亦有类似记载："（帝）乃命禺强使巨鳌十五举首而戴之……五山始峙而不动。"

㉘释：放置。陵：本义是大土山，这里指陆地。陵行，在陆上行走。迁：移走。《列子·汤问》记载："龙伯之国有大人，举足不盈数步而暨五山之所，钓而连六鳌，合负而趣，归其国，灼其骨以数焉。"说是龙伯之国有个巨人，抬腿走不了几步就已经跨过五座世间最大的山，到海边垂钓一次能钓上来六只巨鳌，然后背在肩上回到自己的国家，烧灼它们的甲骨来占卜凶吉。

译文

大禹尽力治水成其圣功，从天降临省视四方。

怎么会遇到涂山氏之女，和她私会并结合在台桑？

两人伉俪相爱成就婚配，大禹因此有了后继者。

为何他们本不该通婚却很快能被彼此吸引，只贪图一时欢快？

夏启取代伯益成为君王，突然又遇上灾祸。

为什么夏启当初落难，却能够从拘禁中逃离？

伯益与夏启两个部族交战，箭如雨下，而夏启却没受到伤害。

为何伯益的王位被夏启夺走，大禹的后代却能兴旺？

夏启急切地向上帝祭祀，并得到《九辩》与《九歌》。

上帝为什么厚子而薄母，竟使她生下夏启后尸骨满地？

帝尧派遣后羿降临，为的是消除祸害安慰夏民。

他为什么要射瞎河伯，又霸占了河伯的妻子雒嫔？

后羿持着宝弓套着扳指，专挑巨大野猪来射杀。

为什么献祭那么多肥美的祭肉，上帝却不保佑他呢？

寒浞要娶后羿的妻子纯狐氏，那个善于迷惑人的妻子与寒浞合谋暗算后羿。

为何后羿力气大得能射得穿牛皮，却被他们的阴谋所算计？

西行之路遇阻受困，鲧怎样越过那重重的山岩？

鲧的身子化为黄熊，神巫又是怎样让他复活？

鲧辛勤耕种把田地都种上了黑粟，教会百姓辨别粮食和杂草。

有何理由把他与共工等人一起流放，难道他真的罪不可赦？

白色霓裳羽衣珠光宝气，嫦娥为何打扮得这样华丽？

她从哪里得到了不死良药，却又不能长久保藏？

天地之间阴阳消长，阳气一离开生命就会死亡。

王子侨变成的大鸟为何发出鸣叫，他又怎么能把身丧？

雨师萍翳发出鸣叫声就能下雨，这雨是怎样兴起的？

风神飞廉性情柔顺，他又是怎样来呼应的？

巨鳌背负着神山四脚划动，它是怎样让大山安稳不动？

龙伯巨人舍弃舟船行走陆地，又是怎样将灵龟钓离大海？

赏析

　　以上为第二大段的第一层：首先从禹的婚姻问起，对夏代的历史发出一系列问题。自"禹之力献功"至"而鲧疾修盈"是问夏朝的史事，具体而言就是问禹的家事。禹本当急于治水献功，为什么又去私通涂山女。问完了大禹的妻子，又问大禹的儿子夏启的事迹。为什么禹的大臣伯益一度曾居有夏王之位，而禹创下的大业，其后裔依然传了下来？其中也表露了诗人对夏启的谴责：一是夏启得天下后，即窃天乐而耽于享乐；二是他的诞生造成其母的惨遭不幸。特别是前者（"康娱自纵"）乃是《天问》诗中对历代王朝（夏、商、周）治乱原因的分析。然后又问大禹家族的终结者羿的事迹。夏启死后，

他的儿子少康继位。羿既然是有穷国的国王，怎么又是上帝派来的呢？自然是羿讨伐少康的借口。羿为什么射伤河伯，而夺取雒嫔做自己的妻子？为什么像羿这样一个力大善射的神箭手，竟然让寒浞等一伙人给算计吞灭了呢？诗人揭示羿之败灭的原因，有为统治者总结经验教训之意。羿之失位亡身，乃由于失德，对于失德之人，虽敬上帝，上帝也不会保佑的。说到大禹一家，屈原最感不平的还是鲧。于是又问关于鲧的事：鲧被囚禁在险阻无路可通之地时，他欲西行而归，那些高山峻岭又怎能越得过去呢？他死后化作黄熊，神巫是怎样使他复活而变化的呢？鲧治理洪水，其心也是想让民众有良田可种，有谷可食，是因什么理由把他与共工等人一起放逐，视他为恶贯满盈的罪人？而从"白蜺婴茀"至"何以迁之"则又是问神话传说中的人和事，其中提到嫦娥、后羿、风神、雨师等。

原文

惟浇在户，何求于嫂①？

何少康逐犬，而颠陨厥首②？

女歧缝裳，而馆同爰止③。

何颠易厥首，而亲以逢殆④？

汤谋易旅，何以厚之⑤？

覆舟斟寻，何道取之⑥？

桀伐蒙山，何所得焉⑦？

妹嬉何肆？汤何殛焉⑧？

舜闵在家，父何以鳏⑨？

尧不姚告，二女何亲⑩？

厥萌在初，何所亿焉⑪？

璜台十成，谁所极焉⑫？

登立为帝，孰道尚之⑬？

女娲有体，孰制匠之⑭？

舜服厥弟，终然为害⑮。

何肆犬体，而厥身不危败⑯？

吴获迄古，南岳是止^⑰。

执期去斯，得两男子^⑱？

缘鹄饰玉，后帝是飨^⑲。

何承谋夏桀，终以灭丧^⑳？

帝乃降观，下逢伊挚^㉑。

何条放致罚，而黎服大说^㉒？

注释

①浇（ào）：人名，寒浞的儿子，传说中的大力士。嫂：浇的嫂子女歧。王逸《楚辞章句》："言浇无义，淫佚其嫂，往至其户，佯有所求，因与行淫乱也。"

②少康：夏朝国王，夏后相的儿子。逐犬：放出猎狗。颠陨：坠落，这里指砍掉。厥首：这里指浇的首级。少康误杀了寒浇的嫂子女歧后，寒浇逃走，但最终还是被杀。王逸《楚辞章句》："夏少康因田猎放犬逐兽，遂袭杀浇而断其头。"

③女歧：人名，是浇的嫂子。女歧，也称女艾，闻一多《天问疏证》："案，'女歧'当从《左传》作'女艾'。"《左传·哀公元年》："（少康）使女艾谍浇，使季杼诱豷，遂灭过戈，复禹之绩。"据《左传·哀公元年》的记载，夏少康为报父（夏后相）为浇所杀之仇，派女歧去浇那里刺探消息（目的在于以女色使浇惑乱，从而伺机杀之），派季舒去引诱浇的弟弟豷，终于灭亡过国和戈国，恢复夏禹的功业。缝裳：意即缝衣裳，当是女歧与浇的亲密行为之一。馆同：即同馆、同房，犹"夫妻同房"的"同房"。爰：与，共。止：止宿，居住。

④颠：坠落，这里指砍掉。易：换，这里指砍错了。厥首：指女歧的首级。王逸《楚辞章句》："言少康夜袭得女歧头，以为浇，因断之，故言易首。"传说女歧与浇周舍同宿，少康夜袭浇，误斩女歧头。后来少康打猎时，才又乘机杀掉浇。亲：亲身，指女歧。逢殆：遭殃，指被杀。

⑤汤：为"康"之误，当指少康。易：治理，整顿。旅：军队，部下。此处所问当为少康中兴之事。

⑥覆舟：帆船。斟（zhēn）寻：古国名，姒姓，夏的同姓诸侯国，地在今河南巩义市西南。

⑦桀：夏代最后一位君王。蒙山：古国名，一说指岷山。

⑧妹嬉（mò xǐ）：有施氏，是夏桀的后妃，先受夏桀宠爱，后被抛弃。肆：过失，罪过。汤：商汤，商朝的开国君主。殛（jí）：惩罚。

⑨闵：通"母"，妻室。父："夫"之误字。鳏（guān）：即鳏夫，指男子年长而无妻。

⑩尧：唐尧，传说中的上古帝王。姚：指舜母姚氏。一说姚是舜的姓，此处代指舜父。姚告，即告姚。二女：指尧的两个女儿，名叫娥皇、女英。亲：结亲。

⑪厥：其，那。萌：通"民"。亿：通"臆"，料想，猜测。

⑫璜（huáng）台：即瑶台、玉台。成：层。十成，十层，极言其高。极：尽，这里是最后完成的意思。

⑬登立：登位。立：通"位"，这一句指登位为帝。帝：帝王。孰道：何由，根据什么？尚：上，推崇的意思。

楚辞选

⑭女娲（wā）：神话传说中上古女帝名，姓风，人头蛇耳，品德高尚，智能超凡。她是天地万物和人的创造者，曾造人补天。制匠：制作。

⑮服：顺从。弟：指舜的异母弟象。终然：最后，终于。为害：被谋害。此处指舜弟象与其父母合谋陷害舜之事。

⑯肆：放肆，放纵。犬体：这里是对舜弟象的贬称，言其行径悖谬不法有类于犬。厥身：他自己。危败：指舜弟象行事悖逆，一再谋害舜，却未被追究。

⑰吴：古代南方的诸侯国名，春秋时具有今江苏、浙江一部分。《史记·吴太伯世家》记载，周的祖先古公亶父想把君位传给幼子季历，他的长子太伯、次子仲雍为了让弟弟季历继位，就跑到南方，开创了吴国。当地人拥太伯为国君，太伯死后，仲雍继位。获：得到。一说"吴获"为人名。迄（qì）古：从远古时代开始，意为国运长久。南岳：会稽山，泛指南方地区。止：留下居住。

⑱去：离开。一本作"夫"。斯：这样，这个情况。两男子：指太伯、仲雍两位贤人。

⑲鹄：水鸟，俗称天鹅。缘鹄，指有装饰的天鹅肉。古代祭祀用食物喜用图案装饰。缘、饰，义近，皆装饰之义。鹄、玉，皆鼎上作装饰用的花纹与器物。后帝：指商汤。飨（xiǎng）：拿酒食招待，指赏识。此句指伊尹借助烹调食物供汤享用之际接近汤，向他陈说治国之道。

⑳承：通"丞"，辅佐。谋：谋划。传说伊尹借助烹调说动商汤，得到重用，曾受商汤之命打入夏王朝当过夏桀的大臣，假意事桀，实则探听夏之虚实，与商汤里应外合，一起灭夏。

㉑帝：指成汤。降观：四处视察民情。伊挚：即伊尹，汤之贤臣，挚是伊尹的名。

㉒条：鸣条，地名，商汤打败夏桀的地方，一说是商汤流放夏桀的地方。条放，被流放到鸣条。致罚：受到上天的惩罚。黎服：黎民百姓。服，古代行政区划单位。说（yuè）：同"悦"，喜悦。

译文

大力士寒浇来到女岐的家门口，他对嫂嫂有何要求？
为何少康驱赶猎犬打猎，却将寒浇的头砍了下来？
女岐借着为寒浇缝补衣裳，两个人同住一个房间。
为何少康会杀错脑袋，而让亲信之人女岐遭到灾殃？
少康谋划整顿部下，他是如何厚待众人？
寒浇曾经讨伐斟寻倾覆其船，少康用什么方法取胜？
夏桀出兵讨伐蒙山，他这样做有何功成？
妹嬉怎样恣肆放纵？商汤为何将她惩罚？
舜的家里有妻室，为什么却叫他鳏夫？
尧不告知舜的父母，两个女儿如何与舜成亲？
舜当初是平民的时候，怎能料到成为帝王的事？
美玉砌成的十层楼台，又有谁能登上玉台顶？
舜登此台被立为君王，是谁引导他上台？
女娲的形体变化无穷，又是谁将她造成这样？
舜恭顺地对待他的弟弟象，象却始终还是对兄长加害。
为何象极端放肆如同猪狗，他自己却总能避害不被追究？
吴国获得了长久的国运，疆土一直开拓到南岳山一带。
谁能料到会是这样，全因为有两位开国贤君？

伊尹用缘鹄嵌玉的祭器，将美味献祭给商汤。

伊尹如何充当商汤的内应为夏桀谋划，使夏桀最终灭亡？

商汤巡视四方体察民情，正好遇到了伊尹。

为何夏桀在鸣条被惩罚和放逐，黎民百姓十分喜悦？

赏析

　　以上为第二大段的第二层：对夏代历史提出一系列的问题，其中涉及女娲、尧、舜等神话人物和吴国的历史故事。自"惟浇在户"至"何道取之"，问的是夏一代的历史大事"少康中兴"。寒浞的儿子寒浇到兄嫂的室内，对其嫂有什么要求？为什么少康趁着放犬打猎的机会，砍落了寒浇的头颅？自"桀伐蒙山"至"汤何殛焉"，问夏王朝灭亡之事。商汤用策谋争取夏民，是如何厚待其民的？当初寒浇灭斟寻杀夏后相，又是用的什么方法、计谋？夏桀征伐蒙山国，所得到的是什么？他的宠妃妹嬉何其放肆？汤又是如何诛罚他们的？妹嬉本是有施国的美女，夏桀征伐有施时得到了妹嬉。另有一种说法，《竹书纪年》说：桀伐岷山（蒙山），得其二女，一个叫琬，一个叫琰。姐妹俩国色天香，夏桀得到这两个尤物后，冷落了皇后妹嬉，妹嬉遂与商汤的谋臣伊尹勾搭成奸，终于灭夏。自"舜闵在家"至"而厥身不危败"，说的是舜的故事，其中也提到了神话中的女娲。帝尧不去告知舜的父母，怎么就把两个女儿许配给他成亲？传说中舜的父亲瞽瞍、舜的继母和继母所生的弟弟象联合摧残舜，欲置舜于死地。在这种情况下，舜向父母提出"娶妻"的申请，是绝不可能获得批准的。而尧也知悉这一特殊背景，故相应地采取了特殊的处理办法——不通知舜的父母，直接把女儿嫁给他。《孟子·万章上》记载，万章曾就此事询问孟子，孟子认为，尧和舜此举虽然于常礼不合，但事出有因，没有什么值得谴责的。之后，屈原又提到了象对舜屡屡加害而未得手之事：舜顺从他的异母弟，而其弟却屡次想加害他，为何这样猪狗般的人，最后他也并未遭报应而危败？屈原对两件事表现出不理解，一是舜对象无原则、无底线的纵容；二是舜能一再逃脱象的毒手。对此，万章也问过孟子："舜不知道象要害自己吗？"孟子回答："他怎会不知道？只不过他与弟弟同喜同悲罢了。"王逸说："难道舜真的不知道象要杀自己吗？他怎么可能不

知道呢？只是因为他对弟弟实在太好了，所以凡事总是替象着想。"用王逸的原话来说就是"象忧亦忧，象喜亦喜"，也就是说舜的一切行动都是为了他那个亲爱的弟弟着想的。瞽叟和象是邪恶的，由于遇到舜，才免除了灾殃。在舜这一方来说，如果连对自己的家人都不能退让，如果对恶不能包容，又怎么能用爱心包容天下？可以说，正是瞽叟和象砥砺了舜的品性，成就了舜的名望。自"吴获迄古"至"得两男子"，说的是吴国的历史人物。吴人获立国很古远了，曾发展至南岳一带。谁想就是在这里遇到两位贤人——太伯、仲雍，成了他们的君主。自"缘鹄饰玉"至"而黎服大说"，问夏代先人祭上帝十分恭敬，但为什么并未使夏桀免去亡国之祸？为何在鸣条击败夏桀并加以放逐，以致灭罚，而从此天下黎民大为喜悦？汤一直图谋灭夏，他指派伊尹打入夏王朝内充当间谍。伊尹潜伏在夏三年，这期间他与桀的弃妃妹嬉接上了关系，妹嬉曾向伊尹透露过有关桀的机密情报。汤收到伊尹的重要情报后，毅然发动了伐夏之战，双方大战于鸣条之野，汤军一举获胜而灭夏。汤在灭夏后将桀和妹嬉二人一起流放。屈原应是不理解"汤放逐妹嬉"的原因，因此发问。这也可能是屈原联想到自身亦无辜被遭放逐，故而借题发挥也。这里提到商汤用贤臣伊尹而代夏的事，这是结合夏亡商兴说的。诗人的提问主干仍在夏朝史事，其主旨在总结兴亡教训。

原文

简狄在台，喾何宜①？

玄鸟致贻，女何喜②？

该秉季德，厥父是臧③。

胡终弊于有扈，牧夫牛羊④？

干协时舞，何以怀之⑤？

平胁曼肤，何以肥之⑥？

有扈牧竖，云何而逢⑦？

击床先出，其命何从⑧？

恒秉季德，焉得夫朴牛⑨？

何往营班禄，不但还来⑩？

昏微遵迹，有狄不宁⑪。

何繁鸟萃棘，负子肆情⑫？

眩弟并淫，危害厥兄⑬。

何变化以作诈，后嗣而逢长⑭？

成汤东巡，有莘爰极⑮。

何乞彼小臣，而吉妃是得⑯？

水滨之木，得彼小子⑰。

夫何恶之，媵有莘之妇⑱？

汤出重泉，夫何罪尤⑲？

不胜心伐帝，夫谁使挑之⑳？

注释

①简狄：传说中有娀国的美女，帝喾（kù）的妃子，生商朝的始祖契，是东夷殷商族的始祖。台：瑶台。据《吕氏春秋·音初篇》记载，有娀氏建了一座九层高台，让简狄和她妹妹居住在上面。喾：古代传说中的五帝之一，号高辛氏。宜：祭祀。

②玄鸟：黑色的鸟，指燕。致：送去。贻（yí）：赠，此作名词用，礼物。女：指简狄。喜：一本作"嘉"，指怀孕生子。王逸《楚辞章句》："贻，遗也。言简狄侍帝喾于台上，有飞燕坠遗其卵，喜而吞之，因生契也。"贻，或作"诒"。《离骚》"凤凰既受诒兮"和《思美人》"遭玄鸟而致诒"的"诒"字，都指高辛氏的聘礼，这里"贻"字指玄鸟的卵。

③该：疑"亥"字之误，王亥，即殷侯亥，契的八世孙。季：王亥之父，即殷侯冥。该、季，是殷人的两个祖先。秉：承。秉德，乃继承王位之意。厥：其。臧：善。此作榜样解。

④胡：为什么。弊：通"毙"，死亡。有扈（hù）：王国维认为应作"有易"，是传说中的古国名。有易是古代的一个部落。亥到有易放牧，被有易人杀死。《山海经·大荒东经》："（王亥）托于有易，河伯仆牛。有易杀王亥，取仆牛。"

⑤干：盾牌。协：和合。时：是，此。舞：指以干戚为道具的武舞，是古人表示英武雄壮的一种舞。干协时舞，即王亥和商族众人一起手持干而舞，显示武力雄壮。有时候也暗指兴兵征伐。怀：挑逗，引诱。一说怀，思念。指王亥跳舞时心中想着有易之君的妻子。

⑥平胁：胸部丰满。人丰满则胸部平滑，看不见肋骨。曼肤：皮肤润泽。平胁曼肤，即体态丰腴的样子。这是写有易女的体态姿容。

⑦牧竖：牧仆，牧奴，指王亥。竖，蔑称，竖子，小子。云：语辞，无义。逢：遭遇。这是问王亥地位低微怎么会遇到有易氏的妻子。

⑧击床：指刺杀王亥。传说王亥被有易之君杀死于床笫之间。《古本竹书纪年》："殷王子亥宾于有易淫焉，有易之君绵臣杀而放之。"先：急也。出：逃走。先出：指有易之女事先走掉。命：性命。

⑨恒：指王亥的弟弟殷侯王恒。秉季德，谓王亥死后王恒兄终弟及继承王位。朴牛：即服牛，可驾车的大牛。王国维《殷卜辞中所见先公先王考》："服牛者，即《大荒东经》之仆牛，古服、仆同

音也。"

⑩营：经营，这里是谋求的意思。班：依次排列爵禄的等级，此为分赏、赏赐。禄：爵禄。班禄，颁赐爵禄。指王恒在有易求封爵之事。但：一说"再"之意；一说"空"之意；一说疑为"得"字之误。

⑪昏微：即上甲微，王亥的儿子，他死后庙号为"上甲"，故古书多称之为"上甲微"。昏，一说昏聩，一说听闻。遵迹：追寻先人的足迹。有狄：即有易。不宁：不安宁，指受到上甲微率领的军队攻打。史载王亥被有易杀害，后其子上甲微借兵于河伯，伐有易，杀了有易国君绵臣。

⑫繁鸟：众鸟。此处繁鸟，即鸦，猫头鹰。猫头鹰聚集在酸枣树上，喻淫乱之事。此处暗指上甲微晚年的荒淫之行。萃：集。棘：酸枣树。《诗经》中有"墓门有棘""有鸦萃止"。《诗经》中的典故指晋国大夫解居父调戏妇女一事。负子：有负人望的人。负，违背，背弃。此似言上甲微有淫行，及于子妇，故曰负子。《诗经·邶风·新台》记载：卫宣公将为儿子娶媳于齐国，因闻女美而想自娶，此即"负子"之谓。一说负，通"妇"，"妇子"或即劫夺儿媳为己妻之丑行。肆情：恣情，滥情，纵欲，放纵。

⑬眩（xuàn）：眼花，引申为昏乱，迷惑。弟：指王亥的弟弟王恒。此句谓有易迷惑王恒一起作恶。厥：其。兄：王恒的哥哥王亥。

⑭变化：指改变帝位继承顺序。作诈：行为奸诈。后嗣：后代。逢长：绵延昌盛。逢：大，引申为多。

⑮成汤：即商汤，殷商的开国君主。有莘（shēn）：古国名，在今河南。爰：乃。极：到，至。

⑯乞：求，讨，要。小臣：奴隶，指伊尹，本为有莘国的媵臣。小臣，商代系对奴隶的称呼。吉妃：贤妃，指有莘氏的女儿。得：娶到。

⑰小子：指伊尹。《吕氏春秋》记载，伊尹的母亲住在伊水边上，怀孕时伊水泛滥，母溺死，化为空心桑树。有莘氏女子采桑，在空心桑树中捡到了一个婴儿，并献给国君，国君派厨师抚养他长大，就是后来的伊尹。

⑱恶：讨厌。之：指伊尹。媵（yìng）：陪嫁之人，此作动词用。传说商汤了解到伊尹有才能，三次派人向有莘氏讨要，有莘氏不给。于是汤请求娶有莘之君的女儿为妻，有莘之君很高兴，把伊尹作为陪嫁的奴隶送给了汤。

⑲出：离开，释放。重泉：地名，指桀囚禁汤的地方。《史记·夏本纪》记夏桀召汤并囚之于夏台，后又将其释放。重泉，可能是其中的水牢。罪，一作"辠"（zuì），罪过。尤：过失。

⑳不胜心：心中不能忍耐。胜心，压住怒气。帝：指夏桀。挑：挑动。

译文

简狄深居在九层高台之上，帝喾如何知道而来求婚配？
燕子给简狄送来了礼物，她吃了之后为什么会怀孕？
王亥继承了父亲王季的美德，以王季作为自己的榜样。
为什么最终死在了有易，当他在那里放牧牛羊之时？
王亥拿着盾牌跳起武舞，为何思念有易的女子？
那个女子体态丰腴皮肤细腻，是什么让她如此丰美？
有易国那个放牧的低贱小子，王亥如何与有易的女子相逢？
王亥被击杀在床时那女子却先逃出，王亥的亡魂又向何处飘游？

王恒也继承了先父王季的美德，他是怎样得到哥哥那驾车的大牛的？

他为何要去有易谋求赏赐爵禄，却不能够达到目的就回来了？

王亥的儿子上甲微遵循先人足迹，打得有易人不得安宁。

猫头鹰聚集在酸枣树上，他为何荒淫无度，与其子妇偷情？

有易人诱惑昏乱的弟弟王恒一起淫乱，最后谋害了他的哥哥王亥。

为什么诡计多端行为狡诈的小人，后嗣反而兴盛长久？

成汤出巡东方之地，到达了有莘氏的国土才停下。

他为什么想求一个小臣伊尹，却得到了美丽的妃子？

在伊水边的空心桑树中，捡到了那个小儿伊尹。

有莘氏为什么厌恶他，把他当女儿的陪嫁品？

成汤被夏桀囚禁在重泉，他到底犯了什么罪？

成汤压不住胸中的怒火讨伐夏桀，这到底是受了谁的挑唆？

赏析

以上为第二大段的第三层：对殷商的兴亡历史提出一系列的问题，主要是关于商始祖契到代夏而王的商汤之世的历史传说。自"简狄在台"至"女何喜"，问商祖契的出生果真如此神奇？屈原以设问的形式，叙述了商朝的起源。传说中简狄因吞食了上帝让玄鸟送去的卵而怀孕生子契，契为殷商始祖（见《诗经·商颂·玄鸟》和《史记·殷本纪》）。契因协助禹处理洪水完毕，虞舜让其担任司徒一职，负责掌管教育人民的权力，同时封于商（今河南商丘），使商民族因此诞生。自"该秉季德"至"后嗣而逢长"，问的是殷人远世祖先王亥、王恒及上甲微。王亥本来秉有父亲季的德行，依照其父为榜样，却为什么最终死在有易国的牧夫手中？王恒秉承父亲季的德行，怎样获得那驯养好的服牛？上甲微循着去往有易的路途讨伐有易，杀其君灭其国，终使有易不得安宁。大约在舜的时候，殷商第六代王名"季"。"季"有两个儿子，老大名"亥"，老二名"恒"。王亥和王恒兄弟二人均是殷商的两位先公。王亥在有易被刺杀后，兄死弟及，由恒继承了王位。传说王亥被杀后，上甲微曾借助河伯军队讨伐有易，杀有易国君绵臣。自"成汤东巡"至"夫谁使挑之"，主要问商汤和伊尹的历史故事。成汤东巡，到达了有莘氏国，怎么靠与有莘氏联姻而得到贤臣伊尹的呢？据屈原的说法，商汤此行的目的不是要娶有莘氏之女，而是为了那个才智出众的伊尹。汤对桀的暴虐不能忍受，而讨伐夏桀，难道是受到谁的挑动吗？汤曾被夏桀囚禁，而后又被释放出来。蒋骥《山带阁注楚辞》引《太公金匮》："桀怒汤，用赵梁计，召而囚之均台，置之重泉。汤行赂，桀释之。"桀是夏王朝的末代君主，而汤则是殷商王朝的开国君主。商汤伐夏桀的成功，与得到贤臣伊尹是分不开的。伊尹成为汤的小臣后，就以"要想得到天下美味必须先成为天子"的理由，挑唆汤讨伐夏桀从而取代桀当天子（见《吕氏春秋·本味》和《史记·殷本纪》）。屈原所问的这几个商代人物都很重要。在商代王室世系中，最重要的有契、王亥、上甲微、成汤四位。在商朝的发展史上，契是商部落最早的首领，成汤是商王朝的建立者，而王亥、上甲微父子则是先商时期商强大过程中的关键人物。屈原这里提到殷先祖王亥、王恒、上甲微的所作所为问题，说他们也曾遭杀身败亡之祸，而究其缘故，也都与肆情纵欲、沉溺女色有关。

原文

会鼂争盟，何践吾期①？

苍鸟群飞，孰使萃之②？

到击纣躬，叔旦不嘉③。

何亲揆发足，周之命以咨嗟④？

授殷天下，其位安施⑤？

反成乃亡，其罪伊何⑥？

争遣伐器，何以行之⑦？

并驱击翼，何以将之⑧？

昭后成游，南土爰底⑨。

厥利惟何，逢彼白雉⑩？

穆王巧梅？夫何为周流⑪？

环理天下，夫何索求⑫？

妖夫曳衒，何号于市⑬？

周幽谁诛，焉得夫褒姒⑭？

天命反侧，何罚何佑⑮？

齐桓九会，卒然身杀⑯。

彼王纣之躬，孰使乱惑⑰？

何恶辅弼，谗谄是服⑱？

比干何逆，而抑沉之⑲？

雷开阿顺，而赐封之⑳？

何圣人之一德，卒其异方㉑？

梅伯受醢，箕子详狂㉒。

稷维元子，帝何竺之㉓？

投之于冰上，鸟何燠之㉔？

何冯弓挟矢，殊能将之㉕？

既惊帝切激，何逢长之㉖？

伯昌号衰，秉鞭作牧㉗。

何令彻彼岐社，命有殷国㉘？

迁藏就岐，何能依㉙？

殷有惑妇，何所讥㉚？

受赐兹醢，西伯上告^㉛。

何亲就上帝罚，殷之命以不救^㉜？

师望在肆，昌何识^㉝？

鼓刀扬声，后何喜^㉞？

武发杀殷，何所悒^㉟？

载尸集战，何所急^㊱？

伯林雉经，维其何故^㊲？

何感天抑墜，夫谁畏惧^㊳？

皇天集命，惟何戒之^㊴？

受礼天下，又使至代之^㊵？

初汤臣挚，后兹承辅^㊶。

何卒官汤，尊食宗绪^㊷？

勋阖梦生，少离散亡^㊸。

何壮武厉，能流厥严^㊹？

彭铿斟雉，帝何飨^㊺？

受寿永多，夫何久长^㊻？

中央共牧，后何怒^㊼？

蜂蛾微命，力何固^㊽？

惊女采薇，鹿何祐^㊾？

北至回水，萃何喜^㊿？

兄有噬犬，弟何欲⁵¹？

易之以百两，卒无禄⁵²。

注释

①会鼂（zhāo）：即朝会，在早晨会合。会，会合。鼂，通"朝"，早晨。争盟：即争相宣誓于神。盟，发誓。践：遵守，履行。吾：指武王。期：约定的日期。相传周武王起兵伐纣，八百诸侯

到孟津与武王会师，甲子日的早晨在殷都附近的牧野誓师，随即攻下了殷都。

②苍鸟：鹰，比喻武王伐纣时，将帅勇猛如鹰鸟群飞。萃：集聚，会合。

③到：一作"列"，分解。纣躬：纣的身体。朱熹《楚辞集注》："《史记》言：武王至纣死所，射之三发，以黄钺斩其头，悬之太白之旗，此所谓列击纣躬也。"《史记·周本纪》载："至纣死所，武王自射之，三发，而后下车，以轻剑击之，以黄钺斩纣头，县（悬）大白之旗。"叔旦：武王的弟弟周公旦。不嘉：不赞许。

④亲：亲自。揆（kuí）：掌握，指挥。发：指周武王姬发。足：当作"定"，这里是"使安定"之意。姜亮夫《屈原赋校注》认为"足"当为"定"之形误，且应在下句。命：天命，国运。咨嗟（jiē）：叹息。

⑤授：给予。授殷，把殷商的天下交给周人。位：王位。施：通"移"，变化，改易。

⑥反：一本作"及"，等到。伊：语气助词，相当于"惟""维"。

⑦遣：派遣，使用。伐器：作战的武器，指军队。

⑧并驱：并驾齐驱。翼：指商纣军队的两翼。将：统率。以上两句写武王克商之事。

⑨昭后：周昭王，康王之子，穆王之父，西周第四代君主。成：通"盛"，盛大。南土：南方，指荆楚地区。底：止，至。此指周昭王南征楚国，归途渡汉水时船只沉没淹死之事。

⑩利：好处。逢：迎。白雉（zhì）：白色的野鸡。

⑪穆王：周穆王，名满，昭王之子，西周第五代国君。巧梅：善于驾车。梅，通"枚"，马鞭。周流：周游。

⑫环理：周游。理，通"履"，行走。《左传·昭公七年》："穆王欲肆其心，周行天下，必将有车辙马迹也。"

⑬妖夫：妖人，指收养褒姒的夫妇。曳：拉着，拖着，指夫妇相引而行。衒（xuàn）：炫耀，指沿街叫卖时夸说货美。号：指叫卖。据《国语》记载，周宣王时有童谣："檿弧箕服，实亡周国。"这里的"檿弧箕服"，是指卖檿弧（桑木做的弓）箕服（箕木做的箭袋子）的人。宣王派人抓在街上叫卖这两件东西的一对夫妇。他们往褒国逃跑，路上拾到一个女婴并收养了她，就是后来的褒姒。褒姒长大成人后被纳入王宫，被幽王宠爱。幽王终因贪图美色，荒淫而灭国。后以"檿弧箕服"指美女亡国。

⑭谁诛：诛谁。诛，讨伐。周幽谁诛，指幽王若不讨伐褒国，就不会得到褒姒。褒姒：周幽王的王后。

⑮反侧：反复无常。

⑯齐桓：齐桓公，春秋五霸之一。九会：指齐桓公九会诸侯，以尊周室。九，多次。卒然：终于，终究。身杀：身死。

⑰王纣：指殷纣王。之：这。躬：身体。

⑱辅弼：辅佐，这里指辅佐国君的左右大臣。谗谄：指谗邪小人。服：任用。

⑲比干：纣王的叔父，殷的忠臣，因忠谏而被挖心。逆：触犯，违背。

⑳雷开：纣王的奸臣。阿（ē）：阿谀奉承。

㉑卒：最后，最终。异方：不同的方式，这里指不同的结局。

㉒梅伯：纣王的诸侯，为人忠直，屡屡进谏，触怒纣王，被纣王杀死。醢（hǎi）：古代的一种酷刑，把人杀死后剁成肉酱。箕（jī）子：纣王的叔父。详（yáng）狂：装疯。详，通"佯"。据《史记·殷本纪》，纣王杀比干后，箕子惧而佯狂，为奴。

㉓稷（jì）：后稷，周人始祖。元子：嫡妻生的长子。《史记·周本纪》载，后稷的母亲叫姜嫄，

姜嫄是帝喾的元妃。帝：指帝喾。竺（zhú）：厚。
㉔燠（yù）：焐热，温暖。《史记·周本纪》记载，帝喾将稷“弃渠中冰上，飞鸟以其翼覆荐之”。
㉕冯（píng）弓：拿着弓。冯，同“凭”，持。挟：夹持，夹在腋下或指间。
㉖惊帝：惊动上帝。《诗经·大雅·生民》记载，稷生“上帝不宁”。“帝”有三说：一说指上帝；二说指纣；三说为高辛氏，即帝喾。切激：深切激烈。逢长：繁荣昌盛。
㉗伯昌：即周文王，周文王姓姬名昌，殷时封为雍州伯，又称西伯，故曰伯昌。衰：衰世。秉鞭：执政。秉，执。鞭，鞭子，比喻权柄。牧：古代地方长官。
㉘彻：拆除，毁弃。岐：地名，在今陕西岐山县东北，周人建国于此。社：古代祭祀土地神的庙。命有：承受天命而享有。
㉙迁：迁徙。藏：宝藏。就岐：来到岐地。
㉚惑妇：指妲己。讥：谏。
㉛受：纣王名。兹：子。兹醢，指纣杀文王子伯邑考，烹以为羹，赐文王食用。
㉜亲：指纣。就：受到，遭受。
㉝师：太师，军队的统帅。望：即吕尚，号太公望，俗称姜太公，因被周文王和周武王立为太师，所以称为“师望”。肆：店铺，这里指屠宰店。昌：文王姬昌。据王逸《楚辞章句》说，吕望在店铺里卖肉，文王去请教，他说：“下屠屠牛，上屠屠国。”“文王喜，载与俱归也”。
㉞鼓刀：敲刀。鼓，鸣。后：君，当指周文王。
㉟武发：周武王姓姬名发，故称武发。殷：指殷纣王。悒（yì）：忿恨。
㊱尸：灵位。集战：会战。
㊲伯林：指纣王。雉经：上吊自杀。雉，通“纼”（zhèn），穿在牛鼻子上以备牵引的绳索。经：悬挂。
㊳感天抑墬：犹言“感天动地”。墬（dì）：地。
㊴集命：集天命于一身。
㊵礼：同“理”，治理。至：后来之人。
㊶臣挚：以挚为臣。挚，人名，即伊尹。
㊷官汤：犹言“相汤”，指伊尹当商汤的宰相。尊：敬重。食：享受祭祀。尊食，指伊尹死后配祀汤。宗：宗庙，祖庙。绪：系统。
㊸勋：功业显赫，有功绩。阖（hé）：春秋时吴王阖闾。梦生：吴王寿梦之孙。梦，吴王寿梦，阖闾的祖父。生，古“姓”字，指长孙。散亡：指阖闾初不得立，流亡在外。
㊹壮：壮年。武厉：武略。流：流传。厥：如此，这样。严：不朽。
㊺彭铿（kēng）：即彭祖，相传尧时举用，历夏至殷末，约八百岁，封于彭城，故称彭祖。一说因善养生之道，其道可祖，故世称彭祖。斟雉（zhēn zhì）：这里指调制野鸡汤。斟，调和，调制。雉，野鸡。帝：天帝，上帝。一说帝尧。飨（xiǎng）：享用。
㊻永：长。受寿永多，寿命很长。据说彭祖经历了尧舜、夏商诸朝，到殷商末纣王时，已七百六十七岁，相传他活了八百多岁。
㊼中央：指周王朝。共牧：共同管理。《史记·周本纪》记载，厉王暴虐，周人将其流放，由周公、召公共执国政。
㊽蜂蛾：群居而团结的小动物，比喻民众，指起义逐厉王的国人。微命：小生命。
㊾惊女采薇：指殷亡后，原殷的属国孤竹国国君二子伯夷、叔齐隐居首阳山，不食周粟，采薇为食，从而惊动女子。《文选·辨命论》注引《古史考》：“伯夷叔齐……隐于首阳山，采薇而食

之。野有妇人谓之曰：'子义不食周粟，此亦周之草木也。'"祐：保佑。鹿何祐，为何得到神鹿的庇祐、帮助。闻一多《楚辞校补》："《珦玉集感应篇》引《列士传》曰：伯夷兄弟遂绝食（薇），七日，天遣白鹿乳之。此即所谓'鹿何祐'也。"

⑤回水：指首阳山下河曲之水。首阳山处河曲之中，故以曲水代之。萃：止息，停留。

⑤兄：指秦景公。噬（shì）犬：咬人的猛狗。弟：景公之弟铖。何：什么。欲：欲望。王逸《楚辞章句》："兄，谓秦伯也；噬犬，啮犬也；弟，秦伯弟铖也。言秦伯有啮犬，弟铖欲请之，秦伯不肯与弟铖犬。铖以百两金易之，又不听，因逐铖而夺其爵禄也。"这个典故说，秦景公有一条猛犬，他的弟弟铖想用一百辆车（王逸误释为"一百两金"）来换，秦景公不肯。后来其弟铖被秦景公逐出秦国，针逃奔晋国，失去爵禄。

⑤易：交换。两：通"辆"，用于车辆。卒：最终。无禄：失去爵位。

译文

聚集在一起结盟宣誓，为何都能履行周武王定下的约期？

好似雄鹰合群而飞的将士，是谁把他们召集在一起？

武王猛击纣王的躯体，周公并不赞同。

周公亲自为武王谋划，安定了周朝却为何要叹息？

上帝把天下交给了殷朝，王位为什么又会转移？

先使殷朝建成又使它灭亡，他们犯了什么罪过？

诸侯争先恐后派出军队，是如何动员组织他们的？

将士们并驾齐驱，攻击敌军两翼，是哪位将领带领的？

周昭王进行盛大的巡游，一直到了南方的楚地。

最后得到什么好处，难道仅仅只是为了遇见白雉？

周穆王善驾御马巧施鞭策，他为什么要周游四方？

他的足迹环绕天下，他又有什么追求？

妖人拖着东西沿街叫卖，他们为什么还敢在闹市吆喝？

周幽王要诛杀谁？他是怎么得到那个褒姒的？

天命从来反复无常，它会惩罚谁又会保佑谁？

齐桓公曾九次召集诸侯，最终却那样死去。

那殷纣王这个独夫，是谁使他迷惑变得如此昏乱？

他为什么厌恶辅佐他的忠臣，而任用那些谗佞小人？

比干到底有何悖逆之处，被纣王贬抑打击剖腹挖心？

雷开何等惯于阿谀奉承，纣王要对他那样封赏？

为什么圣人的美德都相仿，而他们最终的结局却不同？

梅伯因直谏而受刑被砍成肉酱，箕子为避祸而假装疯狂。

后稷是帝喾的嫡长子，帝喾为什么那么讨厌他？

他把稷抛弃在寒冷的冰地，大鸟为什么会用羽翼送来温暖？

后稷善务农又会弯弓射箭，是什么特殊本领使他能任将帅？

既然他的出生曾让上帝剧烈惊恐，为什么还让他的子孙繁衍昌盛？

文王姬昌在乱世中发号施令，当了雍州的牧伯成为地方的霸主。

武王姬发为什么放弃了岐地的宗社，却能承受天命占有殷室的天下？

周太王携带宝藏迁到岐地，是如何让部族跟随他的？

殷纣王身边有个惑乱的妲己，哪里还能听从劝谏之言？

殷纣王赐文王喝亲儿肉羹汤，文王向上天控告凶顽。

为什么纣王受到了上天的惩罚，而殷王朝的命运却难以挽救？

姜太公吕望栖身在市井肉铺，文王姬昌为什么会认识他？

太公敲刀叫卖的声音，文王听了为什么那么欢喜？

武王姬发砍下纣王的脑袋，他为什么那么愤激？

用车载着父亲的灵位去会战，又为什么这么急切？

纣王吊死在柏树之林，究竟是什么缘故？

武王伐纣感天动地，何人因此而畏惧了？

上天把天命赐予殷王室，又是如何告诫他的？

纣王受命治理天下，为什么又让周人取代他？

当初伊尹只是汤的小臣，后来承担辅佐的任务。

为什么最后做了汤的宰相，死后享受与汤一样的祭祀？

功勋显赫的阖闾是吴王寿梦的孙子，从小就遭遇流亡的命运。

为什么长大以后英武威猛，威名远扬？

彭祖烹调的雉鸡之羹，天帝为什么喜欢品尝？

赐给他的寿命那么长，他为什么能够拥有如此高寿？

周公、召公二人共同执政，周厉王为什么要发怒？

百姓如蜂蚁一样微贱，为什么群起拼命力量那么强大？

伯夷、叔齐惊于女言不再采薇为食，神鹿为什么要庇佑他们？

他们向北走到首阳山的回水，一起饿死有何可喜？

哥哥秦景公有猛犬，他弟弟为什么想要？

他用一百辆车来交换，为什么最终却连爵位都失掉？

赏析

以上为第二大段的第四层：对周朝灭商及商纣王亡国等事件提出一系列问题。自"会鼍争盟"至"卒然身杀"问周朝史事。甲子日清晨各路诸侯争先到牧野会师盟誓，为什么都信守日期而至？周武王亲自在纣王的尸体上痛下狠手，周公为什么不赞成他的这种做法呢？并驾齐驱袭击纣军的两翼，武王是怎样统率指挥的？这是问周武王伐纣的事。武王伐纣，殷亡周兴，诗人问到"授殷天下，其位安施？反成乃亡，其罪伊何"的问题。周昭王出游，到达南方荆楚，这对他有什么好处，愿去迎取白雉？周穆王用尽心思去贪求行乐，他为什么到处游历不止？这是问周昭王及其子周穆王出游的事。周昭王究竟是怎么死在楚国的呢？司马迁说："昭王之时，王道微缺。昭王南巡狩不返，卒于江上。其卒不赴告，讳之也。"（《史记·周本纪》）一说是周昭王坐的船不用钉子而只用胶粘合，船行到中流散架了；一说是周昭王与随从过桥时，桥梁突然倒塌，以致包括周昭王在内的人都落入水中。然而，周昭王落水后，辛游靡奋力把他救上来，但是周昭王已经死了。（见《帝王世纪》《竹书纪年》和《吕氏春秋》）而周穆王的巡游可以说是周游天下，这是让屈原十分羡慕的事。周幽王曾起兵诛伐谁？又怎样得到美女褒姒的？这是问周幽王沉溺女色而亡国的事。周初文王、武王由于知人善任，得到姜尚辅佐，得以战胜殷纣王，居有天下；但至昭、穆二王贪利好游，而不勤于政事，幽王又迷于女色褒姒，从而导致西周的灭亡。于是诗人又提出"天命反侧，何罚何佑"的问题。齐桓公曾九会诸侯成为盟主，为何最后却又遭到杀身之祸？齐桓公因信用开方、竖刁、易牙等小人，最后在内乱中被活活饿死。屈原由齐桓公宠信小人引出殷纣王残害忠良。

自"彼王纣之躬"至"尊食宗绪"，问殷商灭亡及周朝兴起的原因。其中，自"彼王纣之躬"至"箕子详狂"，是问殷纣王这个人，是谁让他昏乱迷惑的？为什么殷纣王那么憎恶辅助他的忠良，却信用那些进谗言谄媚之人？奸臣雷开为什么事事顺从纣王，而得到赏赐封爵？相反，比干对纣王有什么背逆之处，竟被压制沉没？梅伯直谏不去而遭醢刑惨死；箕子直谏不听而装疯离去，因而得生。诗人在续问中已指出，殷之失天下，正

在于纣王惑于女色，信用奸佞（雷开），诛害忠良（梅伯、箕子）。这其中蕴含的历史教训十分鲜明而深刻。孔子说，商王朝到了即将灭亡的时候还出现了微子、箕子、比干这样的仁人。微子、箕子、比干都是殷纣时期的大臣，而且都是纣王的亲戚。作为臣子，他们觉得自己有责任有义务让纣王迷途知返，让商王朝的统治继续下去。但是纣王对三人的劝谏不以为然，依然固我。于是，微子离开了商纣王远走他乡，箕子装疯卖傻被囚禁在牢房做了奴隶，比干强谏被纣王剖心而死。孔子认为，他们的选择虽然不同，但最终都成了为人称道的"仁人"。（见《论语·微子》《史记·宋微子世家》）屈原问：为何圣人有同样的忠直美德，但最后他们所采取的方式不同？屈原说到殷商的贤臣时，唯独没有提到微子，大概他不赞成微子数谏不听而"去之"的行为，因为当时比干对微子出逃的行为也不赞同，说："为人臣者，不得不以死争。"而箕子则忍辱偷生。果然，武王伐纣后，"释箕子之囚"，并把他封到了朝鲜。那么，屈原自己该做出何种选择呢？自"稷维元子"至"尊食宗绪"，则进一步回顾周朝兴起开拓基业及伐纣之事。诗人对殷、周（西周）两代兴亡故事回环追述，虽然读起来次序不是太顺畅，但其所发问的主旨还是十分清楚的，特别是反复提出王朝更替、天命无常的问题，正表现出诗人拟通过历史反思，来总结历史经验教训以诫后世的意思。

　　自"勋阖梦生"至"易之以百两卒无禄"，仍问周代史事，特别是春秋战国时的若干事件。"勋阖梦生"这句问什么？有的人根据《左传·宣公四年》中"初，若敖娶于䢵，生斗伯比"的记载，认为"勋"指令尹子文，"阖"相当于"何"，"梦"即云梦泽，"生"即喂养，保存性命，因此译作"子文为什么在被扔到云梦泽后仍能保存性命"。这样解释就成了问楚国贤臣令宰相尹子文的故事。但大多数人还是认同"勋"指功勋，"阖"指"吴王阖闾"，"梦"指吴王寿梦，"生"通"姓"，指孙子，这样理解就可以译作"功勋显赫的阖闾是吴王寿梦的孙子"。阖闾姓姬，名光，故又称"公子光"。阖闾少时，寿梦死，其父诸樊立，诸樊死时又传位给弟弟，所以阖闾不得立。阖闾暗中招纳贤能之士，准备袭击吴王僚，夺回王位。勇士专诸将剑藏在鱼腹中，趁上菜之机刺杀了吴王僚，这就是历史上著名的"专诸刺王僚"故事，阖闾夺得吴国王位，史称"吴王阖闾"。吴王阖闾英勇能武，任用伍子胥、孙武，曾大破楚国，占领郢都，声振邻国，威名大振。（见《史记·吴太伯世家》）诗人又问：彭祖将调制好的雉鸡羹祭奉上帝，上帝为何乐于享用？据文献证明，祝融是楚人的先祖，彭祖是祝融氏吴回之孙、祝融氏陆终的第三子，是为彭姓。彭祖，名铿或篯，尧臣，封于彭城，历虞、夏至商。传说中彭祖活了八百岁。在《尚书·牧誓》中，周武王宣誓的八国中就有彭国。这样，从彭国封国到周文王时期，存国有八百多年。据《史记·楚世家》载："彭祖氏，殷之时尝为侯伯，殷之末世灭彭祖氏。""氏"在上古多用作宗族的称号。由此可见，彭祖并不是一个人，实际上是以其命名的一氏族。清人孔广森在注《列子·力命篇》时指出："彭祖者，彭姓之祖也。彭姓诸国：大彭、豕韦、诸稽。大彭历事虞夏，于商为伯，武丁之世灭之，故云彭祖八百岁，谓彭国八百年而亡，非实篯不死也。"这就说明了所谓彭祖年长八百，实际上是大彭氏国存在的年限。

　　"中央共牧，后何怒"，一说是指召公、周公共和执政事和厉王死于彘事。一说是问：在中原中国，楚国要与周王朝争夺统治天下的权力，为什么会激起周天子及其拥戴诸侯的愤怒？从夏、商朝，到西周时代，再到春秋时代楚武王之后近两百年的时间中，楚人多次与中原王朝为敌，楚与中原周王朝及其拥护诸侯国之间的关系，就是一部"中央共牧"的争斗史。"蜂蛾微命，力何固"，是说"蜂蛾"般的楚国，为什么生命力这么顽固？这一反问，是屈原对楚国在与中原王朝争斗中表现的顽强精神的赞赏，同时暗含了对怀王、顷襄王软弱无能的愤慨，以古况今，其意义不言而喻。接下来"惊女采薇，鹿何祐"四句，是问伯夷、叔齐的历史事迹。据《列士传》记载，武王伐纣，伯夷、叔齐很不赞成，便去隐居在首阳山，靠采集薇菜来维持生活。王摩子进山游玩，就责难他们说："你们既然不吃周粟，但为什么却又隐居在周山、食周薇呢？"二人听了，便不再吃薇菜。经过七天，上天派了一只白鹿给他们喂奶，二人心里想：这鹿若是杀来吃了，滋味必然很美。神鹿知道二人的心意后，从此以后不再来，两人就被饿死了。

"易之以百两卒无禄"所问之事是这样的：秦景公有猛犬，其弟愿用一百辆车来换，秦景公不肯，后兄弟反目，铖出奔晋国，丧失了爵位。所问之事与上一问题形成鲜明对比：伯夷、叔齐兄弟相让、相亲；秦景公兄弟则因贪欲而反目。关于"易之以百两卒无禄"还有另一种解释，认为噬犬是指以"翟犬"为图腾的代国。史书记载，战国初期赵国诸侯赵简子有一天做了一个梦，梦见"儿在帝侧，帝赐其翟犬"。因为代国以"翟犬"为图腾，解梦者认为赵简子的儿子将来一定会拥有代国的。赵简子死后，其子赵襄子毋恤即位。赵襄子为谋取代国，将其同父异母的姐姐"弟姊"嫁给代国国君，并借此机将百辆送嫁之车赐给代君。弟：指赵襄子的弟弟桓子。赵襄子因嗣位为长兄即废太子伯鲁所让，所以决心传给伯鲁的儿子，后伯鲁长子"周"即代君之位后早死，故传位给伯鲁的孙子赵浣，是为献侯。然而赵襄子同父异母的弟弟桓子也有当代君的想法，就赶走了献侯，自立为代君，即赵桓子。但他只过了一年的代君瘾就死了。代国人曰桓子立非襄子意，乃共杀其子而复迎立献侯。这样，"兄"是指赵简子的儿子赵襄子毋恤。"弟"是指赵襄子的弟弟桓子。其典故是指赵襄子借嫁姊之机赐送百辆大车给代国国君，最终却使代君失禄丧命。诗人通过对这些历史上的人和事设问而寄寓感慨。

以上是全诗第二大段，自"禹之力献功"至"易之以百两卒无禄"，主要问人事变化、历史兴亡，涉及大量的神话故事和历史传说与史实。这部分就三代兴亡更替问难，是全诗主体部分。诗人通过对一些历史事件的发问，陈事见理，总结了历史经验，特别是对夏、商、周三代亡国之君（夏桀、商纣、周幽王）的历史教训做了较详的陈述和探索，流露出对楚国前途的强烈忧患意识和以史为鉴的思想。在这部分，诗人对许多传说中的人和事提出了许多问题，在对这些人与神的传说的怀疑中，往往表现着诗人的情感、爱憎。屈原提出的好多问题充分表现了作者对历史政治的正邪、善恶、成败、兴亡的看法，这些叙述可以看成是这位"博闻强志"的大诗人对历史的总结，比《离骚》更进一步、更直截了当地阐明了自己的政治主张。

原文

薄暮雷电，归何忧^①？

厥严不奉，帝何求^②？

伏匿穴处，爰何云^③？

荆勋作师，夫何长^④？

悟过改更，我又何言^⑤？

吴光争国，久余是胜^⑥。

何环穿自闾社丘陵，爰出子文^⑦？

吾告堵敖以不长^⑧。

何试上自予，忠名弥彰^⑨？

注释

①薄暮：傍晚。归何忧：回去有何担忧。此句有五种理解：一指屈原当时"问天"时之事，二指舜时之事，三指周公时之事，四指孔甲时之事，五指楚灵王时之事。

②厥严不奉：家国的庄严已不存在。楚先败于吴，后败于秦，故云"不奉"。厥，其，这里指楚国。厥严，指楚国的威严。奉，保持。帝何求：即何求于帝，求天帝有什么用。帝，天帝，上帝。

③伏匿（nì）：潜伏，潜藏。穴处：住在山洞里，亦即身处山林荒野的意思。爰：于是，在此。云：说。

④荆勋作师：指楚国的勋旧都殉国死于军中。楚怀王受秦欺侮后一再兴兵伐秦，屡战屡败。荆勋，指楚国的勋旧贵族。作师，兴兵打仗。长：指国运久长。

⑤悟过：承认并追悔自己的过错。改更：改正。

⑥吴光：吴公子姬光，即吴王阖闾。争国：吴楚相争，指吴公子光杀王僚争得吴国王位。久余是胜：即"久胜余"，指他（吴公子光）战胜了我楚国。阖闾曾五次兴师伐楚获胜，最终打到楚国的郢都。久，长期。余，我们，指楚国。

⑦环：环绕穿过。闾：闾里，乡里。社：古代地方基层行政单位，即里社。古代二十家叫闾或社。丘陵：指土山。爰：乃。出：生出。子文：春秋时期楚成王的令尹子文，是一郧姓女子未婚时与其表兄斗伯比所生。王逸《楚辞章句》："子文，楚令尹。子文之母，郧公之女。旋穿闾社，通于丘陵以淫，而生子文。弃之梦中，有虎乳之，以为神异，乃取收养焉。"一本作"何环闾穿社，以及丘陵，是淫是荡，爰出子文"。

⑧堵敖：楚文王的长子熊囏（jiān）。《史记·楚世家》作"杜敖"。楚文王死后堵敖继位，五年后其弟熊恽杀死堵敖自立为王，就是楚成王。王逸《楚辞章句》注云："堵敖，楚贤人也。屈原放时，语堵敖曰：楚国将衰，不复能久长也。"

⑨试：通"弑"。上：君主，指堵敖。自予：犹自许，指熊恽自立为王。忠名：厚名，重名。弥：更加。彰：显著。

译文

傍晚时分雷鸣电闪，想要归去又有什么忧愁？

国家的尊严不保，祈求天帝又有什么用处？

我伏身藏匿在洞穴中，面对此景还能说些什么？

楚国不断地大举兴兵又屡屡败，这样国运还能撑多久？

如果君王能幡然醒悟改过自新，我又何必再说什么？

吴王阖闾与我楚国相争，多年来一直战胜我们。

为什么绕过闾门穿过村子来到山丘，表兄妹私通却能生出个贤相令尹子文？

我曾说楚文王的长子堵敖在位不会长久。

为何楚成王弑兄自立，他竟然能忠名远扬？

赏析

以上是全诗的第三部分，主要是联系自己的遭遇，阐述屈原个人的感慨。这部分主要就楚国的历史和时事发问，是全诗提问的根本宗旨所在。诗人通过问楚国的现实政治，直截了当地阐明了自己的政治主张。

首二句，是诗人出于对楚国朝政黑暗的激愤、失望的话。王逸《楚辞章句》："言屈原书壁所问略讫，日暮欲去，时天大雨雷电，思念复至，自解曰：归何忧乎？"忧也无益，这是诗人愤激、失望之语。次二句，表达诗人的一种天命观：对于不能自律的君主，虽求神助也无济于事。王逸《楚辞章句》称"言楚王惑信谗佞，其威当日坠，不可复奉成，虽从天帝求福，神无如之何"这种观点，实际上是在天与人的关系上，重人事和重德的思想，表现了屈原先进的哲学观。三四句，是诗人自忖处境后的伤感语。如今自己被迫离开朝廷，穴居野处，又有什么可说的呢？即使对国事再忧怀也没有用。五六句，写诗人对楚怀王之动辄兴兵、不听谏劝、屡屡失策，感慨痛惜之情。诗人对君国缱绻、挂念之情，在千回百转中又重上心头：还在不久前，好大喜功的楚王"大兴师伐秦，秦击之大破楚师于丹淅。怀王复悉发国中兵，深入击秦，战于蓝田"。（《史记》）国力已经如此衰弱，"楚方以兴师为功，夫何能久长乎？言享国日蹙也。"（毛奇龄《天问补注》）"悟过改更"以下四句，诗人仍满怀希望，用期望和鼓励的口吻，告诫楚王如果能够悟悟改前非，能像吴王阖闾那样，发愤砥砺，为国争雄，假以时日，我（楚）终可报仇雪恨，取得胜利。如贺宽《饮骚》中所云："再引吴光，申'勋阖'之说也。言光久而后复仇，襄苟能如是，虽久而能胜也。""何环穿自闾社丘陵"至最后，诗人以一代贤相令尹子文与当今的令尹子兰相比，深感楚国贤人日削，国运窘迫，"爰出子文，追昔之尹，伤今之令尹也。劝怀王入秦者子兰也，襄王立而为令尹者子兰也。子文为令尹，定楚乱，张楚威，今子兰何若乎？"（黄文焕《楚辞听直》）诗人感慨时事，忧心国运，并直言楚国国运已难以久长，忧心如焚，痛彻心扉之情。

这部分既是全诗的尾声，也是诗人忧国伤己的感喟。诗人以楚国的现实和自己的处境做结，对楚国当权者的倒行逆施，表现了无限失望和愤慨。

点评

《天问》以"问"为主，从天地未形的远古，写到楚国的现状。先问天文地理，再问历史传说，由远及近，一口气提出一百七十多个问题。涉及天地生成、历史兴衰、神仙鬼怪等方面。鲁迅曾赞叹曰："怀疑自遂古之初，直至百物之琐末，放言无惮，为前人所不敢言。"（《摩罗诗力说》）既表现了屈原渊博的知识涵养，又体现了他大胆疑古的求知精神。

《天问》历来被认为是屈原所作《楚辞》中的一篇"奇"文。郭沫若先生称："其实《天问》这篇要算空前绝后的第一等奇文字。"（《屈原研究》）《天问》是《楚辞》中最奇特的一部作品，不仅在中国诗歌历史上，而且在世界文学史上都属罕见之作。清代学者刘献庭在《离骚经讲录》中称赞：《天问》一篇，遂成千古万古至奇之作。"清人蒋骥在

《山带阁注楚辞·余论》中这样评论《天问》："盖其宏览千古，仗气爱奇；广集遐异之谈，以成瑰奇之制。"清人夏大霖在其《屈骚心印》中以满口惊叹之语说："人有言'奇文共欣赏'，不期二千年余来，尚留《天问》篇之奇文以待赏。其创格奇，设问奇，穷幽极渺奇，不伦不类奇，不经不典奇。一枝笔排出八门六花，堂堂井井，转使读者没寻绪处，大奇大奇！然不得其解，便是大闷处。"而他对《天问》的总评价是"奇气纵横，独步千古"。陈本礼《屈辞精义》也这样称"奇"："统计一千五百四十五言，前以突起，后以秃住，而中间灏灏瀚瀚，如波涛夜涌，忽起忽落，又如云龙变化，倏隐倏现。后儒徒惊怖奇言，莫能寻其肯綮之所在。"《天问》问世之后，摹拟的作品为数不少。西晋傅玄有《拟天问》，南朝江淹有《遂古篇》，唐代杨炯有《浑天问》、柳宗元有《天对》，明代方孝孺有《杂问》、王廷相有《答天问》，清代李雯也有《天问》……可见其对后世文学创作思想的深远影响。但摹拟之作大多既缺乏思想价值又缺乏文学价值。

《天问》究竟表达了诗人怎样的思想感情呢？司马迁的《史记·屈原列传》云："余读《离骚》《天问》《招魂》《哀郢》，悲其志。"要正确理解《天问》的内容和主旨，首先需了解古代关于"天"的观念和含义。冯友兰认为："在中国文字中，所谓天有五义：曰物质之天，即与地相对之天。曰主宰之天，即所谓皇天上帝，有人格的天帝。曰运命之天，乃指人生中吾人所无奈者，如孟子所谓'若夫成功则天也'。曰义理之天，乃为宇宙之最高原理，如《中庸》所说'天命之为性'之天是也。《诗》《书》《左传》《国语》中所谓之天，除指物质之天外，似皆主宰之天也。"（《中国哲学史》）概括地说，古人之所谓"天"，不外一是指人类赖以生存的自然界，即作为宇宙自然的实体之天；一是指被人格化、神秘化的所谓主宰之天，或称"天命"之天。而屈原质疑和诘问宇宙自然的实体之天，正是为了质疑诘问指被人格化、神秘化的所谓主宰之天，或称"天命"之天。其意蕴饱含以下两个层面。

首先，《天问》表达了屈原对天意的怀疑。战国时代弱肉强食的不义战争，屈原自身正道直行却遭被楚王流放的惨痛经历，著名人物的出身、品德、才能、作为和结局的不对等，甚至在神话传说中，屈原也能敏感地发现天道和上帝的不公正。在屈原看来，天道是不可信的，"天命反侧，何罚何佑"这句话中无疑包含了满腔的辛酸、悲哀甚至是愤怒。在天道和人事的关系中，他更着意强调人事的作用。诗中更主要更可贵的，还是其中所体现出来的诗人之独立思考、客观求真的精神。在他看来，要正确地解释三代的兴废存亡，就要破除旧有的天命观，而从人为的方面寻求原因，也只有这样才能积极正确地吸取教训，为楚国的救亡图存取得明鉴。

其次，《天问》表达了屈原的历史观。《天问》一诗，内容虽繁复冗长，但其次序结构还是清楚的，正如王夫之所说："按篇内事虽杂举，而自天地山川，次及人事，追述往古，终之以楚先，未尝无次序存焉。"（《楚辞通释》）这一历史线索，上自开天辟地，女娲有体，贯穿夏、商、周三朝，及至楚国之现实，是比较完整的。当然，其间可能有遗漏、错简之处，使其历史脉络稍有错乱，否则当更为清晰可观。屈原列举了上古到夏商周历代的朝廷更迭和君王的兴衰成败的史实，告诫楚王：国家的兴亡不在天意，而在能否施行仁政；君位社稷能不能安稳，国家能不能强盛，取决于任用贤良之臣还是信用小人，齐桓公的经历就是一个鲜明的例证。林云铭论曰："一部《楚辞》最难解者，莫

如《天问》一篇。兹细味其立言之意，以三代之兴亡做骨，其所以兴在贤臣，所以亡在惑妇。惟其有惑妇，所以贤臣被斥，谗佞益张，全为自己抒不平之恨耳。"(《楚辞灯》)"《天问》一篇，多漫兴语。盖其阅览千古，仗气爱奇，广集遐异之谈，以成瑰奇之制，亦舒愤娱哀之一助也。其意所结，每于国运兴废，贤才去留，谗臣女戎之构祸，感激徘徊，太息而不能自已。"（蒋骥《山带阁注楚辞》）

　　诗中所提出的一连串的诘问，体现了诗人对自然社会的深刻思考，对传统观念的大胆挑战，处处渗透着诗人孜孜不倦的求索精神。对大自然的提问，表现了屈原对宇宙的探索精神；那些纵观历史兴衰的提问，则表达了屈原对楚国命运的担忧。综观全篇，诗篇以《天问》为题，通俗些说就是论关于天的问题，其内容是诘问其时广为流传的关于"天"的种种旧说，以期对所谓"天"获得某些理性认识。并在这一基础上，正确地认识人类社会历史（主要是"三代"），以为楚鉴，最终达到他的对楚国救亡图存的目的。《天问》的很大部分写历史上兴亡大事，这部分充分表现了屈原的进步思想。正因为如此，《天问》又有着极高的价值，特别是对上古史的研究，对神话的研究而言。《天问》是我国古代重要的神话宝库，保存了大量的古代神话。

　　屈原在《天问》中提出的自然科学方面的问题及思考，即使在今天仍然有着现实的价值。《天问》中关于宇宙的起源和天体的形成及运行，提出了许多探索的问题。其一，"遂古之初，谁传道之？"对"遂古之初"，各家解释不同，王逸释为"神物未生"时（《楚辞章句》），洪兴祖释为"古初无物"时（《楚辞补注》），吉城释为"久远往古"时（《楚辞甄微》，贺宽《饮骚》释为"天地未定"时。结合诗意看，释为宇宙初形时较为合理。宇宙的起源是人类历史上最大的哲学谜题之一。人类对宇宙形成的探索从未停止。没有人类的时候，天地形成的信息是如何传输的呢？这个问题今天仍然没有得到很好的解决。其二，"上下未形，何由考之？"人的思维是一种建立在符号体系上的思维，而符号只能描述具体的有形的事物，难以描述无形的事物，而这正是人类认识宇宙起源的一个重大障碍。其三，"冥昭瞢暗，谁能极之？冯翼惟像，何以识之？"明暗不分混沌一片，谁能探究根本原因？宇宙混沌一团，怎么识别将它认清？对此，英国著名天体物理学家史蒂芬·霍金曾在《时间简史》中指出："在宇宙初始时没有有形的物体，只有'量子态'的基本粒子和自然的力，基本粒子在'量子态'时处于一种混沌泡沫状态。"这样看来，屈原提出的宇宙形成和和远古宇宙信息传输的问题，直到今天还没有完全解决。其四，"圆则九重，孰营度之""九天之际，安放安属"。古代传说天有九重，九天是天的最高层。这里涉及宇宙的空间深度和天上物体彼此之间的距离问题，从视觉直观的角度来说，古人所说的九重天大体可以分为如下九个层次：距离大地最近的是云雾雷电（我国古代经常把气象归入天文现象），然后是月亮，接下来是内行星（水星、金星，它们能够出现在太阳之前，形成凌日现象，表明它们比太阳近）、太阳、外行星（火星、木星、土星）、彗星、亮的恒星、暗的恒星，最遥远的是模糊的星云。

　　而《天问》涉及的地理知识和地理范围，也有许多值得注意的内容。其一，"东西南北，其修孰多？南北顺椭，其衍几何？"这里涉及地球赤道直径与两极直径的长短问题，以及大地的曲率问题，表明当时人们已经有了大地是球体的观念。其二，"日安不到？烛龙何照？"这实际上描述的是极地（对我国来说是北极）地区每年有半年时间没有阳光照射的现象。其三,"何所冬暖?何所夏寒?"这可能是我国古代有关南半球情况的最早记录。屈原提出这些奇思幻想,比获得问题的答案更具永久魅力。它让人类感到天空的神奇和大自然造物的不可思议。它像一个永恒的问号,启迪着人类对无穷无尽的自然奥秘和智慧的永恒追逐。

九章

题解

　　《九章》中的"章"是篇章的意思，也就是乐曲的结束部分。《说文·音部》说："章，乐竟为一章。""九章"就是九篇，《九章》是诗人屈原的九篇作品的合称。依王逸《楚辞章句》的次序是《惜诵》《涉江》《哀郢》《抽思》《怀沙》《思美人》《惜往日》《橘颂》《悲回风》。"九章"这个总名是汉代人所加，最早见于西汉末年刘向《九叹·忧苦篇》："叹离骚以扬意兮，犹未殚于九章。"一般认为，《九章》是刘向最初编辑《楚辞》时加上去的。西汉前，这九篇都是以单篇的形式出现的。最早提及《九章》中单篇文章的是司马迁，他在《史记》中曾举例《怀沙》《哀郢》等作品，但未见有《九章》之称。《史记·屈原列传》中说："乃作《怀沙》之赋。""余读《离骚》《天问》《招魂》《哀郢》，悲其志。"此后，《汉书·扬雄传》中也说："（扬雄）又旁《惜诵》以下至《怀沙》一卷，名曰《畔牢愁》。"西汉后，这九篇单篇才以一个整体的形式出现，有了《九章》这个总题。因此，宋人朱熹在《楚辞集注》中说："后人辑之，得其九章，合为一卷。"现代学界多信此说。

　　关于《九章》的创作时地问题，历来众说纷纭。班固和王逸等人认为《九章》中的作品是屈原被顷襄王流放到江南时所作。班固在《离骚赞序》中说："至于襄王，复用谗言，逐屈原。在野又作《九章赋》以风谏，卒不见纳。"王逸在《楚辞章句》中也说："屈原放于江南之野，思君念国，忧心罔极，故复作《九章》。"此外，洪兴祖的《楚辞补注》、王夫之的《楚辞通释》，清人刘梦鹏的《屈子章句》等也都倾向于这种说法。而朱熹在《楚辞集注》则认为"屈原既放，思君念国，随事感触，辄形于声。……非必出于一时之言也"。以朱熹为代表的一部分人认为，《九章》里的九篇文章，并非在同一时期、同一地方创作。明晚期的黄文焕在《楚辞听直》中说，《思美人》《抽思》是屈原在怀王时写的，创作地在汉北。清初的林云铭在《楚辞灯》中说，《惜诵》《思美人》《抽思》都是在怀王时创作的，其中的《惜诵》和《思美人》《抽思》不在同一地方创作，后两篇才是在汉北创作的，其余六篇则创作于顷襄王时期的江南，创作先后顺序为：《涉江》《橘颂》《悲回风》《惜往日》《哀郢》《怀沙》。清人蒋骥在《山带阁注楚辞》也认为："《九章》杂作于怀襄之世。其迁逐固不皆在江南，即顷襄迁之江南，而往来行吟，亦非一处。……

《思美人》《抽思》，乃怀王斥之汉北所为。《涉江》《哀郢》六篇，方是顷襄时作于江南者，……《惜诵》当作于《离骚》之前，……《思美人》宜在《抽思》之后，……《九章》当首《惜诵》，次《抽思》，次《思美人》，次《哀郢》，次《涉江》，次《怀沙》，次《悲回风》，终《惜往日》。惟《橘颂》无可附……"

　　从各篇内容来看，显然不是按写作时间先后排列的。郭沫若《屈原赋今译》认为："《九章》中，《橘颂》一篇，体裁与情趣都不同，这可能是屈原早期作品……《橘颂》以外的八章，便是失意以后的自述，大抵《惜诵》较早，可能是初受跌远时所作。《抽思》《思美人》次之，《悲回风》《涉江》又次之。《哀郢》毫无疑问是顷襄王廿一年，郢都破灭于白起时所作。《怀沙》《惜往日》大抵就是蝉联而下的作品了。"从《九章》所收的九篇作品看，其内容所反映的并不都是屈原被流放于江南的晚年生活，故其风格也不一律。《橘颂》为诗人早年的咏物述志之作，后人多认为是屈原年轻时代的最早期作品。《惜诵》《抽思》《思美人》应该是诗人作于怀王时期被疏去职时。《涉江》《哀郢》则应该是诗人作于顷襄王时再次遭谗被放于江南后。《悲回风》《怀沙》《惜往日》写作时已届诗人晚年，则是屈原跳入汨罗江前的作品，而其中《惜往日》为他的绝命诗。这九篇文章写作的前后次序大致是《橘颂》《惜诵》《抽思》《思美人》《哀郢》《涉江》《悲回风》《怀沙》《惜往日》。《九章》中的各篇作品，表现了诗人一生中不同阶段的生活经历和思想感情，分别反映了诗人一生中不同时期的悲惨遭遇和苦难历程，是诗人平生遭际之印证。

惜 诵

题解

  《惜诵》一诗取篇章中开始一句前两字为题。"惜诵"是什么意思？历来有几种解释。一种是王逸在《楚辞章句》里所说的"惜，贪也。诵，论也。……言己贪忠信之道，可以安君。论之于心，诵之于口，至于身以疲病，而不能忘"。即贪忠信之道而论之。一种是洪兴祖在《楚辞补注》中所说的"惜诵者，惜其君而诵之也"。即爱怜君主而陈言。一种是林云铭在《楚辞灯》中所说的"惜，痛也。即《惜往日》之惜。不在位而犹进谏，比之朦诵，故曰诵"。即痛惜过去而进谏。姜亮夫《屈原赋校注》赞同林云铭的说法。根据《惜诵》一篇的内容，特别是首句所述的"惜诵以致愍兮，发愤以杼情"，其大意是说，我曾因爱惜君王而陈言却竟遭到祸患，故满怀愤懑地抒写我的衷情。那么，"惜诵"二字的意思就是，以痛惜的心情来叙述自己因直言进谏而遭谗被疏之事。

  关于本篇的写作时期历来有两种分歧：一种认为是屈原在受谗被疏后所作。对此种说法，姜亮夫在《屈原赋校注》中做了阐释，他说："《周语》有瞍赋矇诵之制，盖古之谏官也。古巫史实掌谏纳之事，屈子为怀王左徒，左徒乃宗官之长，入则图议国事，出则应对诸侯，其职实与汉之太常宗左相类，故得自比于古之瞍矇也。（惜诵以致愍）言己悼惜，因古训以致谏，以达其忧愍国家之隐。（发愤以杼情）发愤即发其悼惜称诵之愤，抒情谓申抒其下情，以通其讽谏之义也。"一种认为作此篇时屈原并未遭放逐。汪瑗《楚辞集解》认为："大抵此篇作于谗人交构，楚王造怒之际，故多危惧之词，然尚未遭放逐也。"这一说法认为从作品内容上看不出已遭放逐的迹象。

  还有一个问题是，对于《惜诵》到底是写于怀王时期还是顷襄王时期，也有争议。蒋骥认为写于"初失位"时，即怀王十六年（前313年）左右，也就是屈原刚刚开始被怀王疏远时，其《山带阁注楚辞》曰："盖原于怀王见疏之后，复乘间自陈，而益被谗致困，故深自痛惜，而发愤为此篇以白其情也。"夏大霖《屈骚心印》、游国恩《楚辞概论》等均认同此说。林云铭则认为作于怀王十七年（前312年），姜亮夫《屈原赋校注》认为是"其三十岁初放时之作"，即作于怀王十六七年。从历史背景来分析，怀王十六年是楚国政治的转折点，从这一年后，楚国开始走下坡路，屈原也遭谗被疏，所以，本篇作于

怀王十六七年是有可能的。从诗的内容看，此诗当是诗人于楚怀王朝被疏失位后不久所作，与长诗《离骚》一样，主要反映了诗人"信而见疑，忠而被谤"的境遇和怨情。宋洪兴祖云："此章言己以忠信事君，可质于明神，而为谗邪所蔽，进退不可，惟博采众善以自处而已。"（《楚辞补注》）正概述了本篇的主旨。作为《九章》的第一篇，因为与《离骚》的前半篇相似，又被学者们称之为"小离骚"。

原文

　　惜诵以致愍兮，发愤以杼情①。所作忠而言之兮，指苍天以为正②。令五帝以折中兮，戒六神与向服③。俾山川以备御兮，命咎繇使听直④。竭忠诚以事君兮，反离群而赘肬⑤。忘儇媚以背众兮，待明君其知之⑥。言与行其可迹兮，情与貌其不变⑦。故相臣莫若君兮，所以证之不远⑧。吾谊先君

而后身兮，羌众人之所仇⑨。专惟君而无他兮，又众兆之所雠⑩。壹心而不豫兮，羌不可保也⑪。疾亲君而无他兮，有招祸之道也⑫。

思君其莫我忠兮，忽忘身之贱贫⑬。事君而不贰兮，迷不知宠之门⑭。忠何罪以遇罚兮，亦非余心之所志⑮。行不群以巅越兮，又众兆之所咍⑯。纷逢尤以离谤兮，謇不可释⑰。情沉抑而不达兮，又蔽而莫之白⑱。心郁邑余侘傺兮，又莫察余之中情⑲。固烦言不可结诒兮，愿陈志而无路⑳。退静默而莫余知兮，进号呼又莫吾闻㉑。申侘傺之烦惑兮，中闷瞀之忳忳㉒。

昔余梦登天兮，魂中道而无杭㉓。吾使厉神占之兮，曰有志极而无旁㉔。终危独以离异兮，曰君可思而不可恃㉕。故众口其铄金兮，初若是而逢殆㉖。惩于羹者而吹齑兮，何不变此志也㉗？欲释阶而登天兮，犹有曩之态也㉘。众骇遽以离心兮，又何以为此伴也㉙？同极而异路兮，又何以为此援也㉚？晋申生之孝子兮，父信谗而不好㉛。行婞直而不豫兮，鲧功用而不就㉜。

吾闻作忠以造怨兮，忽谓之过言㉝。九折臂而成医兮，吾至今而知其信然㉞。矰弋机而在上兮，罻罗张而在下㉟。设张辟以娱君兮，愿侧身而无所㊱。欲儃佪以干傺兮，恐重患而离尤㊲。欲高飞而远集兮，君罔谓汝何之㊳。欲横奔而失路兮，坚志而不忍㊴。背膺牉而交痛兮，心郁结而纡轸㊵。捣木兰以矫蕙兮，糳申椒以为粮㊶。播江离与滋菊兮，愿春日以为糗芳㊷。恐情质之不信兮，故重著以自明㊸。矫兹媚以私处兮，愿曾思而远身㊹。

注释

①惜：痛惜，哀痛。诵：陈言，陈述。致：表达。愍（mǐn）：忧伤，此处指内心的痛苦。发愤：发泄愤怒。杼情：抒发情怀。

②所：所陈之言。作：一本作"非"。所作，"所"在这里是"假设"的意思。古人往往在誓词前加个"所"字来表达。"作"是"非"的意思。所作是假如不，如果不的意思。指：上指。为正：作证。正，同"证"。

③令：让。五帝：指传说中的五方天帝：东方太皞、南方炎帝、西方少昊、北方颛顼、中央黄帝。折中：指对某件事情做出公平的判断，不偏不倚。戒：同"诫"，告诫。六神：上下四方之神，说法不一，朱熹以为指日、月、星辰、水旱、四时、寒暑。向服：对质，对证事理的是非曲直。王夫之《楚辞通释》："向，对也。服，事也。对质其事理也。"

④俾（bǐ）：使。山川：山河大川，这里指山川之神。备御：一齐陪侍，在这里是陪审的意思。咎繇（gāo yáo）：即皋陶，传说舜时掌管刑律的大臣，也是法制和监狱的创立者，以公正明察著称。听直：听取是非曲直，断案。听，听讼。直，案情的曲直。

⑤竭：竭尽。离群：远离群体，这里指受到了众人的排挤，受到孤立。赘肬（zhuì yóu）：多余的肉瘤，这里指多余无用的东西。肬，同"疣"。蒋骥《山带阁注楚辞》："如赘肉之无所用，而为人所憎也。"

⑥忘：忘掉，此指心里不存在。儇媚：轻薄狡狯讨好人。儇，轻浮，狡黠，巧佞。媚，谄媚，取悦于人。背众：违背众人，与众不同。待：期待。明君：贤明的君主。之：代词，代指"忠心"。

⑦迹：足迹，作动词，引申为可以印证。可迹，可以考证，可以印证。不变：此指内外始终如一。

⑧故：所以。相：察视，了解。所以：想要。证之不远：用以做证明的事例无须远求。

⑨谊：通"义"，作动词，即认为合乎义。一说谊，同"宜"，应当。身：自身。羌：句首发语词，乃。众人：指朝廷群小。仇：敌视。

⑩惟：思。惟君，一心为君王着想。众兆：众多之人。雠（chóu）：怨恨。

⑪不豫：不犹豫，不动摇。保：自保。不可保也，即自身难保。

⑫疾：力，极力。有：借为"又"。招祸之道：招致祸患的途径。

⑬思君：为君王考虑。莫我忠：没人比我更忠。忽：忘记。贱贫：一指屈原本属楚王同姓贵族，但至屈原之世，已属同族中的远支，故称出身贱贫。一指屈原在被怀王疏远后，失去了重要的政治地位，相对于那些得宠的贵族，开始了贫贱的生活。

⑭不贰：无二心。迷：本来指分辨不清，这里引申为找不到。宠之门：得宠的窍门或途径。

⑮亦：其中的原因。志：同"知"，料想，知道，也能想得到。

⑯不群：和别人不一样，不合群。行不群，行为不合流俗，不能见容于群小，不屑与小人为伍。在这里指不能融入那些人的生活中。巅越：坠落，跌落。指获罪失位。咍（hāi）：楚方言，讥笑，嘲笑。

⑰纷：多。逢尤：遭责怪，遭遇罪责。离：通"罹"，遭受。谤：诽谤。謷：句首发语词，迟迟不敢言的样子。释：指将真相解释清楚。

⑱沉抑：心中沉闷压抑。不达：不畅。蔽：指君王受群小蒙蔽。白：表白、辩白。莫之白，不能将其表白，不能证明清白。

⑲郁邑：即"郁悒"，愁闷苦闷不能诉说。侘傺（chà chì）：失意的样子。莫察：无人明了。中情：内心的情感。

⑳固：本来。烦言：想要说的话多而烦乱。结：指疏理在一起。诒：通"贻"，赠送，即传达给对方。陈志：陈述内心的情感。

㉑静默：沉默不语。莫余知："莫知余"的倒文，没人理解我。号呼：呼喊。

㉒申：反复，再三。烦惑：烦忧迷惑。中：内心。闷瞀（mào）：心中忧闷烦乱。瞀，乱。忳（tún）忳：愁闷不舒的样子。

㉓魂：梦魂。中道：半路上。杭：通"航"。无航，失去航船。此将登天比作渡水，故称无航。中道无杭，指中途遇障碍，无法前行。

㉔厉神：古代传说中主杀罚决断的神。占：占梦。曰：由此句至下文"鲧功用而不就"，均为厉神

替屈原占梦后所做的答辞。志极：远大志向。无旁：缺少辅助，无在旁相助的人。

㉕终：终于，最终。危独：处境危险孤立。离异：指遭受排斥，离开朝廷。思：思念。恃：依靠。

㉖铄：熔化。这句说人言可畏，指众人之口毁谤，足可熔化金属。初：当初，指怀王朝。初若是，从来就如此。逢殆：遭遇危难。

㉗惩：惩戒，警戒。羹：肉汤，这里指热食。齑（jī）：切细的菜，是冷食。此指曾被热汤烫过的人，为戒备再次烫伤，在吃菜时也要吹一吹。意谓有过不幸遭遇的人，遇事应分外小心。变此志：改变原有的志向。

㉘释阶：丢下梯子，不借助阶梯。曩：以往，从前。态：态度。

㉙众：指朝廷群臣。骇遽：惊恐慌张，指胆小怕事。离心：不能同心。

㉚同极：指共事楚王。同极而异路：同一目的不同道路，一说相同出身不同道路。援：援助，帮手。

㉛申生：春秋时晋献公太子。不好：不爱。献公宠幸骊姬，听信她的逸言，将申生逼迫自杀。

㉜行：行为。婞（xìng）直：刚强正直。不豫：不犹豫，做事果断。鲧（gǔn）：古代传说中大禹的父亲，治水未成，被舜杀害。用：因。不就：未成。就：完成。

㉝作忠：做忠臣。造怨：制造别人对自己的怨恨。忽：忽视。过言：过分之言。

㉞九折臂：多次折伤臂膀。九，虚指，意谓多次。成医：因有经验，自己也成了良医。然：如此，这样。

㉟矰（zēng）弋：拴着丝绳的射鸟短箭。机：射箭时所用的机栝，此作动词，指扣机待发。罻（wèi）罗：捕鸟的网。张：张设，设置。

㊱设：陈设。张：一种与弧类似的弓。弻：同"弊"（bì），也是捕鸟工具。设张弻，此指朝中群奸暗设伤人的机关，张开来使人遭祸。娱君：使君王快意，高兴。侧身：隐避其身。朱熹《楚辞集解》："言逸贼之人，阴设机械，张布开弻，伤害君之所恶，以悦君意。使人忧惧，虽欲侧身以避之，而犹恐无其处也。"无所：无处藏身。

㊲僝（chán）佪：徘徊。干：求。儌：通"际"，际遇，机会。重：再一次。离：同"罹"，遭遇。尤：罪过。

㊳集：鸟栖止在树上。罔：不。一说罔，得无，表揣测、疑问。罔谓：岂不要说。女：汝，你。何之：何往。

㊴横奔：狂奔乱跑。失路：迷失路途，离开正道。坚志：意志坚定。不忍：不忍去做。

㊵背膺（yīng）：背与胸。牉（pàn）：剖分为二。交痛：指胸、背交相疼痛。纡轸（yū zhěn）：隐痛，心中绞痛。纡，曲折。轸，悲痛。

㊶捣：捣碎。捣，一作"梼"。木兰：香树名。矫：和，揉，搅拌。糳（zuò）：舂。申椒：香木名，即花椒。

㊷江离：一种香草名。滋：栽种、培植。糗（qiǔ）：干粮，干饭屑。糗芳，有香味的干粮。

㊸情质：真心。信：伸，一说相信。重著：一再地申述。自明：表明自身。

㊹矫：举起。媚：美好，指美德。私处：独处。曾：再，反复。远身：脱身而去，远离世俗，不与之同流合污。

译文

痛惜进谏表达忧愤啊，发泄愤怒抒发情怀。假如不是忠心陈说心声啊，愿上指苍天来作证。让五方大神为我做出公正判断，请六神参与来对证事实。叫山川之神来做陪审，命法官皋陶来辨明对错。竭尽忠诚地侍奉君王啊，反遭众人排斥如多余的肉瘤。不懂得取巧谄媚才背离庸众啊，只希望贤明的君主了解我的忠心。言行一致有据可查啊，表里如一不会改变。所以考察臣子没人能比得上君王啊，验证的方法无须远求就在眼前。我行事都是先君王后自己啊，因此与众人结下了怨仇。一心只为君王没有私念啊，却又被小人当作了仇敌。一心为君毫不犹豫啊，竟不能够保全自己。极力亲近君王没有他念啊，反倒成为招来祸事的根由。

为君王着想没人比我更忠心啊，我竟然忘记自己贫贱的出身。侍奉君主我忠贞不贰啊，根本找不到得宠的门路。忠诚有何罪要遭到惩罚啊，这也不是我心中所能想到的。行为不同俗随流而跌了跟头啊，却又被众人嘲笑讥讽。多次受到责难和诋毁啊，却没有办法解释清楚。心情沉闷压抑不能表达啊，君王又被蒙蔽无法诉说。内心愁闷我失意沉闷啊，又没有人懂得我的一片衷情。本来有说不完的话却无法投寄啊，想要陈述衷情却没有途径。退处沉默没有人了解我的苦心啊，大声疾呼也无人肯听取我的心声。屡屡失望我烦恼疑惑啊，心中忧闷烦乱闷闷不乐。

从前我梦见登上了天啊，魂魄在半路却无法前进。我让厉神占卜此梦啊，他说："心志虽高却缺少帮助。""难道我最终会陷入危险境地而遭受疏远？"他说："君王可以思念却不可以依赖。因为众说一词的谗言也可将真金熔化啊，当初你就是这样忠诚才遭受危险。被热汤烫过吃凉菜也要吹一吹啊，你为何不改变原有的志向？想要不用阶梯去登天啊，你还是从前的老做派。众人都害怕与君王离心离德啊，又怎能和你做伴？虽同事一君但走的路不同啊，又怎么会给你援助？晋国的申生是个孝子啊，其父亲也会听信谗言

而不喜欢他。行为刚直而不知变通啊，鲧的治水大业因此没有完成。"

　　我听说忠正就会引来怨恨啊，心里不以为然认为是夸大其词。多次折臂就成了良医，我到现在才知道这话可信。射鸟的带绳短箭装好正朝着天上啊，捕鸟的罗网张开铺设在地面。处处暗设机关讨好君王啊，想侧身避开也无处藏身。想徘徊停留试图寻找机会啊，又恐怕再次招来祸患而遭遇灾殃。想要离开这里远走高飞呀，又怕君王诬我说"你背叛我，要去什么地方"。我想横冲直撞不走正道啊，但坚定的志向却又不忍心去做。我的前胸后背如同裂开一般疼痛难忍啊，心里忧怨纠结隐隐作痛。捣碎木兰揉碎蕙草啊，舂碎申椒来做食粮。播种江离培植菊花啊，希望到春天能做成香喷喷的干粮。唯恐我的真心得不到表达啊，所以一再地申述表明心迹。标举这些美德我将独处幽居啊，希望深思熟虑后脱身而去。

赏析

　　全篇可划分为五段。从开头至"命咎繇使听直"为第一段，讲述自己写本篇作品的起因。因为有人在楚王面前进了谗言，使屈原蒙冤被逐，故写作本诗抒发忧愤之情。高洁之士突然蒙受如此冤诬，而又莫能辩白，愁怨激奋，起伏难抑，所以此篇开口即道"惜诵以致愍兮，发愤以杼情"。开篇直抒胸臆，悲愤感情如洪流决堤，一泻千里，给人强烈的情感冲击。秋瑾《吊屈原》云："楚怀本孱王，乃同聋与瞽。谤多言难伸，虫生木自腐。臣心一如豕，市语三成虎。君何喜谄佞？忠直反遭忤。"由于屈原受到诽谤太多了，满腔的忧愍怨愤难于向楚王申诉清楚，他只得指天作证，表明自己对于国君忠诚不贰，并申诉自己不被理解、不被接纳的冤屈。这些冤苦太深，也由于楚国荆棘遍地、忠奸不辨的黑暗现实，屈原还设想召来五方天帝、日月星辰、山川神祇和古代正直无私的法官皋陶，组成一个判决曲直的公正的法庭，来听取自己的申诉，审明是非、质对事理并做出公正的评判。

　　从"竭忠诚以事君兮"至"有招祸之道也"为第二段，诗人构设一个天上的法庭后，开始了正式的申诉。前八句写自己竭忠事君，专心无二。其中"竭忠诚以事君兮"二句，是屈原说自己忠而被谤，以致被疏而离群独处的事实；"忘儇媚以背众兮"二句言自己被谗谤的原因，此实望君之参验而考实；"言与行其可迹兮"四句，承上文之意，申说参验实证是可以办到的，为提出申诉作引。那么如何才能了解他的忠心呢？屈原认为，辨别忠奸无须远求，言语和行为就是线索，自己言行一致，表里如一，这就是他忠诚的表现。至此，屈原得体地恭维楚王：知臣莫过于其君，而验证的方法并不难求。第八句以后，写招祸的原因，自己日月可鉴的一片忠心却成了"招祸之道"。"吾谊先君而后身兮"四句反复申明自己对楚王的忠诚，含蓄而悲愤地戳穿了庸臣们结党营私、虚伪狡诈的嘴脸，以致忠臣义士无容身之地。"壹心而不豫兮"四句申述自己言行的动机，一切皆为楚王着想，并无他意，但却因此招祸。"尽忠以事君，反为不尽忠者所摈弃"（朱熹语），这是多么地不平！群小仇视，自身不保，祸至无期，但诗人仍尽忠事君，一心不改，以盼怀王知。这是追述疏远之初的情事。

　　"思君其莫我忠兮"至"中闷瞀之忳忳"为第三段，述说自己心情的忧苦，着重倾泻内心的烦惑忧思。"思君"四句写自己一心在君，忠君与人异而离群背众，然仍忘其"贫贱"——被疏失位，依然不会对君王产生二心。诗人运用对比，首从自己对君主的思念程度，次从忘记自己卑贱出身的角度，突出自己对君主的无上忠诚。"迷不知宠之门"，暗示自己不献媚邀宠，不投机取巧，不与小人同流合污。"迷不知宠之门"一句，钱澄之之说最得其意："本图事君，非以干宠。宠自有门，不在效忠，此己之所迷也。"（《庄屈合诂》）"忠何罪以遇罚兮"四句叙自己一片忠心却不知因何被逐，不屑与小人为伍却获罪失位。得罪受罚倒不可怕，可怕的是这样的结果会为国人所笑。紧承上文进一步抒发自己的愤懑心情。"纷逢尤以离谤兮"四句，写自己想把蒙冤的真相上诉给楚王，可是君王受群小蒙蔽。"心郁邑余侘傺兮"四句写没有人能体察自己内心的苦衷，想对楚王一诉衷心却苦于陈情无门。最后四句写自己进退两难的矛盾心情。退而静默不言，恐无人知道自己的苦心；进而大声疾呼，又怕无人会听。本段着重写自己陈志无路的心情，即"发愤以杼情"也。林纾说："怨悱不可申诉者，无如《惜诵》之文（即指此节）。"（《春觉斋论文·留别论》）

　　从"昔余梦登天兮"至"鲧功用而不就"为第四段，写占梦者对屈原的劝告。"昔余梦登天兮"四句屈原请厉神为他占卜吉凶，引入下文。所谓"登天"，是指屈原欲在朝廷任职，实现自己的美政理想。"魂中道而无杭"写他遭受到巨大的挫折。他要登天，可是灵魂却在中途停滞不前。这时，他看见了主杀罚决断的厉神。厉神说，屈原虽然志向远大，可以没有旁人帮助他，指出屈原有目的而无道路。"终危独以离异兮"句为屈原问语："难道我最终会陷入危险境地而遭受疏远？"从"曰君可思而不可恃"至"鲧功用而不就"为厉神的答话。"曰君可思而不可恃"至"犹有曩之态也"，厉神指出君主可以思念但不可以依赖，劝他改变忠君的志向。因为群小毁谤丛生，众口铄金，才使屈原一再被驱逐。当初，屈原就是依靠君王而惹下祸端。厉神还用惩羹吹齑的比喻批判了屈原为何固执不改变忠直的志向。如果还是按照"曩之态"那无疑是"欲释阶而登天"，根本不可能达到目的。"众骇遽以离心兮"四句言楚王发怒后，本来同道的那些人都已离心背德，弃之而去，又怎能给你施以援手？因此，厉神劝屈原改变志向，变节随世从俗。"晋申生之孝子兮"四句厉神用申生和鲧的史例，说明孝子忠臣被说成不孝不忠古已有之。这两个例子侧重点不同。申生以父子之亲，且对父至孝，却因谗被迫自杀，可见谗言可斩断最坚固、最亲密的至亲关系。鲧刚强正直，做事果断，却被说成治水未成而被杀，可见美好的品德和劳苦功高在谗言面前也不堪一击。这段着重反映诗人遭受排挤之后心中不无徘徊犹豫，而萌生改辙更弦的思想。

　　"吾闻作忠以造怨兮"至最后为第五段，写屈原找厉神占梦以后的感想。此四句，朱熹《楚辞集注》析曰："人九折臂，更历方药，乃成良医，故吾于今，乃知作忠造怨之语，为诚然也。"折臂成医和惩羹吹齑一样，同属饱经忧患人语。自己经历了人生的巨大挫折之后，才明白了这句寻常之话背后的惨痛。"矰弋机而在上兮"四句，言诗人遭谗被疏，如有矰弋罻罗在侧。"矰弋"比喻言诗人遭谗被疏；"罻罗"比喻朝中群奸暗设伤人的机关，张开来使人遭祸。屈原这样的忠臣在朝中竟无容身之地，真是左右为难。"欲儃徊以干傺兮"八句屈原为自己设想了三条出路：一是徘徊逗留、等待机会，但又担心再遭忧患；二是远走高飞，即远适他国，但这样做岂不是畏罪潜逃，授人以柄？三是随波

逐流，与俗横奔，即朱熹说的"妄行失道"或陈第说的"违道妄作"(《屈宋古音义》)，就是与坏人们同流合污。但这三条路选择哪一条都是十分不理想的，这使诗人精神上困心衡虑，体肤痛裂交相压来。"捣木兰以矫蕙兮"八句，屈原为这次"远身"做准备：捣碎木兰再揉碎芳草，舂碎申椒来做充饥的点心。种上香草培植秋菊，希望能作春天芬芳的干粮。既然进不容于时，退不忍于心，再三深思唯有远身自保，决然独处而已。"恐情质之不信兮，故重著以自明"照应开头，再申"致愍"之义，再次声明本诗的写作目的：只怕自己的真心不被人理解啊，所以一再地表明自身。

九　章

涉江

题解

　　"涉江"就是渡江的意思。诗从"济乎江湘"写起，故名"涉江"。关于本篇的题旨，王逸《楚辞章句》说："此章言己佩服殊异，抗志高远，国无人知之者，徘徊江之上，叹小人在位，而君子遇害也。"汪瑗《楚辞集解》说："此篇言己行义之高洁，哀浊世而莫我知也。欲将渡湘沅，入林之密，入山之深，宁甘愁苦以终穷，而终不能变心以从俗，故以《涉江》名之，盖谓将涉江而远去耳。"姜亮夫《屈原赋校注》说："此章言自陵阳渡江而入洞庭，过枉陼、辰阳入溆浦而上焉，盖纪其行也。发轫为济江，故题曰《涉江》也……文义皆极明白，路径尤为明晰。"屈原被放于江南之野以后，曾两次沿沅水南行，先后至溆浦和沅水上游之地。本篇叙述了屈原渡江溯沅水而上，到达溆浦一带的历程和心情。清人胡文英在《屈骚指掌》中说："《涉江篇》，由今湖北至湖南途中所作，若后人述征纪行之作也。"诗篇具体叙写了他这次被放逐的地区和所行的路线，即渡江后，经过鄂渚（今湖北武昌），至洞庭湖地区；然后又上沅水西行，经枉陼（今湖南常德）、辰阳（今湖南辰溪）、入溆浦（今湖南溆浦），独处于深山之中。这是有关诗人晚年被流放江南时所经历地区的一项重要史料。本篇在写法上是游记加抒情。"这是一篇线索明了、水陆并行的游记，也是一篇悲愤凄怆、见景生情的苦难历程记，更是一篇诗人'上下求索'、宁折不弯的行记。"（周建忠《楚辞论稿》）

　　关于本篇的创作时间和地点，有几种说法。一说是作于楚怀王时期，这种意见以汪瑗为代表，汪瑗《楚辞集解》认为此篇"末又援引古人以自慰，其词和，其气平，其文简而洁，无一语及壅君谗人之怨恨，其作于遭谗人之始，未放之先欤！与《惜诵》相表里，皆一时之作"。然观本篇内容，此说不可取，因其词实际上并不平和，其作于被放逐后之情景甚为明显。一说是作于楚顷襄王初年，如林云铭《楚辞灯》说作于顷襄王二年（前297年）。戴震《屈原赋注》也说："至此重遭谗谤，济江而南，往斥逐之所。盖顷襄王复迁之江南时也。"清人蒋骥在《山带阁注楚辞》中认为："《涉江》《哀郢》，皆顷襄时放于江南所作。然《哀郢》发郢而至陵阳，皆自西徂东。《涉江》从鄂渚入溆浦，乃自东北往西南，当在既放陵阳之后。"又说："顷襄即位，自郢放陵阳。……居陵阳九年，作

《哀郢》，已而自陵阳入辰溆，作《涉江》。"认为作于顷襄王九年（前290年）左右。蒋骥将屈原被"放"分为三个阶段：郢都至陵阳，陵阳至溆浦，溆浦至汨罗。林云铭也将屈原被"疏"分出几个阶段：屈原在怀王时遭谗，结果只是被疏，即《屈原列传》所说的"不复在位"，不复在左徒之位，未尝不在朝；再谏则被迁于汉北，但这次被迁未遭拘禁，可以自由行动（包括陈词谏诉），且几年后被召回；顷襄王朝被放江南，永不召回，且在流放中被"羁身"，不能自由行动。屈原这次被流放江南，就是由陵阳至溆浦、永不召回的一次。郭沫若《屈原研究》认为，顷襄王二十一年（前278年）白起破郢后，屈原被赶到江南，"接连着做了《涉江》《怀沙》《惜往日》诸篇，终于自沉了"。本篇中屈原对楚王已完全失望，与《离骚》等中年之作不同，是屈原晚年的作品。全诗充溢着与楚国当权者决绝的、毫不妥协的战斗精神。看来，当时作者所受到的政治打击，已足以使他丢尽对楚国当权者的幻想。因此，认为本篇是屈原被流放江南多年之后作于顷襄王时期，是比较合理的。

原文

余幼好此奇服兮，年既老而不衰①。带长铗之陆离兮，冠切云之崔嵬②。被明月兮佩宝璐③。世溷浊而莫余知兮，吾方高驰而不顾④。驾青虬兮骖白螭，吾与重华游兮瑶之圃⑤。登昆仑兮食玉英，与天地兮同寿，与日月兮同光⑥。哀南夷之莫吾知兮，旦余济乎江湘⑦。

乘鄂渚而反顾兮，欸秋冬之绪风⑧。步余马兮山皋，邸余车兮方林⑨。乘舲船余上沅兮，齐吴榜以击汰⑩。船容与而不进兮，淹回水而凝滞⑪。朝发枉陼兮，夕宿辰阳⑫。苟余心其端直兮，虽僻远其何伤⑬？

入溆浦余儃佪兮，迷不知吾所如⑭。深林杳以冥冥兮，猨狖之所居⑮。山峻高以蔽日兮，下幽晦以多雨⑯。霰雪纷其无垠兮，云霏霏而承宇⑰。哀吾生之无乐兮，幽独处乎山中⑱。吾不能变心而从俗兮，固将愁苦而终穷⑲。

接舆髡首兮，桑扈裸行⑳。忠不必用兮，贤不必以㉑。伍子逢殃兮，比干菹醢㉒。与前世而皆然兮，吾又何怨乎今之人㉓！余将董道而不豫兮，固将重昏而终身㉔。

乱曰：鸾鸟凤皇，日以远兮㉕。燕雀乌鹊，巢堂坛兮㉖。露申辛夷，死林薄兮㉗。腥臊并御，芳不得薄兮㉘。阴阳易位，时不当兮㉙。怀信侘傺，忽乎吾将行兮㉚！

注释

①好：喜好，爱好。奇服：奇异的服饰，用来象征自己与众不同的志向品行。衰：懈怠，衰减。"奇服，奇伟之服，以喻高洁之行，下冠剑被服皆是也。衰，懈也。"（朱熹《楚辞集注》）蒋骥曰："与世殊异之服，喻志行之不群也。"

②铗（jiá）：剑柄，这里代指剑。长铗即长剑。陆离：长貌。切云：当时一种高帽子之名。崔嵬（wéi）：高耸的样子。

③被：同"披"，戴着。明月：夜光珠。珮：犹"佩"，佩带。璐：美玉名。这几句刻画出了屈原自身高洁的形象，后代摹画屈原的画像，大多以此自述为参照。

④溷（hùn）：混浊，混乱。莫余知：即"莫知余"，没有人理解我。方：将要。高驰：远走高飞。顾：回头看。

⑤虬（qiú）：有角的龙。古文献中注释："有角曰虬，无角曰龙。"骖：四马驾车两边的马称为骖，这里作动词指用螭来做骖马。螭：一种无角的龙。重（chóng）华：帝舜的名字，虞舜，姓姚，名重华。瑶：美玉。圃（pǔ）：花园。瑶之圃，传说昆仑山产玉，是上帝的园圃所在。

⑥英：花朵。玉英，玉树之花。

⑦夷：当时对周边落后民族的称呼，带有蔑视侮辱的意思。南夷：指屈原流放的楚国南部的土著。一说是对楚国郢都党人的鄙称。且：清晨。济：渡过。湘：湘江。

⑧乘：登上。鄂渚（zhǔ）：地名，在今洞庭湖一带。反顾：回头看。欸（ǎi）：叹息声。绪风：余风，指西北风。

⑨步余马：让我的马徐行。山皋：山冈。邸：同"抵"，抵达，到。方林：地名，在今长江北岸。一说方丘树林。

⑩舲（líng）船：有窗的小船。上：溯流而上。齐：同时并举。吴：国名，一说为"大"。榜：船桨。枻：水波。

⑪容与：缓慢，舒缓。淹：停留。回水：回旋的水。凝滞：停留不进。这句是说船徘徊在回旋的水流中停滞不前。

⑫陼（zhǔ）：同"渚"。枉陼：地名，在今湖南常德一带。辰阳：地名，在今湖南辰溪县西。

⑬苟：假如，如果。端：正。虽：即使。伤：妨害，损害。

⑭溆（xù）浦：溆水之滨，在今湖南溆浦县。僤（chán）佪：徘徊。如：到，往。所如，所往，所要去的地方。

⑮杳：幽暗。冥冥：幽昧昏暗。猨狖（yuán yòu）：猿猴。猨，猕猴。狖，长尾猿。

⑯幽晦：幽深阴暗。

⑰霰（xiàn）：雪珠。纷：繁多。无垠：无边际。霏霏：云气浓重的样子。承：弥漫。宇：天空。承宇，连接屋檐。一说连接天宇。这句是说雪下得很大，一望无际，阴云密布，弥漫天空。

⑱幽独：孤独寂寞。

⑲变心：改变气节。从俗：随波逐流。固：本来。终穷：终身困穷。

⑳接舆：春秋时楚国的隐士，即《论语》所说的"楚狂接舆"，与孔子同时，佯狂傲世。髡（kūn）首：古代刑法之一，剃光头发。桑扈（hù）：古代隐士，即《论语》所说的子桑伯子，《庄子》所说的子桑户。裸行：意即裸体而行。裸，同"臝"。

㉑忠：忠臣。贤：贤人。以：用。

㉒伍子：伍员，伍子胥，吴国贤臣。吴王夫差听信伯嚭的谗言，逼迫伍子胥自杀。比干：殷纣王的叔父。传说纣王淫乱，不理朝政，比干强谏，被纣王剖心而死。菹醢（zū hǎi）：肉酱，这里指剁成肉酱。菹、醢，均有肉、肉酱的意思。

㉓与：全。皆然：全都这样。

㉔董道：守正道。不豫：不犹豫。重昏：重重幽闭。一说处于昏暗境地。

㉕乱：乐曲的最后一章叫乱。鸾（luán）鸟：凤凰类鸟。鸾鸟、凤凰都是祥瑞之鸟，比喻贤才。日以远：一天比一天疏远。这两句是说贤者一天天远离朝廷。

㉖巢：筑窝。燕雀、乌鹊，比喻谄佞小人。堂：殿堂。坛：祭坛。比喻挤满朝廷。

㉗露申：一作"露甲"，一种香草，又名瑞香花。辛夷：一种香木，即木兰。林薄：树丛，草木丛生之地。

㉘腥臊：均指恶气味，恶臭之物，比喻谄佞之人。御：进用。芳：芳洁之物，比喻忠直君子。薄：靠近。

㉙阴阳易位：比喻楚国混乱颠倒的现实。时不当：指时运不当，生不逢时。当，合。

㉚怀信：怀抱忠信。侘傺（chà chì）：惆怅失意。忽：恍惚，茫然。王逸《楚辞章句》云："言己怀忠信，不合于众，故怅然伫立，忽忘居止，将遂远行，之他方也。"

译文

我从小就喜欢这奇异的服饰啊，年纪大了爱好依然不减。腰间挂着长长的宝剑啊，头上戴着高高的帽子。身上披着明月珠啊，腰里佩戴着美玉。世道混浊没有人了解我啊，我正昂首阔步不再回顾。驾着有角的青龙啊配上无角的白龙，我要和重华一起去游仙宫啊到那天上的玄圃。登上昆仑山啊品尝那美玉般的花朵，我要与天地啊同寿和日月啊同光。可悲的是楚国也没人了解我啊，清早我便要渡过湘水。

登上鄂渚回头眺望啊，感叹秋冬时节大风寒冷。让我的马慢慢走啊上到山冈，将我的车停靠在啊大片的树林边。坐着船沿着沅水向上游前进啊，船夫们一齐摇桨划船。船缓缓停滞不肯前行啊，老是停留在回旋的水流里。清早我从枉陼起程啊，晚上在辰阳歇息。只要我的心正无偏啊，就是被放逐到偏僻遥远的地方又有什么可伤感的？

进入溆浦我又迟疑徘徊起来啊，心里迷惑不知我该去向何处。幽深的树林昏暗阴沉啊，这是猿猴的住所。高山峻岭遮住了太阳啊，山下幽深阴暗并且多雨。雪花纷纷飘落无边无际啊，浓云密布好像挨着屋檐。悲哀的是我的生活毫无快乐啊，只有寂寞孤独地住在山里。我不能改变志向去顺从世俗啊，势必将忧愁痛苦终身不得志。

接舆被剃去了头发啊，桑扈裸体行走。忠臣不一定会被任用啊，贤臣不一定能被推荐。伍子胥遭到灾祸啊，比干被剁成肉酱。与前世相比都是这样啊，我又何必埋怨当今的人！我要遵守正道而行毫不犹豫啊，本就准备在重重昏暗中度过一生。

尾声：鸾鸟、凤凰，一天天地远去啊。燕雀、乌鹊，在厅堂和庭院中做窝啊。露申、辛夷，死在草木丛生的地方啊。腥臊恶臭的都被用上了，芳香的却不能接近啊。阴阳错位都颠倒了位置，我真是生不逢时啊。我满怀忠信却惆怅失意不得志，迷茫中我只能远行啊！

赏析

全篇可分为五段。从开头至"且余济乎江湘"为第一段，述说自己高尚理想和现实的矛盾，阐明这次涉江远走的根本原因。自幼至老，好此"奇服"，一如既往，始终不变。"带长铗之陆离兮"三句是对"奇服"的具体描写。身着"奇服"体现了诗人即使经受种种打击也不后悔，内心还有着高洁的操守。然而在君王昏庸、小人当道的混浊世道中，屈原高洁的志向不被世人理解，于是他要"高驰而不顾"。说"不顾"，其实是精神上难以摆脱，是一种难以割舍的眷念。"高驰"去何处？即"驾青虬兮骖白螭"五句所述，幻想自己将乘龙驾马，登上昆仑与前圣帝舜同游，寄寓其不与楚国统治集团同流合污的意思。在现实生活中愈是受迫害、被孤立，他愈要在精神上表现得倔强、傲岸、目空一切。他相信自己心中的理想之光将会与天地同在，与日月同样光照大地。"哀南夷之莫吾知兮"是诗人渡江而远去的原因。"南夷"是这次流放出发的地点。"南夷"在湘江、汨罗一带，是南夷苗族居处旧地。诗人与南夷相处很久，但不被理解，于是选择离去。

从"乘鄂渚而反顾兮"至"虽僻远其何伤"为第二段，写水陆劳顿抵达辰阳的艰难行程和自己的感慨，表现了彷徨矛盾的复杂心情。诗人登上洞庭湖附近的鄂渚，不禁回头看看自己走过的路途。前面不是说"高驰而不顾"吗，现在怎么又"反顾"了呢？"反顾"二字传出诗人曲折微妙的心境。他举目四望，才发觉秋冬之际大风呼啸，已经有点寒冷。他放马在山皋上小跑，直到方林才把车子停住。接下来开始走水路。"乘舲船余上沅兮"四句，言自己沿沅江上溯行舟，船在逆水与漩涡中艰难行进，尽管船工齐心协力，用桨击水，但船却停滞不动，很难前进，此情此景正如诗人自己的处境。诗人遭受政治迫害，不忍离开但又不得不离开，真是进退两难啊！然而，不管愿不愿离开，船都带着他走向陌生的异地。"朝发枉陼兮"四句，写自己早上从枉陼出发，晚上到了辰阳，足有一日行程，行程愈西，作者思想愈加坚定。他坚信自己的志向是正确的，是忠诚的，是无私的。即使去往再偏僻、再荒远的地方，自己都不感到悲伤。

从"入溆浦余儃徊兮"至"固将愁苦而终穷"为第三段，写进入溆浦以后，独处深山的情景。进入溆浦后诗人又迟疑起来，心里迷惑着不知该去何处。"深林杳以冥冥兮"六句写这里的恶劣环境：林深山高，荒无人烟，雨雪交加，云气弥漫。这里是猿狖所居，不是人待的地方。"哀吾生之无乐兮"四句，言自己虽然孤独无乐生活在这万山之中，但也不能改变心志与黑暗势力同流合污，哪怕穷愁潦倒终生。杨胤宗《屈赋新笺》评说云："溆浦处重山深林之中，云岚雨雪，瘴疠雾毒，非人所宜居处，而原贬此，深山茅屋，载离寒暑，日处于阴惨岑寂之中，度其非社会之人生。天高地迥，郁荒独哭，其与朝廷恶势力斗争，已至援绝而矢穷，然终不肯降服也。"即通过绝境而体现了诗人绝不屈服之性格。

从"接舆髡首兮"至"固将重昏而终身"是第四段，从自己本身经历联系历史上的一些忠诚义士的遭遇，进一步表明自己的政治立场。接舆和桑扈皆古之忠贤，他们以剃发、裸行的惊世骇俗之举，表示不愿与世俗同流合污。《战国策·秦三》说："箕子接舆，漆身而为厉，被发而为狂。"接舆被发佯狂是愤世嫉俗，也是一种玩世不恭不与统治者合作的行为。接舆、桑扈因其消极不合作，结果为时代所遗弃，而在朝为官的伍子胥与比干因忠心想改变现实，却又惨遭杀戮。这几句是诗人的自我宽解语，忠臣贤士未必会为世所用。"与前世而皆然兮"四句说自己知道，所有贤士均是如此，自己又何怨于当世之人！表明自己仍将正道直行，毫不犹豫，而这样势必遭遇重重黑暗，必须准备在黑暗中奋斗终生。即使在蒙受如此之冤屈，在遭受如此非人的待遇时，在守正道与被抛弃之间，屈原毅然地选择守正道。

"乱曰"以下为第五段，批判楚国政治黑暗，邪佞之人执掌权柄，而贤能之人却遭到迫害。"鸾鸟凤凰"四句，比喻贤士远离，小人窃位。凤凰是古传说中的神鸟，这里比喻贤士。"燕雀乌鹊"用以比喻小人。"露申辛夷"四句言露申、辛夷等香草香木竟死于丛林之中，"腥臊"比喻奸邪之人陆续晋升，而忠诚义士却被拒之门外。诗人批评昏君无识人之明，君之所谓忠臣不忠，所谓贤臣不贤。忠贤之臣要么因奸佞陷害获罪而减损，要么为全身避罪而主动离开，一天天地远去；朝廷充满了庸臣、奸佞，这样的国家怎能不危如累卵？"阴阳易位"四句，点出了阴阳错位颠倒，自己生不逢时。一个充满昏庸的朝廷，黑白颠倒、忠奸不分，反而斥明智的贤臣为昏庸，忠贤之士必无立足之地。自己没有赶上尧舜式的明主在位之时，这透露出诗人内心对楚国内忧外患的种种深切思虑。既然自己的高洁之身不为混沌之世所容，那就离开这里远去。诗人满怀着忠信而怅然伫立，迷茫中竟忘了尚在流放途中。

哀郢

题解

"哀郢"就是哀悼郢都，即篇中"哀见君而不再得""哀故都之日远"的意思。郢是楚国的都城，在今湖北省江陵县西北。郢是楚都，也是故国的象征，"哀郢"即对楚国都城郢都的思念与哀痛。《哀郢》是作者在江南流放地陵阳所作。此篇的创作时间，古今研究有较大歧义。有人认为是遭怀王放逐后哀念君国而作。王逸认为屈原被放逐在楚怀王时期，《哀郢》约作于顷襄王时期，写作原因是因为怀王听信谗言，屈原遭到被放逐。王逸注曰："言怀王不明，信用谗言而放逐己，正仲春阴阳会时，徙我东行，遂与室家相失也。"（《楚辞章句》）洪兴祖补注云："此章言己虽被放，心在祖国，徘徊而不忍去，蔽于谗陷，思见君而不得，故太史公读《哀郢》而悲其志也。"（《楚辞补注》）这种说法认为是屈原被流放时哀念故国而作。

有人认为写于楚顷襄王即位初。戴震认为："屈原东迁，疑即当顷襄元年，秦发兵，

出武关，攻楚，大败楚军，取析十五城而去。时怀王辱于秦，兵败地丧，民散相失，故有'皇天不纯命'之语。"（《屈原赋注·音义下》）据《史记·楚世家》记载："顷襄王横元年，秦要怀王不可得地，楚立王以应秦。秦昭王怒，发兵出武关攻楚，大败楚军，斩首五万，取析十五城而去。"屈原久被流放，怀念宗国日益炽烈，恰逢怀王入秦不返而顷襄王新立，楚国各派内争纷起，而秦国又大兵压境，民心惶惶。而在此种情况下，倾襄王还让奸佞之人子兰任令尹，并排挤屈原，将他逐放出郢都，居住陵阳。按《史记·屈原列传》载：子兰"卒使上官大夫短屈原于顷襄王，顷襄王怒而迁之"。屈原面对宗国已危、社稷难保的时局，痛惜自己空有济世之才、匡时之志，却无以施展。在悲愤难平、哀思不已的情况下，便以《哀郢》寄托对楚国及郢都的深切眷恋与刻骨思念。

也有人认为写于秦将白起攻陷郢都、楚东徙陈地之时。此说影响很大。汪瑗主白起破郢年作说，当时楚国的形势是，"当顷襄二十一年，（秦）又攻楚而拔之，遂取郢。更东至竟陵，以为南郡，烧墓夷陵。襄王兵散败走，遂不复战，东北退保于陈城，而江陵之郢，不得为楚所有矣。"（汪瑗《楚辞集解·哀郢》）王夫之据诗所纪之史实，指出："顷襄畏秦，弃故都而迁于陈，百姓或迁或否，兄弟婚姻，离散相失。"因此认为作于楚顷襄王二十一年（前278年），为哀郢都（今湖北江陵西北）被秦将白起攻破而作，《哀郢》即"哀故都之弃捐，宗社之丘墟，人民之离散，顷襄之不能效死以拒秦，而亡可待也"（《楚辞通释》）。这一年，郢都被秦将白起攻陷，顷襄王东迁到陈城（今河南淮阳）。当时楚王仓皇东迁，百姓四处逃亡，屈原百感交集，写下了这篇悲愤填膺的哀歌。"哀郢"，谓哀悼郢都之沦亡。

有人认为《哀郢》作于九年后秦破郢之后，因为篇中有"忽若去不信兮，至今九年而不复"。这种说法的代表是林云铭、蒋骥和屈复等。明人黄文焕说屈原之放非顷襄元年即次年，后推九年，即顷襄九年，又越孟夏，故怀沙自沉，"固属之十年矣"（黄文焕《楚辞听直》）。林云铭谓屈原于顷襄二年再度被放于江南，越九年，作《哀郢》，于顷襄十一年作《怀沙》，并自沉于汨罗。（林云铭《楚辞灯》）林庚则谓屈原于怀王二十四年被放，越九年，于顷襄二年作《哀郢》，于顷襄三年自沉于汨罗。（林庚《诗人屈原及其作品研究》）林庚认为"哀郢"并不是"破郢"，郢都并没有被秦攻破，在屈原的作品里有"哀故都之日远"，而不是说故都的陷落。他认为是屈原想回到郢都而不能回去的感情。蒋骥认为屈原被放陵阳九年，《哀郢》即作于被放陵阳的第九年。（《山带阁注楚辞》）姜亮夫则认为屈原之放当在顷襄七年秦楚和亲之后，越九年作《哀郢》，明年作《怀沙》，其自沉汨罗"当在顷襄十六七年间"（姜亮夫《屈原赋校注》）。

姜亮夫《楚辞今绎讲录》又进一步提出，《哀郢》这篇作品是庄蹻暴郢的反映。楚庄王之后庄蹻曾于楚怀王末年发动了一次叛乱，把郢都搞得很残破，导致民众的流离失所。楚怀王二十八年（前301年），楚国受到秦国军队的大举进攻，楚将唐昧战死，楚国灭亡在即。唐昧死后，部将庄蹻率领楚国军队叛变并引发人民起事（庄蹻事件争议颇大，一说庄蹻是楚国宗室叛变，一说是农民起义），起事队伍一度攻下楚国都城郢，将楚国的统治区域分割成几块。"然而兵殆于垂沙，唐蔑死。庄蹻起，楚分而为三四。"（《荀子·议兵》）据比屈原稍迟、大半生在楚国度过的荀况所说，庄蹻暴郢发生在楚怀王末年齐楚垂沙之战以后。此时屈原无论在朝、在野，都应与闻其事。屈原于怀王二十四五年被放

之汉北，而三十年又在朝（曾谏止怀王入秦），这期间正好发生垂沙之战与庄𫏋暴郢之事。庄𫏋暴郢事件的诱因可能是清算垂沙之败责任引起暴乱，伤亡主体是平民，卿族则恪守封邑自保，"庄𫏋发于内，楚分为五"（《商君书·弱民》）。《哀郢》之"哀"，正由此而发。这一说法也颇受学者注意。

《哀郢》是一篇一恸千古之作！司马迁举屈原作品，将《哀郢》与《离骚》《天问》《招魂》并列，视为诗人代表作，称"悲其志"（《史记·屈原列传》），悲其忠于君国、嫉邪悯民之志也。清人徐焕龙谓"《哀郢》于《九章》中最为凄婉，读之实一字一泪"（《楚辞洗髓》）。又近世梁启超谓此篇："任凭是铁石人，读了怕都不能不感动哩！"（《饮冰室全集·屈原研究》）

原文

皇天之不纯命兮，何百姓之震愆①？民离散而相失兮，方仲春而东迁②。去故乡而就远兮，遵江夏以流亡③。出国门而轸怀兮，甲之鼌吾以行④。发郢都而去闾兮，荒忽其焉极⑤？楫齐扬以容与兮，哀见君而不再得⑥。

望长楸而太息兮，涕淫淫其若霰⑦。过夏首而西浮兮，顾龙门而不见⑧。心婵媛而伤怀兮，眇不知其所跖⑨。顺风波以从流兮，焉洋洋而为客⑩。凌阳侯之泛滥兮，忽翱翔之焉薄⑪。心絓结而不解兮，思蹇产而不释⑫。

将运舟而下浮兮，上洞庭而下江⑬。去终古之所居兮，今逍遥而来东⑭。羌灵魂之欲归兮，何须臾而忘反⑮？背夏浦而西思兮，哀故都之日远⑯。登大坟以远望兮，聊以舒吾忧心⑰。哀州土之平乐兮，悲江介之遗风⑱。

当陵阳之焉至兮，淼南渡之焉如⑲？曾不知夏之为丘兮，孰两东门之可芜⑳？心不怡之长久兮，忧与愁其相接㉑。惟郢路之辽远兮，江与夏之不可涉㉒。忽若不信兮，至今九年而不复㉓。惨郁郁而不通兮，蹇侘傺而含戚㉔。

外承欢之汋约兮，谌荏弱而难持㉕。忠湛湛而愿进兮，妒被离而鄣之㉖。尧舜之抗行兮，瞭杳杳而薄天㉗。众谗人之嫉妒兮，被以不慈之伪名㉘。憎愠怆之修美兮，好夫人之慷慨㉙。众踥蹀而日进兮，美超远而逾迈㉚。

乱曰：曼余目以流观兮，冀壹反之何时㉛？鸟飞反故乡兮，狐死必首丘㉜。信非吾罪而弃逐兮，何日夜而忘之㉝？

注释

①皇天：对天的敬称。天在古人眼里是占有至高无上地位的主宰神。皇，美，大。纯命：美运，常道。不纯命，天命失常。百姓：古代贵族有姓，所以百姓指贵族，即楚国的贵族，在此指国人。震愆（qiān）：震动不安，遭罪。

②民：普通民众。失：失散。方：正当。仲春：阴历二月。迁：迁移，在这里指逃难。

③遵：循、沿。江夏：长江与夏水。古代的夏水在郢都附近的夏首（今湖北荆州）发源于长江后，与长江并列东流，到今仙桃西北注入汉水，再东流至夏口（在今汉口），汇入长江。其河道夏天水满，冬天涸竭，故称夏水。今已改道。

④国门：郢都城门。轸（zhěn）怀：悲伤痛苦。甲之鼂（zhāo）：甲日的早晨。"鼂"，同"朝"。

⑤发郢都：从郢都出发。去闾：离开故里。闾，楚国三大贵族"屈""景""昭"居住的地方，也称三闾。荒忽：同"恍惚"。焉极：哪里是尽头。

⑥楫：船桨。齐扬：并举。容与：徘徊不前。

⑦长楸（qiū）：高大的梓树。朱熹云："长楸，所谓故国之乔木，使人顾望徘徊，不忍去也。"太息：长长地叹息。淫淫：流泪不止的样子。霰（xiàn）：在高空中的水蒸气遇到冷空气凝结成的小冰粒，多在下雪前或下雪时出现。这里是指小雪粒。

⑧夏首：长江与夏水的汇合处，在郢都东南。西浮：迅浮，快速向前的意思。顾：回头看。龙门：郢都的东城门。

⑨婵媛：眷恋，牵挂，情思缠绵。眇：同"渺"，遥远。跖（zhí）：脚踏，落脚的地方。不知所跖，即不知脚踏何处。

⑩焉：于是。洋洋：漂泊不定的样子。为客：流落他乡。

⑪凌：乘。阳侯：传说中的波涛之神，传说凌阳国侯溺水而亡，成为水神，这里指掀起波浪。滥：水决堤后泛滥的样子。忽：快速地。翱翔：原指鸟飞，"一上一下曰翱，直刺不动曰翔"（林云铭《楚辞灯》），这里形容船随波浪飘浮的样子。焉薄：哪里泊近、靠岸。薄，停留。

⑫绁（guà）结：牵挂，缠绕，这里指内心情感郁结。蹇（jiǎn）产：曲折缠绕，忧郁，这里形容心情纠结。释：解开，排遣。

⑬运舟：行船。下浮：指沿长江东下。上、下，指上下游。沈祖緜说："以舟向前曰上，船尾居后曰下，此行舟者习惯语。"（《屈原赋辩证》）船行至洞庭湖北流入长江之处（在今湖南岳阳县附近），再东向沿长江行驶顺流而下，就背朝洞庭，面向长江。上洞庭而下江，即洞庭湖处于上游，面前的这段长江处于下游。

⑭终古：长期，古老，这里指楚国历代祖先。终古之所居：指祖先之居地，即郢都。楚国从文王熊赀（前689—前677年）建都于郢，至此时约有四百年的历史。逍遥：悠闲自在，在这里指漂泊流浪。

⑮羌：句首发语词。须臾：片刻，顷刻。反：返回。

⑯背：离开。夏浦，夏水之滨，在今武汉汉口。夏水于夏口汇入长江，背夏浦，则船过夏口而东，离郢更远。西思：思念西方，这里的西方是指郢都。哀：伤感。日远：日渐远去。

⑰大坟：指江中大堤或沙洲。坟，水中高地叫坟，一说水边之堤叫坟。聊：权当，就当。

⑱哀：哀怜。平乐：富饶安乐。州土之平乐，指土地宽阔，民生安定。江介：江边，指屈原飘流所经过的沿江两岸地区。遗风：古代遗留下来的淳朴风俗。

⑲当：抵达。陵阳：地名，屈原被放逐的目的地。一说指前面所说的陵阳侯，指大波浪。焉至：到哪里去。淼（miǎo）：大水茫茫，水面无边无际的样子。焉如：何处。

⑳夏：通"厦"，高大的房屋，指郢都的王宫。丘：土丘，这里作废墟解。孰：谁料。两东门：郢都东关的两个城门，此指城郭。芜：荒芜。这两句感叹楚宫室荒芜。

㉑怡：愉快。

㉒惟：同"唯"，在这里延伸为想起。郢路：通往郢都之路。辽远：遥远。夏：指夏水。涉：渡，过河。不可涉，难以渡过。

㉓忽：恍惚，忽若，忽然。去：离开，指被流放。不信：不相信，这里指离开故土的时间很短，不相信离开过。

㉔惨：忧愁。郁郁：忧心忡忡的样子。不通：无法释怀。蹇：句首发语词。侘傺：惆怅失意的样子。含戚（qī）：含着忧愁、悲伤。戚，忧伤。

㉕外承欢：外表美好，欢乐。承欢，在君王面前献媚邀宠讨好。汋（chuò）约：同"绰约"，原指柔美的样子，这里形容小人"承欢"时的媚态。谌（chén）：确实。荏（rěn）弱：软弱。难持：难以依赖，靠不住。

㉖忠：忠贞之士。湛湛：厚重，忠厚，诚恳。愿进：愿有所作为。被离：分离，离散。鄣：同"障"，阻塞。

㉗抗行：高尚的行为。抗，通"亢"，高尚。瞭：眼明。杳杳：高远的样子。薄天：及天，靠近天。薄，靠近。

㉘逸人：逸佚之人。被（pī）：动词，指加在头上。不慈：不慈爱，这里指尧舜传位不传给儿子。伪名：指与事实不符的坏名声。关于尧舜的"不慈"，在古代是有这样说法的。《庄子·盗跖》曰："尧不慈，舜不孝。"又说："尧杀长子，舜流母弟。"《吕氏春秋·当务篇》也说"尧有不慈之名，舜有不孝之行"。传说尧看自己的儿子丹朱不贤，把帝位传给舜；舜看自己的儿子商均不肖，把帝位传给禹。古代有人认为尧舜没有把帝位传给儿子，指责他们对儿子不慈爱。这四句意思是说，好人蒙受不白之冤，是自古就有的，即使像尧舜那样的圣贤，那些逸人还硬要给他们加上不慈不孝的恶名，实际上是借此抒发自己的愤慨之情。

㉙憎：憎恶。愠怆（yùn lùn）：郁积的思绪，指心有所蕴积而不善表达。修美：美好的修为。好：爱好，喜欢。夫人：那些人，这里指逸佚小人。慷慨：情绪激昂，此指巧言令色，能说会道。这句指逸佚小人表面上积极，故作慷慨之态。

㉚众：指奸佞小人。蹀蹀（qiè dié）：小步行走的样子，这里指小人到处钻营。日进：日益得势。美：指忠贤君子。超：远。逾：跃进，行进。迈：远行。逾迈，越来越远。

㉛曼余目：这里指张大我的双眼。曼，本义是引而使长，这里是张开的意思。流观：四处观看。

冀：希望，盼望。反：同"返"。壹反：回去一趟。一说有一天返回。

㉜首丘：头朝着山丘。首，作动词，头朝向。据说狐狸死的时候一定朝向它出生的山丘。此句比喻死也要面向故乡。

㉝信：实在，确实。弃逐：被流放。何：何尝。

译文

老天爷不施厚命天道无常啊，为何让百姓震荡受灾殃？民众流离家人失散啊，正当仲春二月却要向东逃难。离别故都去远方啊，沿着长江、夏水去逃亡。跨出郢都门我心痛难舍啊，甲日的早晨我开始上路。从郢都出发离开故里啊，我神色恍惚不知道去哪里？船桨划动起来船却徘徊不前啊，伤心哀痛我再也见不到君王。

遥望郢都那高大的梓树我不禁长叹啊，泪水扑簌簌落下如雪粒一样。经过夏浦又快速行驶啊，回头看郢都东门却不见踪影。心里牵挂不舍而又无限伤情啊，前路茫茫不知在何处落脚。顺风而行随着流水走啊，于是漂泊不定他乡为客。冒着陵阳水神掀起的汹涌波浪啊，像鸟儿飞翔随波飘浮不知停泊在何处。心中郁结纷乱无法解开啊，心中纠结郁闷难以舒畅。

将要驾船向东顺流而下啊，过了上游洞庭湖又进下游长江。离开先人居住的地方啊，如今漂泊流浪来到了东方。我的灵魂时刻想着归去啊，哪里有片刻忘记返回？离开夏水边向东行我却思念西方啊，悲伤的是故都日渐远去。登上江堤举目四望啊，姑且以此来舒缓我忧愁的心情。可怜楚地的宽阔富饶安乐啊，可叹沿江两岸的古朴风尚犹存。

抵达陵阳后该往哪里去啊，大水茫茫南渡后又将去何处？不曾想到宫殿也会变成废墟啊，谁能料到郢都大门竟会荒草丛生？心里不愉快已经很长时间啊，忧思与愁苦接踵而来。想起通往郢都的路途那么遥远啊，长江和夏水再也难以渡过。恍惚间仿佛刚刚离开故土啊，到如今已有九年未曾回去。心情忧郁不舒畅啊，怅然失意满怀悲伤。

小人们表面上奉承君王媚态十足啊，实际上软弱不堪难以依靠。忠厚之士愿意有所作为啊，谗妒小人却从中分离阻隔。尧舜有着高尚的品德啊，光明正大直达云天。那些谗佞小人心生嫉妒啊，给他们加上"不慈"的伪善恶名。憎恶不善言辞的忠诚者的真正美好，却喜欢听那些谗佞小人表面的故作慷慨。众多小人竞相奔走钻营日益得势啊，贤良君子被疏离并且越来越远。

尾声：张大我的眼睛四处观望啊，盼望着返回郢都一趟不知何时？鸟儿远飞终要返回旧巢啊，狐狸死时一定要头朝狐穴。实在不是我的罪过而被流放啊，哪日哪夜忘记过我的故乡？

赏析

全篇可分为六段。从开头至"哀见君而不再得"为第一段，写郢都沦陷时自己被流放时的情景。首二句仰天而问，指责皇天不施厚命，竟使无辜百姓震惊遭罪，表现出极大的悲愤之情。但苍天无知，祸出有因，诗人对于苍天的指斥，实际是对昏聩的楚王的愤怒质问。这和《诗经·小雅·节南山》所写"昊天不惠，降此大戾""不自为政，卒劳百姓"的写法是一致的，明指上天，暗刺幽王。次二句写国都沦陷后，百姓骨肉离散，而此刻正是仲春时节，表现出"感时花溅泪"的无奈和怨恨。开头并未交代是回忆，给读者以身临其境之感。接着用倒叙笔法，因故都沦陷而情不自禁地追忆起当年被逐离开郢都的情景。"去故乡而就远兮"以下八句，则写出身处逃亡人群之中诗人自己的所思所感。九年前的一天，秦军进攻楚国之时自己被放逐，随流亡百姓一起东行。诗人怀着满腔悲愤，"去故乡""出国门""发郢都"，一步一步地离开了故都。他所走的路线是沿着长江夏水向东迁徙，时间是在甲日的早晨。走出郢都城门时心如刀绞，渡江时想到再也见不到国君了更加伤心。

从"望长楸而太息兮"至"思蹇产而不释"为第二段，写乘船离开后仍一直心系故都，不知所从。前八句"望长楸""顾龙门"，一步一回首，步步生哀叹。诗人依依不舍，忍不住回头望，一开始望着郢都高大的梓树泪如雨下，走到夏浦再回望却已经连郢都的东门都看不见了，悲伤之余有点茫然，不知道哪里才是自己落脚的地方。从"西浮"以下写进入洞庭湖后情形，故说"顺风波"（而非顺江流）、"阳侯之泛滥"、"翱翔之焉薄"等。"顺风波以从流兮"以下八句，诗人自慰自己，那就任江流把"我"带到哪里就归依他乡为客吧。"洋洋"者，无所依归也，"'焉洋洋而为客'，一语倍觉黯然"（李贺），充满无家可归而肆意飘零的悲伤无奈。面对滚滚波浪，飘飘荡荡如鸟飞翔不知在何处停栖，愁肠百结，难以释怀，表达了自己的孤凄哀凉之感。在这两句景物描写的基础上，末二句再次直接抒情，表达那种挥之不去的缠绵、悲伤、孤凄之情。

从"将运舟而下浮兮"至"悲江介之遗风"为第三段，写自己继续东行时的凄怆心情，抒发诗人思归故土的情怀。首二句写行程，诗人所乘船由洞庭湖北行途中，调转船头向东沿长江顺流而下。"去终古之所居兮"以下六句，写诗人飘飘荡荡来到东方，又想起离开世代所居住的故土，一直魂牵梦绕想着归去。去之愈远，而思之愈切。虽身不由己欲归不能，而灵魂须臾不忘返。船向东来到了夏浦，心思却飞向遥远的西方了。故国所在的方位一直在心里，经过夏浦后思绪西飞，船离郢都越来越远，倍感伤心。"登大坟以远望兮"以下四句，登上江堤也望不见故都了，诗人想起楚国的土地，可叹这片富饶安乐的大地，现在在铁蹄下蹂躏；可悲沿江两岸尚存的楚国的淳朴风俗，很快就要被战火卷去。清人蒋骥云："州土平乐，江介遗风，皆先世所养育教诲以贻后人者，故对之而怆然增悲焉。"（《山带阁注楚辞》）。按理说诗人看到"州土之平乐"和"江介之遗风"应该感到快慰，他却反倒"哀""悲"起来，因为整个楚国都在昏天黑地中，危机四伏，就要祸患及此。这里用美好的景物来写悲哀，是一种反衬手法。

从"当陵阳之焉至兮"至"蹇侘傺而含戚"是第四段，写诗人作此诗时的思想情绪。首二句为转折部分，承上而启下。以上所写皆是回忆，这些往事在诗人头脑中历历在目，从未忘却。诗人所述流亡路线大致是"遵江夏""过夏首""上洞庭"，沿江下浮，一路向东，最后到达陵阳。此时，茫茫江夏，不可南渡。"曾不知夏之为丘兮"二句是想象之词，简直想不到昔日宫室、城郭皆将遭秦军践踏，变为废墟；郢都的两座东门，谁能料到一片荒芜，对灾难之深重表示心惊。清人贺贻孙称此二句"忽作危语，痛极，盖屈子知郢将亡，预作麦秀之忧，忧及夏屋，又忧及东门，其忧深矣。"（《骚筏》）"心不怡之长久兮"以下六句，描述自己长期郁郁寡欢，忧愁不断，不知不觉中在这里已经熬过了九个年头。林云铭说："已上叙被放九年中，无日不以忧国忧民为心。"（《楚辞灯》）这时候偏又传来首都沦陷的不幸消息，怎能不使他"侘傺而含戚"、悲痛欲绝呢？

从"外承欢之汋约兮"至"美超远而逾迈"是第五段，追究造成国家危难和个人惨遭流放的原因，其根源在于朝廷那些群小的误国。"外承欢之汋约兮"四句，诗人愤怒地揭露：那些表面上讨人喜欢实质上却极不可靠的小人，只会阿谀逢迎，蒙蔽君王，却在朝廷里日趋得势。忠心耿耿、愿为祖国效力的志士仁人，却反遭嫉妒和排斥。"尧舜之抗行兮"以下四句，进一步指出，就连尧舜那样品德高尚的圣贤，尚且遭到谗人的嫉妒，而要蒙受"不慈不孝"之罪名，我辈就更不在话下了。尧舜都将君位禅让给了贤人，而没有传给自己的儿子，后人便加以"不慈不孝"之伪名。而怀王入秦被囚，则是其子顷襄王继位。诗人称赞尧舜贤君，暗寓对楚王的不满。"憎愠惀之修美兮"这四句，阐述了自己对楚国当政者的评价：君王讨厌犯言直谏，却喜欢小人阿谀奉承。这样造成的结果是：小人钻营而亲近日盛，贤臣直谏却疏远不用。从而揭示出楚国危亡的悲剧和个人的不幸遭遇，其根源在于楚王的昏庸和朝政的腐败。

"乱曰"以下为第六段，是全诗的总结。放眼远望四顾茫茫，想回去一趟又待何时？真是生不如鸟，鸟还能飞返故乡；死不如狐，狐死还可以头朝狐穴。诗人以鸟兽尚且终恋故土为喻，表达了至死不忘故都的真挚情怀。他自信无罪而遭弃逐，常常日思夜想怀念故都，却因不能回朝效力而痛苦。希望将有一天洗清冤屈，返回故土，重振家邦。对于这个结尾，明人黄文焕这样评述："末乃以求得归死为结局，眸开不得见故乡，目瞑尚及返故土。"（《楚辞听直》）

抽 思

题解

　　本篇题目"抽思"，取自篇中"少歌"首句"与美人之抽思兮，并日夜而无正"。对"抽思"的解释，王逸《楚辞章句》谓："为君陈道、拔恨意也。"朱熹《楚辞集注》认为："抽，拔也。思，意也。"王夫之《楚辞通释》说："抽，绎也。思，情也。"意思是整理心头的思绪，也就是把自己心中的万端思绪理出头绪，以倾吐心中之郁闷。蒋骥《山带阁注楚辞》以为："抽，拔也。抽思，犹言剖露其心思，即指上陈之耿著言。"所谓"抽思"，即抽出、伸展、抒发思念，把蕴藏在内心深处像乱丝般的愁情抽绎出来。也就是说，这是一篇屈原剖陈心迹，抒发心中郁结的诗篇。明人李陈玉在《楚辞笺注》中说："抽思者，思绪万端，抽之而愈长也。其意多在告君，而托之于男女情"。认为《抽思》

假托"男女情"，表达了屈原对国事的担忧和对楚王的思念。

对于本篇的创作时间和创作地，蒋骥在《山带阁注楚辞》中说："此篇盖原怀王时斥居汉北所作也。"与《离骚》的创作时间大致相同，表达的思想感情也十分相近。林云铭也认为，《抽思》写于楚怀王时，是屈原身居汉北时所作。一般都认为是屈原于楚怀王时期被疏失位后所作，主要抒写其情思难达的苦闷心境。

本篇在结构形式上有着非常独特之处。比如除了有"乱曰"外，还有"少歌曰""倡曰"。"乱曰"是音乐组织形式的术语，在文章中出现表示结尾，通俗的说法就是结束语；"倡曰"也是音乐的结构组织形式，是发端起唱，在这里也是开始的起始语；而"少歌曰"则是指对前一小结内容的总结，起收束作用。

原文

心郁郁之忧思兮，独永叹乎增伤①。思蹇产之不释兮，曼遭夜之方长②。悲秋风之动容兮，何回极之浮浮③？数惟荪之多怒兮，伤余心之忧忧④。愿摇起而横奔兮，览民尤以自镇⑤。结微情以陈词兮，矫以遗夫美人⑥。

昔君与我诚言兮，曰黄昏以为期⑦。羌中道而回畔兮，反既有此他志⑧。憍吾以其美好兮，览余以其修姱⑨。与余言而不信兮，盖为余而造怒⑩。愿承间而自察兮，心震悼而不敢⑪。悲夷犹而冀进兮，心怛伤之憺憺⑫。

兹历情以陈辞兮，荪详聋而不闻⑬。固切人之不媚兮，众果以我为患⑭。初吾所陈之耿著兮，岂至今其庸亡⑮？何毒药之謇謇兮？愿荪美之可完⑯。望三五以为像兮，指彭咸以为仪⑰。夫何极而不至兮，故远闻而难亏⑱。善不由外来兮，名不可以虚作⑲。孰无施而有报兮？孰不实而有穫⑳？

少歌曰：与美人抽思兮，并日夜而无正㉑。憍吾以其美好兮，敖朕辞而不听㉒。

倡曰：有鸟自南兮，来集汉北㉓。好姱佳丽兮，牉独处此异域㉔。既惸独而不群兮，又无良媒在其侧㉕。道卓远而日忘兮，愿自申而不得㉖。望北

山而流涕兮，临流水而太息㉗。望孟夏之短夜兮，何晦明之若岁㉘？惟郢路之辽远兮，魂一夕而九逝㉙。曾不知路之曲直兮，南指月与列星㉚。愿径逝而未得兮，魂识路之营营㉛。何灵魂之信直兮，人之心不与吾心同㉜。理弱而媒不通兮，尚不知余之从容㉝。

乱曰：长濑湍流，泝江潭兮㉞。狂顾南行，聊以娱心兮㉟。轸石崴嵬，蹇吾愿兮㊱。超回志度，行隐进兮㊲。低徊夷犹，宿北姑兮㊳。烦冤瞀容，实沛徂兮㊴。愁叹苦神，灵遥思兮㊵。路远处幽，又无行媒兮㊶。道思作颂，聊以自救兮㊷。忧心不遂，斯言谁告兮㊸？

注释

①郁郁：忧伤郁结。忧思：心绪忧愁。永叹：长叹。增伤：倍加悲伤。

②蹇产：曲折纠缠的样子。不释：解不开。曼：同"漫漫"，漫长，悠长。遭：逢，遇。方长：指秋天来临，正变得昼短夜长，即愁人苦夜长之意。

③动容：改容，指使万物萧索改变颜色。王夫之《楚辞通释》："动容，秋风惨烈，变卉木之容也。"回极：指天极回旋。极，天之枢轴，古人认为天系于一个固定的顶点而旋转，构成四季的变化。这里指风回旋飘荡的样子。浮浮：形容运转之速的样子。

④数：屡次，多次。惟：思。荪：香草名，此代指楚怀王。忧忧：忧伤、悲痛的样子。

⑤摇起：远远地走开，一说疾速而起。横奔：随意奔走，指改变常道任意而行。此或有奔走他国的意思。民尤：民之苦难。自镇：使自己镇定下来。

⑥结：凝结。微情：内心的隐情。陈词：陈述言词。矫：举。遗：赠予，送给。美人：指楚怀王。林云铭《楚辞灯》："矫，举也，结构精微之意。列之书中，举而进之君，盖上书也。"

⑦昔：昔日，以前。诚言：彼此说定的话。期：约会。

⑧羌：句首语气词。中道：中途。回畔：中途转折，这里有反悔之意。反既：转身离去。他志：别的想法和打算。

⑨侨（jiāo）：同"骄"，骄矜。览：展示给别人看，有炫耀之意。修姱：美好。

⑩不信：不可靠，不守信用。盍：同"盍"，为什么。造怒：发怒。

⑪愿：希望。承间：寻找机会和空间。自察：表白自己。震悼：恐惧，害怕。

⑫夷犹：犹豫，迟疑。冀进：希望靠近。怛（dá）：伤痛。憺（dàn）憺：心情跌宕起伏。

⑬兹：此。历：列举。荪：香草名，这里指君王。详（yáng）：同"佯"，假装。

⑭固：本来。切人：恳切的人。媚：献媚。患：祸害。

⑮初：当初。耿著：明白。庸亡：就忘，随即忘了。庸，遂。亡，忘。

⑯毒：同"独"。药（yuè）：同"乐"。何毒药，即"何独乐斯"。謇謇：正直忠良之貌。一说"何毒药"意谓謇謇忠言怎么像毒药呢？荪美：君王的美德。可完：可以发扬光大的意思。

⑰三五：指三皇五帝，三皇为古代传说的伏羲、女娲、神农；五帝为古代传说的黄帝、颛顼、帝喾、唐尧、虞舜。一说三五乃"三王"之误，"三王"指西周末年楚君所封句亶王熊伯庸、鄂王熊红、越章王执疵。当时是楚国第一次大发展时期（赵逵夫《屈氏先世与句亶王熊伯庸》）。《大招》云："魂兮归徕，尚三王只。"也是指此楚三王。像：榜样。彭咸：传说中的贤士。仪：法则。

⑱夫：转折语气词，如果这样。极：终极目的地。远闻：声名远播。亏：亏损，失去。

⑲善：美德。由：从。外：本身以外。虚作：虚伪的举动。

⑳孰：谁。无施：不施舍。不实：不结果实。

㉑少歌：乐章中间的音节名，古代乐章结构的组成部分，是对前一部分的总结。美人：君王，喻楚王。抽思：诉说衷肠。并：合并。无正：无从评判是非。正：订正，改正。一说正通"证"，没有人作证。

㉒侨：同"骄"。敖：同"傲"。朕：我。

㉓倡：同"唱"。乐章结构名，重新发端初唱。王逸《楚辞章句》："起倡发声造新曲也。"鸟：屈原自喻。南：郢都。集：栖息。汉北：汉水以北的地方，屈原当时被迁于此。

㉔牉（pàn）：离别，分别。异域：他乡。

㉕茕（qióng）独：孤独。不群：失群。良媒：好的媒人，这里指能让作者和君王沟通的人。其侧：指君王左右。

㉖卓远：遥远。日忘：一天天地忘记。自申：自己陈述。

㉗北山：泛指郢都北面的山。屈原在山之北，见山则想起了山南的郢都。流水：当指汉水，屈原所处在郢都的上游，故看见流向郢都的江水就勾起了回乡的情绪。

㉘望：盼望。一说指失眠。孟夏：农历四月，初夏。晦明：由天黑到天亮，指一整夜。一说若岁，长似一年。

㉙惟：想。郢路：回郢都的路。九逝：去了许多次。九，虚数，表示多。逝，往，去。一夕而九逝，指晚上多次做梦。一说，一夜去郢都多次。

㉚曾：竟。南指：指向南方。郢都在汉北之南，从屈原所在的地方回郢都是向南走。这句是说从汉北到郢都的路上魂魄迷路，靠星星和月亮辨别南方。

㉛径逝：直行，这里指取直路返回郢都。识：辨认。营营：忙忙碌碌往来寻求的样子。

㉜信直：忠诚正直。人：楚怀王。一说指小人。

㉝理：使者，替我沟通的人。理弱，媒介能力薄弱。不通：不能通达我情。从容：本为舒缓的样子。此指心地磊落，胸怀宽舒。由于"理弱而媒不通"，故君王"尚不知余之从容"。

㉞濑（lài）：沙石滩上的浅水。湍：水势急。泝（sù）：同"溯"，逆流而上。江潭：在汉水下游。

㉟狂顾：左右急视，形容急切寻路而走的情状。

㊱轸（zhěn）石：乱石，奇形怪状的石头。一说方石。崴嵬：高耸的样子。一说崎岖不平。蹇：阻碍。吾愿：我的愿望。

㊲超回：迂回，越过弯路。志度：认清直道，指按己意揣度而行。隐进：指山中行进时的情状。钱澄之《屈诂》："径不可度，惟以志度，人行其上，忽行忽隐，而后得进，极状山之纡曲。"

㊳低佪：徘徊流连的样子。夷犹：迟疑不进。北姑：地名。

㊴烦冤：含冤而心绪烦闷。瞀容：容貌不整的样子。一说乱走貌。瞀，乱。实：是。沛：沛然，水流急的样子。徂：往，行。沛徂，情绪冲动下急走，此形容急步而行。一说急随流而去。

㊵苦神：精神劳苦。灵：魂灵。遥思：指遥念郢都。陈本礼《楚辞精义》："旅夜无眠，又将入梦，灵字即指梦中之魂言。与上文两'魂'字相应。"

㊶幽：僻远的地方。行媒：指向楚王通信息作合的人。

㊷道思：边走边思。一说言志。作颂：作歌。颂，同"诵"，即指此诗。自救：自我解脱痛苦。

㊸不遂：不能传达给楚王。遂，达，表达。斯：此，这些。斯言，指这篇诗中所说的话。谁告：向谁诉说。

译文

心里烦闷忧愁郁结啊，独自叹息倍加悲伤。思绪烦乱解不开愈缠愈乱啊，沉沉的黑夜正漫长天总不亮。悲叹秋风使草木变容啊，为什么风旋转起来一切飘浮不定？屡次想到君王容易发怒啊，使我感到伤心悲痛。真想疾速狂奔远走他乡啊，看到人民的苦难我又镇定下来。把微薄的衷情编织成文词啊，高高举起送给君王。

曾经君王和我约好啊，说在黄昏的时候见面。他在半途又改变了主意啊，转身离去有了其他想法。向我显摆他的美好啊，又向我展示他的长处。跟我说过的话全不守信用啊，为何还要有意找碴对我发怒。希望找个机会向你表白啊，心里害怕又不敢这样做。可怜我踌躇犹豫盼望靠近你啊，心里忧伤徨不安。

列举这些心事来陈述啊，君王却假装耳聋不肯听。本来正直的人都不会阿谀奉承啊，那些小人果然把我当作祸患。当初我陈述得明明白白啊，难道现在全都忘了？我为什么总这么耿直忠贞啊，是希望君王的美德可以发扬光大。想把三皇五帝作为你的榜样啊，把贤士彭咸作为我自己的楷模。如果这样还有什么目标不能达到啊？从此就会声名远播将不会失去。善行不从外来啊，名声不靠虚伪做作。谁能不付出就有回报啊？谁能不播种就有收获？

少歌：与君王诉说衷肠啊，夜以继日却得不到评判。矜骄地向我展示他的美好啊，傲慢地将我的话抛到一边不肯听。

唱道：有只鸟儿从南方飞来啊，停留在了汉水之北。外表十分美丽啊，孤独地在异乡作客。既孤单不合群啊，又没有好的媒人在身边。道路遥远日渐被人遗忘啊，想要自己陈述也没有机会。望着北山落泪啊，对着流水叹息。初夏的夜晚本来就短啊，为什么一整夜就像一年那么长？回郢都的路途那么遥远啊，梦魂一夜要走上很多遍。不管那条路是直还是弯啊，靠星星和月亮辨别南方。想要取直路返回郢都又不能啊，梦魂辨别找路匆匆忙忙。为何灵魂这样忠贞信直啊，别人的心思却不和我相同。使者能力薄弱无法疏通啊，还不知道我的磊落心胸。

尾声：长长的沙石滩上水流湍急，我沿着深潭逆流而上啊。心神迷乱回望南方，暂且抚慰我的心伤啊。怪石林立路面崎岖，阻碍我回家的愿望啊。越过弯路认清直路，忽行忽隐奔向前去。徘徊犹豫，晚上住宿北姑啊。心烦意乱，匆忙赶路实在苦啊。忧愁叹

息劳神费思，灵魂远念在郢都的君王。路途遥遥住地偏僻，没有媒人为我牵线啊。边走边思写下歌词，姑且用来自我解脱啊。心事积压无法传达，这些话又该向谁倾诉啊？

赏析

全诗可分为六段。开头至"矫以遗夫美人"为第一段，写悲秋不寐，拟陈辞以赠君。先写忧愁烦闷，直抒胸臆。诗人的忧思之重犹如处于漫漫长夜之中，曲折纠缠而难以解开。接着"悲秋风"，借景抒情，抒发悲伤。继而写到了楚王，由于他的多次迁怒，而使诗人倍增了忧愁。他本想一走了之，但看到人民的灾难，又打消了弃之而去的念头。于是提笔写诗，向他表忠心。

从"昔君与我诚言兮"至"心怛伤之憺憺"是第二段，回忆楚王反悔成言，骄傲自恣。前四句写楚王不讲信用，中途变卦，弃他而去。"黄昏以为期"，是以男女婚姻的约定喻指君臣之间相遇、合作。虽有一片赤诚之心，怀王却多次悔约另有打算，不能以诚待之。可以看出，屈原曾经竭力辅佐楚王，楚王对他也很信任，许诺将屈原主张的富国强兵的新政推行到底。但是，楚王在中途改变政见。王夫之《楚辞通释》解释说："怀王初与己同心谋国，既为奸佞所惑，背己而从异说，反自谓得策，而骄我之不如。"中四句，历数他的"三过"。一曰"骄"。炫耀他的美好，展示他的才能。史载，由于逸人的离间，楚王对屈原产生憎恶感，故意不推行屈原的新政，而采用"异说"，以显示自己比屈原高明。二曰"不信"。进而质问，为什么跟我说过的话全都不算数？"一不见信，则所言无不可怒者，故见予先作怒以待之也"。（钱澄之《屈诂》）三曰"造怒"。"造怒"，就是故意找碴发怒。朱熹《楚辞集注》："本无可怒，但以恶我之故，为我作怒也。"曲折地表达了屈原无过而蒙冤受责。后四句，写自己想找机会想向他解释，却害怕楚王动怒，始终胆怯不敢言。楚王刚愎自用，对屈原已经很恼怒。屈原"欲自辩别其罪，恐益触王怒，故震悼而不敢"（钱澄之《屈诂》）。"震悼""夷犹""怛伤""憺憺"，生动表现了诗人的忠诚与不被理解的窘迫。

从"兹历情以陈辞兮"至"孰不实而有穫"是第三段，回忆楚王装聋拒谏，但屈原仍希望他能取法前圣，君臣相勉以治国。前六句，写自己向他历数这些往事表白心迹，但楚王假装耳聋听不见；反而因为自己的直切上言，惹了群小之怒，成为众矢之的。当初推行新政的缔约讲得明明白白，后来却屡遭谗言，难道他们都忘了。"何毒药之謇謇兮"六句，言自己之所以总是刚正不阿，是希望自己做彭咸那样的贤士，希望楚王做三皇五帝那样的君主。这样，就会臻于至善，流芳百世。屈原树立了为君为臣的高标，应该说对楚王还是很有激励作用的。但屈原觉得还不够，后四句从反面苦口婆心地劝说楚王。"善行""好名声"必须依靠诚实的实行求得。

"少歌"部分为第四段，是小结，总申上文。首二句写自己反复与君王诉说衷肠，却得不到评判。言外之意是，楚王完全抛弃了他。以弃妇的角度说，男子扔下她，让她在凄冷的角落哭泣。被打入冷宫，让她自生自灭，对屈原来说，是伤心难过的。后二句写楚王傲视屈原，在屈原面前，故意显摆自己的才能，对屈原的陈词视而不见，让他没有存在感。"无正""憍""敖""不听"，表现屈原对楚王的不满和失望。

"倡曰"部分为第五段，写诗人来汉北后衷情难达，梦魂日夜思念郢都故国。前八句写自己在江北的孤独。"鸟自南""异域"写自己水土不服，人地两疏。"独处""惸独""不群""无"写自己在"异域"的孤单无依、凄苦孤独。屈原担心自己一天天被楚王、也被熟人遗忘，可是相隔这么远，就连倾吐衷肠的机会也没有。"望北山"至"魂识路"，写自己日夜渴盼回到郢都。面对山水流泪叹息，感觉夏夜漫长像度过一年那么长。思君念郢，因痴生幻。虽然江北距离郢都如此遥远，可是他在梦中一夜竟然往返了很多次。老杜云："'梦中不知路，何以慰相思。'止得屈子前一半意耳。"（清人贺贻孙《骚筏》）这是用梦境来写真情。被关押在牢笼中的灵魂找不到出路，只好在梦中获得慰藉。这一层，虚实相生，给人强烈的艺术震撼。末四句感叹自己的忠贞信直无人理解，替他做使者的人能力太弱，无法使别人了解自己。

　　"乱曰"部分是第六段，写汉北山高路遥，幽思沉郁，只能赋诗以自解。前十句，写由于忧愁郁结不能开解，诗人本想在山水中获得片刻欢愉，没想到眺望南方，惹动思郢都之愁。人在乱石丛中趑趄而行，灵魂却飞向了远方的郢都。然而道路坎坷又弯又崎岖，只好先歇宿在北姑。后十句，写诗人一路艰辛苦不堪言，心情烦乱遥思君王。可是，地偏路远，有谁为他牵线呢？于是诗人写下这首歌词，用以倾吐心绪，自我解脱。"初幸山水之奇，足以怡情，今徒增其愁叹，以苦神而已，益动灵魂之遥思也。而路远处幽，又无为之媒者，虽思亦奚为？"（钱澄之《屈诂》）

怀沙

题解

对"怀沙"的字义，历来有两种解释。一说是怀抱沙石自沉。司马迁在《史记·屈原列传》中说："屈原至江滨……乃作怀沙之赋……于是怀石，遂自沉汨罗以死。"东方朔在《七谏·沉江》里也说："怀沙砾以自沉兮，不忍见君王之蔽壅。"这种说法同样得到了洪兴祖和朱熹的认可。洪兴祖说："此章言己虽被放逐，不以穷困易其行。小人蔽贤，群起而攻之。举世之人，无知我者。思古人而不得见，仗节死义而已。太史公曰：'乃作《怀沙》之赋，遂自投汨罗以死。'原所以死，见于此赋，太史公独载之。"（《楚辞补注》）朱熹说："言怀抱沙石以自沈也。"（《楚辞集注》）这种说法由汉到宋一直被视为主流。一说是怀念长沙。这种说法最先来自于明代的汪瑗。汪瑗在《楚辞集解》中说："世传屈原自投汨罗而死，汨罗在今长沙府。此云怀沙者，盖原迁至长沙，因土地之泪洳，草木之幽蔽，有感于情，而作此篇，故题之曰《怀沙》。怀者，感也。沙，指长沙。题《怀沙》云者，犹《哀郢》之类也。"汪瑗认为"怀沙"，即伤感长沙，诗题与"哀郢"类似。他认为"盖东方朔误解怀沙为怀抱沙砾以自沉，而太史公又承其讹而莫正也"。并且他还猜测屈原写《怀沙》的动机："观此篇之首四句，则因长沙卑湿，恐伤寿命而作也。"汪瑗的说法得到了蒋骥的认可，他在《山带阁注楚辞》中说："《怀沙》之名，与《哀郢》《涉江》同义。沙本地名，《遁甲经》：'沙土之祇，云阳氏之墟。'《路史》纪云阳氏、神农氏，皆宇于沙，即今长沙之地，汨罗所在也。曰怀沙者，盖寓怀其地，欲往而就死焉耳。……长沙为楚东南之会，去郢未远，固与荒徼绝异，且熊绎始封，实在于此，原既放逐，不敢北越大江，而归死先王故居，则亦首邱之意，所以惓惓有怀也。"为什么伤感长沙？游国恩先生解释说："这要从《涉江》说起。根据《涉江》所记，屈原已经上溯沅水，到了辰阳，进入溆浦万山深处，'劳苦倦极'，很想休息一下，谁料不久秦兵压境，攻占了楚国的巫郡与江南，置黔中郡。黔中即辰溆一带之地。屈原不甘死于敌手，乃复下沅水，涉洞庭，稍折而南，至长沙汨罗江而死。所以题其篇曰《怀沙》，与《涉江》《哀郢》同为纪实之词。"（《楚辞论文集》）此外，李陈玉《楚辞笺注》、钱澄之《庄屈合诂》，以及姜亮夫、马茂元等也同意"怀沙"为怀念长沙。《史记·楚世家》说楚始祖熊绎封于丹阳（今湖北秭归县东），而据《方舆胜览》记载："长沙郡治内有熊湘阁，以熊绎始封之地而名。"唐人张正言《长沙风土碑》也说："昔熊绎始在此地。"熊绎时候，大概北以丹阳为中心，南以长沙为据点。屈原自沉汨罗，汨罗在长沙附近。到长沙死节，一由于"江与夏之不可涉"的客观原因；二是出于"狐死必首丘"的乡国之情。因长沙是楚国始祖熊绎始封之地，是楚先王旧居，故此标题有"鸟飞反乡、狐死首丘"的含义，体现了屈原的宗国故土情结。

《怀沙》创作于何时，一直也有争议。由于司马迁的《史记》和东方朔的《七谏》里都说屈原"怀沙砾而自沉"，很多人认为这是屈原的绝命辞。司马迁曾把《怀沙》录入《史记》本传。他在《史记·屈原列传》著录此篇云："乃作《怀沙》之赋，遂自投汨罗。"故后人多视《怀沙》一诗为诗人绝笔之作。但也有人认为《怀沙》并不能被称为屈原的绝命辞，认为这是屈原自沉前不久所写，只是表现出诗人死意已决的接近死期之作。朱熹在《楚辞辨证》中就持这种看法："《骚经》《渔父》《怀沙》虽有彭咸、江鱼、死不可让之说，然犹未有决然之计也，是以其词虽切而犹未失其常度。……至《惜往日》《悲回风》，则其身已临沅湘之渊而命在晷刻矣。"这种说法也得到了蒋骥的支持。蒋骥在《山带阁注楚辞》中说"篇中首纪徂南之事，而要归誓之以死。盖原自是不复他往，而怀石沉渊之意，于斯而决。故史于原之死特载之。若以怀沙为怀石（按指抱石沉江），失其旨矣。且辞气视《涉江》《哀郢》，虽为近死之音，然纡而未郁，直而未激，犹当在《悲回风》《惜往日》之前，岂可遽以为绝笔欤"（《山带阁注楚辞》）。林云铭也认为，"此灵均绝笔之文，最为郁钟，亦最为哀惨。"（《楚辞灯》）也有学者认为此诗大约作于到达长沙之前，而在《九章·哀郢》之后，是屈原决心自杀的预告。

原文

滔滔孟夏兮，草木莽莽①。伤怀永哀兮，汩徂南土②。眴兮杳杳，孔静幽默③。郁结纡轸兮，离慜而长鞠④。抚情效志兮，冤屈而自抑⑤。

刓方以为圜兮，常度未替⑥。易初本迪兮，君子所鄙⑦。章画志墨兮，前图未改⑧。内厚质正兮，大人所盛⑨。巧倕不斫兮，孰察其拨正⑩？玄文处幽兮，矇瞍谓之不章⑪。离娄微睇兮，瞽以为无明⑫。变白以为黑兮，倒上以为下⑬。凤皇在笯兮，鸡鹜翔舞⑭。同糅玉石兮，一概而相量⑮。夫惟党人鄙固兮，羌不知余之所臧⑯。

任重载盛兮，陷滞而不济⑰。怀瑾握瑜兮，穷不知所示⑱。邑犬之群吠兮，吠所怪也⑲。非俊疑杰兮，固庸态也⑳。文质疏内兮，众不知余之异

采㉑。材朴委积兮，莫知余之所有㉒。重仁袭义兮，谨厚以为丰㉓。重华不可
遌兮，孰知余之从容㉔？古固有不并兮，岂知其何故㉕？汤禹久远兮，邈而
不可慕㉖。惩连改忿兮，抑心而自强㉗。离愍而不迁兮，愿志之有像㉘。进路
北次兮，日昧昧其将暮㉙。舒忧娱哀兮，限之以大故㉚。

　　乱曰：浩浩沅湘，分流汨兮㉛。修路幽蔽，道远忽兮㉜。怀质抱情，独
无匹兮㉝。伯乐既没，骥焉程兮㉞？万民之生，各有所错兮㉟。定心广志，
余何畏惧兮㊱？曾伤爰哀，永叹喟兮㊲。世溷浊莫吾知，人心不可谓兮㊳。
知死不可让，愿勿爱兮㊴。明告君子，吾将以为类兮㊵！

注释

①滔滔：义近陶陶，形容夏日阳气勃发旺盛的样子。孟夏：初夏四月。莽莽：草木丛生茂密的样子。

②伤怀：伤心。永：长久。汩（yù）：水流急速，这里指奔走急行。徂：往。南土：指江南之地。

③眴（xuàn）：视，看。杳杳：苍茫深远而看不清晰的样子。孔：很，甚。幽默：幽静无声。王逸《楚辞章句》云："言江南山高泽深，视之冥冥，野甚清静，漠无人声。"

④郁结：指心中郁闷不舒。纡轸（yū zhěn）：委屈痛苦。离：同"罹"，遭受。慜（mǐn）：同"愍"，伤痛。长鞠：长久困厄。

⑤抚：按抚，循省，有反思的意思。效志：扪心，一说考核志向。效，考究。自抑：自我克制。

⑥刓（wán）：削。圜：同"圆"。常度：常法。替：废弃。

⑦易初：改变初心，指屈原早年所立下的变法图强、以身许国的志向。本迪：《史记》引作"本由"，指本来之道，即常道。鄙：鄙视，即以为可耻的意思。

⑧章：辨明。画：指木工为取直所画的线。志：记住，标示出来。墨：木工画线时所弹的绳墨。按画、墨，均喻指法度。前图：前人所持守的规矩、常法。

⑨内厚：内心敦厚。质正：品质方正。大人：犹言君子，道德高尚之人。盛：称许，赞美。

⑩巧倕（chuí）：人名，传说尧时的巧匠。斫（zhuó）：砍、削。拨正：曲直。拨，弯曲、不正，与"正"相对。此指使物或弯或正。喻指贤能之士，有才不得施展，谁能知道他的本领？

⑪玄文：黑色花纹。处幽：置于幽暗的地方。矇瞍：盲人。有眼珠而看不见称"矇"；无眼珠者称"瞍"。不章：无花纹。一说章，文采，不章即无文采。

⑫离娄：一名离朱，传说黄帝时人，视力极强，能明察秋毫。微睇（dì）：眯着眼缝，微视。犹言视力极强，不用费力即可明察一切。瞽：无眼珠的盲人。无明：看不见。

⑬变白以为黑兮，倒上以为下：这两句意思是说，黑白混淆，上下颠倒，是非不分。成语"颠倒黑白"即来源于此。

⑭筓（nú）：竹笼，楚国方言。鷔：野鸭子。

⑮糅：混杂在一起。概：用斗斛量谷物时，用以刮平的木板。一概相量，表示划一，即给以等量齐观，同样评价。

⑯鄙固：鄙陋固执，无识见。羌：乃。臧：同"藏"，指抱负。一说臧为善。

⑰任重：担负重担。盛：多。陷滞：沉陷受阻。不济：不能成行。

⑱怀：怀揣着。瑾、瑜：皆美玉名。不知所示：指有才不知如何施展。穷，身处困境。示，表示，展示。

⑲邑犬：乡邑之犬，犹言普通乡里养的狗。群吠（fèi）：群起而叫。怪：怪异，不通常而少见的事物。

⑳非：同"诽"，诋毁、诽谤。俊、杰：均指才干、智能超群者。疑：猜忌。固：本来。庸态：世俗庸人的态度。

㉑文：文采、外表。质：本质、实质。文质犹言发自本质的光彩。疏内：疏于内向，即不善言辞。异采：殊异之光彩，犹言奇才异能。

㉒材朴：有用和没加工过的木料，泛指木材。材，良材。朴，材未开发出来称朴。朱熹《诗集传》："朴，未斫之质也。"委积：堆积一起。

㉓重、袭：皆重叠、积累的意思。谨：谨守。厚：敦厚。此指以仁德修身，多积德，不放纵。丰：丰足。

㉔重华：传说中虞舜名字。逻（è）：遇，逢。从容：此指一举一动皆符合于道的状态。即《中

楚
辞
选

庸》所谓"诚者，不勉而中，不思而得，从容中道，圣人也"。

㉕不并：生不同时，指明君贤臣往往不并生于世，此处是诗人自指未遇明君。

㉖邈：远。慕：思慕。

㉗惩：止住。连：怨恨。一作违。改忿：改去忿恨不平之心。抑：克制。抑心，此指克制住内心的忿恨不平。自强：自我勉励，坚强起来。

㉘离慜：遭遇忧怨。不迁：指不改变初志。志之有像：指自己的志向有效法的楷模，此谓希望自己的志行能成为天下后世可效法的榜样。志，志行。像，榜样。

㉙进路：向前赶路。北次：北行寻找止宿之地。旧注谓指欲北归郢都（朱熹），或谓北往汨罗（戴震），究何所指，诗人并未说明。昧昧：昏暗。

㉚舒忧：舒解忧愁。舒，分解。娱哀：以快乐的心情代替悲哀。娱，使之乐。限：限度，极限。大故：指死亡。即说生命的期限已到了尽头。

㉛浩浩：浩浩荡荡，水广阔盛大的样子。分流：沅水，源出贵州；湘水，源出广西。二水皆经湖南省分别入洞庭湖。汩：水流迅急的样子。

㉜修：长。幽蔽：指被林木遮掩覆盖，幽深黑暗。远忽：遥远恍惚，指辨不清路的样子。

㉝质：质朴，指本性诚信，质朴无华。情：指忠贞之情。无匹：无双。这里指孤立无援的意思。

㉞伯乐：古代传说中善识别良马的人。骥：良马。程：衡量，识别。焉程，哪里量程，何处评量。

㉟民生：人生在世。禀命：禀受天命，指穷通寿夭皆受天命支配。错：通"措"，安排，安置。此指人的命运、境遇各有定数。

㊱定心：指信念坚定。广志：指情志豁达。

㊲曾伤：无尽的悲伤。曾，同"增"，多次。爰哀：无休止的哀痛。爰，哀伤而不止。永：长久。叹：叹。喟（kuì）：叹气。

㊳莫吾知：莫知吾。不可谓：无法言说，即人心莫测的意思。此句指人心不可了解。谓，说。

㊴让：退避，避免。爱：吝惜，指惜生避死。

㊵明告：明白宣告。类：效法，榜样。意谓将成为守志不移、视死如归者的榜样。

译文

暖洋洋的初夏天气啊，草木郁郁葱葱。我心中伤感久久哀伤啊，急匆匆地奔向南方。眼前四顾苍茫啊，十分安静没有声响。心里郁闷不舒委屈痛苦啊，遭受悲哀长久困苦。安抚心情反思初衷啊，暗自压抑内心的冤屈。

纵使方的可以削成圆的啊，正常的法则不会变更。改变本来的道路啊，是君子所要鄙视的。木工用绳墨标记直线啊，以前的规矩不能改。内心敦厚品质方正啊，是君子所赞赏的。巧匠如果不动斧子啊，谁知道他能变曲为直？黑色花纹放在暗处啊，盲人说它不漂亮。离娄微微眯着眼睛啊，盲人认为他也没长眸子。黑的说成白的啊，上下统统颠倒。凤凰关进竹笼啊，鸡鸭展翅飞舞。宝玉与石头混杂一处啊，用同一个标准来衡量。结党营私者鄙陋顽固啊，根本不知道我胸中的抱负。

担负重任承载过多啊，沉陷受阻难达目标。怀揣美玉手握宝石啊，身处困境不知如何施展。城邑的狗成群狂吠啊，吠那些不常见的怪异。诽谤才俊猜忌豪杰啊，向来是庸人的常态。外表纯朴疏于内向啊，众人不知我的才华独异。良材和丑木堆积在一起啊，没有人知道我的才能。积累宽仁忠义啊，用谨慎敦厚充实自身。虞舜不可相遇啊，谁能

知我的言行举止本是欲行忠信？自古明君贤臣生不同时，怎能知道其中的缘故？商汤和夏禹离得太远啊，距今久远让人无从表达思慕之情。抑止怨恨改变忿恨啊，克制内心使自己坚强。遭受祸患我不改初衷啊，希望志向有效法的楷模。加快赶路向北投宿啊，天色昏暗已到黄昏。舒解忧愁把悲哀变快乐啊，最大的期限无非是死亡将临。

尾声：浩浩荡荡的沅湘之水，分头奔流水流湍急啊。长路幽深林木遮蔽，道路遥远渺茫啊。心怀质朴抱定忠贞之情，无人匹配孤立无援啊。伯乐已经作古，骏马哪里衡量啊？人生在世都有自己的命运，各有不同的安排啊。坚定内心豁达情志，我有什么可畏惧的啊？遭受悲伤哀痛不止，长久叹息不已啊。世道混浊没人了解我，人心本来就不可了解。知道死亡不可回避，我宁愿不爱惜自己的身体啊。我明白地告诉君子们，我将以志士先贤为榜样！

赏析

全诗可分为四段。开头至"冤屈而自抑"为第一段，写初夏时节，诗人在奔向南方的路上的所思所想。首四句叙行程。屈原在孟春（农历二月）挥泪告别郢都，转眼之间，初夏来临。诗人仓皇匆忙地奔波于草木丛生、寂静无人的南方。他感到前途茫茫，不胜伤怀。"眴兮杳杳"四句，写身处僻远孤寂之境与诗人失意悲戚的痛楚之情。"入手'眴兮杳杳，孔静幽默'八字，写得眼前三光万象，尽归消灭。以奥为惨，深渺至此，千百

句不能敌也"（明黄文焕《楚辞听直》）。末二句犹言如今"我"虽遭此困厄，但省察"我"的初衷，并不是为个人的荣辱得失而悲戚，而是忠君爱国之情。由此追忆以往对楚王的忠贞之情和考察当初曾立有的报效君国之志，从而引起下文。

从"刓方以为圜兮"至"羌不知余之所臧"为第二段，诗人进一步申述自己坚守正道直行、不随世俗浮沉的高贵节操。其中，从"刓方以为圜兮"到"大人所盛"为第一层，从"常法"没有废弃，说到自己初心未改。诗人提出自己所坚持的两个重要的原则。一是"常度未替""前图未改"，即常法不可废。即使可以削方成圆，但是木工画直线离不开绳墨。二是"易初本迪""内厚质正"，即初志不可改。因为改变理想是君子所鄙视的，而永葆初心是君子所赞赏的。从"巧倕不斫兮"到"羌不知余之所臧"为第二层，通过一连串的比喻说理，进一步论证说明了不能改变初志的原因。用"巧倕""玄文""离娄""凤皇""鸡鹜""玉石"等做比喻，揭露了楚国朝廷中小人当道、国君昏聩、是非不分、黑白颠倒的浑浊现实。在瞎子看来，离娄才是"无明"的瞎子。"此言举世皆无目者也。以瞍察玄文，以瞽笑离娄，无怪其然也。"（清钱澄之《屈诂》）这里诗人讽刺了昏庸之君和奸佞之臣不能认知贤良，他们自己看不见就以为别人看不见，其结果是满朝皆"瞎"，是非颠倒，玉石不分，忠奸不辨，而自己虽有匡世救国之才，却处于穷困境地不得施展。诗人认为自己被埋没的原因，乃因朝廷群小见识浅陋，他们不知道我的追求和价值所在。

从"任重载盛兮"至"限之以大故"为第三段，诗人自知任重而道远，如今沉陷受阻力不从心，生不逢时不遇明主，在深深的绝望后，死志已坚。首四句为第一层，诗人以车载重，沉陷受阻，喻举步维艰，而自己怀才又无从施展。从"邑犬之群吠兮"到"谨厚以为丰"为第二层，诗人写自己遭受群小围攻、诽谤、抹黑、排挤的悲愤。前四句对乡下群狗吠怪、庸众非俊疑杰的世态常情予以谴责。因不同于流俗而竟见怪于众，因才德过人而难被理解，诗人把群小比喻成"狗"，言辞激愤，几近于骂。明徐焕龙《屈辞洗髓》云："词愈愤而愈刻，意愈慢而愈激，即犬吠数语，亦见其不平之气，是必见恨于小人矣。"后四句诗人自明自己的内在美质。众人不知我发自本质光彩，没有人知道我是可做栋梁的良木。即使这样，诗人还要不断积累仁义，谨慎忠厚充实自己。从"重华不可遌兮"到"限之以大故"，为第三层，抒发不遇贤君圣主，生不逢时，才华不得施展的悲伤之情。前六句，诗人表达了自己不遇明主的痛惜之情。遇不到舜帝，也见不到商汤和夏禹，自古圣主贤臣不能并立，谁能知道其中的缘故呢？"惩连改忿兮"以下四句，诗人从悲愤中振作起来，告诉自己：遇不到贤君圣主也没关系啊，我要抑止心中怨怒，勉励自己自强。王逸云："言己自勉修善，身虽遭病，心终不徙，愿志行流于后世，为人法也。"（《楚辞章句》）虽然遭祸患我初衷不改，那么就让我来做后世的榜样。"进路北次兮"以下四句，诗人在日暮时分，北行寻找止宿之地，将从死亡中获得人生的大快乐。"日暮"一词，既点名行程，又语义双关，所谓"日暮途穷"也。大限来临心何以舒？最大的不幸无非是死亡。"限之以大故，犹言要之以一死，以死为舒忧娱哀，所谓求仁得仁也。"（马其昶《屈赋微》）诗人既有不易初志之信念，又有视死如归之决心，何其崇高、悲壮！陈本礼云："以怀石为舒忧，以投渊为娱哀，命尽于此，天实限之，夫何怨哉？凄音惨惨，至今犹闻纸上。以上又似一篇自祭文，乱曰以下，则自题墓志铭也。"（《屈辞

精义》)

　　从"乱曰"至末尾为第四段，是诗人心声的集中倾诉，写自己身处昏浊之世，面对不测的人心，将不惜以死明志，向世人表白自己光明磊落的人格。前四句写诗人行程所见之景：浩荡的沅湘之水，水流湍急波浪涌动啊；长路幽深阴晦，苍茫辽阔啊。"怀质抱情"以下四句，写自己虽满怀着忠贞之志爱国之心，却在大地上无人匹敌，孤立无援。伯乐已死，还有谁能识别良马？诗人认为自己的才能不得施展，咎不在己，乃因无识人之圣君，乃因生不逢时。"万民之生"以下四句，诗人感慨万民降生，各人有自己的命运。他宣称自己信念坚定，情志豁达，无所畏惧。清人胡浚源这样分析："定心广志者，见得道理如此，不如是则不安也。何畏惧者，非言畏死，畏其不合于圣贤之道也。"（《楚辞新注求确》）"曾伤爰哀"以下四句，诗人在面对无休止的哀伤，在叹息之余意识到，时世混浊，人心叵测，不会再有相知之人了。为了谨守"初志"，他宣称"知死不可让，愿勿爱兮"，走向死亡不可避免，并不是自己不爱惜生命。他对于死已无所畏惧，认为唯有以己身之一死而殉崇高理想，才是最完美、最圆满的结局。人虽会死去，而理想却永远不会消亡。因此，他才会说："我明白地告诉君子们，我将以志士先贤为榜样！"不惧以死明志，这无疑是诗人对黑暗现实的最后抗争。刘永济云："乱辞除总结本篇大旨外，屈原对于生死之际，见之明，思之审，言之尤为俊伟。"（《屈赋音注详解》）这部分表达了诗人在极端困厄中，在沉冤莫申、国亡无日，而又进谏无路、已无可为的情况下从容赴死的决心，真正是视死如归。

楚辞选

思美人

九章

题解

　　《思美人》篇名取自首句前三字，由篇首语"思美人兮，擥涕而伫眙"而来。此诗前人有作于怀王朝与顷襄王朝两说。所谓"美人"，显然是喻指，有"怀王"或"襄王"之说。王逸在《楚辞章句》中说："言己忧思，念怀王也。"后人多认同王逸《楚辞章句》的"怀王"说。因此，"美人"喻怀王，即与《离骚》相一致的楚国君主——楚怀王。从全诗的内容看，有诗人对楚王的无限眷恋，有对初时参与政改失败后的失望与坚持（"知前辙之不遂兮，未改此度"），有对被重新启用的期待（"聊假日以须时""愿及白日之未暮"），都比较合于诗人与楚怀王的关系和被疏时的心态，不类诗人于楚顷襄王时被远放江南的那种绝望。

本篇的创作之地，多沿袭王逸的流放江南时所作的说法。但清代林云铭《楚辞灯》则提出："与江南之野所作无涉。"屈复《楚辞新集注》也指出："此亦迁汉北时作也。"近代沈德鸿、姜亮夫、陈子展等人也认为此篇是屈原于怀王时作于汉北。本篇的写作时间可能在《惜诵》《抽思》之后，一般认为与《抽思》同时而稍后。若从内容和艺术手法的发展关系来看，《思美人》当在《抽思》之先。这两首诗都有时间地点交代，《思美人》言"开春"，《抽思》写"秋"，时间先后十分明了。《思美人》《抽思》反映的情绪表明，诗人对怀王虽有所失望，却尚未灰心，此时尚"冀幸君之一悟""其望甚厚"（《山带阁注楚辞》）。

原文

思美人兮，揽涕而伫眙①。媒绝路阻兮，言不可结而诒②。蹇蹇之烦冤兮，陷滞而不发③。申旦以舒中情兮，志沉菀而莫达④。愿寄言于浮云兮，遇丰隆而不将⑤。因归鸟而致辞兮，羌宿高而难当⑥。高辛之灵盛兮，遭玄鸟而致诒⑦。

欲变节以从俗兮，愧易初而屈志⑧。独历年而离愍兮，羌冯心犹未化⑨。宁隐闵而寿考兮，何变易之可为⑩。知前辙之不遂兮，未改此度⑪。车既覆而马颠兮，蹇独怀此异路⑫。勒骐骥而更驾兮，造父为我操之⑬。迁逡次而勿驱兮，聊假日以须时⑭。指嶓冢之西隈兮，与纁黄以为期⑮。

开春发岁兮，白日出之悠悠⑯。吾将荡志而愉乐兮，遵江夏以娱忧⑰。揽大薄之芳茞兮，搴长洲之宿莽⑱。惜吾不及古人兮，吾谁与玩此芳草⑲？解萹薄与杂菜兮，备以为交佩⑳。佩缤纷以缭转兮，遂萎绝而离异㉑。吾且儃佪以娱忧兮，观南人之变态㉒。窃快在中心兮，扬厥冯而不竢㉓。

芳与泽其杂糅兮，羌芳华自中出㉔。纷郁郁其远承兮，满内而外扬㉕。情与质信可保兮，羌居蔽而闻章㉖。令薜荔以为理兮，惮举趾而缘木㉗。因芙蓉而为媒兮，惮褰裳而濡足㉘。登高吾不说兮，入下吾不能㉙。固朕形之不服兮，然容与而狐疑㉚。广遂前画兮，未改此度也㉛。命则处幽，吾将罢兮，愿及白日之未暮㉜。独茕茕而南行兮，思彭咸之故也㉝。

注释

①美人：喻指楚王。擥（lǎn）：收，在这里是揩、擦干。伫眙（zhù chì）：久立凝视。

②媒绝：没有媒人，指能牵线让作者和君王沟通的人。阻：阻碍不通。结：结言。诒（yí）：即"贻"，赠，送给。

③謇（jiǎn）謇：同"謇謇"，忠直之言。此谓因忠直之言而遭冤。烦冤：形容心情烦乱而郁积不得发泄的样子。陷滞：指沉积于心。不发：不能抒发。

④申旦：通宵达旦。戴震《屈赋注》："申旦，犹言达旦。申者，引而至之谓。"沉菀（yù）：沉闷郁结。菀，郁结。达：通。

⑤丰隆：古传说中的云神。不：不相助。将：帮助，传达。

⑥因：依靠、凭借。归鸟：北归之鸟。一说鸿雁。时屈原被放于江南，此指归返北方郢都之鸟。羌：乃。宿高：飞得又快又高。难当：难以担当致辞捎信的任务。

⑦高辛：帝喾的名号，传说中的帝王。灵盛：充满灵性，旺盛充沛。遭：遇。玄鸟：燕子。致诒：即"致贻"，赠送礼物。传说帝喾送聘礼给神女简狄以通婚姻，后简狄吞食玄鸟蛋而生契，是殷之始祖。

⑧愧：一作"媿"。易初：改变初衷。屈志：委屈自己的志向，即委曲求全。

⑨历年：历经岁月。离：同"罹"，遭受。愍：忧伤，忧患。羌：乃。冯（píng）：即"凭"，愤懑。未化：未消。

⑩宁：宁肯。隐闵：忍受忧患。寿考：犹言终生。

⑪前辙：指以往的经历。辙，车轮的印迹。不遂：不通，不顺利。度：态度。指誓死守节的态度。

⑫颠：颠仆，倒下。蹇：发语词。异路：与众不同的道路。

⑬勒：勒住。更驾：再次驾车。造父：传说周朝善于驾车的人。操：操作，指驾驭。

⑭迁：迁延不前。逡（qūn）次：即"逡巡"，缓行，徘徊不进。勿驱：不快跑急赶。聊：姑且。假日：假借时日。须时：等待时机。

⑮指：望。嶓冢（bō zhǒng）：山名，在秦西部。隈（wēi）：山水弯曲的地方。与：及。纁（xūn）黄：纁，借为"曛"，落日时的天光，此指黄昏时分。期：期限。

⑯开春：春天开始。发岁：新岁发端，一年的开始。悠悠：迟缓的样子。初春夜长，太阳迟出，故云。

⑰荡志：散荡心情，放怀纵情。遵：循，沿着。江：长江。夏：夏水。娱忧：娱乐解忧，消除忧愁。

⑱擥：采集。大薄：草木丛生之地。芳茝（zhǐ）：白芷，香草。搴：拔取。长洲：长长的水中陆地。宿莽：经冬不死的草。

⑲不及：未赶上。古人：指古代的贤明君主。吾谁与："吾与谁"的倒文。玩：赏玩。玩此香草，喻志同道合，共慕高洁。二句表示生不逢时之意。

⑳解：采折。萹：萹蓄，一名萹竹，蓼科，不香，短茎白花。薄：丛生。杂菜：各种野菜。交佩：交插在一起佩戴在身上。

㉑缤纷：繁盛。缭转：缠绕。遂：终于。萎绝：枯死。离异：散落变质。此四句与前文采集芳香相对照，代表平庸，不知美丑。即下面所说"南人之变态"。

㉒僶俛：徘徊。娱忧：排解忧愁。南人：指郢都群小。变态：指性情、爱好不正。

㉓窃：私自。快：快慰。窃快，隐藏的快乐。中心：心中。扬：发扬。厥：其。厥冯，那些愤懑。不竢（sì）：不待。

㉔芳与泽：芳香与污浊，喻贤愚或忠佞。杂糅：间杂、相混在一起。羌：乃。芳华：香花。闻一多

《楚辞校补》云："按出字不入韵，疑此二句上或下脱二句。"

㉕纷：疑当作"芬"，芳香之气。郁郁：形容香气浓烈。承：气味向外散发。远承，犹言香气远播。满内：充满内部。外扬：向外散发。

㉖情：性情。质：本质，指真情和美德。信：确实。可保：保持，守而不失。居蔽：居处偏僻。闻章：名声卓著，即美名远扬。

㉗薜荔：香草名。理：媒人，中间人。惮：怕。举趾：提起脚。缘木：循树而上。

㉘褰（qiān）：通"褰"，提起，揭起。濡（rú）足：足上沾湿。濡，沾湿。

㉙说：同"悦"，喜欢。

㉚朕：我。形：外形，一说作风。不服：不适应，不习惯。容与：迟疑不前的样子。狐疑：犹豫不决。

㉛广遂：大大达到，完全顺从。前画：从前的计划。此度：指"前画"，即固有的想法主张。

㉜命：命运。处幽：幽僻之地。一说命则处幽，生命已处在将暮阶段。罢：疲惫不堪，一说作罢。愿及：欲趁着。未暮：尚且没有日落，即含生命尚未完结。

㉝茕茕：孤单的样子。彭咸：是诗人心目中的理想人格的代表。故：故迹。一说缘故。王夫之《楚辞通释》："故，故迹也。谓愤世沉江，彭咸之故事。"

译文

思念着君王啊，擦干眼泪久久凝望。良媒不通道路阻绝啊，心里话无法成章和寄达。因忠直之言而蒙冤愁苦烦闷啊，郁积在心底不能抒发。通宵达旦想要表明心迹啊，心思郁结却无法通达。想把信儿托付给浮云啊，遇到云神丰隆却不帮助传达。想靠归鸟为我传书啊，它飞得太快太高难以相遇。高辛氏德行盛美啊，遇上玄鸟为他传送礼物。

想要改变志节顺从流俗啊，但又愧于改变初衷委屈志向。多年来独自承受痛苦忧患啊，那满腔的愤懑还没有消失。宁可忍受苦痛直到老啊，又怎能改变初衷那样做。明知道以往的经历不顺畅啊，但我从未改变我的态度。即使乘坐的车翻覆马倒地啊，我还是独自心怀这条不同的路。勒住骏马重新更换车驾啊，让造父为我来驾车。缓缓行进不必快跑急赶啊，姑且假借时日等待时机。望着嶓冢山的西边啊，约定黄昏时刻到那里。

春天到来新岁开始啊，白天太阳慢慢升起。我要敞开心扉愉悦快乐啊，沿着长江夏水消解忧愁。采摘丛林中的香芷啊，拔取沙洲上的宿莽。可惜我没赶上古代圣贤啊，和谁一起玩赏芬芳的花草？采折成丛的蔄蓄和野菜啊，准备做成可以相交的环佩。那佩带繁盛而缭绕啊，最终却枯萎衰败。我姑且徘徊排解忧愁啊，观察郢都群小的动态。私下里快慰在心中啊，抛开愤懑不再等待时机。

芳香与污秽混杂在一起啊，花朵的芳香从中散出。浓郁的香气远远散发啊，充满内部又向外飘扬。性情和美质确实可以保持啊，居所偏僻也能美名扬。想让薜荔给我做媒人啊，又怕抬脚去攀树。想让芙蓉做我的媒人啊，又怕撩起衣服沾湿了脚。攀登高处我不喜欢啊，往低处走我又不愿意。本来我的情形就不习惯啊，于是迟疑不前犹豫不决。全面实行从前的计划啊，我从未改变这些谋划。命运让我身居幽僻之地，我将就此作罢啊，愿趁此时光有所作为。孤零零地向南走啊，心中想着彭咸的榜样。

赏析

　　全诗可分为两大段。开头至"与繻黄以为期"为第一段，写诗人渴望向楚王申诉，欲向楚王通问以表心迹而不能，表达了主人公深沉的思君之情。从"思美人兮"至"遭玄鸟而致诒"为第一层，诗人仰望苍穹，相思无寄，望天祈祷。开篇即陈述了诗人"思美人"的行为："擥涕""伫眙"。但由于没有牵线的人，又有道路阻隔，虽有满腹的话要倾吐，却语不成章，无法寄达。通宵达旦想要表明心迹，可是心思郁结无法达到。诗人思绪难以自抑，于是神思飞越，突然想到了神话中的人物：云神丰隆、归鸟鸿雁和帝喾的玄鸟。可是浮云和鸿雁都无情地抛弃了他，他没有高辛氏遇上玄鸟替他送礼物那么幸运。从"欲变节以从俗兮"至"与繻黄以为期"为第二层，虽然无良媒传达，但诗人并没有因此丧失信心，他仍守志待机。这么多年，诗人苦苦煎熬，究竟是为哪般？诗人宁愿选择忍隐苦痛终生，也不改变自己的节操。诗人明知此路不通，也决意不肯改变方向。即使在这条路上车覆马翻，也宁愿独抱孤忠，选择这条少有人走的路。虽然选择了造父驾车，但是他不着急向前赶路。诗人仍然选择等待时机，以与美人黄昏相会比喻期望与楚王相见，希望被召回任用。

　　从"开春发岁兮"至"思彭咸之故也"为第二段，抒写主人公不得君王理解，只好借着采摘芬芳花草寄托自己对高洁盛德的追求，即使在这忧愁困苦的日子里，诗人亦不忘修炼自己。从"开春发岁兮"至"扬厥冯而不竢"为第一层，诗人去野外采摘芳香的花草，独自逍遥娱心，修身以待时。春天降临，太阳升起，诗人沿着江水、夏水行走消解忧愁，边走边采摘芳香的花草。诗人一路采摘、佩戴它们，时刻不忘自修，准备为国效力。遗憾的是"美人"——君主并不赏识，于是不由感叹，可惜我没有生长在古时啊！如今要和谁一起玩赏芬芳的花草？只好眼睁睁看着缤纷的芳草萎落、枯死。诗人虽在江畔采花，心中一刻也没有停止对"美人"的思念。郢都群小们有何动态，他为自己的坚守而欣慰。让我抛弃对这些群小的愤懑，等待属于我的时机吧！从"芳与泽其杂糅兮"至"思彭咸之故也"为第二层，虽然最终诗人努力的行为不得已作罢，却仍不改"度"。虽然芳香与污秽混杂在一起，但是诗人相信芳必胜臭。只要情感和品质不改变啊，即使居住偏僻也能美名扬。"令薜荔以为理""因芙蓉而为媒"，欲通过这些媒人而向"美人"求爱，但又缺乏勇气。欲变节从俗，又觉得有愧于初衷本志而不肯。诗人一再表白自己的忠君，即便条件再恶劣，他也不改初衷，想抓紧时间有所作为。诗人不愿意降身辱志，始终执守高洁人格，坚持依从前贤，宁死不变节。

惜 往 日

题解

　　"惜往日"篇名取自篇中第一句"惜往日之曾信兮"中的前三字。"惜往日",即痛惜往日的时光。往日,主要指诗人于怀王朝任左徒时的一段政治经历。明人钱澄之在《庄屈合诂》中说:"《惜往日》者,思往日之王之见任而使造为宪令也。始曰'明法度之嫌疑',终曰'背法度而心治',原一生学术在此矣。楚能卒用之,必且大治;而为上官所谗,中废其事,为可惜也。原之惜,非惜己身不见用,惜己功之不成也。"大约于楚怀王十一年(前318年),楚怀王任命屈原为左徒。据《史记·屈原列传》记载,屈原初始颇获怀王信任,"入则与王图议国事,以出号令;出则接遇宾客,应对诸侯"。同时,为了更有效地抵抗强秦的侵犯,挽救楚国日益衰落的国势,他力主变法图强,刷新政治,以振兴楚国。但就在他积极从事建立新法、起草"宪令"、励精图治的时候,却遭到了朝中一群保守势力的代表——旧贵族权贵们的强烈反对。朝中奸人先以"平伐其功"之谗言激怒怀王,令怀王先对屈原怀有成见,失去冷静头脑,并最终使"王怒而疏屈平(原)"。屈原获罪被逐出朝廷,终使改革图新之国家大业毁于一旦。奸人之狡黠之处在此,屈原之大伤心处亦在此。此后,直至顷襄王朝,屈原再被放逐,楚国兵挫地削,国运日蹙,已到了危亡无日的地步。屈原所追忆和深感痛惜的,正是楚国和他自身所遭遇的这段历史。

　　对于本篇是否为屈原所作,也一直存在着争议。南宋时的魏了翁在《鹤山渠阳经外杂钞》中、明人许学夷在《诗源辨体》中和清人曾国藩在《求阙斋读书录》中,也都因语气而怀疑不是屈原的作品;清人吴汝纶在《古文辞类纂评点》中,更说此文浅显不是屈原所作。还有陆侃如、冯沅君在《中国诗史》、谭介甫在《屈赋新编》中等,都对本篇是不是屈原作品产生了怀疑。《惜往日》记载了屈原的一些生平史实,更多人认为本篇是屈原临终前不久的作品。蒋骥《山带阁注楚辞》、夏大霖《屈骚心印》、陆侃如《屈原评传》、郭沫若《屈原研究》、游国恩《楚辞论文集》、姜亮夫《楚辞今绎讲录》等,均持肯定态度。但是否为绝笔,又有了不同的意见。林云铭在《楚辞灯》中称,《怀沙》才是屈原的绝笔;王夫之在《通释》中则认为《悲回风》是屈原的绝笔。不过,蒋骥在《山带阁注楚辞》及姜亮夫在《楚辞今绎讲录》中，却认为《惜往日》是屈原的绝命作。蒋骥注："《惜往日》，其灵均绝笔欤。夫欲生悟其君不得，卒以死悟之，此世所谓孤注也。"（《山带阁注楚辞》）对《惜往日》所表达的内容，姜亮夫《屈原赋校注》说："言己初见信任，楚几于治。而怀王不知君子小人之情，以忠为邪，以谮为信，贞臣无辜，遂以见逐。然楚君昏暗，任私无法，而秦方朝夕以谋东略，则国亡无日，义恐再辱，遂欲赴渊，又惧无益君国，徒死无用，遂剀切以陈，思以牖启昏暗；然法度已隳，罔可救药，故毕辞赴渊以成其忠爱之忱矣！"从文中"宁溘死而流亡兮，恐祸殃之有再。不毕辞而赴渊兮，惜壅君之不识"语气看，此篇应是绝命词。本篇中称呼君主不再是"灵修""哲王"等，而是直呼"壅君"，说明其时的屈原对君王的昏庸已有足够的认识。

《惜往日》创作时间应与《怀沙》相先后，从"临沅湘之玄渊兮，遂自忍而沉流"看，诗人曾一度选择沅湘作死亡地点。本篇有一些身后的话，但它比较明确地写出屈原的一些生平思想。诗篇追忆了当年受君主信任起草诏书、明立法度的往事，申明自己所以死去的苦衷，对了解屈原的一生很有史料价值。

原文

惜往日之曾信兮，受命诏以昭诗①。奉先功以照下兮，明法度之嫌疑②。国富强而法立兮，属贞臣而日娭③。秘密事之载心兮，虽过失犹弗治④。心纯庬而不泄兮，遭谗人而嫉之⑤。君含怒而待臣兮，不清澈其然否⑥。蔽晦君之聪明兮，虚惑误又以欺⑦。弗参验以考实兮，远迁臣而弗思⑧。信谗谀之溷浊兮，盛气志而过之⑨。何贞臣之无辜兮，被离谤而见尤⑩？惭光景之诚信兮，身幽隐而备之⑪。

临沅湘之玄渊兮，遂自忍而沉流⑫。卒没身而绝名兮，惜壅君之不昭⑬。君无度而弗察兮，使芳草为薮幽⑭。焉舒情而抽信兮，恬死亡而不聊⑮？独鄣壅而蔽隐兮，使贞臣为无由⑯。

闻百里之为虏兮，伊尹烹于庖厨⑰。吕望屠于朝歌兮，宁戚歌而饭牛⑱。不逢汤武与桓缪兮，世孰云而知之⑲？吴信谗而弗味兮，子胥死而后忧⑳。介子忠而立枯兮，文君寤而追求㉑。封介山而为之禁兮，报大德之优游㉒。思久故之亲身兮，因缟素而哭之㉓。

或忠信而死节兮，或訑谩而不疑㉔。弗省察而按实兮，听谗人之虚

辞^㉕。芳与泽其杂糅兮，孰申旦而别之^㉖。何芳草之早夭兮，微霜降而下戒^㉗？谅聪不明而蔽壅兮，使谗谀而日得^㉘。

自前世之嫉贤兮，谓蕙若其不可佩^㉙。妒佳冶之芬芳兮，嫫母姣而自好^㉚。虽有西施之美容兮，谗妒入以自代^㉛。愿陈情以白行兮，得罪过之不意^㉜。情冤见之日明兮，如列宿之错置^㉝。

乘骐骥而驰骋兮，无辔衔而自载^㉞。乘氾泭以下流兮，无舟楫而自备^㉟。背法度而心治兮，辟与此其无异^㊱。宁溘死而流亡兮，恐祸殃之有再^㊲。不毕辞而赴渊兮，惜壅君之不识^㊳。

注释

①惜：痛惜，惋惜。往日：指屈原早年在怀王朝任左徒时日。信：指被信用。受：禀受，接受。命诏：君王的命令、诏书。昭诗：教王以诗，以明其志。一说昭诗即"昭时"，晓喻时世，使时政清明。

②奉：继承发扬。先功：前代君王的功业。照下：照耀下民，即改善民生。明：澄清，判明。嫌疑：疑惑难辨，指疑惑不明的地方。

③属：交付给。贞臣：忠诚正直之臣，此屈原自指。日娱：每天都很快乐。此指君王信用忠贞之臣治国，从而得享安逸快乐。一说屈原自己感到愉快。娱，同"嬉"。

④秘密事：国家机密之事，此指屈原曾参与变法，起草"宪令"等事。载心：藏于心里，即不外传，不泄密。过失：指在治政时偶有过错或不当。弗治：不加罪责。

⑤纯庞：诚实敦厚。不泄：指不肯泄露国家机密。

⑥清澈：作动词，犹澄清，弄清事情真相。然否：是与非。

⑦蔽：遮蔽，蒙蔽。晦：昏暗，作动词。此句是说使君之聪明受到蒙蔽。虚：虚妄不实之言。惑：蛊惑，迷惑。误：误导。虚惑误，叠字并言，一说虚言迷误。又以欺：犹言更进一步公开欺骗。

⑧参验：比较对证，多方验证。考实：考证核实。迁：放逐。臣：忠臣，即屈原。弗思：不动脑子，即不知辨认是非。

⑨盛气志：负气大怒。过：责罚。

⑩被：遭逢。离：同"罹"，遭受。按"被离"二字同义而联用。谤：诽谤，诋毁。见尤：被加之罪，受罪。

⑪光景：光和影，指日月天光。诚信：光明磊落，诚信无欺。此比喻自己一生的行事如日月照天，忠贞无私。"惭"，是反词。汪瑗《楚辞集解》："惭，愧也。无罪见尤，固被逸人所害，然而光景诚信，屈子可形不愧影，寝不愧衾矣。顾以为惭者，正不惭也，正所以惭小人也。"幽隐：指被放后身处荒野。备之：备尝悲苦。

⑫玄渊：深渊。自忍：自己强忍着痛苦。沉流：投水自尽。

⑬卒：结果，最终。没身：身亡。壅君：受蒙蔽的君主，昏暗之君。不昭：不明，不省察。

⑭无度：无是非尺度，没有标准。弗察：不能明察善恶。薮幽：水泽幽暗、杂草丛生的荒僻之处。

⑮焉：怎么，安能。舒情：舒发出心中的情愫。抽信：表示出自己内心的忠信。恬：安然。不聊：不聊以生，指不苟且偷生。

⑯鄣：同"障"。鄣壅，障碍。蔽隐：此处指埋没贤才。鄣壅、蔽隐，皆指君王昏暗不明。无由：无可奈何，走投无路。

⑰百里：人名，即百里奚，春秋时虞国人，曾被晋所俘虏，后又流亡至楚。秦穆公闻其贤，赎为秦大夫。伊尹：商初成汤的大臣。庖厨：厨房。

⑱吕望：即吕尚，也就是助武灭商的姜子牙。朝歌：地名，殷纣时的国都。宁戚：春秋时卫人，贤臣，被齐桓公所用。饭牛：喂牛。

⑲逢：遇上。汤：商汤王。武：周武王。桓：齐桓公。缪：同"穆"，秦穆公。孰云：谁，云为语气词。

⑳吴：吴王夫差。弗味：不考虑，不能理解。子胥：伍子胥。后忧：日后的亡国之忧。

㉑介子：介子推。春秋时晋国人，曾跟随晋文公重耳流亡十九年。立枯：抱着树被烧死。文君：晋文公。寤（wù）：醒悟。

㉒介山：原名绵上山，因介子推隐居此山，故改称介山。禁：禁地，指禁止人们上山砍柴。子推死后，文公以绵上之田封为子推祭田，成为不可侵占的禁地。优游：宽广，德行高大。介子推在晋文

公逃亡中，曾割股给文公吃，故称介子推有"大德"。

㉓久故：故旧，往日曾长久相处的人。亲身：亲近身旁，指不离身之左右，相处亲密的人。缟素：白色的服装，通常指丧服。

㉔或：有的人。死节：死于气节。訑谩（tuó mán）：欺诈。通"诞谩"，欺诈。不疑：不受怀疑。

㉕省察：考察。按实：核对事实。

㉖申旦：夜以继日。别：区别，辨识。

㉗夭（yāo）：夭折，此指枯死。戒：戒备。微霜初降预示寒冬将至，喻谗言初起时应当警惕。

㉘谅：诚然。聪不明：耳听不明。日得：日益得意。

㉙蕙若：均香草名。

㉚佳冶：美人。嫫（mó）母：古代丑妇，传说是黄帝的次妃。姣（jiāo）：美好，此处指嫫母弄姿作态的样子。自好：自以为美好。

㉛西施：春秋时越国美女，吴灭越，越王勾践将她进献给夫差。自代：以己之丑恶代人之美好。

㉜陈情：陈述衷情。白行：表白所为。不意：出于意外。

㉝情冤："情"，真情。"冤"，冤枉，委屈。情冤在这里指是非曲直。日明：一天天明白过来。列宿：列星。错置：在天空罗布。

㉞辔衔：两种驾驭马的工具，辔是缰绳，衔是马嚼子。自载：自己驾载。此句意谓乘坐不配上笼头和缰绳的骏马奔跑，肯定会摔跤。

㉟氾泭（fàn fú）：浮于水面的筏子。氾，同"泛"。泭，同"桴"，竹木筏。下流：顺流而下。舟楫：船桨。楫，桨。自备：义同上文"自载"。此句意谓在急流中顺流而下，不用船桨也很危险。

㊱心治：带着私心去处理，指凭主观办事。指不要法度，随心所欲地治理国家。辟：同"譬"，譬如，比如。无异：没什么两样。

㊲宁：宁可，宁愿。溘死：骤然死去。流亡：随流水而去，指尸体不得安葬，而随水漂泊。有再：有第二次。指再次遭祸。

㊳不毕辞：话尚未说完。赴渊：投水。壅君：被壅塞了的君王。识：知。指顷襄王不知奸佞误国，楚国正面临覆亡的危险。

译文

追忆过往曾被君王信任重用啊，收到君王诏命去管理时政。继承先王的功业普照下民啊，阐明法度解决疑难。国家富强法度已立啊，君王把政事托付给忠臣轻松安宁。勤勉从政用心劳苦啊，虽有过失也不至于治罪。心地敦厚办事无疏漏啊，竟遭到谗人的嫉妒诽谤。君主含怒对待臣子啊，不去澄清是非黑白。小人蒙蔽了君王的视听啊，虚言蛊惑又用谎话公开欺骗。君王不去验证考察啊，远远放逐我而不加思索。听信污浊的谗言谀语啊，盛怒之下对我大加指责。为何忠贞之臣本无罪啊，却遭受诽谤而受罪？惭愧像日月光影一样忠诚啊，身处幽远之地还持守这好品德。

面对沅湘水的深渊啊，就要忍着痛苦投水自沉。最终就是身死名灭啊，可惜君王受蒙蔽不能醒悟。君王没有原则也不明察啊，使芳草丢弃在僻静的湖泽。如何抒发情思表达衷情啊，安然地死亡而绝不苟且偷生？正是小人蒙蔽君王不明啊，使忠贞之臣走投无路。

听说百里奚做过俘虏啊，伊尹曾在厨房烹煮食物。吕望曾在朝歌做屠夫啊，宁戚唱

着歌喂过牛。要不是遇上汤、武和桓、穆，世上谁能知道他们的贤明？吴王听信谗言不仔细判断啊，伍子胥被赐死却遭来亡国之忧。介子推因忠心抱着树被烧死啊，晋文公醒悟了才去求访。封了介山禁止砍柴啊，报答忠良的大恩大德。想起介子推昔日伴身左右啊，身着缟素痛哭流泪。

有人忠贞诚信守节而死啊，有人心怀欺诈却不受怀疑。不加考察也不核对事实啊，只听信谗佞小人的虚妄言辞。芳香和腐臭混杂在一起啊，谁能夜以继日辨识清楚？为什么芳草会过早枯死啊，微霜降临就值得警惕。诚然是君王听觉受到蒙蔽啊，才使进谗献谀者日益得势。

自古嫉妒贤能就成恶习啊，都说蕙草杜若不可佩戴。嫉妒美人的芬芳啊，嫫母故作媚态自以为美好。即使有西施的美貌啊，妒忌者也会挤进来以自己取代。我愿意陈述衷情表白所为啊，遭来责罚祸患意想不到。是非曲直如同天日分明啊，又如天上的星宿排列有序。

乘着骏马自由奔跑啊，没有辔衔任意而行。乘坐木筏顺流而下啊，没有船桨任意漂游。违背法度以私意治国啊，和这种情况没什么两样。宁愿突然死去随流水而去啊，又担心国家再次遭到祸端。不把话说完就投入深渊啊，痛惜被壅蔽的君王不知道国家面临的危险。

赏析

全篇可分为六段。从篇首至"身幽隐而备之"为第一段，回忆自己早年受楚王重用，继承先功、修明法度的美好生活，沉痛陈述自己遭谗被黜、无端受诬的缘由。"惜往日之曾信兮"以下八句，诗人追叙自己曾被怀王信任，自己也正道直行，竭忠尽智，为楚国的富强出力，有往事不堪回首之感慨，故而痛惜。据《史记·屈原传》记载，屈原早年曾"为楚怀王左徒"，屈原曾深受楚怀王信任。楚王的命令、诏书，都由他起草颁布，他还主持富国强兵的变法，参与国家重大机密事务。屈原不负圣恩，由于他的忠诚正

直，怀王得享安逸快乐。那时候在治政时偶有过错或不当，君主也能宽恕不加罪责。其中，"奉先功"指楚悼王时吴起在楚国的变法。谭介甫云："奉先功句，大约追溯到吴起辅悼王变法和宣、威二王的昌盛。"（《屈赋新编》）"楚悼王素闻起贤，至则相楚。明法审令……诸侯患楚之强。"（《史记·吴起列传》）"吴起为楚悼王立法……定楚国之政，兵震天下，威服诸侯。"（《史记·范雎蔡泽列传》）此次变法因受旧贵族的反对，吴起被害，变法最终失败。怀王朝，屈原再度变法，力图刷新朝政、革除弊端，所谓"奉先功"，当正指此。"国富强"，是指当时屈原在怀王的支持下，制定了一系列的改革措施，包括"举贤授能""修明法度""及前王之踵武"等，从而使楚国"国富强而法立"，出现了前所未有的辉煌气象。"心纯庬而不泄兮"以下十句，写自己遭谗言而蒙冤被逐的原因。诗人修明的法度已付诸施行，并且取得了显著的政绩。但是好景不长，上官大夫因嫉妒而进谗言；楚怀王不明察事实真相，信而发怒并疏远屈原。据《韩非子·内储说》记载，秦王曾派出许多侏儒到楚国宫廷内部，与楚国贵族私相交结，刺探楚国机密。屈原从忠君爱国的立场出发，不肯把秘密泄露给其他同僚，因此引起上官大夫等佞臣的嫉妒。由于奸佞之臣向怀王进谗言，楚王转而对屈原以怒相向，也不去考察这些谗言是否真实。据《史记·屈原列传》记载："怀王使屈原造为宪令，屈原属草稿未定，上官大夫欲夺之，屈平不与。因谗之曰：'王使屈平为令，众莫不知，每一令出，平伐其功，以为非我莫能为也。'王怒而疏屈平。"怀王先是罢免屈原左徒之职，不许他上朝参议政事。史载，秦昭王诳怀王会兰田，屈原谓秦不可信，力谏怀王勿行，但怀王听信稚子子兰的意见，遂入秦，"竟死于秦而归葬"。顷襄王立，子兰为令尹。子兰因前嫌，使上官大夫短屈原于顷襄王，王怒而将其放逐。因此诗人说"又以欺"，那些小人蔽塞君王的聪明才智，以惑误君，又欺骗楚王。于是诗人悲愤地喊道：君王不验证考察真相，毫不思索就放逐忠良；听信颠倒是非谗言，盛怒之下将我指责。诗人将矛头直指顷襄王，指斥他对上官、靳尚之徒以往虚饰的罪状不作检验考实，错误地将己放逐，之后又不作反思；对其现在散布的种种流言蜚语，轻信不疑。诗人不仅指责谗人壅君之罪，还重言顷襄王愚昧昏庸。"何贞臣之无辜兮"四句，面对楚国的黑暗现实，诗人进一步质问："贞臣"而"被离谤"，"无辜"而"见尤"，"诚信"者需要"幽隐"，这种忠佞倒置，是非不明的溷浊局面，其责任应该由谁承担？

从"临沅湘之玄渊兮"至"使贞臣为无由"为第二段，诗人漫步江边，设想自己如果忍心沉水死去，只怕君王不悟，写临死之前的思想斗争。"临沅湘之玄渊兮"四句，为第一层，写诗人身临湘水，决心自沉，陈述沉湘的缘由。诗人走到沅湘水畔，望着深渊自言自语：难道我想投水自尽吗？那样的结果，只不过是身死名灭，只可惜君王被奸佞蒙蔽不觉悟。明人汪瑗《楚辞集解》云："此章承上，言己无罪见尤，诚可忿疾，遂欲临渊而沉，不立于恶人之朝，终亦丧身灭名而已矣。壅君不明情冤，无与之伸者，则死又何益哉？"诗人对自己身死名灭不足惜，只痛惜谗人壅君之罪不能大白于天下。"君无度而弗察兮"六句，为第二层，写死不足惧，只担心君王受蒙蔽不觉悟，痛惜怀、襄两君不能明察谗佞人壅君之罪。诗人说，君王不知长短，故不能明察，使芳草丢在这幽深的湖泽中。贞臣遭谗被黜，故欲谏不得，又哪能舒展情感表示出自己内心的忠信呢？于是甘心死之，决不苟活。忠臣非不欲尽力，只是由于"鄣壅而蔽隐"而不得辅佐。正是因为君王昏暗不明，才让我这样的忠臣报国无由，走上绝境。

从"闻百里之为虏兮"至"因缟素而哭之"为第三段，诗人以史实晓其君，希冀昏君知人善用，举贤用能，知错必改。前六句，列举百里奚、伊尹、吕望、宁戚四个史例，这四人均出身卑贱，然汤、武、桓、穆这样的圣主却使人尽其才，举而用之，终成霸业。这些史例是贤人在野而被擢用，由布衣而卿相。抚今思昔，诗人感叹自己没有生在圣主之世，生不逢时，同时苦谏楚王应该像汤、武、桓、穆那样贤德明智。后八句，列举了伍子胥和介子推的两个史例。这些史例是忠臣被驱逐或被其君逼死。举伍子胥的例子，重在他无罪而被杀。伍子胥被逼自杀后，国有忧；强大的吴国反被越国所灭，国君没有机会后悔。举介子推的例子，重在他有功而不赏，最终被杀。介子推死后，君有悔。屈原以浓墨重彩写了介子推死后晋文公悔过的举动："封介山而为之禁""因缟素而哭之"。屈原对楚王的忠诚不亚于介子推，若自己被逼死于这荒寒之处，则楚王后悔也来不及了。"引古人之能用贞臣，不能用贞臣者与报贞臣者，以惜君之弗察也。言外有他日思我已晚之意。"（《楚辞新注》）

从"或忠信而死节兮"至"使谗谀而日得"为第四段，写国君被蔽壅的原因，呼吁国君去除蔽壅。"或忠信而死节兮"四句，承前一段列举贤臣之例而指出国君蔽壅后的后果：忠信者反而被迫死节，奸佞者反而被信之不疑。而国君被蔽壅的原因：皆因国君不去审察核对事实，只听小人的虚妄之词。诗人认为，君主如不能按实省察，则不能分别忠信与奸佞。"芳与泽其杂糅兮"六句，写如何防备蔽壅。用"芳与泽其杂糅""芳草之早夭"比喻说明，忠与奸混杂在一起，确实很难辨别。为什么忠臣往往被逐出朝廷或被陷害致死，就好比霜降而使万物生机尽失，在一开始发生的时候，国君就要警觉。诗人认为，君主既不能省察分别忠奸，则忠臣的命运就不会好了。一旦国君被蔽壅，奸佞的阴谋就会得逞而更加猖狂。奸佞固然可怖，但只要君主处理适当，用事实核验，他们的狡谋就不可能得逞。

从"自前世而嫉贤兮"至"如列宿之错置"为第五段，诗人想澄清事实，还其清白，认为自己所受的冤屈，终有昭雪之时。"自前世而嫉贤兮"六句，以美女比喻贤能之人，说楚国的妒贤害能从怀王时期便开始了，到了顷襄王时已发展到"嫫母姣而自好""谗妒入以自代"的地步。诗人纵有西施之美容，小人也会以自己取代，谁还肯垂青呢！"愿陈情以白行兮"四句，进一步陈明自己过去与现在所做的一切都是光明正大的，如排列天上的列宿那样明明白白。朝纲废弛，国是日非，诗人的"罪状"越积越多，但诗人相信黑夜遮不住太阳：我愿意陈述衷情表白所为啊，想不到竟有了罪过。是非曲直终有一天明白过来啊，有如天上的星宿排列有序。司马迁曾赞扬屈原："推此志也，虽与日月争光，可也。"

从"乘骐骥而驰骋兮"至末尾为第六段，诗人揭示了"背法度而心治"对于国家的危险性，进一步表明自己将沉江自尽，以身殉国的决心。"乘骐骥而驰骋兮"六句，诗人从亲身遭际中得出结论：治国不能背离法度。诗人把国家比喻为骏马和木筏子，把法度比喻为马的缰绳和船桨，离开了缰绳和船桨，国家就很危险。而背弃法度随心所欲地治理国家，就好比上述两种情况，与之并无差别。钱澄之评云："身废且死，而犹眷眷国事，极言法度之不可背，原之自命在此，其忤时亦在此。"（《屈诂》）屈原提出在楚国

实行法治，反对心治。如韩非子所说："释法术而任心治，尧不能正一国；去规矩而妄意度，奚仲不能正一轮。"（《韩非子·用人》）"宁溘死而流亡兮"四句，写自己赴死之因，表明赴渊作赋的缘由。诗人为何宁愿投河呢？"恐祸殃之有再"。这句话有两种理解。一说指屈原恐自身再次遭祸。朱熹说："不死恐'邦其沦丧'而辱为臣仆……箕子之忧，盖为此也。"蒋骥说："谓国亡身虏也。"一说指屈原担忧君国再遭祸殃。根据当时楚国屡败于秦的形势和诗中的上下文来看，当指屈原对楚王和国家未来的担忧。"祸殃有再，为顷襄惧也。"（清人陈本礼《屈辞精义》）诗人为何反复陈辞呢？他说：如果我不把话说完就投入深渊啊，痛惜受蒙蔽的君主仍不明白。屈原临终诚恳陈辞，为楚国的前途着想，目的是要引起楚襄王的戒惧，去除蔽壅，实行法治，把楚国治理成一个富强之国，表现了屈原至死不渝的爱国之情。钱澄之云："《惜往日》者，思往日王之见任而使造为宪令也。始曰'明法度之嫌疑'，终曰'背法度而心治'，原一生学术在此矣。楚能卒用之，必且大治；而为上官所谗，中废其事，为可惜也。原之惜非惜己身之不见用，惜己功之不成也。"（《屈诂》）

九章

橘 颂

题解

"橘"，是橘子、橘树。"颂"，是歌颂、赞美。《橘颂》即是对橘树的颂歌。洪兴祖《楚辞补注》说："美橘之有是德，故曰颂。"意思是说，对有着美好品德的橘进行赞美。

关于《橘颂》的创作时间，王逸认为《橘颂》是屈原晚年被流放江南时所写的，理由是"橘颂"中的"南国"借指"江南"。王逸以来的注家均认为是顷襄王时，如林云铭《楚辞灯》认为是在流放地"触目所见，借以自写"等。明人汪瑗在《楚辞集解》中对王逸的说法表示了怀疑，他说："此篇乃平日所作，未必放逐之后所作者也。"清人姚鼐更明确地说："疑此篇尚在怀王朝初被谗时所作，故首言'后皇'，末言'年岁虽少'，与《涉江》'年既老'之时异矣。"清人陈本礼也在《屈辞精义》中说："其曰'嗟尔幼志''年岁虽少'，明明自道，盖早年童冠时作也。"诗中没有丝毫的悲愤情绪，而有"嗟尔幼志""年岁虽少"等话，这是很多学者认为它是屈原早年所作的主要理由。今人多认同为《橘颂》是屈原青年时代担任三闾大夫时的作品。

有学者认为《橘颂》是诗人任外交官出使齐国时作（援引《列子》中"橘生淮南则为橘"的说法）。南国多橘，楚地更可以称之为橘树的故乡。《汉书》盛称"江陵千树橘"，可见早在汉代以前，楚地江陵即已以产橘而闻名遐迩。不过橘树的习性也很奇特，如《晏子春秋》所说"橘生淮南则为橘，生于淮北则为枳"，就是只有生长于南土，才能结出甘美的果实，倘要将它迁徙北地，就只能得到又苦又涩的枳实了。在深深热爱故国乡土的屈原看来，这种"受命不迁，生南国兮"的秉性，正可与自己矢志不渝的爱国情志相通。所以他以南国的橘树作为砥砺志节的榜样，深情地写下了这首咏物诗。

本篇借对橘树的赞美，来歌颂人坚贞不移的美德，是古代咏物诗的范例。从现世所能见到的诗作看，《橘颂》是我国文学史上第一首文人咏物诗，开后世咏物诗的先河。晋人郭璞在《山海经·中山经图赞》中以《橘柚》为诗道："朱实金鲜，叶蒨翠蓝。灵均是咏，以为美谈。"南朝刘勰《文心雕龙·颂赞第九》中说："及三闾《橘颂》，情采芬芳，比类寓意，又覃及细物矣。"所以宋刘辰翁又称屈原为千古"咏物之祖"。

原文

　　后皇嘉树，橘徕服兮①。受命不迁，生南国兮②。深固难徙，更壹志兮③。绿叶素荣，纷其可喜兮④。曾枝剡棘，圆果抟兮⑤。青黄杂糅，文章烂兮⑥。精色内白，类可任兮⑦。纷缊宜修，姱而不丑兮⑧。

　　嗟尔幼志，有以异兮⑨。独立不迁，岂不可喜兮⑩？深固难徙，廓其无求兮⑪。苏世独立，横而不流兮⑫。闭心自慎，不终失过兮⑬。秉德无私，参天地兮⑭。愿岁并谢，与长友兮⑮。淑离不淫，梗其有理兮⑯。年岁虽少，可师长兮⑰。行比伯夷，置以为像兮⑱。

注释

①后：后土。皇：皇天。嘉：佳，美。徕（lái）：同"来"。服：习惯，适应。

②受命：受命于天地，禀性。不迁：不移。《周礼·考工记》："橘逾淮而北为枳（俗名'臭橘'）。"南国：即楚国。楚国的版图最盛时，向北直达黄河；向南，包有洞庭苍梧；向东，迤抵大海；向西，兼略巴黔。黄河以南近乎半个中国属楚国。战国时，人们因此以"南"指"楚"。《左传·成公九年》称楚囚钟仪"南冠而絷"，晋侯"使与之琴，操南音"，杜预注："南冠，楚冠。""南音，楚声。"

③深固：根深蒂固。难徙：难以迁移，指本性不改。壹志：志向专一。壹，专一。

④素荣：白花。荣，本指草类开的花，这里泛指花。纷：茂盛的样子。

⑤曾枝：层层树枝。曾，通"层"。剡（yǎn）棘：尖利的刺。抟（tuán）：同"团"，圆圆的。

⑥杂糅：泥杂。文章：文采，错综华美的色彩或花纹。文，花纹。章，文采。烂：斑斓，明亮，色彩鲜艳。

⑦精色：颜色鲜明。精，闻一多《九章解诂》："精犹綪（qiàn），大赤也（《左传》定公四年杜注）。"李尤《七叹》："'金衣素哀'，蜻色犹金衣，内白犹素襄也。"内白：内心洁白。类可任兮：像肩负重任的君子。类，像，类似。任，担任，承担。

⑧纷缊（yūn）：犹纷纭，长得繁茂旺盛。宜修：修饰得体。姱（kuā）：美好。不丑：不同一般，出类拔萃。丑，类。

⑨嗟：感叹词，表示一种语气，赞叹。尔：你，指橘。幼志：幼时的志向。异：不同一般。

⑩独立：特立独行。

⑪廓：空阔广大，指胸怀开阔。无求：无所求。

⑫苏世独立：指独立于世，保持清醒。苏，苏醒，清醒，指对世事有所觉悟。横：横绝，意谓独立特性。不流：不随波逐流。

⑬闭心：安静下来，保持内心洁净。自慎：自省。

⑭参：合。一说，三的意思。参天地，与天地并立为三。天地相配合为三，这里指与天地相配。

⑮岁：年岁，指岁末。并谢：万物俱谢，百草俱凋。谢，去。长友：长久为友。

⑯淑：善。淑离：端庄美丽，朱季海认为通"陆离"，美好的样子（《楚辞解故》）。离，同"丽"，美。淫：淫惑。一说过分。梗：正直，指枝干。理：木材的纹理。

⑰年岁虽少（shào）：这里的"少"与前文"嗟尔幼志"的"幼"用意相同，指橘树初生之时。可师长（zhǎng）：可为师长，即可以成为效法、学习的榜样。

⑱行：品行。伯夷：商末贤士，周灭殷后，耻食周粟，饿死于首阳山。置：设，立。像：榜样，标杆。

译文

　　后土皇天的佳美好树，橘树生来就适应这片水土啊。禀承天地之命不可迁移，扎根生长在南方大地啊。根深牢固难以迁移，更有专一的心志啊。绿色的叶子白色的花朵，缤纷繁茂惹人喜爱啊。层叠的树枝尖锐的刺，圆圆的果实聚在一起啊。青黄两色掺杂在一起，色泽文采多么绚丽啊。外表鲜丽内心纯洁，如同肩负重任的君子啊。风姿优美修饰得宜，美好得出类拔萃啊。

　　啊，你幼年的志向就与众不同啊。特立独行永不改变，怎么不令人喜欢啊。根深蒂

固难以移动，心胸开阔无所欲求啊。保持清醒独立于世，志节坚毅决不随波逐流啊。平静内心不受外界影响，始终不犯过错啊。秉持道德公正无私，和天地同在啊。愿与岁月流逝一起成长，和你长久相伴永远为友啊。美丽善良而不放荡，坚强正直而有条理啊。年纪虽小却可为人师啊。品性道德可与伯夷比肩，把你树立为榜样来学习啊。

赏析

全诗可分为两大段。第一段从开头至"姱而不丑兮"，重在描述橘树俊逸动人的外在美，缘情咏物，以咏物为主。从"后皇嘉树"到"更壹志兮"为第一层，诗人赞美南国的橘树是天地间的"嘉"树。橘树"嘉"在何处呢？那就是"受命不迁""深固难徙""更壹志"。它生长在"南国"，就扎根于自己的故土，难以再把它移栽到别处去，而且意志坚定。清人钱澄之解释说："受命不迁，得之于天也；深固难徙，存乎志也，惟有志乃能承天。"(《庄屈合诂》）即是说橘生于江南，不可迁徙，乃是它受命于天的固有美质和本性；而扎根深厚，不可移易，则又是它守志坚毅的结果。据说橘生于南方而不能移栽，过淮河就变为枳，而失味。诗人表面上在咏橘、颂橘，实际上在托物自况，借橘抒发了自己眷恋故国乡土的情怀。从"绿叶素荣"到"姱而不丑兮"为第二层，从绿叶、白花、枝干、尖刺、果实等内外各个方面描写橘树，赞美它那么美好而不同于凡俗。诗人接着以精工的笔致，勾勒它充满生机的纷披"绿叶"，晕染它雪花般蓬勃开放的"素荣"；它的层层枝叶间虽也长有"剡棘"，但那只是为了防范外来的侵害；它的外表"青黄杂糅"，色泽是那么绚丽；它所贡献给世人的，是"精色内白"、光彩照人的无数"圆果"！诗人通过赞颂橘树叶绿花洁，枝茂果圆，内外修美，文采斑斓，从字里行间可以感受到他对祖国"嘉树"的一派自豪、赞美之情，充满了对内美外修之人格的赞颂和自矜自许。这部分通过对橘树的外形美和内在美的描写，表达了自己深挚的爱国感情和对理想人格的追求。

第二段从"嗟尔幼志"至结尾，从对橘树的外美描绘，转入对它内在精神的热情讴歌，缘物抒情，以抒情为主。从"嗟尔幼志"到"岂不可喜兮"为第一层，从对橘树的描绘转入到对橘树的"颂"上。它年岁虽少，即已抱定了"独立不迁"的坚定志向，怎么不令人喜欢啊。从"深固难徙"到"参天地兮"为第二层，诗人接着赞颂了橘树的"廓其无求"（心怀广大，没有世俗的追求）、"苏世独立，横而不流"（清醒地独立于世上，绝不随同流俗）、"闭心自慎，不终失过"（内心平静不受影响，自始至终不犯过失）和"秉德无私"（坚持美德，毫无私念）等各种美质。从"愿岁并谢"到"置以为像兮"为第三层，诗人首先表达愿与橘树"长友"（长相为友），因为它"淑离不淫，梗其有理"（美丽善良，梗然正直）。又进一步说，橘树"可师长"（可以效法），尊敬之情递增，以示守节之心更坚。最后提出以伯夷为榜样，以砺己志，不仅有乡土情怀，更有以死报国之信念，"伯夷饿死，亦以独立不迁，为志者也。"（钱澄之《屈诂》）。这部分结合颂橘，借物言志，颂扬一种"无求""不流"和"秉德无私"的高尚品格，表示要以橘树作为良师益友和学习的榜样。

悲回风

题解

　　"悲回风"篇名取自篇首句"悲回风之摇蕙兮"中前三字，"回风"即摧折草木的旋风，用以比喻恶势力。对于本篇所表达的内容，汪瑗在《楚辞集解》中说得比较好："此篇因秋夜愁不能寐，感回风之起，凋伤万物，而兰独芳，有似乎古之君子遭乱世而不变其志者，遂托为远游访古之辞，以发泄其愤懑之情。然而遍游天地之间，愈求而愈远，其同志者，终不可得一遇焉，故心思之沉抑而竟不能已也。"

　　《悲回风》具体写作时间难以确定。陆侃如在《屈原评传》中，说《悲回风》是屈原在怀王十六年（前313年）被放逐到汉北时所作；林云铭在《楚辞灯》、夏大霖在《屈骚心印》、郭沫若在《屈原研究》中，又认为是在顷襄王六至七年（前293—前292年）间所作；蒋骥在《山带阁注楚辞》中则认为是屈原自沉汨罗江的前一年秋天所作；王夫之在《楚辞通释》中则认定这是屈原自沉时的绝笔。从篇中所流露的感情来看，当是屈原自沉汨罗江前不久的一个秋冬之际所作，因此蒋骥之说近是。

　　从诗中"岁曶曶其若颓兮，时亦冉冉而将至。蘋蘅槁而节离兮，芳已歇而不比"等诗句来看，诗人屈原此时当已接近衰老之年。诗篇登高俯远，即景抒怀。诗人因秋夜愁苦不堪难以入睡，感回风吹起凋伤万物，抒发兰草独芳，君子遭乱而不变其志的内心愤懑之情。既表达了投江的念头，又对自己死亡的作用有所怀疑，心绪茫茫。

原文

　　悲回风之摇蕙兮，心冤结而内伤①。物有微而陨性兮，声有隐而先倡②。夫何彭咸之造思兮，暨志介而不忘③。万变其情岂可盖兮，孰虚伪之可长④。鸟兽鸣以号群兮，草苴比而不芳⑤。鱼葺鳞以自别兮，蛟龙隐其文章⑥。故荼荠不同亩兮，兰茝幽而独芳⑦。惟佳人之永都兮，更统世而自贶⑧。眇远志之所及兮，怜浮云之相羊⑨。介眇志之所惑兮，窃赋诗之所明⑩。

惟佳人之独怀兮，折若椒以自处⑪。曾歔欷之嗟嗟兮，独隐伏而思虑⑫。涕泣交而凄凄兮，思不眠以至曙⑬。终长夜之曼曼兮，掩此哀而不去⑭。寤从容以周流兮，聊逍遥以自恃⑮。伤太息之愍怜兮，气於邑而不可止⑯。纫思心以为纕兮，编愁苦以为膺⑰。折若木以蔽光兮，随飘风之所仍⑱。存髣髴而不见兮，心踊跃其若汤⑲。抚佩衽以案志兮，超惘惘而遂行⑳。岁曶曶其若颓兮，时亦冉冉而将至㉑。薠蘅槁而节离兮，芳以歇而不比㉒。怜思心之不可惩兮，证此言之不可聊㉓。宁逝死而流亡兮，不忍为此之常愁㉔。孤子吟而抆泪兮，放子出而不还㉕。孰能思而不隐兮，昭彭咸之所闻㉖。

登石峦以远望兮，路眇眇之默默㉗。入景响之无应兮，闻省想而不可得㉘。愁郁郁之无快兮，居戚戚而不可解㉙。心鞿羁而不形兮，气缭转而自缔㉚。穆眇眇之无垠兮，莽芒芒之无仪㉛。声有隐而相感兮，物有纯而不可为㉜。邈蔓蔓之不可量兮，缥绵绵之不可纡㉝。愁悄悄之常悲兮，翩冥冥之不可娱㉞。凌大波而流风兮，托彭咸之所居㉟。

上高岩之峭岸兮，处雌蜺之标颠㊱。据青冥而摅虹兮，遂倏忽而扪天㊲。吸湛露之浮源兮，漱凝霜之雰雰㊳。依风穴以自息兮，忽倾寤以婵媛㊴。冯昆仑以瞰雾兮，隐岷山以清江㊵。惮涌湍之磕磕兮，听波声之汹汹㊶。纷容容之无经兮，罔芒芒之无纪㊷。轧洋洋之无从兮，驰委移之焉止㊸？漂翻翻其上下兮，翼遥遥其左右㊹。泛潏潏其前后兮，伴张弛之信期㊺。观炎气之相仍兮，窥烟液之所积㊻。悲霜雪之俱下兮，听潮水之相击㊼。借光景以往来兮，施黄棘之枉策㊽。求介子之所存兮，见伯夷之放迹㊾。心调度而弗去兮，刻著志之无适㊿。

曰：吾怨往昔之所冀兮，悼来者之惄惄[51]。浮江淮而入海兮，从子胥而自适[52]。望大河之洲渚兮，悲申徒之抗迹[53]。骤谏君而不听兮，重任石之何益[54]？心结絓而不解兮，思蹇产而不释[55]。

九章

注释

①回风：旋风。摇：摇动，摧残的意思。冤结：冤情填胸，郁结不散。

②物：指蕙草。微：微小，指蕙草本性微弱，难挡风寒。陨：坠落，凋零。性：通"生"，生机，生命。声：指风声。隐：指起于无形，令人不觉。先倡：指肃杀之秋的先导。此以风摧蕙草，喻谗人残害贤良。

③彭咸：传说殷代的贤臣。造思：追念。暨：通"及"，企慕，犹思及，想到。志介：性情和志向耿直坚定。不忘：令人不能忘怀。

④万变其情：指谗人情意万变，工于巧诈。盖：掩盖。可长：可以长久。

⑤号群：呼叫同类。苴：指枯草。比：挨在一起。以上二句喻小人物以类聚，拉帮结派。

⑥葺鳞：修饰其鳞片。葺，整治。自别：自示特别，表示自我异样，即自我炫耀的意思。比喻小人

每巧加粉饰以自我表现。蛟龙：喻贤者。隐：隐藏。文章：文采，光彩。指鳞甲。

⑦荼：苦菜。荠：甜菜。不同亩：不在同一地里生长。茝：白芷，香草。幽：幽僻之处。

⑧佳人：屈原自喻。永都：永保其美。都，美丽，漂亮。更：经历。统世：统观万世，世世代代。贶（kuàng）：同"况"，自况，自许。

⑨眇：通"渺"，遥远的样子。远志：远大的志向。及：至。怜：爱。相羊：同"徜徉"，形容白云漂浮不定。

⑩介：耿介。眇志：深微意志，一说美志。所惑：所疑，指不能取信于人。窃：私自、私下。明：表明。

⑪惟：发语词。佳人：屈原自喻。独怀：独抱情怀，与众不同。折：折取。若：杜若，香草。椒：香木。自处：兀自独处。

⑫曾：同"增"，不停地，一次又一次。歔欷（xū xī）：哀泣声，暗自流泪。嗟嗟：叹息。独隐伏：隐居蛰伏，即孤独地自我隐藏起来。

⑬涕泣交：涕泪纵横。汪瑗《楚辞集解》："自鼻出曰涕，自目出曰泣。"凄凄：悲凉哀伤。至曙：至天明。

⑭终长夜：整个长夜。曼曼：即"漫漫"，悠长。掩：抑止。不去：不能摆脱。

⑮寤：醒来，此指起床以后。从容：舒缓的样子。周流：周游，四面游荡。聊：姑且。自恃：自己排遣，自我依靠。

⑯太息：叹息。愍（mǐn）怜：怜悯，忧伤。於（wū）邑：同"郁悒"，郁结忧闷。

⑰纠（jiū）：同"纠"，纠结，纠缠。思心：思绪。纕（xiāng）：佩带。膺：本指胸，此指胸衣。犹今背心、肚兜之类。

⑱若木：神话中的树木。飘风：狂风、旋风。所仍：任凭其所为。此指不再把小人的迫害放在心上。

⑲存：存在，即现实。髣髴（fǎng fú）：仿佛。踊跃：犹沸腾。若汤：如沸汤。

⑳抚：抚摸。佩：身上的佩饰。衽：衣襟。案志：按捺住内心情志。超：同"怊"，怅恨。惘惘：怅惘，迷惘的样子。

㉑岁：岁月。曶（hū）曶：即忽忽，快速而过的样子。若颓：像物坠落，形容快速而不可止。时：时限，此指生命的期限。冉冉：渐渐。将至：将尽。

㉒蘪、薎：皆香草名。槁：枯槁，干枯。节离：茎节断折，枝叶脱离。歇：消失。比：并开，聚合。不比，指飘散。

㉓怜：哀怜。惩：抑制，制止。此言：指上面所说的"存髣髴而不见"等企图自我解除内心痛苦的话。不可聊：不可靠。

㉔逝死：死去。流亡：灵飞魄散。常愁：无穷无尽的忧愁。

㉕孤子：即孤独之人。吟：悲吟。抆：揩，擦拭。放子：被弃逐的人。

㉖隐：暗暗伤怀。昭：明白，比照。所闻：所传闻于世的那样。

㉗石峦：小而尖的石山。眇眇：同"渺渺"，辽远的样子。嘿嘿：艰险的样子。

㉘入：进入，指前进到荒野之境。景响：即影响。景，同"影"，人影。响，声音。无应：无回应。景响之无应，言其荒无人迹，与世隔绝。闻省想：耳闻、目视、心想。不可得：皆空无一物，一片空白。极言其孤寂之处境和心态。

㉙戚戚：忧伤悲凄的样子。不可解：不能解脱。解，排除，消除。

㉚靮（jī）：马嚼子，马缰绳。羁（jī）：马络头，马笼头。靮和羁都是控御马匹的用具，这里引申为束缚。形：当作"开"，排解，开释。不形，解不开。缭转：缭绕，缠绕。缔：结，指气结不舒。

㉛穆眇眇：静而远的样子。无垠：无边无际。莽：苍莽，广大。芒芒：同"茫茫"，空旷的样子。莽芒芒，形容旷野一片苍茫的样子。无仪：无形状，没有形象。指失去本应有的草木繁盛的样子。

㉜声有隐：声不发出来。相感：相感应。纯：纯白，高洁，指禀性纯洁。不可为：不可变样，谓本性如此，不是故意做出来给人看的。

㉝邈：遥远。蔓蔓：通"漫漫"，无边无际貌。不可量：不可测量，不可估量。缥绵绵：指愁思缥缈绵长。缥，缥缈。绵绵，连绵不断。纤：通"虞"，度量。一说缠绕。"不可纤"与上句"不可量"互文见义。

㉞悄悄：忧愁的样子。翾：疾飞。冥冥：高远，深远。

㉟凌：乘。流风：随风漂流。托：依托。此句指要效法彭咸投水而死。

㊱峭岸：陡峭的山崖。雌蜺：指彩虹，彩虹有内外两环时，古人称内层色彩艳丽者为虹，也称雄虹、正虹；外层色淡者为蜺，也称雌蜺（雌霓或雌虹）、副虹。郭璞注《尔雅》云："虹双出，色鲜盛者为雄。""蜺，雌虹也。"标颠：最高处，山顶。

㊲青冥：青天，太空。摅蜺：吐气成虹。摅，舒展。倏忽：快速，迅速。扪：抚摸。

㊳湛露：浓厚的露水。浮凉：清凉之气，形容露水盛多而清凉。漱：涤口，漱口。凝霜：凝结的寒霜。雰（fēn）雰：纷纷散落的样子。

㊴风穴：风洞，风聚之处，古代传说生风的地方在昆仑山上。自息：指休息睡去。倾寤：忽然醒来，一说翻身醒来。婵媛：忧思相牵，眷恋之情。

㊵瞰：俯视。隐：义同"凭"。岷山：即岷山，岷山为岷江的发源地，古人认为岷江是长江正源。清江：澄清江水，指长江。此句省略"瞰"。

㊶惮：惊恐。涌湍：汹涌湍急的流水。磕磕：水流撞击石头发出的声音。汹汹：形容波涛发出的声音。

㊷纷容容：大水纷纷流淌的样子。容容，同"溶溶"，乱貌。无经：无序、无规，指水流横溢，不遵河道。罔芒芒：形容广阔无边。罔，同"惘"。芒芒，同"茫茫"。无纪：无序，没有头绪，指波涛泛滥。

㊸轧洋洋：水势凶猛，波涛互相轧击。无从：无所适从，指不知从何而来。驰：奔驰。委移（wēi yí）：即"逶迤"，绵延曲折。焉止：止于何处，指到哪里去。

㊹漂翻翻：形容水面起伏。翼遥遥：形容水的波浪像鸟翼搧动。"遥遥"，借作"摇摇"。

㊺泛：同"泛"。潏（yù）潏：水涌动的样子。伴：随同。张弛：指潮水涨落。信期：指潮水消涨的一定日期。

㊻炎气：夏令之热气。相仍：相继不断。烟液：烟雨，指烟云中的水气。积：指凝聚成雨。

㊼相击：相激荡。

㊽光景：时间，岁月。往来：往来于天地、山川之间。施：用。黄棘：神话中木名，带刺的一种灌木。枉策：指制成弯曲形的马鞭。朱熹《楚辞集注》："黄棘，棘刺也。枉，曲也。以棘为策，既有芒刺而又不直，则马伤深而行速。"

㊾介子：晋介子推，随晋文公逃亡，有功而未受赏，后隐居绵山，誓死不出仕。所存：所居，即介子推隐居之处。伯夷：殷代贤人，殷亡，不食周粟，逃往首阳山。放迹：放逐的遗迹，即首阳山。此二句是说追寻古贤人的遗迹，亦是说对古贤的追慕和效仿。

㊿调度：考虑，安排。弗去：不再离去。刻著志：刻志著意，刻意表明自己的志向。无适：无它适，不再他往。

(51)曰：即"乱曰"之意。冀：希望。往日的一切希望都已破灭，故说"怨"。悼：伤。悐（tì）

恷：同“惕惕”，警惕，忧惧的样子。

(52)子胥：伍子胥。传说伍子胥被迫自杀后，吴王夫差将他尸体投入江中，尸体像奔马一样飞驰大海，自适：顺从自己的心意。此句指追随伍子胥之所适，准备投水而死。

(53)大河：黄河。洲渚（zhǔ）：水中陆地。大者称洲，小者称渚。申徒：即申徒狄，殷末贤臣，多次向纣王进谏不被采纳，于是抱石投河而死。抗：同“亢”。迹：行迹。抗迹，犹言高尚行径。

(54)骤：屡次。任重石：一作“重任石”，指抱着重石投水而死。任，抱。何益：君终不悟，故说何益。

(55)絓（guà）结：打了结子，起了疙瘩。思：思绪。蹇（jiǎn）产：曲折纠缠。释：解开。

译文

悲伤旋风摇动蕙草啊，心中郁结内心感伤。微小的蕙草丧失了性命啊，风声隐匿无形却能发出声响。我为何对彭咸如此追慕啊，高尚的志节使人永不能忘。纵有万变怎能掩盖内心的真实啊，虚伪做作又怎能保持久长。鸟兽鸣叫招呼它们的同类啊，鲜草枯草杂合就不能散发芳香。鱼儿鼓鳞来炫耀自己特别啊，蛟龙却隐藏起它身上的纹章。苦菜甜菜不在一块田里生长啊，兰花芷草在幽深处独含清香。只有那君子是永久美丽啊，经过几世几代都能自求多福。远大的志向所达到的高度啊，怜惜那白云在空中徜徉。正直远大的志向遭人疑惑啊，私下赋诗来表明心志。

想起佳人那独特的胸襟啊，采折杜若和花椒独自居住。哭泣不停频频叹息啊，独自隐居而忧思重重。涕泪横流如此悲伤啊，愁思不眠直至天亮。长夜漫漫无尽头啊，压抑心头的悲伤久久不散。醒来时四处去游历啊，暂且消遥聊自宽。长吁短叹实在太可怜啊，淤积在胸的苦闷无法散。把思绪缠绕成佩带啊，把愁苦编织成胸衫。攀折若木遮蔽阳光啊，听凭狂风把我吹荡。仿佛存在的一切都辨不清啊，心如沸水般地在激荡。抚着玉佩衣襟抑制情绪啊，怅惘失意中动身前行。岁月流逝匆匆过去啊，时光冉冉也渐近黄昏。白薠杜蘅枯槁断落啊，芬芳鲜花凋落不再茂盛。可怜思念君王的心情无法改变啊，证明表白的话也靠不住。宁愿忽然死去顺水而逝啊，不能忍受这无尽的哀愁。孤独的人吟叹着擦拭泪水啊，被放逐的人不能返回。谁能想到这些不忧伤啊，我明白了彭咸所作所为的真伪。

登上山坡向远方眺望啊，道路遥远空寂无声。进入空旷之地没有影子也无人回应啊，耳闻目视心想都一片空白。忧愁郁郁没有一点快乐啊，自居忧戚不能解脱。心有束缚不得排解啊，气息郁结不能发散。旷野苍茫没有边际啊，莽莽苍苍没有形迹。仿佛有声音在微微地相互感应啊，纯洁美好的事物都毫不伪饰。思绪悠远无法测量啊，愁绪缥渺不可回转。满怀忧愁常自悲苦啊，夜空展翅高飞也无欢娱。乘着波涛随风而去啊，悠思寄托在彭咸所居之处。

登上那陡峭的高山顶啊，身处霓虹的最上端。背靠苍穹舒展彩虹啊，刹那间我举手抚摸到天。吸吮清凉浓郁的甘露啊，含漱纷纷散落的凝霜。凭依风穴独自休息啊，忽然醒来我依旧悲伤。倚靠昆仑俯瞰云雾啊，凭依岷山看到清澈的江流。激流冲击巨石的响声使人惊恐啊，听着波涛汹涌发出的怒吼。大水横流泛滥没有条理啊，白茫茫一片又纷纷攘攘。大浪滔滔不知从何而来啊，奔驰蔓延到哪里才会终止。水面翻滚忽上忽下啊，

波涛奔涌后浪推前浪。如同泛滥水流前后涌动啊,伴随着潮水涨落的固定约期。看那夏日的热气在蒸腾,窥见密集的云雨在聚积。悲叹秋冬的霜雪齐降啊,倾听潮水激荡的巨响。借着时光在天地间驰骋啊,用黄棘制成弯曲马鞭来驾驭。去寻访介子推隐居的介山啊,去拜见伯夷逃亡时的故迹。心中思量不忍离去啊,我刻意表明志向不再他往。

尾声:我怨恨往日所抱的希望啊,哀悼未来感到忧惧不安。顺着江淮水向东入海啊,追随伍子胥以求心安。遥望大河中的沙洲啊,悲伤申徒狄的高尚行为。屡次进谏君王也不听啊,怀抱石头自沉又有何用。心绪纠结难以解脱啊,思绪不畅终究无法释怀。

赏析

全篇共分五段。从开头至"窃赋诗之所明"为第一段。诗人因"回风之摇蕙"而触动了忧伤,联系对忠贤见斥的现实悲哀,表明其赋诗是为言志。"悲回风之摇蕙兮"四句,诗人因眼前的旋风摇荡纤弱的蕙草,触景生情,联想到自身的遭遇,故而迸发难以言状的哀怨和忧伤。旋风凶暴肆虐,那些弱质的香草如何能躲过命运的厮杀!谗言起始虽隐,然它虚惑君心。如果在谗言刚刚发生时即采用措施,防微杜渐,谗佞人则不易得逞。"夫何彭咸之造思兮"四句,表达了自己对古代贤臣彭咸的无限思念仰慕之情,虽然天下之事万变,但真相怎么能够掩盖得了?虚伪怎能保持长久?诗人刚想到步彭咸之志,却又追忆其祸始。上官、靳尚之徒巧言令色,虚饰谗言,然其包藏的祸心是无法掩盖的,他们何以能长期作祟呢?如果君王明察,早就看出其虚伪作态,防患未然;君不明,昏愦蔽壅,才遗患于今日。"鸟兽鸣以号群兮"六句,诗人通过写秋冬之景,比喻指出:正邪本不两立，是非善恶真伪难于并存。逸佞之人猖狂用事，他们同恶共济，或乔装打扮，致使忠贞之臣，或屈服于邪恶势力而失其志节，或藏居幽深处，隐其光采。贤人处乱世，虽无人知，但不因此而改变其芬芳的节操。"惟佳人之独怀兮"六句，诗人以古人彭咸等自期，自谓德志高远，能与白云相逐，故以佳人自喻。然而自己孤高而难合于世，这份情怀与谁堪与言？也许付诸笔墨，才能将其陈述清楚。

从"惟佳人之独怀兮"至"昭彭咸之所闻"为第二段。诗人极写放逐途中的悲愤忧伤及其产生的根源。从"惟佳人之独怀兮"到"随飘风之所仍"为第一层，写自己在被放逐时感到十分孤单，但仍然爱国忧时，因此弄得心烦意乱。"惟佳人之独怀兮"二句，诗人追慕古代贤哲，加强自身的修养，折取香木芳草，保持身后的芬芳。"曾歔欷之嗟嗟兮"六句，诗人极写从夜晚到天亮总是抑制不住哀怨悲伤：抽泣、嗟叹、隐思、凄苦，涕泪交流，辗转反侧，长夜不眠，想节哀而不能。天明了，外面走走，聊以自持，然秋色肃杀，满目凄凉，于是极度悲伤，满腔酸楚，气急促而堵塞，以至哽咽窒息而不可终止。"纠思心以为纕兮"四句，诗人言其忧思愁苦之繁多可以编珮带，织胸衣。攀折若木以遮蔽日光，象征自己曾力求韬光养晦。任凭狂风把自己吹到哪里，意指心情之空虚。从"存髣髴而不见兮"到"昭彭咸之所闻"为第二层，表明诗人忧思、愁苦郁结缠绵的原因。"存髣髴"四句，诗人极端愁苦，往昔的忧愁似乎看不见了，可有时又激动起来，心跳不止。想排遣也没有法子，只好勉强抑制自己的悲愁，强按珮衽，踽踽前行。"岁曶曶其若颓兮"四句，写"行"中所见，时序迁流，蘱蘅枯离，芬芳消竭。"怜思心之不可惩兮"四句言自己长愁的原因：忠心不可改变，表白也靠不住。这才宁愿突然死去灵魂飘荡，也不愿忍受这无尽头的悲伤。"孤子吟而抆泪兮"四句，诗人形容自己如孤儿和弃子不得回乡，这种事放在谁的身上，谁都会隐隐作痛，因此想到步彭咸而死。蒋骥《山带阁注楚辞》云："所以然者，秦关不返，孤臣有故主之悲；南土投荒，放子无还家之日，此固交痛而不已者也。安得不为彭咸之所为乎？"

从"登石峦以远望兮"至"托彭咸之所居"为第三段。抒写诗人思心愁苦郁结的情状，写自己生意已尽，死志已决。"登石峦以远望兮"八句，诗人思念楚国登山远望，一片寂静，但想要无念无想却不可能。登高远望后，缠绕不散的忧愁苦闷又袭上心头。本以为远望可以舒忧，没想到忧愁从未离身。"穆眇眇之无垠兮"八句，诗人的心情有时愁思茫茫无边无际，有时则陷入空虚而无所着落的状态。叹声隐尚有可感，志纯竟不可为。诗人对楚国的情感是纯粹的、忠贞不渝的，非人工所能造为。在这茫茫的天地，何处可以安身？何处可以获得片刻的人生欢乐？自己的神魂虽在高远处飞逝，却并无快乐。"凌大波而流风兮"两句，表明忠臣直士只有一条路：效法古之贤人彭咸。屈原于是想乘着滚滚波涛，随风而流，到彭咸投水而死的地方去。

从"上高岩之峭岸兮"至"刻著志之无适"为第四段。写诗人站在昆仑山上透过重重云雾俯瞰，神游天地的情形，表示自己已下定决心，循着介子推、伯夷的足迹前进。"上高岩之峭岸兮"八句，诗人登上山顶，神游太空，想象中与云虹霜露相往来。刚想留在风穴休憩，又忽然突然惊醒，又起故国之思，依旧悲伤。"冯昆仑以瞰雾兮"以下十二句，以瞰字领起，均为诗人神思激越，依昆仑、靠岷山俯瞰清江的虚幻情貌。风穴在昆仑，故醒后即依凭昆仑透过云雾而下瞰人寰。风浪声、水石相击声惊天动地。苍海横流，

大浪掀天。江水翻滚，潮涨潮落。"观炎气之相仍兮"以下十句，诗人幻梦由江面仰视太虚，江雾蒙蒙，热气相蒸，倏而又凝聚为烟雨；再往下观察，江面白浪滔天，飞雪四溅，又听到潮水雷鸣般的响声，更不胜其悲。于是诗人又神思恍惚，凭借日光月影，乘着神速的骏马，策着神木做的马鞭，去寻找介子、伯夷的所居。

"曰"字以下至结尾为第五段。诗人在千百次的思虑后，对自己的未来已经做出了抉择，以死去感动君王是诗人的孤注，故不得不慎重。"吾怨往昔之所冀兮"四句，诗人怨恨往昔的希望落空，警惕来日可危，故准备投水而死，追随子胥而去。"望大河之洲渚兮"四句，诗人思忖：申徒活着的时候，屡谏君王不听从，抱石而死又没能挽救商的灭亡，那么死又何益？这是前车之鉴，虽然死志已决，但自己的死能否唤起昏君的觉醒？"心絓结而不解兮"二句，诗人对此思心萦徊不得其解。诗人明知抱石沉江无用，但仍选择抱石沉江，不过怀抱忠贞，以死明志而已，又安望楚王悔悟？且以申徒狄的例子敬策楚王罢了。

远游

题解

　　"远游"篇名取自首句"悲时俗之迫阨兮，愿轻举而远游"中的"远游"两个字，内容也切合题意。东汉王逸《楚辞章句》说："《远游》者，屈原之所作也。屈原履方直之行，不容于世。上为谗佞所谮毁，下为俗人所困极，章皇山泽，无所告诉。乃深惟元一，修执恬漠。思欲济世，则意中愤然，文采铺发，遂叙妙思，托配仙人，与俱游戏，周历天地，无所不到。然犹怀念楚国，思慕旧故，忠信之笃，仁义之厚也。是以君子珍重其志，而玮其辞焉。"后来洪兴祖、朱熹都对此篇作者问题并无怀疑。

　　关于《远游》的创作时间，王逸认为是屈原受谗后，朱熹也认为是被放逐期间，汪瑗则认为是在遭谗被放逐前所写，林云铭认为是在江南的时候写的。王夫之认为是怀王时所作，其《楚辞通释》说："按原此篇与《卜居》《渔父》皆怀王时作，故彭咸之志虽夙，而引退存身以待君悔悟之望，犹迟回而未决，此篇所赋与骚经卒章之旨略同而畅言之，原之非婞直忘身亦于斯见矣。"姜亮夫则认为是屈原晚年决心沉江时所作，"可能是在《怀沙》之前，屈原写好《远游》后《怀沙》而死"（《屈原赋校注》）。也有人称此篇是屈原殉身投江前的寓言。比如屈复在《楚辞新集注》中说："《远游》，寓言也。自沉汨罗，即是远游。远游之乐，即是自沉于乐。"

　　也有人怀疑《远游》非屈原所作。宋代洪兴祖在《楚辞补注》中曾认为，汉司马相如的《大人赋》模仿了《远游》，他说："长卿作《大人赋》，其语多出此。至其妙处，相如莫能识也。"清代吴汝纶《古文辞类纂》说，《远游》非屈原作，而是"后人仿《大人赋》为之"。清代胡濬源在他的《楚辞新注求确》中认为"《远游》一篇，犹是《离骚》后半篇，而文气不及《离骚》深厚真实，疑汉人所拟"。近代经学家廖平《楚辞讲义》云："《远游篇》之与《大人赋》，如出一手，大同小异。"现代学者陆侃如早年所著《屈原》、游国恩早年所著《楚辞概论》，都认为《远游》非屈原所作（游氏晚年观点有所改变），郭沫若《屈原赋今译》、刘永济《屈赋通笺》也持同样的观点。郭沫若曾在《屈原赋今译》中说："《远游》结构与《大人赋》极相似，其中精粹语句甚至完全相同，据我的推测，可能即是《大人赋》的初稿，相如本言为《大人赋》未就，其稿或被保存下来，

以其风格类似屈原，故被人误会了。"近年来，有学者据新出土《银雀山汉简》提出此篇为唐勒所作（赵逵夫《屈原与他的时代》）。归纳起来，说《远游》非屈原所作，大致有三点理由：第一是结构、词句与西汉司马相如的《大人赋》有很多相同，第二是其中充满神仙真人思想，第三是词句多袭《离骚》《九章》。

自上述怀疑之说提出后，反驳者大不乏其人。陈子展的《楚辞直解》、姜亮夫的《屈原赋校注》、姜昆武和徐汉澍的《〈远游〉真伪辨》等，都予以反驳。姜亮夫从文风、语法、用韵诸方面证明《远游》与《离骚》的一致性。至于《远游》的思想艺术水平不高，他认为不能作为否定屈原所作的理由，因为作家的思想是复杂多样、变化发展的，每篇作品的艺术水平也不可能完全一致。屈原长期失意，某个时期有道家出世思想，并非不可能。姜亮夫认为，"从整个屈子作品综合论之，《远游》一篇正是不能缺少的篇章""《远游》是垂老将死的《离骚》"（《楚辞今绎讲录》）。

《远游》是我国第一篇游仙诗。作为一篇"游仙诗"，给后世文学开了先河，它的魅力和价值同样值得我们学习。比如以《游仙诗》十四首闻名的郭璞曾在诗中写道："逸翮思拂霄，迅足羡远游""六龙安可顿，运流有代谢""登仙抚龙骄，迅驾乘奔雷。鳞裳逐电曜，云盖随风回。手顿羲和辔，足蹈阊阖开，东海犹蹄涔，昆仑若蚁堆。遐邈冥茫中，俯视令人哀。"这些诗中都有《远游》的影子。

悲时俗之迫阸兮，愿轻举而远游①。质菲薄而无因兮，焉托乘而上浮②？遭沉浊而污秽兮，独郁结其谁语③？夜耿耿而不寐兮，魂茕茕而至曙④。惟天地之无穷兮，哀人生之长勤⑤。往者余弗及兮，来者吾不闻⑥。步徙倚而遥思兮，怊惝怳而乖怀⑦。意荒忽而流荡兮，心愁悽而增悲⑧。神倏忽而不反兮，形枯槁而独留⑨。内惟省以端操兮，求正气之所由⑩。漠虚静以恬愉兮，澹无为而自得⑪。

闻赤松之清尘兮，愿承风乎遗则⑫。贵真人之休德兮，美往世之登仙⑬。与化去而不见兮，名声著而日延⑭。奇傅说之托辰星，羡韩众之得一⑮。形穆穆以浸远兮，离人群而遁逸⑯。因气变而遂曾举兮，忽神奔而鬼怪⑰。时髣髴以遥见兮，精晈晈以往来⑱。绝氛埃而淑尤兮，终不返其故都⑲。免众患而不惧兮，世莫知其所如⑳。恐天时之代序兮，耀灵晔而西征㉑。微霜降而下沦兮，悼芳草之先零㉒。聊仿佯而逍遥兮，永历年而无成㉓。谁可与玩斯遗芳兮？晨向风而舒情㉔。高阳邈以远兮，余将焉所程㉕？

重曰：春秋忽其不淹兮，奚久留此故居㉖？轩辕不可攀援兮，吾将从王乔而娱戏㉗！餐六气而饮沆瀣兮，漱正阳而含朝霞㉘。保神明之清澄兮，精气入而粗秽除㉙。顺凯风以从游兮，至南巢而壹息㉚。见王子而宿之兮，审壹气之和德㉛。曰：道可受兮，不可传㉜；其小无内兮，其大无垠㉝；无滑而魂兮，彼将自然㉞；壹气孔神兮，于中夜存㉟；虚以待之兮，无为之先㊱；庶类以成兮，此德之门㊲。

闻至贵而遂徂兮，忽乎吾将行㊳。仍羽人于丹丘兮，留不死之旧乡㊴。朝濯发于汤谷兮，夕晞余身兮九阳㊵。吸飞泉之微液兮，怀琬琰之华英㊶。玉色頩以脕颜兮，精醇粹而始壮㊷。质销铄以汋约兮，神要眇以淫放㊸。嘉南州之炎德兮，丽桂树之冬荣㊹。山萧条而无兽兮，野寂漠其无人㊺。载营

魄而登霞兮，掩浮云而上征[46]。命天阍其开关兮，排阊阖而望予[47]。召丰隆使先导兮，问大微之所居[48]。集重阳入帝宫兮，造旬始而观清都[49]。

注释

①时俗：当时流行的习俗。迫阨（è）：逼困，困阻。迫，胁迫，逼迫。阨，阻塞，困厄。轻举：飞升，登仙。

②质：资质，禀性。菲薄：浅薄，鄙陋，指德才等，常用为自谦之词。这里是指道家所说的"天机浅"，悟性不深。无因：无缘，指与成仙得道无夙缘。焉：如何，怎能。托乘：依托驾驭，指攀附仙人之车乘，比喻得人援引。上浮：上升浮游于云天。

③遭：逢遇。沉浊：污浊，多喻指风俗败坏的时世。污秽：指浑浊肮脏的时俗。独郁结：独自心中苦闷。谁语：向谁倾诉。

④耿耿：烦躁不安，心事重重。魂：梦魂。茕（qióng）茕：孤独的样子。一本作"营营"，往来不停的样子。曙：天亮。

⑤长勤：终生劳苦。勤，艰辛，愁苦。

⑥往者：往时，前世，指过去的人事。弗及：未及见到。来者：后世，指将要到来的身后之事。按此二句乃与"天地无穷"相对，哀叹人生短促之意。

⑦步：脚步。徙倚：徘徊不定，逡巡。遥思：远思，前思后想，思绪悠长。怊惝怳（chāo chǎng huǎng）：惆怅，失意，伤感。三字同义，形容失意惆怅，心神不悦的样子。乖：背离，违背。乖怀：心意烦闷错乱，不得宁静。

⑧荒忽：同"恍惚"，神志不定。流荡：心神不定，无所依托，即神不守舍的样子。

⑨神：精神。倏（shū）忽：忽然之间，形容迅速的样子。反：同"返"，回归，回返。形：形体。枯槁：枯瘦。二句谓因极端悲苦而神散形衰。

⑩惟省（xǐng）：思索，审察。内惟省，即"惟内省"，自我反思的意思。端操：端正操守。正气：正大之气，道家又称元气，即生化天地万物的初始之"气"。所由：所由来的途径和方法。

⑪漠：漠然，淡泊。虚静：清虚宁静，指无思无欲的心态。恬愉：淡泊愉悦。澹（dàn）：淡泊，坦然，指心境恬淡平和。无为：道家主张清静虚无，顺应自然，称为"无为"。自得：自得其乐。

⑫赤松：即赤松子，传说中古代的仙人。清尘：比喻清静无为的境界。即守真超俗，执守自然本性，超脱世俗尘风。承风：继承其风范。遗则：留下来的法则。

⑬贵：珍视，尊崇。真人：道家称存养本性或修真得道的人，亦泛称"成仙"之人。休德：美德。美：羡慕。登仙：升天成仙。

⑭化去：变化而去，指羽化成仙。化，变化，转化。名声著：名声昭著。日延：永久流传。

⑮奇：奇妙，有让人惊异之意。傅说（yuè）：商王武丁的贤相，传说他死后升天化为辰星。辰星：星宿名，此指二十八宿中的房星，位于东方天幕。羡：羡慕。韩众：即韩终，古代传说中的仙人，曾采药服之而成仙。得一：道家术语，即得道，"一"即"道"。《老子》："天得一以清，地得一以宁，万物得一以成。"

⑯穆穆：宁静，静默。形穆穆，体态沉静安详的样子。浸远：渐远，指远离尘寰而去。浸，渐渐。遁逸：指离开世间，隐逸不见。

⑰气变：指道家因炼气而变化。曾（zēng）举：高举，向上高高飞升。曾，同"增"。忽：快速。神奔而鬼怪：形容神出鬼没的样子。

⑱时：有时。髣髴（fǎng fú）：同"仿佛"，好像，类似。遥见：远望如见而又看不真切。精：精灵，灵魂。皎（jiǎo）皎：明亮的样子。

⑲绝：超越。氛埃：污浊之气，秽浊之物。即尘世，世俗人间。淑尤：到达奇异的境界。淑，又作"殊"，可从。尤，又作"邮"，途径。故都：指尘世间的旧居。

⑳众患：各种人生之苦。所如：所往，所去的地方。

㉑恐：害怕，担忧。天时：天道运行的规律，亦指时序。代序：时序相代。耀灵：太阳的别称。晔（yè）：光辉，闪闪发光。西征：西行，指日落。

㉒下沦：下坠于地。先零：提早凋谢。

㉓聊：暂且，姑且。仿佯（páng yáng）：同"彷徉"，彷徨，徜徉，游逛。逍遥：优游自得的样子。永历年：经过好多年。无成：无所成就。

㉔与玩：同赏。遗芳：残留的芳草。晨向风：面对着长风，迎着远风。舒情：舒展情怀。

㉕高阳：古帝颛顼年号。邈以远：遥远。程：效法。

㉖重：古乐歌章节的名称。如同"乱曰""少歌曰""倡曰"之类。淹：久留。奚（xī）：为何，为什么。故居：指尘世人间。

㉗轩辕：即黄帝。不可攀援：指年代久远，不可攀附。蒋骥《山带阁注楚辞》："不可攀援，以轩辕既尊且远也。"从：跟从，追随。王乔：即王子乔，传说中的仙人。

㉘六气：天地四时之气。大约是指朝旦之气（朝霞）、日中之气（正阳）、日没之气（飞泉）、夜半之气（沆瀣）、天之气、地之气。沆瀣（hàng xiè）：夜间的水气、露水，或谓是仙人所饮。漱：吮吸，饮。正阳：正午的阳气。

㉙神明：精神。精气：天地精爽之气。粗秽：粗浊污秽之气。此句指道家所谓的吐故纳新的修炼之术。

㉚凯风：和暖的风，指南风。南巢：南方古国名。壹息：稍加休息。

㉛王子：即王子乔。宿：歇住下来。审：讯问。壹气：元气，纯一不杂之气。和德：和美之德，道家认为得道后所具备的至德。汪瑗《楚辞集解》："和德，言正气之中和也。"

㉜曰：说。下面的话，是王子乔所说。受：心领神会。传：言传，描述，用语言表达。

㉝小无内：指至小，小到不可分割。大无垠：大到无边无际。

㉞毋：勿，不。滑（hǔ）：乱。而：借为"尔"，你。魂：魂灵，指精神。彼：即上面的"魂"。自然：天然，非人为，指保持天然本性。

㉟孔神：甚为神妙。汪瑗《楚辞集解》："孔神，犹言甚妙也。"孔，甚，很。中夜：半夜。存：存在，指显现出来。

㊱虚以待之：以虚无宁静来对待外物。无为之先：不要先于外物而有所动。

㊲庶类：万物，万类。成：成全。此是说万物都可完美自足。此德之门：这是悟道修德的门径。

㊳闻至贵：闻听到至为可贵之言，即上述王子乔的话。至贵，非常珍贵，即要言妙道。遂：于是。徂：往，去。

㊴仍：因，就此。羽人：神话传说中的仙人。丹丘：传说中仙人会聚之地。留：留往。不死之故乡：长生不死之仙人的故乡。

㊵濯（zhuó）：洗。汤（yáng）谷：即旸谷，古代神话传说中日出之处。晞（xī）：晒干，曝晒。"九日居下枝，一日居上枝"（《山海经·海外东经》）。九阳，即指居于下枝的九个太阳。

㊶飞泉：谷名，即飞谷，在昆仑西南。微液：细微的汁液。怀：抱着。琬琰（wǎn yǎn）：泛指美玉。华英：这里指玉树之花。

㊷瓶（pīng）：光润而美的样子。腕（wàn）：润泽，美好。精：精神。醇粹：形容神气纯厚。壮：旺盛。

㊸质：体质，这里指未成仙得道前的凡人之体。销铄（shuò）：消亡，熔化。汋（chuò）约：同"绰约"，姿态柔媚。神要眇（miǎo）：神魂高远。淫放：这里形容精力充沛旺盛。

㊹嘉：嘉美，作动词，称赞其美的意思。南州：泛指南方地区。炎德：火德，按阴阳五行说，南方炎热，属火，故称。丽：与"嘉"互文见义，都是"赞美"的意思。冬荣：冬天开花。

㊺萧条：指干净，冷清。野：旷野。寂漠无人：谓无世氛之扰也。寂漠，同"寂寞"。汪瑗《楚辞集解》："萧条无兽，谓无患害之虑也。此四句言境物幽美，可为修炼之地也。"

㊻载：承载。营魄：魂魄。登霞：登上彩霞，飞上云天之意。掩：遮没，遮蔽。这里指被云气缭绕覆盖，形容飘向太空时的情景。上征：向上飞升。

㊼天阍（hūn）：守护天门的人。开关：开启门闩，此指打开天门。关，本指门闩。《说文·门部》："关，以木横持门户也。"这里指门。排：推开。阊阖（chāng hé）：神话传说中的天门。望予：期望我来。朱熹《楚辞集注》："望予，须我之来也。"

㊽召：召唤。丰隆：古代神话中的雷神，后多作雷的代称。一说云神。先导：在前引路。大微：亦作"太微"，又称紫微，古代星名，神话传说中天庭之所在。

㊾集：停留，止息。重阳：指天。洪兴祖《楚辞补注》："积阳为天，天有九重，故曰重阳。"造：到。旬始：星名。清都：神话传说中天帝居住的宫阙。

译文

悲伤时俗让人困厄啊，真想高飞远处去周游。生性鄙陋又没机缘啊，怎能攀附仙车上天周游？生逢浑浊尘世满污秽啊，心中郁闷向谁去说？夜里心神不安难以入睡啊，孤单独守直到天亮。想到天地无穷无尽啊，哀叹人生劳苦艰辛。过去的人和事我没能赶上啊，未来的我也不能见到。我徘徊不定思绪飘得很远啊，惆怅失意背离了初衷。神情恍惚四处游荡啊，心中愁苦倍增心酸。灵魂忽然飞远回不来啊，形体枯槁孤单影只。内心省察端正操守啊，探求正气从何而来。淡漠恬静才能悠然自得啊，淡泊无为而怡然心安。

听说赤松子内心自得清静无为啊，愿继承他的遗则风范。敬重得道高人的美德啊，羡慕古人能得道成仙。形体虽然消失不见啊，名声远播千古流传。惊奇傅说死后能化为辰星啊，羡慕韩众能得道成仙。他们形体寂静渐渐远去啊，脱离人群避世隐居。凭借精气的变化高飞上天啊，飘忽忽就像鬼神出没。有时仿佛远远看见啊，精灵闪闪正来来往往。超越浊世来到奇异的地方啊，始终不愿返回自己的故乡。摆脱了小人无所畏惧啊，世人都不知道我的去向。担心岁月流逝啊，太阳闪闪发光向西下沉。薄薄的秋霜慢慢地降落啊，哀悼香草早早凋零。暂且徘徊自在逍遥啊，年复一年却事业无成。谁能同赏这残留的芳草啊？清晨迎着清风舒展情怀。古帝高阳离我已很远啊，我将如何追寻他的足迹？

又说：春去秋来交替不停啊，为何要长久留在此地？轩辕黄帝不可攀附啊，我将跟随王子乔嬉戏游玩。吞食天地六气啜饮清露啊，吸着正午的阳气含着朝霞。保持心灵清澈透明啊，把精气吸入将污秽排弃。乘着南风到处游历啊，到了南巢稍作休息。见到王子乔我停下脚步啊，向他询问成仙之道。王子乔说："'道'只能心领神会啊，不能言传；

它小到不能再分啊，大到无边无际；内心不要混乱啊，得道成自然；得道的最佳境界啊，往往在半夜寂静之时留存；虚心安静去等待啊，要顺其自然；万物都是这样生成啊，这是得道之门。"

听到至理名言随后前往啊，匆匆忙忙我就起航。跟随仙人到了丹丘圣地啊，停留在长生不死之乡。早晨在汤谷里洗头发啊，傍晚在九阳之中晒干我的全身。吸饮昆仑飞泉清凉甜美啊，怀抱美玉中的精华。我的面色如玉般润泽美丽啊，精神纯美气息强壮。脱胎换骨形体轻丽柔美啊，神气旺盛精力充沛。赞美南国气候温暖啊，赞美桂树冬天也吐芬芳。山林萧条没有野兽啊，原野寂静不见人踪。载着魂魄登上彩霞啊，拥披着浮云而飞升。我叫帝宫门神打开天门啊，他推开大门朝我打量。我招来丰隆作我的先导啊，访问天庭太微星所在的地方。升上九天进帝宫游览啊，造访旬始星参观天庭清都。

朝发轫于太仪兮，夕始临乎于微闾①。屯余车之万乘兮，纷溶与而并驰②。驾八龙之婉婉兮，载云旗之逶蛇③。建雄虹之采旄兮，五色杂而炫燿④。服偃蹇以低昂兮，骖连蜷以骄骜⑤。骑胶葛以杂乱兮，斑漫衍而方行⑥。撰余辔而正策兮，吾将过乎句芒⑦。历太皓以右转兮，前飞廉以启路⑧。阳杲杲其未光兮，凌天地以径度⑨。风伯为余先驱兮，氛埃辟而清凉⑩。凤皇翼其承旗兮，遇蓐收乎西皇⑪。擥慧星以为旍兮，举斗柄以为麾⑫。叛陆离其上下兮，游惊雾之流波⑬。时暧曃其晄莽兮，召玄武而奔属⑭。后文昌使掌行兮，选署众神以并毂⑮。路曼曼其修远兮，徐弭节而高厉⑯。左雨师使径侍兮，右雷公以为卫⑰。欲度世以忘归兮，意恣睢以担挢⑱。内欣欣而自美兮，聊媮娱以自乐⑲。涉青云以汎滥游兮，忽临睨夫旧乡⑳。仆夫怀余心悲兮，边马顾而不行㉑。思旧故以想像兮，长太息而掩涕㉒。汜容与而遐举兮，聊抑志而自弭㉓。指炎神而直驰兮，吾将往乎南疑㉔。

览方外之荒忽兮，沛罔象而自浮㉕。祝融戒而还衡兮，腾告鸾鸟迎宓妃㉖。张《咸池》奏《承云》兮，二女御《九韶》歌㉗。使湘灵鼓瑟兮，令海若舞冯夷㉘。玄螭虫象并出进兮，形蟉虬而逶蛇㉙。雌蜺便娟以增挠兮，鸾鸟轩翥而翔飞㉚。音乐博衍无终极兮，焉乃逝以俳佪㉛。舒并节以驰骛兮，逴绝垠乎寒门㉜。轶迅风于清源兮，从颛顼乎增冰㉝。历玄冥以邪径兮，乘间维以反顾㉞。召黔嬴而见之兮，为余先乎平路㉟。经营四荒兮，周流六漠㊱。上至列缺兮，降望大壑㊲。下峥嵘而无地兮，上寥廓而无天㊳。视倏忽而无见兮，听惝恍而无闻㊴。超无为以至清兮，与泰初而为邻㊵。

注释

①发轫（rèn）：出发，启行。轫，车上的刹车木，行前必先撤掉。太仪：天帝的宫廷。临：到

达。于微闾：又称微母闾、医巫闾，神话传说中山名，在东北方，盛产美玉。

②屯：聚集。万乘：万辆车。古时四马驾一车为一"乘"。纷：纷繁众多的样子。溶与：即"容与"，迟缓不进。

③婉婉：形容龙在飞行中一伸一曲蜿蜒前进的样子。逶蛇（wēi yí）：同"逶迤"，形容车旗迎风卷曲飘扬的样子。

④建：树立。雄虹：彩虹。虹常有内外二环，内环较鲜艳的部分称为虹，属雄性，也称雄虹；外环较暗较少光彩的部分称为霓，属雌性，也称雌虹或雌霓。郭璞注《尔雅》云："虹双出，色鲜盛者为雄。""蜺，雌虹也。"雌虹名蜺，即霓，今称副虹。雄虹，也叫正虹，与副虹霓相对。采旄（máo）：用旄牛尾装饰的彩旗。炫耀：闪耀，光彩夺目。耀，同"耀"。

⑤服：古以四马驾车，两侧马称"骖"，驾辕的马称"服"。偃蹇（jiǎn）：形容马匹高大矫健。低昂：起伏，这里形容马奔走时俯仰起伏的样子。骖（cān）：驾车时位于两边的马。连蜷：这里形容马在奔驰时马体伸缩的样子。骄骜：纵恣奔驰。

⑥骑：指车马。胶葛：交错纠缠在一起的样子。斑：本指斑点花纹，这里形容车骑纷杂的样子。漫衍：绵延伸展的样子。方行：并行，一齐前行。

⑦撰：手持。辔：马缰绳。策：马鞭。句（gōu）芒：古代传说中的主木之官。又木神名，居东方。

⑧历：经过。太皓：即太皞，传说中古帝名。飞廉：神话中的风神。启路：开路。

⑨阳杲（gǎo）杲：明亮的太阳。未光：尚未升起放光。凌：跨越。径度：直往。这里指由东方直往西方。

⑩风伯：即风神飞廉。氛埃辟：扫除尘埃。

⑪翼：翅膀，此作动词，张开两翼。承：承载。旂（qí）：同"旗"，古代画有两龙并于竿头悬铃的旗。蓐（rù）收：西方之神，传说掌管日落。一说掌管秋天。西皇：即少皞，西方之帝。

⑫擎：持。旌（jīng）：同"旌"，一种用旄牛尾或彩羽装饰于竿顶的旗子。斗柄：北斗七星之柄。按北斗七星组成勺形星座，其中第一至第四星像斗，第五至第七星像柄，故称。麾：古代军中用来指挥作战的旗子。

⑬叛：纷披、纷繁的样子。陆离：形容五光十色，光辉灿烂的样子。上下：形容旗帜或高或低，上下起伏的样子。游：游动。惊雾之流波：形容高空急速翻卷的云雾，状若波涛。

⑭暧曃（ài dài）：昏暗不明的样子。晄（tǎng）莽：晦暗朦胧的样子。此句指黄昏日暮时景象。玄武：古代神话传说中的北方之神，其形为龟，或龟蛇合体。古称天之四灵，即东苍龙、西白虎、南朱雀、北玄武。玄武，也是星座名，指北方七星，其形若龟蛇合体。和其他三灵一样，玄武也由天下二十八星宿变成，北方玄武所属七宿是：斗、牛、女、虚、危、室、壁。奔属（zhǔ）：追随，跟随。

⑮文昌：星座名，由六颗星组成，在斗魁之前，形成半月形状。亦指星神。掌行：执掌行途诸事宜，犹领队。选署：选择，部署安排。并毂（gǔ）：车辆并行。毂，车轮中心的圆木，周围与车辐的一端相接，中有圆孔，可以插轴。

⑯曼曼：即"漫漫"，遥远的样子。修：长。徐：缓慢。弭节：驻节，停车。节，旌节，古代行路时用的仪仗。高厉：上升，高高腾起。

⑰雨师：雨神。径侍：在路途的前方相守候。雷公：雷神。卫：护卫。

⑱度世：犹"出世"，即脱离尘世为仙。恣睢（suī）：放任自得的样子。担挢（jiē jiāo）：楚语，指豪放驰纵。一说高举。

⑲内：内心。自美：怡然自得。聊：姑且。媮（yú）：同"愉"，乐。自乐：一作"淫乐"，犹言

无限快乐。

⑳涉青云：登赴云端。涉，徒步过河。汎滥游：四处漫游。汎滥，即泛滥。临睨（nì）：俯视，察看。

㉑仆夫：护从的仆人。怀：思念，伤怀。边马：驾车的两边马，即骖马。

㉒旧故：亲朋旧交。想象：想见其形象，即凝神想念。掩涕：掩面而泣。

㉓氾："泛"的异体字，指漂流不定的样子。容与：自由自在的样子。遐举：远举高飞。抑志：强压自己的心意。自弭：自止，指自我克制。这里指强捺住自己的思乡念亲之情。

㉔炎神：即炎帝神农氏，为南方之神。一说指南方火神祝融。直驰：径直奔往。南疑：即九嶷山，山在南方，故称。王逸《楚辞章句》："过衡山而观九嶷也。"

㉕方外：指四方荒远之域。荒忽：无边无际、朦胧恍惚的样子。沛（pèi）：水流充盈的样子。罔（wǎng）象：同"魍象"，本指传说中的水怪或水神名。此处引申指水势盛大。一作"罔瀁"，亦写作"漭瀁"。

㉖祝融：传说中的南方之神，帝喾时的火官，后尊为火神。戒：告诫。还衡：转车回还。衡，车辕前的横木，此指代车。还衡，一本作"跸御"（bì yù），指帝王出行时，禁止行人通行，即清道。腾告：传告，犹言飞报。鸾鸟：凤凰。宓（fú）妃：神话传说中的洛水女神。

㉗张：陈设。《咸池》：尧时的乐曲名。一说为舜乐。《承云》：黄帝时的乐曲名。一说是颛顼时乐曲。二女：这里指尧之二女，即娥皇、女英，同嫁舜为妻。御：侍奉，指演奏歌舞。《九韶》：亦作"九招"，舜时乐曲名。

㉘湘灵：古代神话传说中的湘水之神。瑟：古代一种弦乐器。海若：古代神话传说中的海神。冯（píng）夷：古代神话传说中的河神，即河伯。

㉙玄螭（chī）：黑色无角龙。虫象：水中神兽。形：形体。蟉虬（liú qiú）：屈曲盘绕的样子。逶蛇：又写作"委蛇""逶迤"等，形容蜿蜒曲折的样子。

㉚雌蜺：彩虹。古人称虹外侧色淡的部分为"雌睨"。便（pián）娟：轻盈美好。增挠：指彩虹高而弯曲的样子。挠，缠绕。轩翥（zhù）：高飞的样子。

㉛音乐：古代音、乐有别。《礼记·乐记》："音之起，由人心生也。人心之动，物使之然也，感于物而动，故形于声。声相应，故生变，变成方谓之音。比音而乐之，及干戚、羽旄，谓之乐。"博衍：乐章内容结构丰富宏大，这里形容乐声博大广远、舒展绵延的样子。焉乃：于是。

㉜舒：放开，这里指舍弃。并节：相并而设的节旄，即仪仗。驰骛（wù）：疾驰，快跑。逴（chuō）：远，超越。绝垠：天际，极远的地方。寒门：传说中的北极之门，即北方极寒冷的地方。

㉝轶（yì）：本义是后车超前车，引申为超越。迅风：疾风。清源：指北极寒风的源头，传说中的八风之府。增冰：即层冰，层层积累的冰雪，乃北方严寒景象。

㉞历：适，往。玄冥：北方水神。邪径：斜路，弯路。乘：升。间维：指天地之间。古称天有六间，地有四维，故称。

㉟黔嬴（yíng）：造化之神。一说传说中的北方水神。平路：清理道路。

㊱经营：经历，来来去去，周遍往来。四荒：四方荒远之地。周流：遍游，四处游观。六漠：又称"六合"，指天地上下四方。

㊲列缺：天顶的裂隙，古人谓闪电由此漏出，故又称闪电为列缺。缺，一本作阙。大壑（hè）：深渊。洪兴祖《楚辞补注》引《列子》曰："渤海之东有大壑焉，实惟无底之谷，名曰归墟。"

㊳峥嵘：深远，深邃。无地：言其深远已超于大地的界限。寥廓：空虚高远的样子。无天：言其高远已超于天际。下无地，上无天，意谓心容天地，而不受天地所限，达到太初原始的境界。

译文

　　早晨从天宫出发啊，傍晚到达医巫闾山。万辆马车聚集一处啊，从容安详并驾向前。驾着八匹神骏迤逦而行啊，载着云旗飘扬飞动。竖起插着旄头绘有颜色鲜艳的雄虹的彩旗啊，五色缤纷光彩夺目。居中的马高大矫健俯仰自然啊，两边的马健壮而纵恣奔驰。车马参差交错杂乱啊，队列绵绵不绝并行向前。我抓紧缰绳握好马鞭啊，将经过那东方木神句芒。经过东帝太皓再向右转啊，让风伯飞廉在前开路。明亮的太阳尚未放射光芒啊，超越天地径直向前。风伯为我做车队的先驱啊，扫荡尘埃迎来清凉。凤凰的彩翼连接着云旗啊，在西帝那里遇见金神蓐收。摘下彗星充当旌旗啊，举起斗柄用以指挥。五色斑斓上下闪耀啊，在云海波涛中漫游流连。天色渐暗四周朦胧啊，我叫来玄武跟随相伴。让文昌在车后为我掌管行程啊，安排众神并驾前行。前方道路多么漫长遥远啊，我掌控车节缓缓驰向云天。左边让雨师相伴随侍啊，右边让雷公保驾扈从。想超脱尘世而忘却归去啊，放纵心志而高飞远举。我心中喜乐自认为美好啊，所以姑且娱戏以自乐。飞越层云漫游四面八方啊，忽然俯瞰到故乡田原。车夫感怀我心悲伤啊，车驾两侧的马也频频回望不肯向前。思念故友想见到他们啊，我长长叹息涕泪滂沱。从容泛游而逍遥远去啊，聊且抑制情感而自我宽慰。追寻南方火神径直奔驰啊，我将前往九嶷山。

　　遥览世外景象浩渺无垠啊，我仿佛在汪洋大海中沉浮。火神祝融劝告我掉转车头啊，我传告鸾鸟去迎接宓妃。宓妃演奏《咸池》和《承云》之曲啊，娥皇、女英奏起《九韶》之歌。让湘水之神敲奏瑟乐啊，让海神与河神共同跳舞。黑龙与水怪一起戏乐啊，形体屈曲婉转自如。彩虹轻盈层层环绕啊，青鸾神鸟高翔飞舞。音乐宏博没有终止啊，我于是远去周游徘徊。放松缰绳任马狂奔啊，远到天边北极的冰寒之地。超越疾风来到寒风之源啊，跟随颛顼登上层层厚冰。通过水神的崎岖小路啊，在天地之间顾盼不已。召唤造化之神黔嬴前来相见啊，叫他为我先行铺平道路。驾着马车走过四方荒凉之地啊，周游六合广漠之境。向上直触闪电的缝隙啊，向下俯瞰大海的深壑。下面高远深邃看不见大地啊，上面辽阔空远望不见苍天。模模糊糊什么也看不见啊，恍恍惚惚什么也听不清。超越无为清虚的境界啊，和太初原始结伴为邻。

赏析

　　全诗可分为六段。第一段自"悲时俗之迫陋兮"至"澹无为而自得"，写远游的动机和心境。"悲时俗之迫陋兮"以下四句是总起，交代远游的原因。"悲时俗之迫陋兮，愿轻举而远游"，是说人世已不可为，故愿远离人世，轻举上游。对恶浊朝廷的迫害充满悲愤，只得去远游了。诗的开篇就讲离尘远游的动机，是因为环境困阻，愿脱尘世羁绊，但凤质菲薄，难遂愿望。到哪里远游呢？"焉托乘而上浮"，去的是天上，是人们所崇仰的神仙世界。从"遭沉浊而污秽兮"至"澹无为而自得"，是写远游者的心境，诗人反复吟咏"心愁悽而增悲""求正气之所由"，定下全诗的感情基调：悲愤的追求和坚定的信念。思天地之无穷，人生如寄，神去形存，亦奚以为？故欲"求正气之所由"，虚静恬愉，无为自得，以求达长生目的。诗人到四方远游的宁静环境和关怀现实的热烈内心形成一对矛盾，从而引出下文诗人情绪的多变反复。

　　第二段自"闻赤松之清尘兮"至"余将焉所程"，写远游的急切愿望和向往的理想的仙境。自"闻赤松之清尘兮"至"世莫知其所如"为第一层，诗人提到一系列的仙人：赤松子、傅说、韩众等都已升举，作为追慕的对象，他们光彩照耀，变化往来，忧患莫侵，超世离俗，虽自己内心向往，但仙踪已远，怎样寻求呢？"贵真人之休德兮，美往世之登仙"。不过，诗人内心仍然忘却不了故乡，忘却不了世俗社会。难道得道升天、腾云驾雾，就可以躲避小人们的迫害吗？诗人感到隐隐作痛却无法回答。诗人对此的怀疑，实际上是自己对远游复杂的心理表述。自"恐天时之代序兮"至"余将焉所程"为第二层，诗人的思绪又回到世俗社会，想到善良忠诚而遭朝廷迫害的情形，感到高阳帝时代清明的政治不会再出现，只好认真规划自己远游的行程了。诗人因在人间受苦就向往上天遨游，欲上天游玩却又怀念人间。天上人间，始终成为诗人心灵的两极，时左时右，情绪波动不已。

　　第三段自"重曰"至"此德之门"，写远游的决断以及从王子乔那里得到成仙的指教。自"重曰"至"审壹气之和德"为第一层，诗人对自己发出感慨，世俗社会不能再留恋了，还是去飞天遨游吧！诗人决心去远游，并定下方向，先向南方游览。至此，诗人的远游才从思想落实到行动。那么，要向谁请教远游的道理呢？第一位远游导师便是王子乔。定了信念，请教仙人，远游便确定无疑了。自"曰：道可受兮"至"此德之门"为第二层，是仙人王子乔的话。诗人把王子乔的话用富有节奏的文字记录下来，实质上是通过与仙人的话，表达自己对远游的体会：既然现世已无有道贤君，那么，上天悟道就是成仙立德了。王子乔的话和诗人的领悟都集中在做一个有道德的人这一点上，可见诗人仍未忘情于世：人间的道德规范永远深烙在他心中。借王乔之言，阐养生之术，实则欲去未能，不过以此抒怀而已。

　　第四段自"闻至贵而遂徂兮"至"造旬始而观清都"，写诗人升天受阻。诗人远游的第一站是上天宫参观。上天之前，诗人吸取天之精气，神旺体健，然后乘云上天，进入天宫之门，游览清都等天帝的宫殿。诗人升天后先到天中央作为出发的基点。古时说天帝宫殿在天的中央，可见在他心灵深处，仍然有一个天帝，那是人间君王在天界的投影。人们似乎在隐约之间感到屈原离开楚国都城远游时，心中时刻忘不了人间的君王的情景。

楚辞选

屈原是一个伟大的爱国者，无论到空中远游，还是在人世远游，都不过是一刹那的念头。他并不想真正逃避现实离开自己的祖国。他远游中在北方会见了古代的帝王颛顼，向他诉说自己的遭遇，又到南方的苍梧向虞舜诉说自己的遭遇。屈原本想通过与圣帝和古贤交谈，使自己的遭遇和痛苦能够得到理解和排遣，然而这个目的并没有达到。

第五段自"朝发轫于太仪兮"至"吾将往乎南疑"，写诗人远游的第二站：游览天上的东方与西方。诗人先是游东方。他出游的队伍不是三两什役，而是一大队龙神卫护，八龙驾车，风伯、雨师、雷公做侍卫，真是威风八面，气势威严。这里写出游队伍的庞大神奇，既有大胆热烈的想象，又有丰富具体的铺陈，使出游的行列成为神仙世界的展览，渲染出成仙得道的快乐气氛。诗人在拜会过东方太皓天帝和西方金神蓐收之后，有点飘飘然之感，尽情地享受得道成仙的乐趣。但是，当诗人从高空下视，瞥见故乡时，心中却不禁隐隐作痛。即使将要度世上升，乃复回顾故国，不忍离去，遂炼神合道，等待机缘。诗人这种欲离不离、欲去还留的心态，使他的情绪寄托呈现一种徘徊犹豫、反复凄迷的美。不想离去，那该怎么办呢？诗人决定再向南游，希望找到舜帝一诉衷肠。

第六段自"览方外之荒忽兮"至"与泰初而为邻"，写诗人四方神游。自"览方外之荒忽兮"至"为余先乎平路"为第一层，写诗人游览南方和北方，分别拜会南方之神祝融和北方之神颛顼，并且都深受教益。自"经营四荒兮"至"与泰初而为邻"为第二层，写诗人游览东西南北四方天空大地，感悟到人间应该有一个新的世界，那便是超越儒家的教化，使人与天地元气相一致，天、地、人和谐共处。这样，即使不离开人间远游，也能感受到生命的快乐了。相比之下，游览南方和北方的描写，比游览东方和西方简单一些，因为同样一支队伍，不必重复描述。只是突出了南方的鸾迎宓妃、湘灵鼓瑟，以及北方的冰积寒冷。诗人想象丹已大还，周流于上下四方，无所窒碍，因此说"超无为以至清兮，与泰初而为邻"。虽然此时暂不冲举，也已出有入无了。由此达到了上无天、下无地，视无所见、听无所闻的至高无上的解脱境界，表现了作者强烈的出世思想。王夫子释解说："屈子厌秽浊之世，不足有为，故为不得已之极思，怀仙自适，乃言大还既就，不愿飞升，翱翔空际，以竢时之清，慰其幽忧之志，是其忠爱之素，无往而忘者也。"这种解释，既符合道家和道教的内丹思想，又切合屈原的身世和抱负。

卜居

题解

　　"卜居"，卜，是问卜；居，是居处。"卜居"即问卜选择居处之意。本篇写屈原向郑詹尹问卜。蒋骥在《山带阁注楚辞》中曾说："谓所以自处之方。"也就是说，通过占卜来解决自己去向的问题，在这里也可引申为通过占卜决定采用何态度对待社会现实。《卜居》中所流淌的屈原的情感，正是选择的痛苦和选择之后的痛苦。正如蒋骥所说："《卜居》本意，盖以恶既不可为，而善又不蒙福，故向神而号之，犹阮籍途穷之泣也。"清人王夫之《楚辞通释》云："《卜居》者，屈原设为之辞，以章己之独志也。居，处也。君子之所以处躬，信诸心而与天下异趣。澄浊之辩，粲如分流；吉凶之故，轻若飘羽。人莫能为谋，鬼神莫能相易。恐天下后世，且以己为过高，而不知俾躬处休之善术，故托为著龟而詹尹不敢决，以旌己志。因穷斨婴病国之情状，示憎恶焉。"

　　关于本篇的作者是否是屈原也有争议。王逸《楚辞章句》说："《卜居》者，屈原之所作也。屈原履忠贞之性，而见嫉妒。念谗佞之臣，承君顺非，而蒙富贵。已执忠直，而身放弃，心迷意惑，不知所为。乃往至太卜之家，稽问神明，决之著龟，卜己居世何所宜行，冀闻异策，以定嫌疑。故曰《卜居》也。"王逸认为是屈原所作，后世诸多注者亦从其说。明清以后以至近代，每每都有人对此篇是否为屈原所作提出质疑。如从这篇作品所表达出的思想、文体风格等方面看，确与屈原其他作品有明显区别，应属于屈原之后、崇尚屈原人格、同情屈原遭遇之人，假托屈原行止而写的一篇赋体性质的作品，其年代不晚于汉初。清人崔述《考古录·考古续说·观书余论》对此说断然翻案："作赋者托古人以畅其言；固不计其年世之符否也。谢惠连之赋雪也，托之相如；谢庄之赋月也，托之曹植。是知假托成文，乃词人之常事。然则《卜居》《渔父》亦必非屈原之所自作，《神女》《登徒》亦必非宋玉之所自作，明矣。"近现代的一些楚辞研究者，包括郭沫若、游国恩、陆侃如等人却认为这篇是"伪作"，甚至将《卜居》和《渔父》排除在了屈赋之外。郭沫若也说："《卜居》可能是深知屈原生活和思想的楚人作品。"（《屈原赋今译》）但最终，陈子展在《楚辞直解》中对"伪作说"进行了驳斥，并得到了姜亮夫、汤炳正、蒋天枢等人的认同。《卜居》再次进入屈赋。

这篇作品以屈原生平为题材，用问答体方式铺叙内容，开头和结尾的叙述完全是散文的写法，中间语句散韵结合，句式参差错落，已初具"不歌而诵"的汉赋文体的特征，反映了楚辞体的流变。唐代以鬼才称著于世的诗人李贺读了《卜居》后称道说："《卜居》为骚之变体，辞复宏放，而法甚奇崛。其宏放可及也，其奇崛不可及也。"（引自明蒋之翘《七十二家评楚辞》）他确是品味出了《卜居》的妙处的。文章采用了散文式的叙述手法，通过提出一系列的占卜问题，来表明自己的处世态度，以及和黑暗现实作激烈抗争的心愿。同时在表明自己对美善的坚持和对丑恶的厌弃时，又因为要作出种种选择而痛苦不堪。最终，忠贞而坚持美善的屈原还是不得不作出取舍，而这种取舍也造就了他生活的艰难和困苦，造就了他悲惨的命运。

原文

屈原既放，三年不得复见①。竭知尽忠，而蔽鄣于谗②。心烦虑乱，不知所从③。往见太卜郑詹尹④，曰："余有所疑，愿因先生决之⑤。"詹尹乃端策拂龟曰："君将何以教之⑥？"

屈原曰："吾宁悃悃款款，朴以忠乎⑦？将送往劳来，斯无穷乎⑧？宁诛锄草茅以力耕乎⑨？将游大人以成名乎⑩？宁正言不讳以危身乎⑪？将从俗富贵以偷生乎⑫？宁超然高举以保真乎⑬？将哫訾栗斯，喔咿儒儿以事妇人乎⑭？宁廉洁正直以自清乎⑮？将突梯滑稽，如脂如韦，以洁楹乎⑯？宁昂昂若千里之驹乎⑰？将泛泛若水中之凫乎，与波上下，偷以全吾躯乎⑱？宁与骐骥亢轭乎⑲？将随驽马之迹乎⑳？宁与黄鹄比翼乎㉑？将与鸡鹜争食乎㉒？此孰吉孰凶？何去何从？世溷浊而不清㉓，蝉翼为重，千钧为轻㉔。黄钟毁弃，瓦釜雷鸣㉕。谗人高张，贤士无名㉖。吁嗟默默兮，谁知吾之廉贞㉗？"

詹尹乃释策而谢曰㉘："夫尺有所短，寸有所长㉙。物有所不足，智有所不明㉚。数有所不逮，神有所不通㉛。用君之心，行君之意，龟策诚不能知事㉜！"

注释

①既放：已经被放逐。不得复见：指不得再见楚王。复见，再被召见。

②竭知："知"通"智"，竭尽自己的才智。蔽鄣于谗：受谗言所遮蔽阻隔。鄣，遮隔。指他和楚王之间被谗人所离间。

③虑乱：思绪纷乱。不知所从：无所适从，不知如何是好。

④太卜：朝廷中掌管占卜的官。郑詹尹：太卜的姓名。

⑤因：通过，借助。决：决断。这里是指代为判断一下何去何从。

⑥端：摆放端正。策：占卜用的蓍草。拂龟：拂净占卜用的龟甲。这里是说很虔敬地做好占卜准备。何以教之：有何见教，客气语，实际是说你想要卜问什么事情。

⑦宁：宁可，宁愿。悃悃（kǔn）款款：诚实无保留。悃悃，质朴勤恳的样子。朴以忠：朴实而忠诚，指忠诚的样子。朴，朴实。

⑧将：还是。与上句"宁"，前后构成选择性诘问语。送往劳来：这里指官场上的逢迎应酬。劳，慰劳。斯无穷：就这样永远下去。斯，这样。

⑨诛：除灭。锄：锄掉。草茅：田间杂草。力耕：勤奋耕作。

⑩游：游说。大人：指权贵。成名：指抬高名声，以为进阶。清人林云铭《楚辞灯》云："上句言归隐田亩，下句言曳裾于朱门。"

⑪正言不讳：不避讳直言，指向君王直言切谏。危身：身处危险之境。

⑫偷生：苟且偷生。

⑬高举：超拔于世俗。保真：保持纯真本性。

⑭呫訾（zú zī）：欲言不言、小心谨慎的样子。栗斯：曲意奉承。栗，圆滑应对的意思。斯，助词。喔咿儒儿（ní）：指轻声软语、讨人欢心的样子。儒儿，一本作"嚅唲"。以事妇人：从事妇人所做之事，犹言做卑贱女子之媚态。

⑮自清：自我清白。

⑯突梯：圆滑，油滑。滑稽（gǔ jī）：本是古代的流酒器，引申为人长于辞令，这里则指圆转随俗，善于巧言谄媚。脂：油脂。韦：柔软的熟皮。如脂如韦，像油脂一样光滑，像熟牛皮一样柔软，均指善于应付周围人事关系。洁楹：测量圆柱。洁，同"絜"，用绳子计量圆形物体。楹，屋柱，圆形。此句的意思是指处世圆滑，善于周旋应酬。

⑰昂昂：昂首超群的样子。驹：少壮的马。

⑱泛泛：浮游不定的样子。凫：野鸭。

⑲亢轭（è）：并驾齐驱。亢，同"伉"，并列。轭，车辕前套马的横木。

⑳随：随从。驽马：劣马。迹：足迹，脚印。犹言亦步亦趋，步其后尘。

㉑黄鹄：大鸟。一说即天鹅，一飞千里。比翼：并翅齐飞。

㉒鹜（wù）：野鸭。

㉓溷（hùn）浊：混乱浑浊。不清：指是非不明。

㉔蝉翼：蝉翅，极轻薄。为重：说成是重。千钧：三十斤为一钧。

㉕黄钟：古乐中十二律之首，声音最为响亮洪大。毁弃：被毁坏废弃。瓦釜：瓦做的锅。雷鸣：声如雷鸣。

㉖谗人：进谗言的小人。高张：趾高气扬，指奸佞得势。无名：默默无闻，指被埋没。

㉗吁嗟：叹声。默默：默默无言。廉贞：廉洁坚贞。

㉘释策：放下手中的蓍草。谢：辞谢。表示对所提出的诸多疑问，决断不了，占卜也无能为力。

㉙尺有所短，寸有所长：可能是当时的熟语，意谓凡物皆各有所长，也各有所短。此处喻指龟策占卜虽灵验，但也有它不能完全预知、决疑的事。

㉚不足：不完美。

㉛数：卦数，此指占卜之术。不逮：不及，做不到。不通：不通达，不能知晓。

㉜用君之心，行君之意：用自己的心去判断，照自己的意志行事。此事：指屈原所问之应何去何从的事。

译文

屈原被放逐后，三年未能见楚王。他用尽才智和忠诚，却遭到小人的诬陷和阻挠。他心中繁杂纷乱，不知何去何从。于是他去拜访太卜郑詹尹，说："我心中有疑难的事，希望先生来帮我决断。"郑詹尹摆正蓍草，拂拭龟甲，问道："您有什么要问的呢？"

屈原说："我应该勤勤恳恳，质朴忠诚呢？还是往来应酬攀缘奉承？是应该芟除杂草努力耕种呢？还是游说权贵来获取虚名？是应该忠言直谏不顾性命呢？还是贪图富贵苟且偷生？是应该超然世外保持自己的本真呢？还是阿谀奉承，强装笑颜来讨好人？是应该廉洁正直，洁身自好呢？还是圆滑世故，如油脂滑腻，似熟牛皮柔软来圆转随俗？是应该像昂首长嘶的千里马呢？还是像在水中漂游的野鸭，随波逐流为保全自己的躯体？是应该与骏马并驾齐驱呢？还是跟随在劣马的后面？是应该与黄鹄比翼齐飞呢？还是与鸡鸭争食？请问哪个是吉、哪个是凶？我将何去何从！世道混浊是非不清：将轻薄蝉翼看作重，千钧之物反说轻；黄钟被毁弃不用，瓦锅却敲得声如雷鸣；谗佞小人气焰嚣张，声名大振，贤人志士却默默无名。可叹只有沉默啊，有谁知道我的廉洁忠贞？"

郑詹尹听后，放下蓍草辞谢道："一尺有嫌短的时候，一寸也有嫌长的时候；世间万

物都有不足的地方，智者也有不知道的时候；占卜有时也难卜吉凶，神仙也有想不通的事情。用君之心，行君之意，龟策占卜实在决断不了有些事情！"

赏析

《卜居》记述了屈原的一件逸事。全文以屈原问卜开篇，以郑詹尹"释策而谢"的答语收结，可分为三段。

从开头至"君将何以教之"为第一段，文章起笔就交代"卜居"的缘由。屈原被放逐，"三年不得复见"，不能进行申诉，自己尽心报国又被谗言所害，为此心烦意乱，不知所从。客观与主观的艰难处境促使他前去见太卜郑詹尹，请他决疑。文章首写屈原被放后的处境和思想矛盾，然后借助问卜提出了八对问题。其中心思想是说在溷浊不清、是非颠倒的世道中，是应继续坚持操守，正道直行，勇于奋进呢，还是采取随波逐流，苟且偷安，以致同流合污的态度。实际是无疑而问，是借正反两方面的提问，来表明屈原可贵的品格及其正义的选择。

从"屈原曰"至"谁知吾之廉贞"为第二段，写"问卜"的内容。文中连用"宁悃悃款款，朴以忠乎？将送往劳来，斯无穷乎"等八对"宁……将……"的句式，正反两面反复对照，既揭露了世风的黑暗，又暗示了自己的高尚追求。由于诗人在两疑之问中

寓有褒贬笔法，使每一对立的卜问，实际上都表明了诗人的选择立场。如问自身所欲坚守的立身原则，即饰以"悃悃款款""超然高举""廉洁正直"之词，无须多加探究，一股愿与慨然同风的正气，已沛然弥漫字行之间。对于群小所主的处世之道，则斥之为"偷生""争食"，状之为"喔咿儒儿""突梯滑稽"，那鄙夷不屑之情，正与辞锋锐利的嘲讽勃然同生。与对千里之驹"昂昂"风采描摹成鲜明对比的，则是对与波上下之凫"泛泛"丑态的勾勒。正如洪兴祖在《楚辞补注》中所说："此篇上句皆（屈）原所从，下句皆（屈）原所去。时之人去其所当从，从其所当去。其所谓吉，乃（屈）原所谓凶也。"所以，屈原从诉疑中揭示了当时价值观完全颠倒的非人的混浊世界："蝉翼为重，千钧为轻。黄钟毁弃，瓦釜雷鸣。谗人高张，贤士无名。"可以看出，屈原并非真的"有所疑"，真的不知"孰吉孰凶，何去何从"，而是是非曲直了然于心，是愤世嫉俗的无疑而问。这一切，又是他郁积于心、一吐为快的慨叹与激愤。清人吴楚材、吴调侯《古文观止》注云："屈原疾邪曲之害公，方正之不容，故设为不知所从，而假龟策以决之。非实有所疑，而求之于卜也。"可谓深得《卜居》精义。清人林云铭《古文析义》评论道："'蔽障于谗'四字，是一篇之纲。……灵均竭智尽忠，上不见察于君，下不见谅于俗，无处告语，故劈空撰出问卜公案。以为借龟策之陈词，庶几可质诸鬼神，以自曰其廉贞，此无聊之极思也。中段八个'宁'字、八个'将'字，语意低昂，隐隐可见。篇中计六易韵，亦骚之遗音。""蝉翼为重，千钧为轻。黄钟毁弃，瓦釜雷鸣"——谗佞的嚣张、朝政的混乱，用"蝉翼"的变轻为重、"瓦釜"的得意雷鸣喻比，真是形象得令人吃惊！全篇的卜问以此悲呼之语顿断，而后发为"吁嗟默默兮，谁知吾之廉贞"的怆然啸叹。

从"詹尹乃释策而谢曰"至末尾为第三段，写郑詹尹拒卜。郑詹尹起初"端策拂龟"，准备为之占卜，听完屈原的诉疑后，"释策而谢"，不愿占卜，并说："用君之心，行君之意，龟策占卜实在决断不了有些事情！"说明占卜也不能解答屈原的疑虑。明睿的郑詹尹对此亦早已洞若观火，所以他的"释策而谢"，公然承认"数有所不逮，神有所不通"，也正表达了对屈原选择的由衷钦佩和推崇。

全文借"问卜"之事，设疑设问，表露心迹，抨击黑暗，警醒世人。屈原通过问卜，探寻自己如何为人处世，在人生两种道路上该何去何从，表现了屈原理想不能实现的苦闷心情与激愤抗争、耿介卓立的性格特点。文中运用以香草美人以喻忠贞、以恶禽臭草以喻邪佞的比兴手法，以千里驹、骐骥、黄鹄、黄钟比贤士、比自己，以妇人、凫、驽马、鸡鹜、瓦釜比奸邪、比小人，依诗取兴，引类譬喻，突出刻画了屈原高洁的人格，抨击了奸邪的丑恶。

渔父

题解

"渔父"，即打鱼的老人。楚地尊称老人为父，实际是楚地一位隐者。对这位渔父隐者，明代的王夫之曾在《楚辞通释》中说："江汉之间，古多高蹈之士，隐于耕钓，若接舆、庄周之流，皆以全身远害为道，渔父盖其类也。"《渔父》表现了屈原被放逐沉湘后的精神状况，对了解屈原沉江前的生活很有帮助。

关于《渔父》的作者，历来说法不一。分析者认为，虽然《渔父》篇最早著录于司马迁《史记·屈原列传》中，但引述《渔父》的文字未说明是屈原作（与同为其所著录的《怀沙》不同），大约是作为屈原的史料来转引的。最早认定为屈原作的，是东汉王逸的《楚辞章句》。王逸说："《渔父》者，屈原之所作也。屈原放逐，在江湘之间，忧愁叹吟，仪容变易。而渔父避世隐身，钓鱼江滨，欣然自乐。时遇屈原川泽之域，怪而问之，遂相应答。楚人思念屈原，因叙其辞以相传焉。"有人认为，王逸这段记载的后半句说："楚人思念屈原，因叙其辞以相传焉。"作者又非屈原而成了"楚人"，前后矛盾，则似非屈原所自作。《楚辞章句》是在西汉末年刘向编的《楚辞》的基础上作注。在《楚辞》中，《渔父》已作为屈原的二十五篇作品之一收入。据此，则认定屈原作《渔父》，又可上推至刘向时。后世认同屈原作《渔父》，影响较大的有南朝梁代萧统编的《昭明文选》和南宋朱熹的《楚辞集注》。朱熹和蒋骥也分别在《楚辞集注》和《山带阁注楚辞》中认为这确实为屈原作品。朱熹《楚辞集注》云："《渔父》者，屈原之所作也。渔父盖亦当时隐遁之士，或曰亦原之设词耳。"蒋骥《山带阁注楚辞》云："或云此亦原之寓言，然太史采入本传，则未必非实录也。"

直到清朝，《渔父》才被崔述称为伪作。崔述《考古录·考古续说·观书余论》认为："作赋者托古人以畅其言；固不计其年世之符否也。谢惠连之赋雪也，托之相如；谢庄之赋月也，托之曹植。是知假托成文，乃词人之常事。然则《卜居》《渔父》亦必非屈原之所自作，《神女》《登徒》亦必非宋玉之所自作，明矣。"郭沫若也说："《渔父》可能是深知屈原生活和思想的楚人的作品。"（《屈原赋今译》）这些研究者多认为非屈原所作，和《卜居》一样，可能是楚人因悼念屈原而作。对此，姜亮夫在《屈原赋校注》中予以了

反驳："至近世崔述以庾信《枯树赋》以称桓大司马，谢惠连《雪赋》之称相如，因以定《渔父》《卜居》之称，屈原为假托成文。假托成文，固亦《庄子》寓言之例，而尤以为辞赋家之常事；……史公非可以伪托欺者也，何以尚录之本传？又沧浪之歌明载乎《孟子》，其为江汉民间流行之曲，能假为《渔父》之文者，未必不读《孟子》，而渔父之歌之可供采择者亦至多，托伪者乃不之采，而取孺子所歌，大义与上文了不相属，又未必为渔者至高之境界，此不为当时直录所历，不计巧拙，亦将无以解于此疑。"姜亮夫有理有据的反驳，认为《渔父》就是屈原所作。

《渔父》是一篇可读性很强的优美的散文。本篇以对话体展示主人公屈原的高洁人格与心灵，堪为千古佳篇。从文体的角度看，在楚辞中，唯有《渔父》《卜居》以及宋玉的部分作品采用问答体，与后来的汉赋的写法已比较接近。前人说汉赋"受命于诗人，拓宇于楚辞"（刘勰《文心雕龙·诠赋》），在文体演变史上，《渔父》无疑是有着不可忽视的重要地位的。

原文

屈原既放①，游于江潭②，行吟泽畔③，颜色憔悴④，形容枯槁⑤。渔父见而问之曰⑥："子非三闾大夫欤⑦？何故至于斯⑧？"

屈原曰："举世皆浊我独清，众人皆醉我独醒⑨，是以见放⑩。"渔父曰："圣人不凝滞于物，而能与世推移⑪。世人皆浊，何不淈其泥而扬其波⑫？众人皆醉，何不铺其糟而歠其醨⑬？何故深思高举，自令放为⑭？"

屈原曰："吾闻之，新沐者必弹冠⑮，新浴者必振衣⑯。安能以身之察察，受物之汶汶者乎⑰？宁赴湘流⑱，葬于江鱼之腹中，安能以皓皓之白⑲，而蒙世俗之尘埃乎⑳？"渔父莞尔而笑㉑，鼓枻而去㉒，歌曰："沧浪之水清兮，可以濯吾缨；沧浪之水浊兮，可以濯吾足㉓。"遂去，不复与言㉔。

注释

①既放：已经被放逐。
②游：指漫无归宿的行走、流浪。江潭：泛指江湖水域，这里指沅江一带。
③行吟：边走边吟咏。泽畔：水边。
④颜色：脸色，面色。憔悴：脸色枯暗无神。
⑤形容：体形和容貌。枯槁：干瘦的样子。

⑥渔父：犹渔翁，对年长打鱼人的尊称。

⑦子：你。三闾大夫：楚官名，掌管王族（昭、屈、景）的教育和管理。据载屈原在怀王时曾任此职。

⑧斯：此，这里指此地。

⑨举世：全世上。浊、清：指品德而言。汪瑗《楚辞集解》："清比己之洁，而浊比世之秽也。"醉、醒：指对是非的认识和判断而言。醉：指昏聩；醒：指清醒，明察。

⑩是以：因此。见放：被放逐。

⑪凝滞：冻结不流，意指主观意志执着。物：外物，客观处境。与世推移：指随世俗之状况而改变自己的态度和应对的办法。

⑫淈（gǔ）：搅乱。淈泥扬波，将水底泥搅起使清浊混同。此句指世人皆混浊，你何不也搅乱泥沙、翻起波浪，与他们同流合污。

⑬餔（bū）：食。糟：酒糟。餔其糟，本义指吃酒糟，比喻为屈志从俗，随波逐流。歠其醨：本义指饮薄酒，比喻为随波逐流，从俗浮沉。此句是说，众人皆醉，你何不也连酒带糟喝个大醉。歠（chuò），同"啜"，饮、喝。醨：薄酒。

⑭深思：用心太过，指忧国忧民。高举：指志行高洁，超拔于世俗。自令：自使。为：表疑问词。此句意谓何苦自找被放逐呢？

⑮沐：洗头。弹冠：指用手弹去帽子上的灰尘。

⑯浴：洗澡。振衣：指抖掉衣服上的尘土。汪瑗《楚辞集注》云："沐浴二句，古有是语，屈子述

之以起下文，故曰吾闻之，谓闻之于古也。"按《荀子》中亦曾引用谓"新浴者振其衣，新沐者弹其冠，人之情也"。

⑰察察：洁白的样子。汶（mén）汶：犹蒙蒙，昏暗不明的样子。指蒙受玷污、污辱。

⑱湘流：湘水，在今湖南境。

⑲皓皓：洁白有光彩。

⑳蒙：遭受。

㉑莞（wǎn）尔：微笑的样子。

㉒鼓枻（yì）：鼓动船桨，即划船。去：离开。

㉓沧浪：水名，或说是汉水的支流，或说即汉水。《沧浪歌》又见于《孟子·离娄》："有孺子歌曰：'沧浪之水清兮，可以濯我缨；沧浪之水浊兮，可以濯我足。'"歌词意谓人应该适应外物的变化而采取行动。这里是劝说屈原在此溷浊乱世，应洁身自保，隐身而退。濯吾缨：洗我帽子上的系带。

㉔遂：就。复：再。

译文

屈原遭到了放逐，在沅江边上独行。他沿着江边走边唱，脸色憔悴，模样枯瘦。渔父见了他问道："您不就是三闾大夫吗？为什么落到如此地步？"

屈原说："全世界都混浊，只有我还清白；世人都迷醉了，唯独我清醒，因此被放逐。"渔父说："圣人对待万事不拘泥固执，而能随着世道一起变化。世上的人都污浊，何不把水搅得更浑浊，扬起浊浪？大家都沉醉不醒，何不跟着吃酒糟喝薄酒，与世同醉？为什么非要思虑深切举止高超，使自己落了个被放逐的下场？"

屈原说："我听说：刚刚洗过头的人一定要弹去帽子上的灰尘，刚刚洗好澡的人一定要抖净衣服上的灰尘。怎么能让洁白的身体去接触污浊的外物？我宁愿跳进湘江，葬身

在江鱼腹中。怎么可以让洁白的身躯蒙受世俗的尘埃？"渔父听了，微微一笑，摇起船桨动身离去。唱道："沧浪的水清又清啊，可以洗我的帽缨；沧浪的水浊又浊啊，可以洗我的双脚。"于是离去，不再和屈原说话。

赏析

全文可分为三段。从开头至"何故至于斯"为第一段，交代了故事发生的背景、环境以及主人公与渔父的不期而遇。时间是在"既放"之后，即屈原因坚持爱国的政治主张遭到楚顷襄王的放逐之后；地点是在"江潭""泽畔"，从下文"宁赴湘流"四字看来，当是在接近湘江的沅江或沅湘间的某一江边、泽畔；其时屈原的情况是正心事重重，一边走一边口中念念有词。文中以萧淡的笔墨，描摹了屈原被逐江南的落魄情状："行吟泽畔，颜色憔悴，形容枯槁。"寥寥数笔，便在苍茫的江天之间，展现出一位伟大逐臣的孤清身影，活画出屈原英雄末路、心力交瘁、形销骨立的外在形象。"行吟泽畔"的奇特举止则又告诉读者：诗人虽遭斥逐，犹自未悔，仍在为楚国的命运踯躅、吟叹！"颜色憔悴，形容枯槁"，表明这位不向黑暗朝廷折腰的诗人，在身心上已遭受了多么沉重的摧残。对于见过诗人的渔父来说，看到这情况更显得触目惊心——当年名动遐迩的潇洒大夫，而今成了如此枯槁的江上迁客，能不令他骇然而呼："子非三闾大夫欤？何故至于斯？"文中对渔父不作外形的描述，而是直接写出他心中的两个疑问。一问屈原的身份："子非三闾大夫欤？"屈原曾任楚国的三闾大夫，显然渔父认出了屈原，便用反问以认定身份。第二问才是问话的重点所在："何故至于斯？"落魄到这地步，当是渔父所没有料想到的。楚地多隐者，当年孔子南游至楚国北界时就遇到了长沮、桀溺一类人物。其所持的观念与这里渔父所说也颇为相似。本篇中的"渔父"究竟是作者之所虚设，还是真有其人？这曾是楚辞研究中的难解之谜。洪兴祖《楚辞补注》说："《卜居》《渔父》，皆假设问答以寄意耳。而太史公《屈原传》、刘向《新序》、嵇康《高士传》或采《楚辞》《庄子》渔父之言以为实录，非也。"但从司马迁、刘向对此均有记述看，在民间流传的屈原事迹中，大抵真的遇见过这位老渔父。从那"子非三闾大夫欤？"的问语中还可推知，他应该还是屈原担任三闾大夫期间曾交往过的熟人。

从"屈原曰"至"自令放为"为第二段，由渔父一问，引出屈原的答话，并进而展开彼此间的首次思想交锋。渔父的惊呼，把诗人从沉吟中唤醒。屈原说明自己被流放的原因是"举世皆浊我独清，众人皆醉我独醒"，即自己与众不同，独来独往，不苟合，不妥协。"举世""众人"这种一网打尽式的措词，无非是诗人的愤慨之辞，其锋芒所指，当然不是民众，而是腐朽的楚之朝廷。倘若了解当时厕身楚王左右的，是怎样一批"腥臊并御"（《涉江》）的谗臣；楚之朝政又处于怎样"变白以为黑"（《怀沙》）的昏乱之中，便知道诗人之所面对的，正是这样一个无比溷浊沉醉的黑暗世界了！所以"我"与"举世""众人"的对立，与其说是表现了屈原的孤傲，不如说是抒写他内心无限苍凉的悲愤。由此引出渔父的进一步的议论。针对屈原的自是、自信，渔父提出，应该学习"圣人不凝滞于物，而能与世推移"的榜样，并以三个反问句启发屈原"淈泥扬波""餔糟歠醨"，走一条与世浮沉、远害全身的自我保护的道路。他认为屈原不必要"深思高举"，从思想到行为

无不高标独立，以致为自己招来流放之祸。渔父一开始似乎并不赞同屈原坚守操节的处世态度。在他看来，圣人之可贵，本不在于"凝滞于物"；与世推移，随遇而安，才是知天达命的明哲。不过这渔父颇机敏，他的驳难，也与诗人一样，采用了哑谜式的比兴："世人皆浊，何不淈其泥而扬其波？众人皆醉，何不铺其糟而歠其醨？"世道既如此黑暗，又有什么清浊、曲直可分，还不如折节保身，谋它个同污共醉为好！这就是包含在渔父话语中的弦外之音。渔父是一位隐者，是道家思想的忠实信徒。他所取的人生哲学、处世态度，正是从老、庄那里继承过来的。他所标举的"圣人"，指的正是老、庄一类人物。

从"屈原曰"至"不复与言"为第三段，面对渔父的反问，屈原再次进行辩解，并进而展开彼此间的再次思想交锋。渔父的驳难，虽然也是出于对诗人遭际的同情，但他所指点的迷津，却关乎人生立命之大节。屈原岂能为求个人之安逸，而改变他早在《橘颂》中立下的效法伯夷、"独立不迁"的操守？坚持"苏世独立，横而不流"（《九歌·橘颂》）的高尚人格的屈原，与渔父的"忠告"当然是格格不入的。他义正辞严地进一步表明了自己的思想、主张。针对渔父不分清浊的主张，屈原列举"新沐者必弹冠，新浴者必振衣"的生活实例，说明连常人都懂得保持发肤的清洁，淈泥扬波、同流合污又岂是人生处世之正道？这就从人所共知的常理上驳倒了渔父的主张，揭出了圣人与世推移之说的全部荒谬性，从而表明了自己洁身自好、决不同流合污的态度。又以不能以自己的清白之身受到玷污的两个反问句——"安能以身之察察，受物之汶汶者乎"，表明了自己"宁赴湘流"，不惜牺牲性命也要坚持自己的理想。这个反驳显得更为严正有力。对于渔父的关切劝告，屈原又以"安能以皓皓之白，而蒙世俗之尘埃乎"之语，表明其虽然感激，却又不能不加以拒绝的断然态度。一场关系安身立命之道的思想交锋，在貌似寻常的问答中告终。在折节保身和舍生取义的鲜明对立中，屈原正以其坚定的抉择，显示了宁为玉碎、不为瓦全的伟大志节的光辉！听了屈原的再次回答，渔父显然也被打动了，因为他终于露出了晴朗的微笑，"莞尔而笑"。渔父"鼓枻而去"，兀自唱起"沧浪之水清兮"的歌，不再搭理屈原。这部分对渔父的描写十分传神。屈原不听他的忠告，他不愠不怒，不强人所难，以隐者的超然姿态心平气和地与屈原分道扬镳。渔父所唱的歌，后人称之为《渔父歌》（宋人郭茂倩《乐府诗集》第八十三卷将此歌作为《渔父歌》的"古辞"收入），也称《沧浪歌》或《孺子歌》。歌词以"水清"与"水浊"比喻世道的清明与黑暗。所谓水清可以洗帽缨、水浊可以洗脚，大意仍然是上文"圣人不凝滞于物，而能与世推移"的意思。渔父无言而别、唱歌远去，他其实是被屈原的峻洁志节所折服，才微笑摇桨，以此动人的清歌，来表达对这位逐臣的不尽慰勉之情的，这也正是渔父的可爱之处。

《渔父》一文，采用一问一答的形式，明确显示出屈原与隐者志趣上的差别，表现了屈原绝不随波逐流、不与世俗同流合污的可贵精神。全文采用对比的手法，主要通过问答体，表现了两种对立的人生态度和截然不同的思想性格。《渔父》的价值在于相当准确地写出了屈原的思想性格，而与此同时，还成功地塑造了一位高蹈遁世的隐者形象。

渔父

九辩

题解

关于"九辩"名称的含义，王逸《楚辞章句》说："辩者，变也，谓陈道德以变说君也。九者，阳之数，道之纲纪也。故天有九星，以正机衡；地有九州，以成万邦；人有九窍，以通精明。""辩"即"变"，凡乐曲改换乐章、曲调都可称之为"变"。王夫之《楚辞通释》则释《九辩》为："辩，犹遍也，一阕谓之一遍。盖亦效夏启《九辩》之名，绍古体为新裁，可以被之管弦。其词激宕淋漓，异于风雅，盖楚声也。后世赋体之兴，皆祖于此。"可见，"九辩"是"九阕"或"九遍"的意思。此说较为通达，今多从此说。"九辩"一词见于《离骚》，应是夏代流传下来的古曲之一。"九辩"之名，《离骚》《天问》中均有出现："启《九辩》与《九歌》兮。"(《离骚》)"启棘宾商，《九辩》《九歌》"(《天问》)《山海经·大荒西经》中也有："夏后开上三嫔于天，得《九辩》与《九歌》以下。"由此可知，《九辩》和《九歌》一样，是夏启从天上带来的乐曲，"九辩"为古乐曲名，是指由若干乐章组合而成的曲调。可见，"九辩"很可能是古代流传下来的乐调。

关于《九辩》的作者，王逸《楚辞章句》说："《九辩》者，楚大夫宋玉之所作也。""宋玉者屈原弟子也。闵惜其师，忠而放逐，故作《九辩》以述其志。"王逸认为本篇的作者是屈原的学生宋玉，是宋玉借用古乐曲名自铸新词为纪念老师屈原而写的。明代焦竑《焦氏笔乘》、清代牟庭相《楚辞述芳》及吴汝纶在《古文辞类纂》评语中，均以为屈原作，但所提出的理由还不足以推倒王逸之说。《九辩》旧说为悯惜屈原的作品，近现代学者多认为此篇是宋玉自述伤情之作，写法上深受《离骚》影响，但在表达情感的方式上也有一些新的变化。

对于宋玉其人，《史记》有其传，战国末期楚国人，生卒年不详。《史记·屈原列传》中说："屈原既死之后，楚有宋玉、唐勒、景差之徒者，皆好辞而以赋见称。然皆祖屈原之从容辞令，终莫敢直谏。"记述极为简略。《韩诗外传》有"宋玉因其友而见楚相"之言。刘向《新序》则作"宋玉因其友以见楚襄王"，"事楚襄王而不见察"，同时又有"楚威王（襄王的祖父）问于宋玉"的话。班固《汉书·艺文志》也有记载，"大儒孙卿及楚臣屈本离谗忧国，皆作赋以风，咸有恻隐古诗之义。其后宋玉、唐勒，汉兴枚乘、司马

相如，下及扬子云，竞为侈丽闳衍之词，没其风谕之义。"王逸在《楚辞章句》中则说他是屈原的弟子。晋代习凿齿《襄阳耆旧传》又说："宋玉者，楚之鄢人也，故宜城有宋玉，始事屈原，原既放逐，求事楚友景差。"从这些文献看，宋玉大约活动在楚国怀、襄之时，为楚顷襄王时的文学侍臣，也有人认为他与屈原有师生关系，与唐勒、景差同时。又有学者考证，宋玉为楚幽王时人，六十岁作《九辩》（游国恩《楚辞概论》）。近年又有新说法，以为宋玉即宋主，即宋国王子，宋灭国后逃往楚国，并改换名字（赵明主编《先秦大文学史》）。宋玉的作品，最早据《汉书·艺文志》载有十六篇。现今相传为他所作的，《九辩》《招魂》二篇，见于王逸《楚辞章句》；《风赋》《高唐赋》《神女赋》《登徒子好色赋》《对楚王问》五篇，见于萧统《文选》；《笛赋》《大言赋》《小言赋》《讽赋》《钓赋》《舞赋》六篇，见于章樵《古文苑》；《高唐对》《微咏赋》《郢中对》三篇，见于明代刘节《广文选》。但这些作品真伪相杂，可信而无异议的只有《九辩》一篇。《招魂》颇多争议，一般认为是屈原所作。宋玉现存作品中，以《九辩》最为杰出。

原文

悲哉，秋之为气也①！萧瑟兮草木摇落而变衰②。憭慄兮若在远行，登山临水兮送将归③。泬寥兮天高而气清，寂寥兮收潦而水清④。憯凄增欷兮薄寒之中人⑤，怆怳憭悢兮，去故而就新⑥，坎廪兮贫士失职而志不平⑦。廓落兮羁旅而无友生，惆怅兮而私自怜⑧。燕翩翩其辞归兮，蝉寂漠而无声⑨。雁廱廱而南游兮，鹍鸡啁哳而悲鸣⑩。独申旦而不寐兮，哀蟋蟀之宵征⑪。时亹亹而过中兮，蹇淹留而无成⑫。

注释

①气：气象，气候，古人认为秋气即杀气、阴气。

②萧瑟：风吹草木的声音。摇落：脱落，凋零。

③憭慄（liáo lì）：亦作"憭栗"，凄怆，凄凉，这里形容心情凄惨悲凉。送：送别。将归：将要结束的这一年。

④泬寥（xuè liáo）：亦作"泬漻"，形容晴朗空旷的样子。气清：空气清爽。寂寥（liáo）：空旷寂静，没有声音。一说水清澈平静的样子。潦（lǎo）：雨水，积水。收潦，收尽雨水，指大水退去。

⑤憯（cǎn）凄：悲痛、伤心难过的样子。增欷（xī）：加叹息声。薄寒：轻微的寒冷。中（zhòng）：侵袭，伤害，在这里作动词用。

⑥怆怳（chuàng huǎng）：失意悲伤的样子。怳，同"恍"。憭悢（kuǎng liàng）：失意怅惘的样

子。去：离开。就：靠近。

⑦坎廪（lǐn）：坎坷不平，这里指不顺利，不得志。贫士：诗人自称。失职：失去官职。

⑧廓（kuò）落：空旷寂寥，这里指空虚寂寞。羁（jī）旅：客居，滞留他乡。友生：友人，指知心朋友。怜：怜悯。

⑨翩翩：鸟飞起来好看的样子。寂漠：寂寞。漠，寂静，没有声音。

⑩雍（yōng）雍：即雍雍，鸟和鸣发出的声音。一本作"嗈嗈"。鹍（kūn）鸡：鸟名，样子很像鹤，黄白色。啁哳（zhāo zhā）：声音繁杂而细碎。

⑪申旦：到天明，指通宵达旦。宵征：原指夜行，这里指蟋蟀夜鸣。

⑫时：年纪。亹（wěi）亹：行进不停的样子。过中：过了一半，过了中年。寒：句首的语助词。淹留：停留，停止。

译文

悲凉啊，这萧飒的秋气！萧瑟啊摇摆飘落而凋零。心中凄凉啊好像独自在远行，又似登山临水啊送别友人踏上归程。晴朗空旷啊天空高远空气清爽，水面平静啊积水消退水流澄清。悲伤叹息啊微寒袭人，恍惚惆怅啊离开故乡去新地，路途坎坷啊丢了官职又心中难平。空虚孤独啊客居他乡没有亲朋，失意悲伤啊只能暗自伤情。燕子翩翩辞北归南啊，秋蝉静寂没有声音。大雁鸣叫着向南飞翔啊，鹍鸡不停地啾啾悲鸣。独自通宵达旦难以入眠啊，蟋蟀的彻夜鸣叫增添悲情。时光流逝已过了半生啊，仍然滞留在外而一事无成。

赏析

　　以上是第一段。诗人以秋天的萧索景象起兴，引出自己的身世之感。通过对秋景的描绘，对秋天季节的感受，抒发了自己对时序迁移，遭遇坎坷，事业无成的感慨。诗一开头，诗人因秋而兴感，唱出了千古悲秋第一音："悲哉，秋之为气也！"宋玉因此被誉为"悲秋诗人"。诗人首先对秋天物候的变化进行细致的描写，把自己的悲愁曲折地表达出来。秋风萧瑟，草木凋零，天高气清，秋水平静，微寒阵阵袭人。诗人把秋天万木凋落与人的遭遇联系起来。在这凄清肃杀的秋气中，自己却受谗被贬，"怆怳忧恨兮，去故而就新，坎廪兮贫士失职而志不平"，内心愤愤不平，独自远游他乡，举目无亲，"廓落兮羁旅而无友生，惆怅兮而私自怜"，多么孤寂、多么凄惨。此时，又看到燕辞归，寒蝉噤，鹍鸡悲啼，群雁南行，蟋蟀一声声彻夜哀鸣。秋气的摇落、时序的惊心，形成了多么浓重的伤感的氛围！诗人的心情悲凉之极，只好暗自哀怜，难诉心中的无限愁闷，同时又想到"时亹亹而过中兮，蹇淹留而无成"，时光荏苒，年事过半，长期在外漂泊，一事无成，更加悲不自胜。"贫士失职而志不平"是全诗的旨意所在，也乃诗人真实心声之吐露。失去官职，没人同情，独自流浪，人过中年事业无成，所有不幸，仿佛都集中在诗中抒情主人公的身上。于是，这位贫困、孤独、哀怨的流浪者，眼目中秋天的景物，无不带上悲伤的颜色。诗歌一开篇，便把苍凉的秋景与诗人失意悲凉的心情交融在一起，将一片难诉之情，表现得深细入微而又意味深长，写得回肠荡气，悲慨万端。为整首《九辩》奠定了悲哀的基调和抹上了黯淡的底色。

原文

> 　　悲忧穷戚兮独处廓，有美一人兮心不绎①。去乡离家兮徕远客，超逍遥兮今焉薄②？专思君兮不可化，君不知兮可奈何③！蓄怨兮积思，心烦憺兮忘食事④。愿一见兮道余意，君之心兮与余异⑤。车既驾兮揭而归，不得见兮心伤悲⑥。倚结轸兮长太息，涕潺湲兮下沾轼⑦。忼慨绝兮不得，中瞀乱兮迷惑⑧。私自怜兮何极，心怦怦兮谅直⑨。

注释

①穷戚：处于穷困之境。廓：大而空旷，这里形容心情寂寞无聊。有美一人：有一个具有高尚美德的人，诗人自指。绎：原指抽丝，这里形容人的心绪烦乱，无法理清。一说同"怿"，指愉快、喜悦。
②徕：同"来"。远客：异客，客居。超：远。逍遥：原指悠闲自在，在这里指无依无靠。焉：哪里。薄：本义是靠近，这里指停止。
③专：专心。君：君王。不可化：无可改变。可奈何：无可奈何。

④怨：忧虑，忧愁。烦憺（tán）：因忧愁而发呆的样子。忘食事：忘记吃饭和做事。一说为饮食之事。

⑤道余意：说明我的意思。

⑥揭（qiè）：去，离开。

⑦倚：靠着。结轮（líng）：古时马车车厢上的横木。潺湲（chán yuán）：河水缓慢流动的样子，这里形容泪流不止。沾：一本作"霑"。轼：古时马车前乘坐者扶的横木。

⑧忼慨：情绪激昂。忼，同"慷"。绝：绝念。不得：做不到。中：内心。瞀（mào）乱：昏乱，烦乱。

⑨怦怦：形容心跳急速，这里指心情迫切。谅直：忠诚正直。

译文

悲愁困顿啊独自空虚寂寞，有一位美人啊心绪烦乱。离乡背井啊客居异乡，孤独无依啊要归向何处？思念君王啊我忠心不变，君王不知道啊又能怎样！满腔哀怨啊思虑万千，心里烦闷啊不想吃饭。愿见一面啊诉说我的心意，君王心思啊却与我迥异。驾好马车啊走远又返回，不见君王啊心里伤悲。倚着车栏啊长长叹息，泪水涟涟啊沾湿了车前的横木。情绪激昂想决绝啊又做不到，心里烦乱啊心中迷茫。独自哀怜啊忧心之极，心情迫切啊始终忠诚正直。

赏析

以上是第二段。诗人叙述自己有乡不能归、思君不能见的苦闷。先叙自身遭遇之坎坷。"有美一人兮心不绎""去乡离家兮徕远客，超逍遥兮今焉薄"。美丽的女人竟然被抛

弃，独自飘零远方。流离失所，生活无着，苦况可想而知。在这样的境遇中，"专思君兮不可化，君不知兮其奈何"，诗人始终思念国君，希望一见，倾诉自己的忠诚。但是，事与愿违。"愿一见兮道余意，君之心兮与余异，车既驾兮朅而归，不得见兮心伤悲。"而所思念之君却不理睬，爱情破灭了，能不伤心吗？"悲忧穷戚""去乡离家"，君心与己异，唯有伤悲叹息。自己的忠心，国君不能理解；自己的才能，群小不能相容，感情是分外沉痛和绝望的。但作者内心无愧，仍坚持正直。

原文

　　皇天平分四时兮，窃独悲此凛秋①。白露既下百草兮，奄离披兮梧楸②。去白日之昭昭兮，袭长夜之悠悠③。离芳蔼之方壮兮，余萎约而悲愁④。秋既先戒以白露兮，冬又申之以严霜⑤。收恢台之孟夏兮，然欿傺而沉藏⑥。叶菸邑而无色兮，枝烦挐而交横⑦。颜淫溢而将罢兮，柯彷佛而萎黄⑧。萷櫹椮之可哀兮，形销铄而瘀伤⑨。惟其纷糅而将落兮，恨其失时而无当⑩。㩜骓辔而下节兮，聊逍遥以相佯⑪。岁忽忽而遒尽兮，恐余寿之弗将⑫。悼余生之不时兮，逢此世之俇攘⑬。澹容与而独倚兮，蟋蟀鸣此西堂⑭。心怵惕而震荡兮，何所忧之多方⑮？卬明月而太息兮，步列星而极明⑯。

注释

①四时：这里指四季。窃：独自，私下。凛：寒冷。

②下：降下。古人以为露也和雨雪一样是由天上落下来的。奄：忽然，这里是快速的意思。离披：分散的样子。指枝叶疏落。梧楸：梧桐树、楸树，均为早凋之树木。

③去：离去。昭昭：光明。袭：暗暗进入。悠悠：长久、无尽貌。

④芳蔼：芳菲繁盛。蔼，形容枝叶繁茂。方壮：正当壮年。壮，茂盛。萎约：枯萎、萎缩。

⑤戒：警告，警示。申：加上。

⑥收：收敛。恢台：广大的样子，这里形容万物茂盛。然：于是，就。欿（kǎn）：通"坎"，陷落。欿傺（chì）：枯萎、停止。傺，停止。沉：深。沉藏，深埋收藏。欿傺沉藏，是说初夏的繁华景象都已消失。

⑦菸（yū）邑：枯萎，形容树叶枯损的样子。烦挐（rú）：纷乱，牵缠。

⑧颜：容，这里指树的外表。淫溢：过分。一说浸渐。罢：通"疲"，指枝叶落尽。柯：枝干。彷佛：模糊，看不清楚。"彷"同"仿"。

⑨蔏（shāo）：同"梢"，树梢。槮槮（xiāo sēn）：树枝无叶光秃挺立的样子。销铄（shuò）：销熔，摧残。瘵伤：树木受寒冷淤积的损伤。

⑩惟：这里是想的意思。纷糅：纷乱，杂乱。恨：遗憾，痛惜。失时：这里指失去了好的时间。无当：没有好际遇，遭遇不当。

⑪擥（lǎn）：抓住。騑辔（fēi pèi）：马缰绳。下节：按节，停止甩鞭，这里指让马缓缓前行。相佯：同"徜徉"，自由自在地来往。

⑫忽忽：形容时间飞逝。遒（qiú）尽：接近尽头。弗将：无法长久。

⑬不时：没有遇上好时光。佂攘（kuāng rǎng）：混乱、纷乱不安的样子。

⑭澹（dàn）：安然，淡泊。容与：闲散的样子。倚：依靠，凭靠。

⑮怵（chù）惕：心里害怕，惊惧。震荡：心神不定。多方：形容多的样子。

⑯卬（yǎng）：同"仰"，抬头看。步：行走，徘徊。列星：众星。极明：到天明。

译文

　　皇天平分一年为四季啊，我唯独为这寒秋暗生悲伤。秋露已经降在了百草上啊，树叶瞬间飘离梧楸枝头。朗朗白日已经过去了啊，紧接着就是漫长黑夜。告别了壮年的繁茂芬芳啊，衰老困窘令我悲入愁肠。秋天先用白露来警示啊，冬天又加上层层寒霜。收起了盛夏的葱郁生机啊，深藏起万物的生机勃勃。树叶枯萎无光彩啊，枝干纷乱错杂无章。色彩黯淡将凋落啊，树枝零落早已枯黄。树梢光秃秃令人悲怆啊，外形枯槁好似有瘀伤。想起败叶衰草即将凋零啊，感慨错失了美好时光。抓住缰绳停鞭徐行啊，姑且逍遥徘徊游荡。岁月匆匆流逝待尽啊，恐怕我的寿命不会长久。伤感生不逢时啊，遇上世道凌乱不安。恬淡闲散独倚栏杆啊，听见蟋蟀鸣叫在西堂。心中惊惧心神不安啊，为何忧伤聚集如此之多？仰望明月久久叹息啊，徘徊星空下直到天明。

赏析

　　以上是第三段。诗人以凄艳的笔调从不同角度来描写秋景，抒发自己悲秋的感情。诗人续写悲秋，以自然界秋日之具体状貌衬托内心的忧愁，抒发生不逢时、怀才不遇之感叹。诗人以凄艳的笔调更进一步描写了秋景、秋色、秋物、秋声，诗中那一片衰败、萧条的暮秋景象，满含着诗人幽怨哀悼的感情，带着浓厚的主观色彩。一路所见秋色，眼中都是凄凉。你看，"白露既下百草兮，奄离披兮梧楸"，寒露下来，百草焦黄，乔木落叶，春天的群芳与夏日的浓荫，都消失了。"惟其纷糅而将落兮，恨其失时而无当。"季节过去了，草木只能黄落；机遇失去了，贫士唯有悲哀。诗人痛心疾首的神情和贫困凄凉的境况，在冷落的秋景中宛然可见。"离芳蔼之方壮兮，余萎约而悲愁""岁忽忽而遒尽兮，恐余寿之弗将"。这里用百花盛开的时节已过，比喻自己像草木一样一天天枯萎，面对悲凉的秋色，深感岁月的流逝，老之将至，倍增悲愁。

原文

　　窃悲夫蕙华之曾敷兮，纷旖旎乎都房[1]。何曾华之无实兮，从风雨而飞飏[2]。以为君独服此蕙兮，羌无以异于众芳[3]。闵奇思之不通兮，将去君而高翔[4]。心闵怜之惨凄兮，愿一见而有明[5]。重无怨而生离兮，中结轸而增伤[6]。岂不郁陶而思君兮？君之门以九重[7]。猛犬狺狺而迎吠兮，关梁闭而不通[8]。皇天淫溢而秋霖兮，后土何时而得漧[9]？块独守此无泽兮，仰浮云而永叹[10]。

注释

①蕙华：蕙草开的花。华，同"花"。曾敷：重重开放。曾，同"层"。敷，开放。纷：众多貌。
旖旎（yǐ nǐ）：柔美的样子。都（dū）房：华丽的房屋。都，华丽、优美，一说大。

②曾华：重瓣花朵，一说重重花朵。无实：没有果实。飞飏（yáng）：飘扬。

③服：佩戴。蕙：即蕙花。羌：句首发语词。

④闵：同"悯"，哀伤。奇思：在这里指忠诚的心。不通：不能通达。

⑤有明：自我表白，在这里指向君王表明自己的心意。

⑥重：深思。无怨：没做让人（君王）怨恨的事。生离：生生隔离，在这里指被逐出。中：内心。
结轸：郁结悲痛。

⑦郁陶（yáo）：忧思郁结的样子。九重：原指天门，这里形容君门深邃，难得一进。

⑧狺（yín）狺：狗叫的声音。迎吠：对着人狂叫，意指拒贤人。关梁：关隘桥梁。

⑨淫溢：这里指不停下雨。秋霖：秋雨。后土：大地，古人常用"后土"与"皇天"对称。
漧（gān）：同"乾"，干。

⑩块：孤独的样子。无泽：同"芜泽"，乱草丛生的沼泽之地。

译文

　　暗自悲叹那层叠开放的蕙花啊，繁盛娇美布满华美的宫殿。为何花朵累累却没有结果啊，随着风雨四处飘扬。原以为君王独爱佩带这蕙花啊，谁知在他眼里与众花没什么

不同。伤心出众的谋略不能通达于君王啊,我将要离开君王远走他方。内心多么忧愁凄凉啊,希望见君王一面倾诉衷肠。念自己无罪却要被弃逐啊,内心郁结沉痛更加悲伤。哪能不忧郁结思念君王?怎奈君门幽深重重关防。守门的猛犬迎面狂叫啊,关塞和桥梁都闭塞不通。上天降下连绵秋雨啊,大地何时才能干燥?独守在这荒芜的沼泽啊,仰望浮云长声哀叹。

赏析

以上是第四段。诗人以蕙花的遭遇自比,因无法得到楚王的了解,处境又极为恶劣,心中充满了失意的愁闷。诗人以一个被君所弃的美人口吻,写她求爱不遂的悲苦。"以为君独服此蕙兮",原以为君王独爱佩带这蕙花啊,谁知在他眼里与众花没什么不同。诗人首先以蕙草被弃,比喻自己不被国君所用。"闵奇思之不通兮",伤心出众的谋略不能通达于君王啊,我将要离开君王远走他方。"重无怨而生离兮",念自己无罪却要被弃逐啊,内心郁结沉痛更加悲伤。"岂不郁陶而思君兮?"哪能不忧思郁结思念君王啊?怎奈君门幽深重重关防。诗人指出国君远贤臣近小人的原因,首先是朝廷上群小当权堵塞贤路,"猛犬狺狺而迎吠兮,关梁闭而不通。"大门紧闭,门外恶狗狂吠,怎能传送去一片心意呢?无奈之下。只好"块独守此无泽兮,仰浮云而永叹"。在秋草摇摇的水泽边,伤心人只能仰天悲叹了!诗人以为事君不合乃是最大之心患,虽愿与君通,申明内志,却苦于无法实现,只能"仰浮云而永叹"。

原文

何时俗之工巧兮,背绳墨而改错①!却骐骥而不乘兮,策驽骀而取路②。当世岂无骐骥兮?诚莫之能善御③。见执辔者非其人兮,故騑跳而远去④。凫雁皆唼夫梁藻兮,凤愈飘翔而高举⑤。圆凿而方枘兮,吾固知其鉏铻而难入⑥。众鸟皆有所登栖兮,凤独遑遑而无所集⑦。愿衔枚而无言兮,尝被君之渥洽⑧。太公九十乃显荣兮,诚未遇其匹合⑨。谓骐骥兮安归?谓凤皇兮安栖⑩?变古易俗兮世衰,今之相者兮举肥⑪。骐骥伏匿而不见兮,凤皇高飞而不下⑫。鸟兽犹知怀德兮,何云贤士之不处⑬?骥不骤进而求服兮,凤亦不贪馁而妄食⑭。君弃远而不察兮,虽愿忠其焉得⑮?欲寂漠而绝端兮,窃不敢忘初之厚德⑯。独悲愁其伤人兮,冯郁郁其何极⑰!

注释

①时俗：时下风气。工巧：善于取巧。绳墨：绳线和墨斗，木工画线的工具，在这里借指规则法度。错：同"措"，举措。

②驽骀（nú tái）：劣马，比喻庸才，此喻指小人。取路：上路。

③诚：实在。莫之：没有人。御：驾驭。

④非其人：不是合适的人，没有驾驭能力的人。踬（jú）跳：跳跃。

⑤凫：野鸭。雁：大雁。唼（shà）：水鸟或鱼吃东西。粱：粟米、小米。藻：水草。

⑥圜：同"圆"。圜凿，圆的榫眼。方枘（ruì）：方的榫头。固：本来。钽铻（jǔ yǔ）：即龃龉，意指彼此不相合，互相抵触。

⑦凤：凤凰。遑遑：惶惶不安的样子。无所集：没有栖息的地方。

⑧衔：含。枚：像筷子一样的木杆。古代行军时，为了防止喧哗，每个士兵的口里衔枚，以防止出声。这里指闭口不言。尝：曾。被：蒙受。渥洽（wò qià）：深厚的恩泽。

⑨太公：指姜尚，姜太公。荣：荣耀。匹合：此指君臣相契。

⑩安：哪里。栖：栖止，栖身。

⑪相者：相马的人。举肥：荐举肥马，这里喻指选人才只看表面。

⑫伏匿：隐藏。

⑬怀德：感恩戴德。何云：反问语气词。不处：不留，一说不会自处。

⑭骤进：迅速前进。服：驾车，拉车。饿：即喂，喂养的意思。妄食：胡乱进食。

⑮弃远：抛弃，疏远。

⑯寂漠：同"寂寞"。绝端：断绝思绪，指不再思念君王。

⑰冯（píng）：同"凭"，内心愤懑。郁郁：愁闷不解的样子。何极：何时终结。

译文

为什么时下风气是善于投机取巧啊，违背法度且改变正常的举措！拒绝良马不骑啊，却鞭赶劣马去上路。当世难道没有良马啊，实在是没有人能好好驾御。看见拿缰绳的人不合适啊，良马就会扬蹄远离。野鸭大雁吞食着粟米水藻啊，凤凰则展翅高飞去。圆凿孔配上方榫头啊，我早知必定会互相抵触。群鸟都有栖身之所啊，只有凤凰难寻安身之处。愿像衔枝一样闭口不言啊，但又难忘君王的深厚恩泽。姜太公九十岁才得显贵荣耀啊，实在是之前没遇上明主。良马啊归宿在哪里？凤凰啊栖息在何处？改变古风旧俗啊世道衰微，如今的相马人啊只看马的膘肥。良马都藏匿起来不出现啊，凤凰高飞也不返回。鸟兽尚知道怀恩报德啊，怎能说贤士不肯帮助明主？良马不会为了求进用去驾车啊，凤凰也不会贪图喂饲而乱吃。君王远弃贤士不能明察啊，贤士虽愿效忠又能如何？想自甘寂寞断绝对君王的眷恋之情啊，私下里又不敢忘记当初的恩德。独自悲愁多么伤人啊，满腔愤懑抑郁哪有终极！

赏析

以上是第五段。诗人批评君主不知任贤，世道黑暗，诉说世道的昏暗，慨叹贤士与明主遇合之难。如今的时世是"何时俗之工巧兮，背绳墨而改错"，时下风气是善于投机取巧啊，违背法度且改变正常的举措！因此带来的后果，一是"却骐骥而不乘兮，策驽骀而取路"，拒绝骏马不去骑乘啊，却鞭赶劣马去上路。二是"众鸟皆有所登栖兮，凤独遑遑而无所集"，野鸭、大雁这些群鸟都有了栖身之所啊，只有凤凰难寻安身之处。骐骥、凤凰都是比喻贤能之士。骐骥、凤凰尚且如此，何况我辈。楚王昏庸、不辨贤愚，只知道任用那些夸夸其谈的贵族，而使真正的贤才无所适从，以至于避而不出。诗人内心之彷徨、痛苦于此再现。"太公九十乃显荣兮"，曾经的姜太公九十岁才获得尊荣，而自己实在是之前没遇上明主，显示诗人参与军国大事、建功立业的希冀。"变古易俗兮世衰"说明当时的社会现实已经变得很衰败黑暗了，改变了古时候那种朴实的风俗，把好风俗变为坏风俗了。"今之相者兮举肥"，人们现在看事物也只看现象，不看本质，就好像那些相马的人一样，只看马的肥瘦来定好坏，自然，有才之人都隐居不出了。这些描写形象地概括了楚王朝的政治腐败、社会黑暗的普遍现象。"骥不骤进而求服兮，凤亦不贪馁而安食"，如今这个世道，骏马不会为了求进用而甘愿驾车啊，凤凰也不会贪图喂饲而乱吃。它不仅表达了诗人对是非颠倒的上流社会的愤慨，同时也流露出诗人对国家命运的担心：这样下去，楚国将会被弄得一败涂地。诗人进一步表达了不为世用的悲哀：君王远弃贤士不能明察啊，贤士虽愿效忠又怎么能够？联系前面所说的"贫士"形象，可以领会到诗人所说的是：如果贫士为君王所用，也能像姜太公一样立下赫赫功勋；如果不能为君王赏识，只能"冯郁郁其何极"，悲愤郁结，不知何年何月才能消散了！

247

原文

霜露惨凄而交下兮，心尚幸其弗济①。霰雪雰糅其增加兮，乃知遭命之将至②。愿徼幸而有待兮，泊莽莽与野草同死③。愿自往而径游兮，路壅绝而不通④。欲循道而平驱兮，又未知其所从⑤。然中路而迷惑兮，自压桉而学诵⑥。性愚陋以褊浅兮，信未达乎从容⑦。窃美申包胥之气盛兮，恐时世之不固⑧。何时俗之工巧兮，灭规矩而改凿⑨。独耿介而不随兮，愿慕先圣之遗教⑩。处浊世而显荣兮，非余心之所乐⑪。与其无义而有名兮，宁穷处而守高⑫。食不偷而为饱兮，衣不苟而为温⑬。窃慕诗人之遗风兮，愿托志乎素餐⑭。蹇充倔而无端兮，泊莽莽而无垠⑮。无衣裳以御冬兮，恐溘死不得见乎阳春⑯。

注释

①交下：一起降落。幸：希望。济：成功。

②霰雪：小雪珠。雰糅：纷乱繁杂。遭命：遭遇到的命运。

③徼幸：即侥幸。泊：停泊，此指置身。一说泊指广大。莽莽：草类茂盛的样子。

④径：直接。一说小路。壅（yōng）绝：堵塞，阻隔。

⑤循：遵循。平驱：平稳驱驰。

⑥压桉（àn）：压抑，克制。桉，同"案"。学诵：指学诗。学习诵《诗经》。春秋战国时使臣在外交活动中往往借诵《诗》以言志。孔子说："不学诗，无以言。"

⑦褊（biǎn）浅：狭隘浅薄。信：实在。达：明白，懂得。从容：言行举止。

⑧美：赞美。申包胥：楚大夫。吴国伐楚占领郢都，楚昭王逃亡在外，申包胥为救楚国而往秦国求救，在秦廷哭七日。秦哀公受到感动，出兵救楚，击退吴军。气盛：志气旺盛。固：同。

⑨规矩：指法度。改凿：改了凿孔，指废弃了法度。

⑩耿介：正大光明。随：顺从世俗。慕：仰慕。

⑪显荣：显赫荣耀，多指仕宦而言。

⑫穷处：处于困穷之状。守高：守着高尚，守着清高。

⑬不偷：不苟且，不随便乱来。为：争取，求。

⑭诗人：指《诗经》的作者。一说指前代的先贤圣哲们。遗风：前代或前人遗留下来的风教。素餐：白吃饭，此处指以白吃饭为耻，指责在位者尸位素餐。《诗经·伐檀》："彼君子兮，不素餐兮。"

⑮充倔：衣衫褴褛的意思。无端：没有来由。泊：漂泊不定。无垠：无际，无尽头。

⑯御：抵御。溘（kè）死：突然死去。阳春：温暖的春天。

译文

霜露齐降很凄凉啊，心里还希望灾祸不降临。雪珠雪花纷杂越下越大啊，才知道厄运即将降临。怀着侥幸之心在等待啊，却只能与茫茫野草同枯败。想径直前去畅游一番啊，路途阻塞断绝难走通。想遵循大道平稳驱驰啊，又不知道该去向何处。走到中途心愈迷茫啊，克制情感把诗歌吟诵。生性愚笨孤陋又浅薄啊，实在不知道要如何行事。暗自赞美申包胥志气高扬啊，恐怕时世和以前已经大不同。为何时下风气是善于投机取巧啊，要毁弃规矩改变法度。我光明正直不随波逐流啊，愿效法前代圣贤的遗范。身处浊世而得到显贵荣耀啊，绝不是我心中所乐意的事。与其没有道义而徒有虚名啊，宁愿穷困独处而保持操守。食不苟且只图果腹啊，衣不随便只求温暖。暗自追慕诗人的遗风啊，在粗茶淡饭中磨砺志节。断绝了通道没有出路啊，就像荒野没有边际。没有皮袄来抵御寒冬啊，怕会突然死去看不见温暖的春天。

赏析

以上是第六段。诗人抒写自己的不幸遭遇和穷困处境，并有感于楚国命运的倾危。"霜露惨凄""霰雪雰糅"，着重写霜露霰雪，突出了秋已深、冬即至的季节特点。"愿徼幸而有待兮，泊莽莽与野草同死"，想心存着侥幸再等待啊，却将与无边野草一同枯败。季节不等人，岁月不等人，贫士失意，虽然怀着侥幸心情等待。想遵循大道平稳地驱驰啊，

九
辩

却又不知道何去何从。处境穷困，前程艰难，加上楚国国运阽危，诗人确乎进退维谷。走到半路内心迷惑啊，只好克制情感作歌吟诵。"窃美申包胥之气盛兮"，诗人赞美申包胥的志气高扬，又恐怕时世和那时不同。诗人反复表示依然不变初衷，他不愿意随波逐流，"愿慕先圣之遗教"。虽然当时的社会到处是贪得无厌，苟合求容，一片混浊，一片黑暗，但诗人却突出地表现出他决不与世俗同流合污的品格，始终保持着他坚贞高洁。他表示："处浊世而显荣兮，非余心之所乐。与其无义而有名兮，宁穷处而守高。食不偷而为饱兮，衣不苟而为温。窃慕诗人之遗风兮，愿托志乎素餐。"这里的"诗人"应指包括屈原在内的前代进步文人。从对光明的向往，对理想的追求可以看出，继承了屈原坚持理想、坚持操守的伟大精神。然而仍然是无望的等待。冬季来临，能熬过这严寒吗："无衣裘以御冬兮，恐溘死而不得见乎阳春。"由悲秋发展到惧冬，贫士的心情更紧迫也更凄苦了。

原文

靓杪秋之遥夜兮，心缭悷而有哀①。春秋逴逴而日高兮，然惆怅而自悲②。四时递来而卒岁兮，阴阳不可与俪偕③。白日晼晚其将入兮，明月销铄而减毁④。岁忽忽而遒尽兮，老冉冉而愈弛⑤。心摇悦而日幸兮，然怊怅而无冀⑥。中憯恻之凄怆兮，长太息而增欷⑦。年洋洋以日往兮，老嵺廓而无处⑧。事亹亹而觊进兮，蹇淹留而踌躇⑨。

注释

①靓（jìng）：同"静"。杪（miǎo）秋：秋天的末尾，晚秋。杪，树的末端。缭悷（lì）：缠绕郁结。悷，悲伤。

②春秋：本指时间，这里指岁月和年龄。逴（chuō）逴：远而高的样子。高：在这里是老去的意思。然：首发语词。自悲：自感悲凉。

③四时：四季。递来：递换，更迭而来。卒岁：年终。阴阳：日月，或指气候变化。俪偕：共同作伴。

④晼（wǎn）晚：太阳西落，天色已晚，喻年老。入：日落。销铄（shuò）：亏缺，消损，这里指月缺。

⑤遒尽：迫近尽头。冉冉：渐渐地。弛：松懈，松弛。

⑥摇悦：时而动摇，时而喜悦。日幸：天天心存希望，一说愈觉自幸。怊（chāo）怅：悲伤失意的样子。冀：希望。

⑦中：内心。憯（cǎn）恻：悲哀，惨痛。增欷：更长的叹息。

⑧洋洋：舒缓的样子。一说无边无际。嫽（liáo）廓：同"寥廓"，空旷，空虚。无处：无处托身。

⑨事：指世事。亹（wěi）亹：勤勉不倦的样子。觊（jì）：希望。进：进取。淹留：滞留不前。

译文

寂静的暮秋长夜啊，心里缠结着无限悲愁。岁月如流年事渐高啊，暗自惆怅自感悲凉。四季交替一年将尽啊，阴阳交替无法相随。太阳昏暗将要西下啊，月亮亏缺而消损。一年匆匆将要过完啊，老境渐至而心志也在衰退。曾怀抱喜悦侥幸期待啊，但最终悲伤失意放弃希望。内心悲伤凄然欲绝啊，声声长叹更加悲伤。时光匆匆一天天流逝啊，年老空虚寂寞无处托身。想勤勉国事希望得到进用啊，却只能长留此处独自踟蹰。

赏析

以上是第七段。诗人叹息时光的流逝，悲伤自己事业的无成。诗人反复抒述见秋而悲的原因。不能为世所用而事业无成，是萦绕心怀的痛苦。"靓杪秋之遥夜兮，心缭悷而有哀。春秋逴逴而日高兮，然惆怅而自悲"，描写时光流逝，四时变换，同时抒发自己面对岁月流逝的感伤。在"秋之遥夜""白日""明月"等变化中，"老冉冉而愈弛"，自己老

境渐至而身心释然。"心摇悦而日幸兮，然怊怅而无冀"，心中抱着侥幸的想法，但最终布满忧虑失去希望。想到自己将到晚年仍然怀才不遇，一无所成，诗人不禁无限感慨，悲伤不已，"中憯恻之凄怆兮，长太息而增欷"，心中惨痛凄然欲绝，唯有声声长叹增加悲伤。但即使这样，在徒自彷徨、感慨之余，诗人仍然"事亹亹而觊进兮，蹇淹留而踌躇"，他还想不断勤勉企图进取，明确自己坚守志向的态度。

原文

何泛滥之浮云兮，猋壅蔽此明月[①]？忠昭昭而愿见兮，然霠曀而莫达[②]。愿皓日之显行兮，云蒙蒙而蔽之[③]。窃不自聊而愿忠兮，或黕点而污之[④]。尧舜之抗行兮，瞭冥冥而薄天[⑤]。何险巇之嫉妒兮，被以不慈之伪名[⑥]？彼日月之照明兮，尚黤黱而有瑕[⑦]。何况一国之事兮，亦多端而胶加[⑧]。被荷裯之晏晏兮，然潢洋而不可带[⑨]。既骄美而伐武兮，负左右之耿介[⑩]。憎愠怆之修美兮，好夫人之慷慨[⑪]。众踥蹀而日进兮，美超远而逾迈[⑫]。农夫辍耕而容与兮，恐田野之芜秽[⑬]。事绵绵而多私兮，窃悼后之危败[⑭]。世雷同而炫耀兮，何毁誉之昧昧[⑮]！今修饰而窥镜兮，后尚可以窜藏[⑯]。愿寄言夫流星兮，羌倏忽而难当[⑰]。卒壅蔽此浮云兮，下暗漠而无光[⑱]。

注释

①泛滥：这里形容乌云密布。猋（biāo）：原指狗跑动的样子，这里形容浮云流动很快。壅蔽：遮掩。

②见：同"现"，显露出来。霠（yīn）：乌云蔽日。曀（yì）：天色阴暗。莫达：无法达到。

③皓日：明亮的太阳，这里指明君。显行：带着光芒运行。

④不自聊：不自料，即不自量。聊，同"料"，考虑，料想。黕（dǎn）点：污点。黕，污垢。

⑤抗行：高尚的德行。抗，高尚。瞭冥冥：明亮而深远。薄：迫近，接近。

⑥险巇（xī）：险恶，艰险，这里指小人作梗。被：同"披"。

⑦黤黱（dàn）：昏暗不明的样子。

⑧胶加：胶葛，纠缠不清。

⑨荷裯（dāo）：用荷叶做的短衫。晏晏：鲜明貌，一说柔美。潢洋：衣服宽大不合身的样子。带：结带，系带。

⑩骄美：自骄其美。伐武：自夸勇武。负：倚恃，一说自负。左右：指近臣。耿介：正直。

⑪愠伦（yùn lǔn）：温良谦诚貌，指不善言语，心里有话说不出来。好：喜好。夫人：那帮小人。慷慨：能说会道，在这里有大言不惭的意思。

⑫蹀蹀（qiè dié）：小步行走的样子。日进：一天天被晋升。美：具有美德的人，君子。超远：转身远去。逾迈：愈来愈疏远。

⑬容与：安闲貌。芜秽：田地荒芜，杂草丛生。

⑭绵绵：连续不断。私：私欲。后之危败：将来国势的危难衰败。

⑮雷同：相同，这里指随声附和。炫耀：夸耀，互相吹捧。昧昧：昏暗不明的样子。

⑯修饰：指小人修饰伪装，照镜自赏。窜藏：逃窜躲藏，这里指谨慎自保。

⑰倏忽：迅疾，形容速度很快。难当：难以遇到。当，遇上。

⑱卒：终于。壅蔽：蒙蔽。暗漠：暗淡，昏暗。

译文

为什么浮云漫天涌现啊，迅速飘动遮蔽了明月？忠心耿耿愿表明心迹啊，但乌云蔽日难以如愿。希望太阳明亮地照耀啊，迷蒙的云气却把它遮掩。没有过多考虑只想一心报君啊，竟遭到无端诽谤与污蔑。唐尧虞舜的高尚德行啊，光辉明亮直上云天。为什么险恶小人的嫉妒啊，使他们蒙受不慈的冤名？太阳和月亮光辉朗照啊，尚且有昏暗出现黑斑之时。何况一个国家的政事啊，更是头绪纷繁错杂无绪。披上荷叶短衣漂亮而轻柔啊，但是太过宽松不能束腰带。君王自我夸耀美德和武功，依恃貌似雄武的近臣。嫌弃不善表达的忠诚之士啊，爱听小人的大言不惭。群小竞相钻营愈来愈腾达啊，贤士孤傲脱俗愈来愈疏远。农夫停止耕作放任闲散啊，恐怕田地将要荒芜。事情琐细又充满私欲啊，暗自担心国家也会衰亡。世人随声附和相互夸耀啊，毁坏名誉就在是非善恶不分！如今修饰容貌照照镜子啊，今后还能怎样谨慎自保逃过危险。想托流星传语君王啊，但它迅速飞走难以赶上。终于被浮云遮蔽啊，世间暗淡没有光亮。

赏析

以上是第八段。诗人痛斥小人混淆是非，蒙蔽楚王，败坏国事，同时也指责了楚王的昏庸。浮云遮蔽了明月，也遮罩了太阳光，诗人忠心耿耿愿剖白心迹却难以如愿。"窃不自聊而愿忠兮，或黕点而污之"，诗人只想奋不顾身效忠君王，却被人无端诽谤和污蔑。由此又想到前贤唐尧和虞舜的遭遇，"尧舜之抗行兮"，他们德行高尚光辉明亮直上云天，但是也被险恶小人嫉妒，"被以不慈之伪名"，从而使他们蒙受不慈的冤名。"何况一国之事兮，亦多端而胶加"，国家的政事头绪纷繁、杂乱无绪。由于浮云蔽日、小人欺君，致使国事败坏，国家前途渺茫。虽然诗人认为自己"既骄美而伐武兮，负左右之耿介"，他自夸美德和武功，可以依恃貌似雄武的近臣。然而君王却"憎愠伦之修美兮，好夫人之慷慨"，昏庸的楚王嫌弃不善表达的忠诚之士，却喜欢小人的巧言令色。诗人再次揭露君主的昏暗与小人的邪恶，痛惜了国事的衰败，进一步揭露奸佞误国、朝政日非的现象："众蹀蹀而日进兮，美超远而逾迈。农夫辍耕而容与兮，恐田野之芜秽。事绵绵而多私兮，窃悼后之危败。"朝廷中的小人天天奔走钻营，往上爬，结果那些贤能之士越走越远，农夫都不耕田种地了。开始担心"田野之芜秽"：长满乱草，荒芜一片。这是由于朝政混乱，使人不能安心生产，以致于生产遭到破坏。国家的事情，长期以来也被群小以私心危害。今后楚国的前途真是不堪设想啊！生当楚国末世的诗人，对于当时的黑暗势力，虽然没有屈原那么强烈的抗争精神，但还是有愤激情绪的，对国家的前途、人民的生活也表现出深深的焦虑。

原文

尧舜皆有所举任兮，故高枕而自适①。谅无怨于天下兮，心焉取此怵惕②？乘骐骥之浏浏兮，驭安用夫强策③？谅城郭之不足恃兮，虽重介之何益④？邅翼翼而无终兮，忳惛惛而愁约⑤。生天地之若过兮，功不成而无效⑥。愿沉滞而不见兮，尚欲布名乎天下⑦。然潢洋而不遇兮，直怐愗而自苦⑧。莽洋洋而无极兮，忽翱翔之焉薄⑨？国有骥而不知乘兮，焉皇皇而更索⑩？宁戚讴于车下兮，桓公闻而知之⑪。无伯乐之善相兮，今谁使乎誉之⑫？罔流涕以聊虑兮，惟著意而得之⑬。纷纯纯之愿忠兮，妒被离而鄣之⑭。愿赐不肖之躯而别离兮，放游志乎云中⑮。柴精气之抟抟兮，鹜诸神之湛湛⑯。骖白霓之习习兮，历群灵之丰丰⑰。左朱雀之茇茇兮，右苍龙之躣躣⑱。属雷师之阗阗兮，通飞廉之衙衙⑲。前轻辌之锵锵兮，后辎乘之从从⑳。载云旗之委蛇兮，扈屯骑之容容㉑。计专专之不可化兮，愿遂推而为臧㉒。赖皇天之厚德兮，还及君之无恙㉓。

注释

①举任：举贤任能。
②怵惕：惊惧，惊恐。
③浏浏：如溜溜，水流清澈的样子，这里形容骏马的奔驰如同流水一样顺畅。驭：驾驭车马。安：哪里。强策：用力甩马鞭。
④城郭：城墙。恃：依靠。重介：坚甲利兵。
⑤邅（zhān）：回旋不进。翼翼：小心谨慎样。无终：没有结果。忳（tún）：郁闷。惛（hūn）惛：精神萎靡，神志不清的样子。约：约束，束缚。
⑥若过：好像过客。形容时间过得飞快。一说若白驹过隙。

⑦沉滞：沉下去埋在地下，这里指埋没人才。见：同"现"。布名乎天下：扬名天下。

⑧潢洋：渺茫，茫茫然。不遇：遇不到明君。怐愗（kòu mào）：愚昧，反应迟钝。

⑨焉薄：到哪里，何处落脚的意思。

⑩乘：这里是驾驭马车的意思。皇皇：同"惶惶"，迷迷糊糊。一说同遑遑，匆匆忙忙，往来不定。更索：另外寻求。

⑪宁戚：人名。春秋时卫国人，初为小商人，后被齐桓公重用。讴：唱歌。

⑫善相："善"同"擅"。善相在这里是指识别人才的能力。誉：称扬。

⑬罔：同"惘"，怅惘。聊虑：姑且思量。著（zhuó）意：集中注意力，用心。

⑭纷：众多样。纯（zhūn）纯：形容忠诚、诚挚的样子。被（pī）离：同"披离"，指纷乱杂沓的样子。鄣：阻隔。

⑮不肖：不贤，这里是自谦。

⑯精气：精灵之气，天地万物均由此而生。抟（tuán）抟：形容凝聚如团的样子。骛（wù）：奔跑，这里指追逐、追随。湛湛：深厚的样子。

⑰骖：作动词，驾。习习：快速飞行的样子。历：经过，遍历。群灵：众星宿之神。丰丰：众多。

⑱朱雀：星宿名。茇（pèi）茇：轻快飞翔的样子。苍龙：星宿名。躍（qú）躍：蜿蜒而行的样子。

⑲属：跟随，一说嘱咐。雷师：雷神。阗（tián）阗：此处形容雷声洪大。通：开道，一说通告。飞廉：风神。衙衙：向前行进的样子。

⑳轻辌（zhì liáng）：一种轻型马车。锵锵：金属撞击发出的声音，在这里指车铃声。辎乘：载重的重型马车。从从：车铃声。

㉑云旗：以云为旗。委蛇：旗帜迎风飘展。扈：扈从，侍从。屯骑：聚集的车骑。容容：众多盛大的样子。

㉒计：心意。专专：专一。遂推：终于推广。臧：善，好。

㉓赖：仰赖，倚仗。还及：还念及。君：指楚王。无恙：原指无疾病，这里指没有烦恼，幸福安康。祝福用语。

译文

唐尧虞舜都能任用贤臣啊，所以高枕无忧自适安逸。确实不受天下人埋怨啊，心中怎么会有忧惧担心？骑上骏马欢快驰骋啊，驾驭岂用强甩马鞭？城郭再牢也不足以依恃啊，重重的盔甲又有什么作用？谨慎前行看不到结果啊，穷愁潦倒心烦意乱。生于天地之间如过客啊，功业不成效力难。想要隐退不再露面啊，却还想在世间声名远播。可是希望渺茫难遇明君啊，生性愚钝固执自讨苦吃。荒野茫茫看不到边际啊，四处飘泊要停在何方？国有骏马却不知驾乘啊，为何迷迷糊糊另外索求？宁戚在牛车下叩角唱歌啊，齐桓公便看出了他的不同凡响。没有伯乐相马的好本领啊，谁能使骏马被称扬？怅惘流涕细细思量啊，专心访求才能得贤良。满怀热忱愿意效忠君王啊，奸邪妒忌却把路途阻挡。请赐我远去啊，我将纵情于江湖云水之中。乘着天地的一团团精气啊，去追随一群群的神灵。驾着飞动的白虹啊，穿过闪烁的繁星。左边的朱雀翩翩飞舞啊，右边的苍龙蜿蜒前行。雷师跟着咚咚敲鼓啊，风伯在前习习开路。前有卧车锵锵作响啊，后有辎车隆隆轰鸣。载着云旗首尾绵延啊，随从车骑聚集蜂拥。我心专一不可改变啊，但愿能推广成为善行。仰仗上天的深厚恩德啊，保佑楚国君王无灾无病。

赏析

以上是第九段。诗人提出自己的政治主张和对待现实的态度，希望国君能以尧舜为榜样，亲贤臣，远小人，然而残酷的社会现实表明，这只是诗人的幻想。诗人面对严酷现实，决计离开人间，远游天国，但其内心却始终不忘君主。

第九段在结构上可分两层。从"尧舜皆有所举任兮"至"妒被离而鄣之"为第一层，赞美尧舜、齐桓公的明智，由于他们能够举贤任能，国家日益强盛。先说唐尧虞舜都能选拔任用贤士，所以高枕无忧从容安逸。然而诗人自己却"遭翼翼而无终兮，忳惛惛而愁约"，因为谨慎前行看不到结果，以致忧郁烦闷穷愁潦倒。诗人抒发自己的郁闷心情，"生天地之若过兮，功不成而无效。愿沉滞而不见兮，尚欲布名乎天下。然潢洋而不遇兮。直怐愗而自苦。"他感慨自己功业无成没有结果，想要在世间声名远播，然而世事茫茫很难知遇贤君，只是愚钝不堪自讨苦吃。而这一切的根源，都是由于君主"失人"。所谓"失人"，一方面指掌权得势的都是薄幸小人，奸臣当道，把持国柄，使社会污秽混

乱；一方面指如贫士一类贤人被弃置不用，心怀壮志宏才却不得施展，还受到小人的排挤、压迫。诗人又想到齐桓公和伯乐：想那宁戚在牛车下唱歌，齐桓公听了便知道他才能出众；伯乐有相马的好本领，才能使骏马被称扬。而自己"纷纯纯之愿忠兮，妒被离而鄣之"，诗人满怀热忱愿效忠君王，却被形形色色的嫉妒所阻碍。在悲怨的同时，诗人仍然抱有希望，"罔流涕以聊虑兮，惟著意而得之"，希望国君能体察他的忠厚。但因为"失人"的现实仍然存在，贫士要抒怀，只能依赖幻想了。他幻想超脱现实，放游太空，以摆脱自己悲惨的处境和心中的痛苦。

从"愿赐不肖之躯而别离兮"至"还及君之无恙"为第二层，诗人表明离去之心，并祝国君无恙。由于自己难以在朝廷上立足，诗人便想到离乡出走，与山水为伍、与神仙为伴优游终身。悲秋如何了结呢？只有依赖浪漫主义的想象：人间得不到的，天上能够补偿。于是，贫士"愿赐不肖之躯而别离兮，放游志乎云中"，他希望纵情于江湖云水之中。诗人以绚烂的文词描写了他神游太空的威武场面和热闹气氛：离开躯体的精魂，穿过太空的日月虹气，成了天上神灵的主宰，朱雀、苍龙、雷师、风神都听他调遣，成了他车驾的扈从，多么神气又多么得意！贫士之贫变成了贵，悲秋之悲变成了喜。诗人欣喜地喊道"计专专之不可化兮，愿遂推而为臧"，忠贞的心意不可改变，但愿能自进做名贤。幻境尽管美好动人，总是不能持久的。这些幻想的虚构的欢乐，有力地表现了一个苦闷的灵魂企图摆脱自己悲惨处境的强烈愿望，以及对理想境界的顽强追求。当浮想联翩烟消云散之后，诗人又回到现实之中。"赖皇天之厚德兮，还及君之无恙"，诗人又一次执着地剖白心迹，将他对君国的绵绵情思、悠悠遗恨倾吐出来，他希望靠着皇天的厚恩，保佑楚国君王无灾无病。这位末路颠沛的文士，最后还是不忘其君，呼告皇天匡正君王，保佑君王。这种"怨而不怒"的态度，正表现了他的"愚忠"。然而，他的先辈师表屈原却迥乎不同，不但长期跟昏君佞臣进行斗争，并且在为国自殉之际，竟然直斥昏君："不毕辞而赴渊兮，惜壅君之不识！"（《九章·惜往日》）

点评

"凄怨之情，实为独绝。"（鲁迅《汉文学史纲要》）在中国文学史上，《九辩》是继《离骚》之后又一首自述性长篇抒情诗。作品以衰败的楚国社会现实为背景，通过叙经历、叹遭际、抒情志，以悲秋、思君为主题，表现了诗人忧国、忠君的高尚节操，从中反映出的社会状况及个人忧思具有很强的时代感和民族性。《九辩》将诗人个人的遭遇与国家的命运联系在一起，深刻地批判了楚国统治者的腐朽昏庸，揭露了内政腐败、奸佞当道的黑暗现实，反映了田园荒芜、国力衰竭的种种迹象，倾诉了对君国的无穷怀念和感伤身世的绵绵长恨，具有深广的思想内容和很高的艺术价值。

《九辩》的悲秋主题，使之成为中国文学第一篇情深意长的悲秋之作。《九辩》中第一、三、七章着重描写秋景，其中第一章尤为传诵，它把衰败、萧条的深秋景象描写得淋漓尽致，细致入微，惊心动魄，创造了深远幽渺的意境。《九辩》虽有沿袭屈原词句的特点，但在艺术上仍有其独特性。它不像屈原楚辞那样直接倾泻诗人内心的激情，而是通过景物来表现自己的情感。如"悲哉，秋之为气也！萧瑟兮草木摇落而变衰"一段，萧瑟的秋景和远行的凄怆交织糅合，山高水清的寂寥和贫士不遇的落寞相互渗透，在读者面前展开一个忧愁感伤的意境，使诗人的感情和自然环境很好地融为一体。"悲哉，秋之为气也！萧瑟兮草木摇落而变衰"这句是《九辩》的首句，作为悲秋作品代表性的佳句，历来被人所推崇，千古之下，仍感动着无数读者。千百年来，它不仅强烈地撩拨起读者的层层感情涟漪，也感发他们的生活经验和艺术联想。秋天已经与惨淡的人生，衰败的社会联系在一起。宋玉的"悲哉，秋之为气也"的感叹，浓缩了处在最黑暗时代和最坎廪境遇中的进步文人对人生和时代的感叹。在封建社会里，引起了无数受压抑的知识分子的强烈共鸣，受到很高的评价。"宋玉悲秋"已成为中国文学史上的熟语，悲秋也成为我国古典诗词的传统题目之一，影响极为深远。

　　《九辩》把悲秋题旨发挥得淋漓尽致，也成为后代人们学习的典范。汉武帝的《秋风辞》、曹植的《秋思赋》、曹丕的《燕歌行》等，无不是从《九辩》的悲秋中找到灵感，并模仿而作。魏晋南北朝诗人笔下的秋天大都带有《九辩》悲秋的气息，庾信《拟咏怀二十七首》之十一"摇落秋为气，凄凉多怨情"，以悲秋带出身世之感、家国之恨，更为悲秋主题谱写出新曲。此后历经唐宋元明清，诗词中的悲秋之风始终弥漫不散。悲秋已经成为中国传统文学的母题之一，产生了许多动人的作品。

招魂

题解

　　"招魂"是从古代兴起的一种巫术仪式。"招魂"在古丧礼中称为"复",即在死者尸体安置好之后,带着死者的衣物登上屋顶向北高呼其名,以招回客死他乡的迷途亡魂。招魂是一种古巫俗,古人迷信,以为人有会离开躯体的灵魂,人生病或死亡,灵魂离开了,就要举行招魂仪式,呼唤灵魂使之归来。招魂分招"死魂"和"生魂"。所谓招死魂,就是让那些客死异乡的人的魂魄回归家乡;招生魂就是为那些活着却又"失魂落魄"的人招回魂魄。杜甫《彭衙行》云:"暖汤濯我足,剪纸招我魂。"可知古代文人有自招生魂的事。新中国成立前,江西、湖南一带,民间还残留着活人自招其魂的风俗。

　　《招魂》这篇文章,历来有着很大的争议,首先是作者。本篇的作者,司马迁说是屈原,王逸说是宋玉。司马迁《史记·屈原列传》称"余读《离骚》《天问》《招魂》《哀郢》,悲其志也",可证他认为《招魂》应属屈原作。又王逸在《楚辞章句》中说:"《招魂》者,宋玉之所作也。招者,召也。以手曰招,以言曰召。魂者,身之精也。"其次,关于本篇招魂的对象,一说宋玉为屈原招魂,一说屈原为自己招魂,一说屈原为楚怀王招魂。第一种说法,认为《招魂》是作者宋玉为招屈原的魂而作。王逸在《楚辞章句》中说:"宋玉怜哀屈原忠而斥弃,愁懑山泽,魂魄放佚,厥命将落,故作《招魂》,欲以复其精神,延其年寿,外陈四方之恶,内崇楚国之美,以讽谏怀王,冀其觉悟而还之也。"唐代李善《文选注》也赞同《招魂》是宋玉的作品,并将《招魂》改为《小招》,与《大招》相对,认为"以《招魂》为《小招》,以有《大招》故也"。陈第《屈宋古音义》也持此说,云:"张凤翼曰:古者人死,则以其服升屋而招之,此必原始死,而玉作以招之也……是此篇之作,悲其师之不用,痛其国之将亡。"周拱辰《离骚草木史》亦认同此说,云:"弟子宋玉悯其师之怀忠被放,魂魄凋谢,而假上帝之命以招之。"第二种说法,认为这是屈原的自招之作。长期以来,汉唐魏晋宋的文人大多接受王逸的说法。直至明代学者黄文焕在《楚辞听直·听二招》中,才明确批驳了王逸的说法,并首次提出《招魂》系屈原自招其魂的观点。黄文焕《楚辞听直》云:"(《招魂》)又似原之自作。"此后,清代林云铭的《楚辞灯》、游国恩的《屈原》等著作,均支持黄文焕的观点,认为《招魂》乃屈原自招其魂。林云铭在《楚辞灯》中最终得出《招魂》为屈原在未死之时，自招其离散之魂，云："古人招魂之礼，为死者而行嗣。亦有施之生人者，屈原以魂魄离散而招，尚在未死之时。"清代吴世尚对林云铭的观点非常赞同。吴世尚《楚辞注疏》云："近世林西公之言，以二招皆灵均之笔，且曰招魂，原自招也……其理信而词可征，虽余无以易之。"这种观点认为屈原被放逐在外，魂不守舍，为自招其魂（古代亦有招生魂之俗）而作。第三种说法，认为这是屈原为楚怀王招魂之作。从文中内容看，叙述的都是一个国君所应当享受的宫室、侍女、舞宴、美食等豪华场面，不是屈原或宋玉所能有的。其实，《招魂》所写的生活场面，就连楚王也未必享受过。屈原或宋玉是统治阶级的一员，为了极言人间的欢乐，自然要拿宫廷生活作蓝本，渲染出一幅"人间行乐图"。古代招魂之俗遍布大江南北，有招生魂、死魂之别。此篇明显系怀王死后招魂，写作时间当在顷襄王初期。

关于屈原创作《招魂》这首诗的时与地，据汤炳正先生所考云："《招魂》乃屈原放逐途中，行至庐江陵阳一带，转南下时作。时当顷襄王三年（前296年），怀王客死于秦，'秦归其丧于楚，楚人皆怜之，如悲亲戚。'（《史记·楚世家》）故屈原作此诗以吊之……"据史书记载，楚怀王三十年（前299年），怀王因受欺诈，入秦被扣留，竟客死于秦，"楚人怜之"。顷襄王即位后，恣情淫逸，朝政混乱，置国难父仇于不问。屈原当时虽已被流放江南，但面对时事，感慨国艰，更加哀悼入秦不返的怀王，于是便根据楚地民间歌曲的形式，作了这首"招魂辞"，借招怀王之魂，抒发自己对祖国的热爱，并启发激励顷襄王发愤图强，报仇雪耻。

其实，宋玉曾经为屈原招魂，屈原曾经为自己招魂，屈原曾经为楚怀王招魂，都可能发生过，而他们的这些作品可能都以《招魂》为名。但是，具体到流传至今的《楚辞·招魂》一文，则应当是屈原的作品，写于屈原任三闾大夫期间，是屈原奉命为楚怀王招魂而作。楚国是一个巫风很盛的国家，流传着一些带有原始宗教性的习俗。屈原将"招魂"的民间习俗仪式经过了吸收和加工后，变成了一种独特的艺术作品。由于《招魂》一诗中深蕴着报国无门而仍然热恋故国的沉痛感情，故司马迁读它，会"悲其志"。司马迁在《史记·屈原列传》曾说："余读《离骚》《天问》《招魂》《哀郢》，悲其志。"这里司马迁所言，皆屈原一人之事，而其所读之书（包括《招魂》），自当是屈原所作。

《招魂》被誉为楚辞中仅次于《离骚》的优秀作品，对后世文学的影响也不言而喻。刘勰曾在《文心雕龙·祝盟》中说："若夫楚辞《招魂》，可谓祝辞之组丽也。"而梁启超更称《招魂》"实全部《楚辞》中最酣恣、最深刻之作"，实不为过。

原文

朕幼清以廉洁兮，身服义而未沫①。主此盛德兮，牵于俗而芜秽②。上无所考此盛德兮，长离殃而愁苦③。帝告巫阳曰④："有人在下，我欲辅之⑤。魂魄离散，汝筮予之⑥。"巫阳对曰："掌梦，上帝其命难从⑦。""若必筮予之，恐后之谢，不能复用巫阳焉⑧。"

注释

①朕：我。幼：幼年，指年轻之时。清：清白。廉洁：正派高洁。服义：行仁义。沫（mèi）：同"昧"，微暗。

②主：守、持有，固持。盛德：充实、充盛的德行。牵于俗：受世俗的牵累。芜秽：荒芜，草荒，此处比喻人的变质。

③上：上天，一说君上，指楚怀王。考：考察。长：长期，经常。离：同"罹"，遭受。殃：祸殃，祸患。

④帝：上帝。巫阳：叫作阳的神巫，古代神话里的巫师。

⑤人：在这里指楚王。在下：在下界，人间。辅：帮助，辅佐。

⑥魂魄：迷信指附在人体内的精神灵气。古人认为魂能离开躯体单独存在，魄不能离开躯体。筮（shì）：用蓍草占卦。筮予之，指通过占卜，知道魂魄在哪儿，再还返其身的意思。

⑦掌梦：掌管占梦的官。难从：难以听从。古代占梦和招魂的神职不同，巫阳是招魂之巫，所以这样说。

⑧若：你，这里指巫阳。一说如果。恐：恐怕。后：已经迟了。谢：谢世，萎谢。复用：再用，指灵魂再被招归。按此句前脱"帝曰"二字。闻一多云："按若字上疑脱'帝曰'二字。此数句又帝语……上文巫阳已辞帝不能从命，此上帝再晓巫阳以必须筮予之故，下文'乃下招'，则巫阳卒从帝命而往也。谛审全文，必增'帝曰'二字而后问对之意乃明。"（《古典新义·招魂》）。

译文

我从年幼时就高洁无私啊，亲身践行道义从不昏暗不清。坚持这种盛大的美德啊，却被世俗牵制进入污浊环境。君王不明察这种美德啊，让我长期遭受祸患烦闷愁苦。天帝诏告巫阳说："有位贤人在下界，我很想去帮助他。但他的魂魄已经离散，你可以用占卦将灵魂还给他。"巫阳回答说："占卦是掌梦官做的事，天帝你的命令我难以遵从。""你一定要占卦把魂魄还给他，恐怕迟了魂魄就消散了，他死后就不能复生，再招来巫阳也没有用了。"

赏析

《招魂》的结构分引辞、招辞、乱辞，总共三个部分。以上是《招魂》的第一部分，是全篇的引辞，是全诗的序篇，用幻想的形式交代招魂的缘起。自"朕幼清以廉洁兮"至"长离殃而愁苦"，当是作者屈原自序。屈原从来是以"廉洁""服义"自许的，他从年轻时候就"考此盛德"，修身洁行，竭忠事君。坚守高洁、鄙弃流俗、绝不随波逐流是屈原一生坚持的品行节操。只是因楚王受到蒙蔽，为世俗所牵累，不能"考此盛德"，而使他遭到放逐，以至于"长离殃而愁苦"，因遭受不幸而忧愁痛苦。也有一种说法认为，序篇所写的"长离殃而愁苦"，或以为是指屈原遭到放逐，其实是指楚怀王客死秦国，描述的是死者灵魂的哭诉。楚怀王早先清廉正直，有所作为。而顷襄王既不见"服义"之明，亦未见有"盛德"之举，更无法找到由年轻的"清廉"到后来"牵于俗而芜秽"的成长轨迹。故"离殃"暗写怀王被秦国所扣留，"愁苦"暗指怀王被扣留以后的心情。诗中接下来描述上帝同情楚怀王的不幸遭遇，命令巫阳为其招魂。然后描述巫阳以自己的职责是占梦解梦为理由，而勉强接受上帝的命令。上帝命巫阳去卜筮一个离散的魂魄所在，即呼唤楚王的灵魂回到楚国来。巫阳回应此事应由"掌梦"担任。巫阳不愿遵从上帝"卜筮之命"，这似乎更合《招魂》本意："若必筮予之，恐后之谢，不能复用巫阳焉。"巫阳认为招魂用不着卜筮，"你一定要占卦把魂魄还给他，恐怕迟了魂魄就消散了，他死

后就不能复生，再招来巫阳也没有用了。"其实，"掌梦"虽与招魂有关，却并非真正的招魂之官。按照礼的规定，招魂职有专司，郑玄说："天子则夏采，祭仆之属，诸侯则小臣为之。"又其《礼记·丧大记》注说："小臣，君之近臣。"孔颖达解释"近臣"曰："此明诸侯之臣，君之近臣，与君为招魂复魄，是君之亲近。"因此，这里的巫阳，应该属于君之亲近小臣。可以推测，或许这是屈原在用巫阳暗指自己。屈原要为楚怀王招魂，他曾长期担任三闾大夫之职，又与楚怀王有着不寻常的君臣关系，因此屈原勉为其难，决定亲自为楚怀王招魂。为此，屈原借怀王托梦上帝，再由上帝命令巫阳的过程，实现由自己来为怀王招魂的目的。

　　"帝告巫阳曰"以下几句是对话形式，表示出招魂的迫切性。实已暗示怀王已死，灵魂招来也不能复用。这几句有多种断句法，但大意都是：帝命巫阳下招—巫阳推辞—巫阳受命下招。《招魂》的序曲不同凡响。"《招魂》开篇气度恢宏，设想奇异，巫学浓厚，确乎屈原手笔。"（王峰《亦屈亦宋论招魂》）上帝与巫阳的对话很简短，但是却写得跌宕有致：上帝授命，巫阳表示上帝命有误事之处，使诗歌的节奏顿时紧张起来。巫阳劈头用"掌梦"二字，乃是明确所司、责无旁贷的意思。"恐后之谢"是驳斥"必筮予之"。而"不能复用巫阳焉"是巫阳自明所司，带着一种表面谦逊实则自负的口吻，神情毕肖。蒋骥云："谢，徂谢也。巫阳以为帝命有不可从者，盖必待筮而后予，则恐身先萎谢（指屈原），巫阳虽予之魂，而不能复生。此所以不筮而用招也。"俞樾云：《招魂》：巫阳对曰：'掌梦'注曰：巫阳对天帝言，招魂者，本掌梦之官所主职也。'又注下句'上帝其命难从'曰：'言天帝难从掌梦之官，欲使巫阳招之也。'"一般的旧本皆以原文"巫阳焉"三字属上句，误。王念孙云："（王逸）注曰：'巫阳受天帝之命，因下招屈原之魂，据此，则'不能复用巫阳焉'为句，'乃下招曰'为句，明矣。焉乃者，语词，犹言巫阳于是下招耳。王注曰：'因下招屈原之魂。''因'字正释'焉乃'二字，今本皆以'不铨复用巫阳焉'，为句，非也。"（王引之《境经传释词》）

原文

　　乃下招曰[①]：魂兮归来！去君之恒干，何为四方些[②]？舍君之乐处，而离彼不祥些[③]！魂兮归来！东方不可以托些[④]！长人千仞，惟魂是索些[⑤]。十日代出，流金铄石些[⑥]。彼皆习之，魂往必释些[⑦]。归来兮！不可以托些。魂兮归来！南方不可以止些[⑧]。雕题黑齿[⑨]，得人肉以祀，以其骨为醢些[⑩]。蝮蛇蓁蓁，封狐千里些[⑪]。雄虺九首，往来倏忽，吞人以益其心些[⑫]。归来兮！不可以久淫些[⑬]。魂兮归来！西方之害，流沙千里些。旋入雷渊，靡散而不可止些[⑭]。幸而得脱，其外旷宇些[⑮]。赤蚁若象，玄蜂若壶些[⑯]。

五谷不生，藜菅是食些⑰。其土烂人，求水无所得些⑱。彷徉无所倚，广大无所极些⑲。归来兮！恐自遗贼些⑳。魂兮归来！北方不可以止些。增冰峨峨，飞雪千里些㉑。归来兮！不可以久些。魂兮归来！君无上天些㉒。虎豹九关，啄害下人些㉓。一夫九首，拔木九千些㉔。豺狼从目，往来侁侁些㉕。悬人以娭，投之深渊些㉖。致命于帝，然后得瞑些㉗。归来兮！往恐危身些。魂兮归来！君无下此幽都些㉘。土伯九约，其角觺觺些㉙。敦脄血拇，逐人驱驱些㉚。参目虎首，其身若牛些㉛。此皆甘人㉜。归来兮！恐自遗灾些。魂兮归来！入修门些㉝。工祝招君，背行先些㉞。秦篝齐缕，郑绵络些㉟。招具该备，永啸乎些㊱。魂兮归来！反故居些㊲。

注释

①乃：于是。下招：降下来招魂。此句是说巫阳没有占簪，直接招魂。

②去：离去，离开。君：指楚怀王之亡灵。恒干：躯干，躯体。何为：为何。四方：指四方流浪。些（suò）：楚方言语气词，巫术禁咒语的尾声，类同"兮""焉""矣"等。

③舍：舍掉，抛弃。乐处：安乐之处，指楚国。离：同"罹"，遭遇，遭受。不祥：不吉祥。

④托：寄托，寄居。

⑤长人：传说中的巨人。仞：古代一种长度单位。千仞，极言其巨大。索：搜寻。此句说专门搜索人的灵魂。

⑥十日：古神话传说中称天上有十个太阳。代出：并出。一说轮流升起。流金：使金属熔化流淌。铄石：使石头销解。

⑦彼：指住在那里的长人。习：习惯，习以为常。释：销熔，化解。

⑧止：停留。

⑨雕题黑齿：指额头上刻有花纹，牙齿染成了黑色。在这里指南方未开化的野人。题，额头。

⑩祀：祭祀。得人肉以祀，大约是一种杀人以祭祀的风俗。蒋骥《山带阁注楚辞》："南方俗多魔魅，多有杀人以祭鬼者。"醢（hǎi）：本义为肉酱，此处指将骨头剁成粉。

⑪蝮蛇：一种大毒蛇。蓁（zhēn）蓁：原指草木茂盛，此处指蝮蛇多而盘聚。封狐：大狐。

⑫虺（huǐ）：传说中的毒蛇。九首：九个头。倏忽：迅速飘忽。益：补益。

⑬久淫：久游。

⑭旋入：卷入，卷进。雷渊：又作雷泉，神话中的水名。靡（mí）：粉碎。

⑮旷宇：空旷之荒野。

⑯蚁（yǐ）：蚂蚁。壶：同"瓠"，葫芦。

⑰藂（cóng）：同"丛"，聚集。菅（jiān）：一种野茅草。

⑱其土：指西方之土。烂：烧烂，焦烂。

⑲彷徉（páng yáng）：彷徨，游走不定。

⑳遗（wèi）：给予。贼：灾害，灾祸，这里作动词，残害，伤害。

㉑增：同"层"。峨峨：形容高而尖的样子。

㉒君：你，指魂。无：同"毋"，不要。

㉓九关：九重天之关，指天门。啄：咬。下人：下界之人。

㉔夫：这里指怪物。拔木九千：拔掉九千根木头。

㉕从目：纵目，竖着眼睛，凶恶样。从，通"纵"。侁（shēn）侁：形容很多的样子。

㉖悬人：把人吊起来，一说倒悬人。娭（xī）：同"嬉"，此指戏弄，恶作剧。

㉗瞑：通"眠"，闭目安眠。

㉘幽都：阴间的都城，神话中地下鬼神统治的地方。

㉙土伯：后土之伯。伯，古指地方长官，此指神名。一说，土伯指土地神，或地府守门神。约：即"矟"（shuò），矛。一说约，即"肑"（yāo），肚下的垂肉。觺（yí）觺：尖锐的样子。

㉚敦脄（méi）：厚实的背肉。敦，肥厚。脄，背肉。血拇：带血的指爪。駓（pī）駓：跑得很快的样子。

㉛参：同"叁"，三。

㉜甘人：喜欢吃人。

㉝修门：高大城门，此指楚郢都城门。

㉞工祝：工巧的巫人。招君：招魂。背行：倒退着走。先：领路。

㉟篝：竹笼，用来盛装被招者的衣物。缕：丝线，系在篝上，用以提挈。篝、缕均为招魂用具。绵络：棉线织成的罩灯笼的网。

㊱招具：招魂的道具、工具。该备：齐备。永：长。啸：吹哨。

㊲反：同"返"，回归，回返。

译文

　　于是下界招魂说：灵魂啊回来吧！为什么离开你的躯体四处游荡？离弃你安乐的住处，却要遭受那些灾殃！灵魂啊回来吧！东方之地不可以寄居啊！那里的巨人高达千仞，专门索要魂灵啊。十个太阳交替照耀，金属石块都能销熔啊。它们都习惯了高温，而你的灵魂一到必然离散啊。回来吧！那里不能落脚啊。灵魂啊回来吧！南方之地不可以栖息啊。那里的野人额头刺青，涂黑牙齿，杀人来祭祀，用骨粉作肉酱啊。毒蛇到处丛聚，巨狐出没往来千里。九头雄蛇飘忽来去，专吃人来滋补它们的心啊。回来吧！不要长时间久留啊。灵魂啊回来吧！西方之地更险恶，有方圆千里的流沙啊。被流沙卷进雷渊便会被碾成碎末，千万不能逗留啊。即使侥幸逃脱，外面是空旷死寂的荒野啊。红蚂蚁大得像巨象，黑蜂大得像葫芦啊。各种谷物不能生长，只能以食茅草为生啊。那里的地温能将人蒸烂，水源到处找寻不到啊。徘徊游荡无所凭依，广阔辽远走不到尽头啊。回来吧！恐怕你招来祸害啊。灵魂啊回来吧！北方之地不能停留啊。那里层层冰封高耸入云，雪花飘飞弥漫千里啊。回来吧！不要再耽搁了啊。灵魂啊回来吧！你不要登上天去啊。虎豹把守九座关口，吞噬伤害下界的人啊。有怪物长着九个头，能连根拔起九千棵大树啊。还有豺狼长着竖目，群来群往片刻不停啊。将人悬挂起来戏弄，然后投到深渊里去啊。它们向天帝复命，之后才小睡一会儿啊。回来吧！去了恐怕会危及生命啊。灵魂啊回来吧！你不要下到幽冥之都去啊。守门的土伯手持长矛，头上的尖角锐利无比啊。脊背肥厚拇指沾血，追起人来如疾似飞啊。还有三只眼睛的虎头怪，身体像牛一样健壮。这些怪物都以人为美味，回来吧！恐怕要遭受祸害啊。灵魂啊回来吧！从郢都的城门进来啊。巫祝为你招魂，他背向前方为你引路啊。秦地的竹笼齐地的丝线，用郑国丝絮做成的灵幡啊。招魂的器具都准备齐全，再就是长声叫喊啊。灵魂啊回来吧！返回你的故园吧。

赏析

　　作为《招魂》主干的是巫阳的招辞。以上是招辞的第一部分，巫者向东南西北"四方"及天上、地下发出呼唤，招请魂灵回归。根据楚地风俗，招魂能使魂不四处游荡，

而由巫者引导魂回到失魂者的身上。招辞在写四方上下的险恶环境时，取用了许多神话材料，写得诡异莫测。其中引用《山海经》中的许多资料。如关于东方的"长人千仞，惟魂是索些"，《大荒东经》载："有波谷山者，有大人之国，有大人之市，名曰大人之堂。"《大荒经》载："有神名赤郭，好食鬼。"东方是太阳升起的地方，所以诗人把东方设想得灼热可怕。如"十日代出，流金铄石些"，《大荒东经》载："汤谷上有扶木，一日方至，一日方出，皆载于乌。"《海外东经》载："汤谷上有扶桑，十日所浴，在黑齿北，居水中。有大木，九日居下枝，一日居上枝。"此即"十日代出"之意。关于西方的"流沙千里"，《山海经·海内西经》载："流沙出钟山。西行又南行昆仑之虚。西南入海。黑水之山。"还写到西方不生五谷，无水可饮，又有赤蚁、玄蜂等毒虫，使人无法生存。又如写到天上、地下都有残忍无比的怪物据守着。关于天上的精怪，如"虎豹九关，啄害下人些"，《大荒西经》载："有大中，名曰昆仑之丘。有神，人面虎身，有文有尾，皆白。"关于地下即诗中所说的幽都，是指地下空间的世界，与地狱的性质本不相同。地狱是灵魂接受审判、处罚并转世重新发配的地方。事实上，《招魂》中所描述的天上有虎豹九关、地下有土伯九约，均没有天堂和地狱的概念。不过，在佛教传入中国后，幽都逐渐被赋予了地狱的功能，天上也有了玉皇大帝和天宫。招辞这部分，描述东南西北、天上地下各有其害，呼吁灵魂不要到那些地方去，而是要返回故居。故巫者堵住魂往四方及天上地府去，而让它们回楚国都城。

原文

天地四方，多贼奸些①。像设君室，静闲安些②。高堂邃宇，槛层轩些③。层台累榭，临高山些④。网户朱缀，刻方连些⑤。冬有突厦，夏室寒些⑥。川谷径复，流潺湲些⑦。光风转蕙，泛崇兰些⑧。经堂入奥，朱尘筵些⑨。砥室翠翘，挂曲琼些⑩。翡翠珠被，烂齐光些⑪。蒻阿拂壁，罗帱张些⑫。纂组绮缟，结琦璜些⑬。室中之观，多珍怪些⑭。兰膏明烛，华容备些⑮。二八侍宿，射递代些⑯。九侯淑女，多迅众些⑰。盛鬋不同制，实满宫些⑱。容态好比，顺弥代些⑲。弱颜固植，謇其有意些⑳。姱容修态，絙洞房些㉑。蛾眉曼睩，目腾光些㉒。靡颜腻理，遗视矊些㉓。离榭修幕，侍君之闲些㉔。翡帷翠帐，饰高堂些㉕。红壁沙版，玄玉梁些㉖。仰观刻桷，画龙蛇些㉗。坐堂伏槛，临曲池些㉘。芙蓉始发，杂芰荷些㉙。紫茎屏风，文缘波些㉚。文异豹饰，侍陂陁些㉛。轩辌既低，步骑罗些㉜。兰薄户树，琼木篱些㉝。魂兮归来！何远为些㉞？

注释

①贼奸：害人之物。

②像：画像，此处指遗像。设：陈设、设置。静闲：清静安闲。

③邃（suì）宇：深远的房屋。槛（jiàn）：栏杆。用作动词，即用栏杆围着。轩：走廊。此句说层层高轩有栏杆围绕。

④层：层叠。累：重叠。榭：台上的敞屋。临：对着。

⑤网户：带有网状格子或镂空花格的门。朱缀：用红色涂在格子上。方连：连成串的方格图案。

⑥突（yào）厦：结构深邃的大屋。突，同"窔"，深邃。

⑦川谷：山川溪谷。径复：指川谷水流的曲折。潺湲：流水声。

⑧光风：有太阳的日子里吹的风。转蕙：摇动蕙草。泛：此指吹动。崇兰：指丛丛的兰草。崇，同"丛"，丛丛。

⑨堂：厅堂。古代宫室，前部称堂，后部称室，堂与室之间有墙隔开。奥：屋的深处，此指内室。朱：红色。尘：承尘，即屋顶棚。筵（yán）：竹席。尘筵，藻井，俗称天花板。

⑩砥（dǐ）室：墙壁平滑的内室。砥，原指磨刀石。翠翘：翠鸟尾上的毛羽。曲琼：用美玉制成的钩。琼，玉。

⑪翡翠珠被：衾被用翠羽和明珠为装饰。烂齐光：光辉灿烂，交相辉映。

⑫蒻阿（ruò ē）：柔软的绸子。蒻，柔软的蒲席。阿，缯帛，产于齐之东阿，故称。拂壁：原本是擦壁的意思，在这里指装饰墙壁，即壁衣。罗：绮罗，一种丝织品。帱（chóu）：帐子。张：张挂。

⑬纂（zuǎn）组绮（qǐ）缟（gǎo）：分别指红色、杂色、带花纹和白色的丝带。琦：美玉。璜：半圆形的玉璧。

⑭观：观看到的东西。珍怪：珍贵而奇异。

⑮兰膏：兰脂，带着香气的油脂。烛：照耀。华容：美貌，指美女。备：齐备。

⑯二八：指行列和人数，两行各八人，即十六人。侍宿：陪侍过夜。射（yì）：古音近"夕"，夜晚。递代：轮换，轮流。递，更替。

⑰九侯：各诸侯国。九，泛指多数。淑女：贞静贤淑的女子。多迅众：多而超群出众。迅，"超"之误字。

⑱盛鬋（jiǎn）：浓密的鬓发。不同制：各有不同的发式。实满宫：美女充满后宫。

⑲好比：同样美好，难分高下。比，齐同。顺："洵"的借字，实在，真正。弥代：绝代。

⑳弱颜：柔嫩的容颜。固植：指端立不动。謇（jiǎn）：语助词。一说寡言貌。意：情意。

㉑婳容：美貌。修态：指体态修长。绠（gèng）：通"亘"，绵延不绝，此处指美女罗列、周遍于房室之内。洞房：幽深的内室，指卧室。

㉒蛾眉：蚕蛾之触须弯曲而细长，此形容美女眉毛之美。曼睩（lù）：美目顾盼。曼，柔美。睩，眼珠转动。腾光：指眼明亮有神，闪射出光彩。

㉓靡颜：面部皮肤细密。靡，细致。腻理：肌理柔滑。腻，柔滑。理，指皮肤的纹理。遗视：投送一瞥，或说偷着瞅人。遗（wèi），投送。矊（miǎn）：同"眄"，目光含情深远的样子。

㉔离榭：离宫别馆。修幕：大帐篷。闲：休闲，闲暇。

㉕翡帷翠帐：翡翠色的帷帐。一说绣着翡翠鸟的帷帐。

㉖红壁：红泥涂的墙壁。沙版：用丹砂涂隔板。沙，同"砂"。版，隔板。玄玉梁：黑色玉石装饰的屋梁。

㉗刻桷（jué）：雕花的方形椽子。

㉘曲池：弯弯曲曲的池子。

㉙杂：混杂。芰（jì）荷：菱花的别名。菱，俗称菱角。

㉚屏风：在这里是植物名，水葵，一名荇菜，一种水生植物，白茎紫叶。文：同"纹"，指波纹。缘：因。此处指因风而水起波纹。

㉛文异：纹彩奇异。豹饰：以豹皮为饰品，这里指侍卫武士的装束。侍：侍卫。陂陁（pō tuó）：高低不平的山坡。

㉜轩：有篷的车。辌（liáng）：可以躺下休息的车，即卧车。低：同"抵"，到达。步：步兵。骑：骑兵。罗：罗列。

㉝兰薄：丛生的兰草。薄，草木丛生的样子。户树：种植在门户前的树木。琼木：玉树，借指名贵树木。篱：篱笆，此指用琼树做成篱笆。

㉞何远为：为何远去他方？

译文

　　天地上下四面八方，多是狡诈害人的东西啊。你的遗像摆在中堂，显得如此恬静安详啊。高大的厅堂到深远的屋宇，回廊蜿蜒围栏绵长啊。层层亭台重重楼榭，依山而建自然居高临下啊。网状镂空房门涂上了红色，方格图案紧密相连啊。冬天房屋温暖宽敞，夏天房屋凉爽怡人啊。山谷中路径曲折反复，溪流发出潺潺的声音啊。阳光下的微风让蕙草摆动，丛丛香兰芳馨四溢啊。经过大堂进入内室，红色幕布下有竹席铺陈啊。室壁

光滑平整装饰着翠羽，墙上的玉钩挂着衣物啊。翡翠珠玉镶嵌着被子，光辉灿烂艳丽夺目啊。细软的缯帛垂悬壁上，罗纱帏帐摆在中间啊。红白和杂色花纹的丝带系结着美玉圆璧啊。内室的陈设景观，多是珍宝奇景啊。兰脂做的烛光通彻明亮，灯具上的图案美不胜收啊。八对女子服侍起宿，夜晚倦了便轮流替换啊。她们是列国诸侯的淑美女子，人数众多数不胜数啊。鬓发浓密发式各异，美女充满了后宫啊。容颜美丽姿态姣好，温柔美丽绝世无双啊。娇柔的面貌苗条的身体，缠绵情意令人心怡啊。美丽的容颜娇美的姿态，连绵不绝充满内室啊。美丽的弯眉下明眸转动，顾盼之间秋波流转啊。肌肤细腻肤如凝脂，动人一瞥意味深长啊。离开别馆长幕庭院深深，服侍君王消闲解闷啊。饰有翠羽的帷帐，挂满高大的厅堂啊。红漆抹墙丹砂涂隔板，屋梁嵌有黑色的美玉啊。抬头观望刻花的方椽，满眼都是龙蛇的雕绘啊。坐在堂上倚着栏杆，目下是弯曲的池塘啊。莲花初开，芰荷接天啊。白茎紫叶的水葵像屏风一样，水面的波纹在绿波中浮动啊。侍从们穿着纹彩奇异的豹皮服饰，守在岸边等候啊。轻便的轩车、卧车到了，走路的、骑马的随从分列两旁啊。丛生的兰草种植在门外，以玉树作为篱笆啊。灵魂啊回来吧！为何要去远方啊？

赏析

招辞的第二部分，是写郢都修门之内的豪华生活。以上为第一层，写宫室陈设之美，美女侍从之盛，极尽夸饰铺排之能事。"《招魂》之前半篇，以惊吓为拦截，后半篇以引诱为系缚，此最是招字中说不出的神理。"（吴世尚《楚辞疏》）"天地四方，多贼奸些"，由上文的"阻"引入到下段的"诱"，使结构流转畅通。巫者首先引导灵魂认识自己的画像，使魂与魂主合二为一。然后以画像为中心，写厅堂，从厅堂开始而写整体建筑群，展现出气势雄浑的楚宫。又由厅堂写到内室，让灵魂认出自己的住宅，引其从门而入，告诉魂主其住房的舒适。诗人写作时内外逡巡，时而写建筑陈设，时而写自然环境。既总写了建筑的外观、布局，池苑风物，又详写室内的装饰、布置，以及处于其间的人的活动——主要是美女的活动。"兰膏明烛，华容备些"这一句过渡极为自然，从时间的角度，由白天言及夜晚；从内容的角度，由对卧室陈设的铺叙引入侍寝之女的描写。诗人从发型、体态、容貌、身段、眉眼、目光、语言等各个方面描摹出后宫佳丽之绝美。招魂者的吆喝至此又另辟一节，回到厅堂。厅堂富丽华贵，风景优美宜人。侍从们穿着纹彩奇异的豹皮服饰，守在岸边和道旁等候着。再次呼唤：灵魂啊回来吧！为何还要滞留在远方？

原文

室家遂宗，食多方些①。稻粢穱麦，挐黄粱些②。大苦醎酸，辛甘行些③。肥牛之腱，臑若芳些④。和酸若苦，陈吴羹些⑤。胹鳖炮羔，有柘浆

些^⑥。鹄酸臇凫，煎鸿鸧些^⑦。露鸡臛蠵，厉而不爽些^⑧。粔籹蜜饵，有餦餭些^⑨。瑶浆蜜勺，实羽觞些^⑩。挫糟冻饮，酎清凉些^⑪。华酌既陈，有琼浆些^⑫。归来反故室，敬而无妨些^⑬。肴羞未通，女乐罗些^⑭。陈钟按鼓，造新歌些^⑮。《涉江》《采菱》，发《扬荷》些^⑯。美人既醉，朱颜酡些^⑰。娭光眇视，目曾波些^⑱。被文服纤，丽而不奇些^⑲。长发曼鬋，艳陆离些^⑳。二八齐容，起郑舞些^㉑。衽若交竿，抚案下些^㉒。竽瑟狂会，搷鸣鼓些^㉓。宫庭震惊，发《激楚》些^㉔。吴歈蔡讴，奏大吕些^㉕。士女杂坐，乱而不分些^㉖。放陈组缨，班其相纷些^㉗。郑卫妖玩，来杂陈些^㉘。《激楚》之结，独秀先些^㉙。菎蔽象棋，有六簙些^㉚。分曹并进，遒相迫些^㉛。成枭而牟，呼五白些^㉜。晋制犀比，费白日些^㉝。铿钟摇簴，揳梓瑟些^㉞。娱酒不废，沉日夜些^㉟。兰膏明烛，华镫错些^㊱。结撰至思，兰芳假些^㊲。人有所极，同心赋些^㊳。酎饮尽欢，乐先故些^㊴。魂兮归来！反故居些。

注释

①室家：家族。遂宗：当作一族之尊长对待。一说聚居一起。遂，闾里。宗，宗族。多方：多种多样。方，式样。

②粢（zī）：稷的别名，粟米，小米。穱（zhuō）：早熟的麦子。挐（rú）：纷乱，掺杂。黄粱：黄小米。

③大苦：极苦。醎（xián）：同"咸"。辛：辣。行：使用。

④腱（jiàn）：筋头肉。臑（ér）：煮，煮烂。若：而，转折词。

⑤和：调和。陈：陈列，摆出。吴羹：吴地风味的浓汤。

⑥胹（ér）：同"臑"，烹煮。炮：一种烹调方法，类似煨。柘（zhè）浆：甘蔗汁。柘，同"蔗"。

⑦鹄：天鹅。酸：醋溜。臇（juǎn）：一种烹调方法，类似炖或干烧。一说指少汁的肉羹。凫：野鸭。鸿鸧（cāng）一种类似于鹤的水鸟。鸿，大雁。鸧，鸧鸹，水鸟名，似鹤，苍青色。

⑧露：卤。露鸡，犹今俗称卤鸡。臛（huò）：肉羹，此处指烹调方法，不加菜，少汁。蠵（xī）：大龟。厉：同"烈"，味道浓烈。爽：败，楚方言，此指不伤胃。

⑨粔籹（jù nǔ）：古代的一种食品，用蜜和面粉油煎制成的环状饼，犹今俗称点心。蜜饵：蜜糕。餦餭（zhāng huáng）：即麦芽糖，也叫饴糖。

⑩瑶浆：美酒。勺：同"酌"，代指酒。实：装满。羽觞：古代一种酒器，两旁如翼，故名。

⑪挫糟：指从酿酒酒糟缸中压出酒。冻饮：冷饮，不加温。或说经过冰镇。酎（zhòu）：醇酒。

⑫华酌：有华美装饰的酒斗。陈：摆设。

⑬故室：老家。反故室，返回故乡的房间。敬而无妨些：指家人都对你敬献美酒，你可尽饮无妨。

⑭肴羞：佳肴珍馐美味。羞，同"馐"。通：遍设，上齐。女乐：表演歌舞的女子乐队。

⑮陈：敲。按：打。造新歌：唱新创作的歌。

⑯发：演奏。《扬荷》和《涉江》《采菱》同为楚国歌曲名。

⑰酡（tuó）：饮酒后脸红。

⑱娭（xī）光：撩人的目光。娭，同"嬉"，嬉戏。眇视：半目斜视；偷看。曾：同"层"。

⑲被：通"披"，与"服"字同作动词用，都是穿的意思。文，同"纹"，文采，花纹。纤，细柔。不奇：不奇形怪状。

⑳曼鬋（jiǎn）：细柔的有光泽的鬓发。

㉑二八：八人一队，共两队，这里指两队女乐手。齐容：装束一样。郑舞：郑国的舞蹈，比较放纵。

㉒衽（rèn）：衣襟。若交竿：如竹竿交错，这里指衣襟相交。抚：同"拊"，拍击。案：同"按"。下：弯腰下屈。

㉓竽瑟：均为乐器。狂会：竞奏，齐奏。狂，疯狂，猛烈。搷（tián）：猛击。

㉔《激楚》：楚国的歌舞曲，大概因情调激昂而得名。

㉕吴歈（yú）：吴地的歌曲。歈，歌谣。蔡讴（ōu）：蔡地的歌曲。大吕：古代乐调名。据《汉书·律历志》：古乐按音的高低分十二律，阴阳各六，六阳律称律，六阴律称吕，第四阴律为大吕。

㉖士：男子。

㉗放陈：随便放置。放，放浪，随便。组缨：衣带和冠缨。组，系佩饰的丝带。缨，帽子上的带子。班：次序，坐次。纷：杂乱。

㉘妖玩：妖娆的女子，指美女。一说新奇的玩耍节目。杂陈：穿杂并舞。一说穿插表演。

㉙结：结尾。一说指《激楚》舞者特殊的发式。秀先：优秀出众，超群，突出。

㉚菎（kūn）蔽：玉制的筹码，赌博用具。一说射筒。象棋：象牙做的棋子。六簙（bó）：古代一种下棋游戏，两人对局，共六根箭筹和十二个棋子，可用以赌博。

㉛分曹：分组，对局的两方。曹，伴侣，指棋伴。一说二人分曹对下各自进子。遒：急迫，起劲。

㉜枭：本指猫头鹰，此指古代赌博游戏术语，即头彩，博采。《晋书·谢艾传》："六博得枭者胜。"牟：加倍胜。王逸："倍胜为牟。"五白：五颗骰子组成的赌博游戏。王逸："呼五白以助投也。"五白可能是比枭更贵的采。呼五白，掷骰时呼令五颗骰面成一色。

㉝晋制：晋地制造。犀比：犀角做的带钩，用作赌胜负时的彩注。一说犀角制成的赌具。费：耗费。

㉞铿（kēng）：撞击。簴（jù）：钟架。揳（xiē）：原指抚，这里是弹奏。梓瑟：用梓木做成的瑟。

㉟娱酒：以饮酒为娱乐。不废：不止。沉：沉溺。

㊱错：交错繁多。镫：同"灯"。错：错落，错杂。一说置。

㊲结撰：构思撰述，指酒后赋诗。至思：深思，尽心思考。兰芳：指诗篇优美如假借兰芳香气。假：通"嘉"，美好。

㊳人有所极：人人都竭尽所能。赋：赋诗，诵读，带有一定的韵律节奏。

㊴先故：先祖，故旧。

译文

　　闾里家族聚集一处，饮食丰盛花样众多啊。有稻谷稷麦，还有金黄的粟米啊。苦的咸的酸的味道纯正，辣的甜的也都调和成了啊。肥牛的肌腱，炖得酥烂香气扑鼻啊。调和好了酸味和苦味，端上来了吴地风味的羹汤啊。清蒸龟鳖火烤羊羔肉，再浇上甘蔗糖

浆啊。醋溜天鹅肉干烧野鸭，热油煎炸大雁和鸧鹄啊。卤鸡和大龟熬的肉羹，味道浓烈而不败坏口感啊。甜面饼和蜜醮糕饼，还有饴糖食品啊。琼浆美酒蜜制甜酒，斟满刻有羽纹的酒杯啊。取掉酒糟将酒冷却，醇香清凉可口啊。华美的酒具都已摆好，里面盛满玉液琼浆啊。回到以前居住的地方，众人对你礼敬有加毫无违碍啊。佳肴珍馐还未上齐，歌妓舞乐列队侍候啊。敲起钟来打起鼓，演奏新制的乐歌啊。唱罢《涉江》奏响《采菱》，更有《扬荷》一曲清扬啊。美人微醉双颊更加红润啊。目光撩人偷偷微视，秋波频送眉目传情啊。身着绣有花纹的轻柔衣衫，色彩华丽却不奇形怪状啊。鬓发修长有光泽，风华绝代光彩照人啊。十六名佳人装束一致，跳起郑地的舞蹈啊。衣襟飘摇交错似纤竹，舞罢弯身徐缓行进啊。吹竽鼓瑟强烈交织，击打鼓面铿铿直响啊。厅堂庭院瞠目惊骇，《激楚》的歌声高昂凄清啊。吴歌蔡曲合声共唱，和大吕乐曲声声相应啊。男男女女混坐一起，位子散乱不分彼此啊。衣带和冠缨散放一边，色彩斑斓纷乱杂陈啊。郑卫两地奇美珍玩，随意摆放排列堂上啊。演奏《激楚》作尾声，优秀出众于先奏之乐啊。摆出玉制筹码和象牙棋，玩六博对弈的游戏啊。两两对局齐头竞进，对手之间厉声催促不相让啊。一胜再胜求胜心切，大呼"五白"叫声喧。晋地的犀角赌具聚集一方，一天耗尽毫不在意啊。钟声铿锵钟架摇晃，手指抚弦弹起梓瑟啊。饮酒娱乐不肯中止，沉湎其中日夜不停啊。兰花脂膏的烛光明亮通透，华美的灯盏错彩镂金啊。尽心竭力构思写作，诗篇优美如兰香袭人啊。畅饮美酒纵情欢笑，娱乐祖先宴会故旧啊。灵魂啊回来吧！快快返回你的故居啊。

赏析

　　以上为第二层，写饮食肴馔之盛，又引诱之以宴乐，写乐舞之美、游戏之盛。"食多方些"，意指吃的东西特别豪华，以此引领下诗。对多种多样的主食、菜肴、饮料——列举，并且加以形容。主食是大米、小麦、新麦等，还有最上等的黄小米掺杂，调味的有酸甜苦辣，五味俱全，此为概写，低调上扬。尔后特写几种美味。主食和主菜之外，点心也格外诱人。在好吃的基础上，还有好喝的。浓郁的美酒甜得像蜜一样，满满的一杯又一杯。酒宴当前，尽兴舒畅，这儿还有饮用不完的玉露琼浆。在此畅饮关口，诗人不失时机地发出招魂的呼号："灵魂啊回来吧！快快返回你的故居啊。"

"肴羞未通，女乐罗些"，从美味佳肴之盛转入乐舞时刻。首先写歌舞的时间。酒宴酣畅，余兴未尽之际，杯盏还没有撤去，歌妓乐舞已经列队侍候。接着是"陈钟按鼓"，乐声响起。唱罢《涉江》再唱《采菱》，更有《扬荷》一曲清扬。美人醉酒后，诗人从面部、眸光、眼神、服饰，甚至头发，都进行了细致雕刻。歌女们酒晕像红霞飞上了娇艳的双颊，眸子婉转地流动着光辉，时而温柔地驻留微睇，水汪汪的眼睛如秋水之波形成的涟漪，绫罗的衣服上绣着好看的花色，飘漾着的长头发，光泽的发髻，风华绝代，令人目眩神迷。

接着开始写乐舞场面。美女微醺醉眼迷离，交相起舞。初舞之时，舞女们动作仪容整齐，安闲从容。她们跳着郑国之舞，把长袖飞起。舞步迅速旋转，襟前的飘带如竹影交织，她们愈舞愈靠近我们的宴席。热舞进入高潮后，鼓乐不失时机地奔涌而来，将舞乐推向狂放、热烈的高峰。洪钟大吕齐作，竽瑟狂会，整个的宫庭都被震动得发慌。激亢的楚国的乐声，紧接着又有软媚的吴蔡之音。乐舞进入尾声，却依然有令人着迷的"现场花絮"：士女杂坐，衣帽乱陈，无复礼仪可言。在演奏这些乐舞的间隙，宾客们、歌女们饮酒作乐，相互逗乐，似乎所有约束人的礼仪都不用管了，人们尽情欢乐。而郑卫女子的标新立异，尤其使人忍俊不禁。如醉如痴的狂欢场面，令人如耳闻目睹。

宴乐之后，人们又开始分几摊玩博采和下棋的游戏。先从分摊的场面描写，进而写赌博者的心理和急切的情态。他们急不暇待地对敌相逼，心中焦急，彼此间互相猜忌。博采胜利者获得几倍的利钱，狂喜之余，假意对对方吆喝你一定能获得更大的"五白"采，诱使对方下更大的投注。将那种不顾礼仪、忘乎所以的情形，那种捋袖揎拳、呼五喝六的神态，穷形尽相地描绘了出来。玩得不亦乐乎，钱财一天耗尽也毫不在意啊。饮酒娱乐不肯中止，沉湎其中夜晚来临也不停。宴酣酒乐之后，又赋诗记此盛会。宾客们都苦心孤诣，想用词赋来表达愿望，展露自己的才华。颂诗之后，又进入欢乐的酒宴：开怀痛饮团圆酒，娱乐祖先，宴会故旧啊。灵魂啊回来吧！回到你的故居啊。

以上是招辞的第二部分，展示了故居的宫室、美女、饮食、歌舞、游戏之盛，以及赋诗唱和的酒后余兴。特别渲染死者生前在故居生活的豪华舒适，以招引死者魂魄归来安居。

原文

乱曰：献岁发春兮，汨吾南征①。菉蘋齐叶兮，白芷生②。路贯庐江兮，左长薄③。倚沼畦瀛兮，遥望博④。青骊结驷兮，齐千乘⑤。悬火延起

兮，玄颜烝⑥。步及骤处兮，诱骋先⑦。抑鹜若通兮，引车右还⑧。与王趋梦兮，课后先⑨。君王亲发兮，惮青兕⑩。朱明承夜兮，时不可以淹⑪。皋兰被径兮，斯路渐⑫。湛湛江水兮，上有枫⑬。目极千里兮，伤春心⑭。魂兮归来！哀江南⑮。

注释

①献岁：进入新的一年。发春：春气发动。谓春天万物发生，常用以指孟春。汩（yù）：形容匆匆而行。

②菉（lù）：同"绿"。萍：一种水草。齐叶：叶子繁茂。白芷：一种香草。

③贯：通，穿过。庐江：江河名。长薄：草木丛生之地。

④倚：相连接。畦：水田。瀛（yíng）：大水。博：广博，宽阔。

⑤青骊（lí）：青黑色的马。齐千乘：千乘车马整齐出发。千乘，千辆马车，这里形容马车多。

⑥悬火：夜间打猎驱兽时的火把。延起：火势蔓延，冲天而起。玄颜：黑里透红的面容，这里指暗黑红的天空。烝（zhēng）：升腾，上升。

⑦步：慢走。及：追猎到。骤处：驰马所到之处。骤，急走。处，停下。诱：诱导，这里指打猎时的向导。骋先：一马当先。

⑧抑：抑制，停下。鹜：飞快地跑。若：顺畅，这里指进退自如。通：通畅，不堵塞。

⑨梦：云梦泽，地名，楚国的一个大猎场。课：评比，考察，这里是考核、比试的意思。

⑩亲发：亲自发箭。惮（dàn）青兕（sì）：害怕射中青兕。惮，小心，戒惕。一说，惮为"殚"，击毙的意思。青兕，古代犀牛类兽名。一角，青色，重千斤。据记载，楚人传说猎得青兕者，会遭厄运。此句是提醒君王亲自射杀猎物时遇到青兕要小心。

⑪朱明：太阳初升，一说红日。承：接续。淹：停留，久留。

⑫皋兰：水边的兰草。皋，水边的高地。被：覆盖。径：小路。斯：这，此。渐：遮盖，淹没。

⑬湛湛：江水蓝貌，形容水深而宽广的样子。

⑭伤春心：春景伤心，即触景伤情。

⑮哀：令人哀伤。江南，指楚国。哀江南是为江南哀叹。

译文

尾声：进入新的一年春天来了啊，我匆匆向南行。绿萍长出了新叶啊，白芷吐出了新蕊。一路贯通穿越庐江啊，左边岸上是高大浓密的山林。站在沼泽地里啊，远远眺望楚地无边的旷野。四匹青黑色的骏马齐驾一辆车啊，千乘马车并驾前行。举起火把火焰四射啊，蒸腾的火气把夜空映照得黑里透红。或慢走或奔跑又停下啊，狩猎的向导一马当先。引导得进退自如啊，向右掉转车头胜利而还。与君王在云梦泽狩猎啊，比一比猎物多少与追猎表现。君王亲自发箭射猎物啊，又怕射中了青兕惹灾祸。太阳破晓而出啊，光芒始终无法遮掩。水边的兰草长满小路啊，这条路被遮得看不见。清澈的江水潺潺流啊，高处还有红枫。纵目远望千里地啊，春景触目伤人心。灵魂啊回来吧！这令人哀伤的江南故国。

赏析

　　以上为乱辞，是《招魂》第三部分，是全篇的结束语。这部分先写怀王之魂的南归，继而追忆与怀王一起打猎的盛况，是对怀王亡魂的款待。"乱辞"历来有数说。朱熹认为是"盛赞畋猎以召之"（《楚辞集注》），蒋骥认为是"岁首南行，适遇楚王田于江南，而所见若此。庄辛所谓驰骋云梦之中，而不以国家为事，于此亦可见也"（《山带阁注楚辞》），蒋天枢认为是"追叙与怀王校猎于江南事"（《楚辞论文集》），也有人认为是初怀王魂回来后，悔过自信，励精图治，准备对秦有所图。"乱辞"的主要内容是君王率领属下狩猎。这里作者又以第一人称出现，叙其在南征途中，回忆起参加怀王狩猎的情况。云梦一带是楚国著名的猎场，面积极广，汉赋对云梦之猎有很精彩的描写。从时间的角度看，这场狩猎从白天打到夜晚，尤其是夜晚高举火把照亮了黑暗的天，兵士们

与骏马争先，这一幅跃动的画面，隐隐蕴含着某种潜在的活力和生机。"君王亲发兮，惮青兕"表现了屈原曾经对楚怀王的安危十分关心，也就是"系心怀王，不忘欲反"的意思。楚人传说猎得青兕者，会遭厄运。而狩猎之君王，吓得那青兕直发疯，可见此君王绝非等闲。"与王趋梦兮，课后先"，很明显表达着屈原追随君主而富有才干的自我形象，而其中的君王又是诗人心中的理想之君王，他量才录用，身先士卒，威勇无比，是"神"一级的君王。然而怀王终于"客死于秦"不得归楚了。诗人最后以"魂兮归来！哀江南。"这样极其凄婉的诗句，结束了这一篇千古绝唱。哀江南，就是哀楚国，江南是楚国主要地区，这里从招怀王之魂说到哀江南，以表示哀楚国。此处的"魂"，已经从具体的"魂"升华到楚国的国魂。诗人呼唤"魂兮归来"，希望唤回楚国的强健之魂，英雄之魂，拯救江南于水火。蒋骥《山带阁注楚辞》说："卒章魂兮归来哀江南，乃作文本旨，余皆幻设耳。"这话应该是道出了此诗的旨意。

点评

《招魂》结构精美，独具匠心。《招魂》首先假托巫阳来招魂，接着写招魂辞，是全文的主体，用铺陈的手法描写了楚国的衣食之美、歌舞之乐，殷切地劝诫楚怀王之灵魂，不要到天上、地下或四方去，认为还是楚国最美好，是最值得留住的地方。清人陈本礼《屈赋精义》引何义门尝云："（《招魂》）前半极其险怪，后半极其绮靡，真亦绝世奇文也。后人纵极铺张，无此种藻丽矣。要不免缀拾其菁华耳，不过逐段铺排耳。而词句之工，文采之富，姿态之艳，已备于此矣。"前人曾评议说："《招魂》序宫室女色饮食之乐，与《大招》不同。《大招》每项俱各开写，《招魂》则首尾总是一串。其间有明落，有暗度，章法珠贯绳联，相绎而出。其次第一层进一层，入后异彩惊华，缤纷繁会，使人一往忘返矣。……通首数千言，浑如天际浮云，自起自灭，作文之变，于斯极矣。"（蒋骥《山带阁注楚辞》）《招魂》一诗前有序词作缘起，后有乱辞为尾声，中间为招辞正文。正文又分为两个层次，即王逸所称"外陈四方之恶"和"内崇楚国之美"。诗歌以神话中天地四方的狰狞可怖的形象和楚国宫廷的如仙境般的亭台楼阁，以及饮食歌舞博弈的繁富乐事，构成了鲜明的对比。"外陈四方之恶"，极力渲染东、南、西、北、天、地之险恶、恐怖，目的在于说明"天地四方，多贼奸些"，处处是可怕的事物，时时有葬身的危险，因以威吓灵魂，使其不敢留滞他乡。"内崇楚国之美"极力铺陈夸饰富室园囿的富丽堂皇，饮食乐舞的盛大优美，车马服御的豪华奢侈，目的又在于说明"象设君室，静闲安些"，楚国最平安，故乡最美好，用以招唤灵魂返回故国。这种强烈的对比更加突出了作者对怀王的殷切深情和热烈期望，对顷襄王亦有激励的作用，具有显著的艺术魅力。这种"外陈四方之恶，内崇楚国之美"的内容和写法，一方面表现了屈原对楚怀王归来（哪怕是死后的灵魂）的期待，另一方面也曲折表达了诗人对楚国的颂赞和热爱。

《招魂》充满了丰富的想象和奇特的夸张。诗人想象人的灵魂可以上天入地，周游四方，因而极写上下四方的险恶以劝怀王灵魂的归来。关于上下四方，有所谓"四郊"的规定，《招魂》中即有东、西、南、北四方的呼唤："魂兮归来！东方不可以托些！长人千仞，惟魂是索些。十日代出，流金铄石些。""魂兮归来！南方不可以止些。雕题黑齿，得人肉以祀，以其骨为醢些。蝮蛇蓁蓁……雄虺九首……""魂兮归来！西方之害，流沙千里些。旋入雷渊，靡散而不可止些……赤蚁若象，玄蜂若壶些。""魂兮归来！北方不可以止些。增冰峨峨，飞雪千里些。"四方之外，又有上天、幽都。上天有执其关钥的"虎豹九关""一夫九首"。去幽都则会见到士伯"敦脄血拇""参目虎首"。可见上下四方的险恶，各地又不相同。例如同样是吃人的恶人，东方是"长人千仞"，高大无比，专吃人的灵魂；南方则是"雕题黑齿"，断发文身，野蛮丑陋，以人肉祭祖宗，用人骨捣酱汁；而天上却是"拔木九千"的一个九头怪人，力大无穷，专门"悬人以娭，投之深渊些"，以杀人为取乐，并投之深渊；地府的"土伯"腹下垂着九块肉，头上长有尖利的角，三只眼睛老虎头，还有牛一样的身子，俨然是个凶狠的魔君。这些恶人形象虽因地而不同，但丑陋怪异于常人却是相同的；吃人的方式虽有不同，但吃人的凶残本质却是一致的。这一切显然都不是亡魂的亲自经历，只能是诗人奇特的想象和夸饰的铺排，目的在于渲染四方、上天和幽都的险恶，呼唤魂灵不要前往，表达盼其归来的意愿。惟其丑陋怪异，更显出其吃人的凶恶，这对"外陈四方之恶"，以劝谏怀王灵魂的归来起着强烈的烘托作用。而所有这些形象的塑造，又无不体现出诗人丰富的想象力，使这首诗充满着浪漫

色彩。

　　《招魂》的词藻丰富而华艳，语言优美而精练。所谓"巧笔如画，纤手如丝，意动成文，呴气成采，烨烨有神"（《楚辞评林》引陈深语），"琐陈缕述，务穷其变态，自是天地瑰玮文字"（《楚辞评林》）。诗人热爱自己的祖国，期待着怀王灵魂的归来，深切寄寓着对顷襄王振兴楚国、报仇雪恨的希望，浓墨重彩，充溢在诗篇的字里行间。华丽的辞藻，优美的语言，使这首诗充满着浓厚的主观抒情色彩。每一声招魂辞，都是一抔眼泪，即使是在历数钟鸣鼎食、歌舞狂欢、美女如云、笑语喧天、安富尊荣之时，我们都能听到掩藏在其中的诗人的哭泣。为了突出楚国的美好，诗人用"高堂邃宇""层台累榭""网户朱缀"来描写宫室的高大和修饰的讲究。用"川谷径复，流潺湲些。光风转蕙，泛崇兰些"来形容环境的幽静宜人。用"弱颜固植""姱容修态""蛾眉曼睩""靡颜腻理"来描写美女的身姿容貌，等等。丰富的词汇，整齐的句子，既富于变化，又充满音韵，使诗歌词藻华美艳丽而又铿锵悦耳，诗人的主观情感充沛浓厚而又深致绵邈。再如紧接在招魂辞铺陈描写之后的乱辞，写诗人在一个阳光明媚的春天被放逐江南，一路上看见那一望无际的青草绿水和正在游猎取乐的顷襄王，不禁万分感慨：日月代谢，岁月如流，皋兰被径，芳草遮路，极目千里，由楚望秦，既伤怀王之不归，更哀顷襄之不悟，故春景虽佳，亦徒增忧伤而已。于是情不自禁地喊出了"魂兮归来！哀江南"的悲哀之声。这段乱辞凄恻动人，感人肺腑，一唱三叹，韵味无穷。

招魂

大招

题解

"大招"也属于"招魂"。同为"招魂"，所以很多人将《招魂》和《大招》并称为"二招"。和《招魂》一样，关于《大招》的作者和招谁的魂，也一直存在着争议。

《大招》的作者是谁，汉代已搞不清楚。王逸认为是屈原或景差。王逸在《楚辞章句》中说："《大招》者，屈原之所作也。或曰景差，疑不能明也。屈原放流九年，忧思烦乱，精神越散，与形离别，恐命将终，所行不遂，故愤然大招其魂。盛称楚国之乐，崇怀襄之德，以比三王，能任用贤，公卿明察，能荐举人，宜辅佐之，以兴至治，因此风谏，达己之志也。"黄文焕、林云铭、蒋骥、牟廷相等认为是屈原的作品。黄文焕《楚辞听直》认为是屈原所作，其《楚辞听直》云："王逸之论《大招》归之或曰屈原，未尝以专属景差。"晁补之曰："词义高古，非原莫能及。余谓本领深厚，更非原莫能及。"林云铭在《楚辞灯》中说："《大招》一篇，王逸既谓屈原所作，又以或言景差为疑，尚未决其为（景）差作也。……（宋）玉与（景）差皆原之徒，若招其师之魂，何以见（景）差之招当为大，（宋）玉之招当为小乎？后人守其说而不敢变，相沿至今，反添出许多强解，附会穿凿，把灵均绝世奇文，埋没殆尽，殊可叹也。"林云铭认定《大招》为屈原所作，其目的是招楚王之魂。吴世尚《楚辞注疏》继承了林云铭的观点，认同《大招》是屈原为招怀王之魂所作，云："林西仲以为招怀王，尤属细心巨眼，而其文亦另是一格。故说者相传以为景差也。要其气味，沉静和雅，俨然臣子将适公所，夙斋戒沐浴，习容观玉声之时。"蒋骥《山带阁注楚辞》云："惟林西仲以为招怀王之辞，最为近理。今从之。"徐仁甫也认同《大招》是屈原为招怀王魂魄而作的观点，曰"末段谓赏罚当，尚贤士，禁苛暴，曲终奏雅，必有所制"，"则非招君王之魂不可"。洪兴祖《楚辞补注》曾认为"《大招》恐非屈原作"，朱熹则认为是景差所作无疑。朱熹在《楚辞集注》中说："《大招》不知何人所作，或曰屈原，或曰景差，自王逸时已不能明矣。其谓原作者，则曰词义高古，非原莫及。其不谓然者，则曰《汉志》定著原赋之二十五篇，今自《骚经》以至《渔父》，已充其目矣。其谓景差则绝无左验，是以读书者往往疑之。然今以宋玉大小言赋考之，则凡（景）差语，皆平淡醇古，意亦深靖间退，不为词人墨客浮夸艳逸之

态，然后乃知此篇决为（景）差作无疑也。"景差其人，《史记·屈原列传》末尾说到他："屈原既死之后，楚有宋玉、唐勒、景差之徒者，皆好辞而以赋见称；然皆祖屈原之从容辞令，终莫敢直谏。"

此外还有"宋玉"说、"汉代作家"说等。梁启超、游国恩、刘永济等认为是秦汉时期的拟作。朱季海在《楚辞解故》中甚至还说是淮南王刘安或他的门客写的。朱季海《楚辞解故》从词源学角度考察，列举此文用"乎""只"，与屈宋用"兮""些"不同；三公九卿之制定型于西汉；"粉白黛黑"不行于楚地，而常见《淮南鸿烈》称用诸证，认为当系淮南王及其门下文士所为。《大招》有句"小腰秀颈，若鲜卑只"，有的学者以为鲜卑出现在汉代，疑《大招》为汉人伪作。然而陆侃如《屈原》一书中则认为不足为证："我从前曾据交趾鲜卑把这篇的时代移至汉代，后承陈伯弢、朱逷先二位先生告诉我说，这两个名词已见《国语》《吕氏春秋》等书，故不能作证。"

《大招》是招谁的魂学界也有争议，一说是招屈原的魂，或认为是招楚怀王的魂。由于《大招》所招的对象为人臣身份，以三公九卿、治国栋梁期之，我们自然联想到忠而遭贬、冤死汨罗的屈原。但从本篇铺陈描写的名物、制度及场景来看，多序帝王致治之事，其所招之魂的身份当为帝王诸侯。蒋骥《山带阁注楚辞》评《大招》说："称为大者，尊君之辞。篇内多序帝王致治之事，盖往昔成言时所冀如此。呜呼，事既已矣，而心终不忘所以求神于地下也。"这跟《招魂》颇为类似，《招魂》所招的对象为君主身份，故人们多以为屈原招客死于秦的怀王之魂，表达其恋君忧国之思。因此，《大招》是屈原所作是可信的，《大招》与《招魂》所招对象应为同一人，应该是招楚王的魂。据史料记载，怀王被骗入秦国后，在顷襄王三年（前296年）卒于秦，后归葬于楚国，这中间有相当长一段时间。因此，怀王死讯传到楚国时，楚国应在国内举行了招魂仪式，以招其魂归国不离散。到归葬时，则又举行了更隆重的国葬仪式，因而须有两篇招魂辞，这或许正是《招魂》与《大招》的来历。对于为何招两次，有人认为与当时楚地的民俗有关，楚人有人死后分为大殓、小殓之习俗（详可参《礼记》），而这大小殓的区分，正是两次招魂的表现。也有人认为，《招魂》是屈原招怀王之魂所作，《大招》是招怀王之父威王之魂所作（公元前329年楚威王卒），故按君王之辈份，名曰"大招"。可备一说。

原文

青春受谢，白日昭只①。春气奋发，万物遽只②。冥凌浃行，魂无逃只③。魂魄归来！无远遥只④。魂乎归来！无东无西，无南无北只。东有大海，溺水浟浟只⑤。螭龙并流，上下悠悠只⑥。雾雨淫淫，白皓胶只⑦。魂乎无东！汤谷寂只⑧。魂乎无南！南有炎火千里，蝮蛇蜒只⑨。山林险隘，虎豹蜿只⑩。鰅鳙短狐，王虺骞只⑪。魂乎无南！蜮伤躬只⑫。魂乎无西！西方流沙，漭洋洋只[13]。豕首纵目，被发鬤只[14]。长爪踞牙，诶笑狂只[15]。魂乎无西！多害伤只。魂乎无北！北有寒山，逴龙艵只[16]。代水不可涉，深不可测只[17]。天白颢颢，寒凝凝只[18]。魂乎无往！盈北极只[19]。

注释

①青：古时认为东方春位，其色青也，青是春的色彩。青春，这里指春天。春天一到，万木转青，故云。受谢：是说春天承接着冬天。谢，离去，指冬天已经逝去。昭：光明，灿烂。只：句末语气词。

②遽（jù）：竞争。此处指春天万物竞生。

③冥：幽暗。凌：冰冻。浃行：泛滥横行。浃，周遍。魂无逃只：魂魄在春气萌动之时无所逃，此为招魂之辞。

④无远遥只：魂魄不要远去。

⑤溺水：指水很深，容易使万物沉没于其中。潎（yóu）潎：形容水流迅疾的样子。

⑥螭（chī）：传说中一种没有角的龙。并流：顺流而行。悠悠：慢悠悠，这里形容螭龙游动、行走的样子。

⑦淫淫：流落不止的样子。王逸注："淫淫，流貌也。"白皓：白茫茫。皓，义同白。胶：粘，连接。

⑧汤（yáng）谷：即"旸谷"，神话中的日出之处，其地无人，视听寂然，无所见闻也。

⑨炎火千里：据《玄中记》载，扶南国东有炎山，四月火生，十二月灭，余月俱出云气。蝮蛇，一种大毒蛇。蜒：长而弯曲的样子。

⑩蜿：行走的样子。

⑪鯛鱅（yú yōng）：传说中的怪鱼。短狐：神话传说中一种能含沙射人的动物。王逸《楚辞章句》："短狐，鬼蜮也。"王虺（huǐ）：大毒蛇。王，大。骞（qiān）：高举，此指举头，虎视眈眈。

⑫蜮（yù）：水族中含沙射影的害人怪物。一说短狐，《说文》："蜮，短狐也。似鳖三足，以气射害人。"躬：身体。

⑬漭（mǎng）洋洋：这里形容流沙广大、无边无际的样子。漭，水广大貌。

⑭豕（shǐ）首：猪头。纵目：眼睛竖起。被：同"披"。鬤（ráng）：形容毛发散乱的样子。

⑮踞（jù）牙：言其牙如锯，指锋利的牙齿。踞，同"锯"。诶（xī）：同"嬉"，强笑。

⑯逴（chuō）龙：即"烛龙"，神话传说中人面蛇身的怪物。逴，古音同"烛"。觟（xì）：赤色。据《山海经》，烛龙神体呈"赤色"。

⑰代水：神话中的水名。代为北方古国，地在今河北蔚县，代水泛指北方之水。

⑱颢（hào）颢：白茫茫，这里指冰雪照耀的样子。

⑲北极：北方至极至远之地，严寒之所在。

译文

万木转青冬去春来，阳光明媚灿烂啊。春天的气息萌动勃发，万物争相生长啊。阴冰解冻河水泛滥，魂灵无处可躲藏啊。魂魄归来吧！不要去遥远的地方。灵魂啊归来吧！不要去东也不要去西，不要去南也不要去北啊。东边有苍茫的大海，能沉溺万物啊。无角的螭龙顺流而行，上下出没真自在啊。迷雾不散阴雨绵绵，白茫茫一片天海相连啊。灵魂啊不要去东边！旸谷空旷寂静寂寞难耐啊。灵魂啊不要去南边！南方有烈焰千里，蝮蛇有毒长而弯曲啊。深山密林充满险阻，虎豹横行不肯离去啊。奇鱼水怪聚集害人，毒蛇王虺昂首虎视眈眈啊。灵魂啊不要去南边！鬼蜮含沙会伤人体啊。灵魂啊不要去西边！西边有流沙无边无际如海洋啊。猪头妖怪竖着眼眶，毛发纷乱披在身上啊。挥舞着长爪露出锯齿，嬉笑中露出狰狞凶狂啊。灵魂啊不要去西边！很多害人的东西把人伤啊。灵魂啊不要去北边！北边有严寒的冰山，烛龙人面蛇身全身通红啊。代水宽阔无法过去，深不见底无法测量啊。冰天雪地白茫茫一片，寒气凝结四方啊。灵魂啊不要去那里！极北之地到处充满严寒啊。

赏析

全篇大致分为三个部分。第一部分陈述四方的险恶。称险恶则东西南北遍及，极力渲染四方的种种凶险怪异，旨在呼唤魂灵不要去这些地方。本篇开门见山，指出招魂是在"春气奋发"之日，四季代谢、冬去春来。当太阴隐藏、少阳运气之时，万物充满生机，一片生命蠢动、竞相奋发的气象。当此之际，玄冥之神周游驰行，似在寻找着寄托物质外壳存在于自然界的机会。而人的生命与万事万物一样，躯体消灭、魂魄犹在。作者利用魂魄活跃、呼之欲出的时机，希望魂魄回到万物灵长之中来，为故国、为曾奋斗过的社会政治理想而生。接着按照招魂辞的固定格式，发出"魂乎归来！无东无西，无南无北只"的呼唤。以下便分述东西南北之险恶可怖、魂不可往，来反证招魂之意。其东大海茫茫，雾雨淫淫，水势溺物，螭龙为害，那是一个寂寥空虚、渺无生气的世界。其南炎火千里，其地卑湿多瘴，山险林隘，虎豹逡巡，鬼蜮横行，蝮蛇当道，射工潜藏，征途艰危，怎么能往呢？其西有沙海二千余里，沙乘大风如浪，行旅遇之，常为所压，其神面目狰狞，专以吃人为乐事。魂若西去，岂能逃避险境恶神的伤害？至于北方，则天寒地冻，冷气弥漫，水深不可测，烛龙形象可怖。想及犹不寒而栗，魂魄何可亲往？所谓言其罪，则以天下之恶而归之。遍举四方险恶，皆不可往，而每称数一方之害，则再呼"魂乎无往！"可谓三致意焉者。四方既不可往，又有什么处所是魂魄寄托之地呢？

原文

　　魂魄归来！闲以静只。自恣荆楚，安以定只①。逞志究欲，心意安只②。穷身永乐，年寿延只③。魂乎归来！乐不可言只。五谷六仞，设菰粱只④。鼎臑盈望，和致芳只⑤。内鸧鸽鹄，味豺羹只⑥。魂乎归来！恣所尝只。鲜蠵甘鸡，和楚酪只⑦。醢豚苦狗，脍苴蒓只⑧。吴酸蒿蒌，不沾薄只⑨。魂乎归来！恣所择只。炙鸹烝凫，煔鹑敶只⑩。煎鰿臛雀，遽爽存只⑪。魂乎归来！丽以先只⑫。四酎并孰，不歰嗌只⑬。清馨冻饮，不歠役只⑭。吴醴白蘖，和楚沥只⑮。魂乎归来！不遽惕只⑯。

注释

①自恣：随意无拘束，随心所欲。荆楚，楚国。楚原建国于荆山（今湖北南漳西），故称。

②逞：实现，施展。究：极尽。

③穷身：终身。

④五谷：稻稷麦豆麻。六仞：谓五谷堆积有六仞高。仞，古代长度单位。设：陈列。菰（gū）粱：菰米，雕胡米，做饭香美。菰，茭笋，又名"蒋"，多年生水生宿根草本植物。

⑤鼎：古代烹煮用的器物，多用青铜制成。臑（ér）：煮烂。盈望：满目都是。和致芳：调和使其芳香。和，拌。致，放。芳，香料。

⑥内：同"肭"，肥的意思。鸧（cāng）：鸧鹒，即黄鹂。一说指鸧鹤，水鸟类，似雁与鹤，青黑色的鸟。鹄：天鹅。味：调味，品味。豺：兽名，俗称豺狗，犬科动物，形似狼，较瘦小，吠声如犬。

⑦蠵（xī）：大龟。酪（lào）：乳浆。

⑧醢（hǎi）：肉酱。豚（tún）：小猪。苦狗：加少许苦胆汁的狗肉。苦，用胆调和肉酱以使苦。脍（kuài）：切细的肉，这里是细切的意思。苴蒓（jū pò）：蘘荷，姜科，一种草本植物，花穗和嫩芽可食，根状茎淡黄色，有辛辣味。

⑨吴酸：吴地人调和酸咸，腌制菜肴。蒿蒌（hāo lóu）：两种草本植物的名称。蒿，香蒿，可食用。蒌，一种香草。王逸《楚辞章句》："蒿，蘩草也。蒌，香草也。"不沾薄：即味道不浓不淡。沾，多汁。薄，无味。

⑩炙（zhì）：烤肉。鸹（guā）：乌鸦。《说文·鸟部》："鸹，麋鸹也。"烝：同"蒸"，用火烘烤使熟。凫：野鸭。煔（qián）：把肉放入沸汤中烫熟。鹑：鸟名，即鹌鹑。敶（chén），古同"陈"，陈列。

⑪鰿（jì）：鲫鱼。臛（huò）：肉羹，此用作动词，制成肉羹。遽（qú）：通"渠"，如此。爽存：爽口之气存于此。

⑫丽：美，美味。

⑬四酎（zhòu）：四重酿之醇酒。酎，醇酒。孰：同"熟"。涩（sè）：即"涩"，滞涩，不顺滑。这里是使喉咙感到苦涩、不顺滑的意思。嗌（ài）：咽喉。涩嗌，涩口刺激咽喉。
⑭清馨：这里是形容酒的气味清冽芳香的样子。冻饮：冰镇后饮之。不歠（chuò）役：不可以给仆役低贱之人喝。歠，饮，喝。役，卑贱之人。
⑮醴（lǐ）：一宿熟的甜酒。蘖（niè）：做酒的曲。沥：清酒。
⑯遽（jù）：恐惧。惕：警惕，戒惧。

译文

魂魄归来吧！这里闲适又清静啊。在荆楚故国可以自由自在，不再飘泊安心稳定啊。要怎样就怎样随心所欲，让你称心如意心神安宁啊。终身都能保持快乐，延年益寿得以长命啊。灵魂啊归来吧！这里有说不尽的快乐。五谷堆积如山有六仞高，桌上摆放着菰米饭啊。鼎中煮熟的肉满眼都是，加些香料调和味道香。黄鹂、鸽子和天鹅，还有味美的豺狼羹汤啊。灵魂啊归来吧！任意品尝各种美食啊。新鲜的大龟美味的肥鸡，还有楚国的奶酪啊。乳猪肉酱和加过胆汁的苦狗肉，拌上切细的襄荷丝啊。用吴地方法腌制的蒿蒌，不浓不淡口味正好啊。灵魂啊归来吧！随你任意调配选择啊。烤鸹鸟和蒸野鸭，还有烫熟的鹌

鹑摆上桌。煎鲫鱼和山雀羹，爽口味美口齿留香啊。灵魂啊归来吧！美味等你先动筷啊。四重酿造的香醇美酒，喝起来爽口又不涩喉咙啊。气味清冽芳香冰镇后最佳，不是奴仆有福享用的啊。吴地风味的甜酒用曲酿制，和着楚国的清酒啊。灵魂啊归来吧！不要担心害怕心怀戒备啊。

赏析

以上是第二部分的第一层。在夸张地描述了四方险恶的环境，进行诸端劝阻之后做出明确交代，"魂魄归来！闲以静只。自恣荆楚，安以定只"，荆楚故国才是灵魂安息和复活的地方。由前文陈述危害劝阻其行，转而直招其魂来楚安定复活，是全篇的重心所在。"逞志究欲"六句紧接上文概说楚地何以可安的缘由。志欲心意就内在需求说，身乐寿延就外在满足说。作为一个社会的人，他有为国家为群体而生存的抱负理想和情操志趣，能快志穷欲则意无所恨矣；作为一个生物的人，他有保护自身生存追求生活乐趣的要求，能穷身永乐益寿延年更何求焉？所谓"魂乎归来！乐不可言只"，言其"乐"处，亦意分两层：先言声音居处游观宴饮之乐，即所谓外在需求之乐；后言兴道致治国泰民安贤良得势之乐，即所谓快志安意之乐。自"五谷六仞"至"魂乎归来！不遽惕只"，即写楚国宫廷的美味佳肴，备陈食物充足精良，味道甘鲜可口，醇酒飘香，烹饪考究。招魂魄来居，享受饮食之乐。

原文

代秦郑卫，鸣竽张只①。伏戏《驾辩》，楚《劳商》只②。讴和《扬阿》，赵箫倡只③。魂乎归来！定空桑只④。二八接舞，投诗赋只⑤。叩钟调磬，娱人乱只⑥。四上竞气，极声变只⑦。魂乎归来！听歌譔只⑧。朱唇皓齿，嫭以姱只⑨。比德好闲，习以都只⑩。丰肉微骨，调以娱只⑪。魂乎归来！安以舒只。嫮目宜笑，娥眉曼只⑫。容则秀雅，稚朱颜只⑬。魂乎归来！静以安只。姱修滂浩，丽以佳只⑭。曾颊倚耳，曲眉规只⑮。滂心绰态，姣丽施只⑯。小腰秀颈，若鲜卑只⑰。魂乎归来！思怨移只⑱。易中利心，以动作只⑲。粉白黛黑，施芳泽只⑳。长袂拂面，善留客只㉑。魂乎归来！以娱昔只㉒。青色直眉，美目媔只㉓。靥辅奇牙，宜笑嘕只㉔。丰肉微骨，体便娟只㉕。魂乎归来！恣所便只㉖。

注释

①代秦郑卫：指当时时髦的代、秦、郑、卫四国乐舞。竽：一种管乐器的名称。张：音乐奏起。

②伏戏：即古代神话传说中的伏羲。驾辩：乐曲名。劳商：曲名。

③讴：清唱。扬阿：古代楚地歌曲名，即《阳阿》。箫：一种管乐器。《说文·竹部》："箫，参差管乐，象凤之翼。"倡：领唱，这里指先行奏乐。

④定：调定，指调整琴弦，定下音位。空桑：瑟名。

⑤二八：女乐两列，每列八人，共十六人。接舞：指舞蹈此起彼伏。接，连。投诗赋只：指舞步与诗歌的节奏相配合。投，合。

⑥叩钟调磬（qìng）：钟、磬，两种打击乐器的名称。娱人：乐工。乱：这里指欢快，狂欢。

⑦四上：指前文代、秦、郑、卫四国之鸣竽。一说指乐曲结构的四个组成部分。竞气：指乐曲中四个环节的乐声依次强于前面环节。一说指吹竽要旨在于运气之妙。极声变：穷极声调乐音的曲折变化。

⑧譔（zhuàn）：具备。一说陈述，表达。此句谓各种音乐都具备。

⑨嫮（hù）：美丽。姱（kuā）：美好。

⑩比德：指众女之品德相同。好闲：指性喜娴静。习：娴熟，指熟悉礼仪。都：指仪态大度。

⑪调：性情和顺。

⑫嫮（hù）：同"嫮"，美好，这里用来形容眼睛。宜笑：笑得自然得体。蛾眉：女子细长而好看的眉毛。蛾，形容眉毛细长如蚕蛾的样子。

⑬容：仪容，容态。则：举止，行为，模样。稺：幼小，这里指鲜嫩。

⑭姱修：美好，淑丽。滂浩：广大的样子，这里指身体健美壮实。

⑮曾颊：指面颊丰满。曾，重累，层叠。颊，脸的两侧。倚耳：指两耳贴后，不外张，生得很匀称。规：使之标准。

⑯滂心：心胸开阔，心意广大，指能经得起调笑嬉戏。绰：绰约。绰态，姿态柔美绰约。施：施展，呈现。

⑰鲜卑，指鲜卑人的腰间宽带。引申为用宽腰带束腰，形容少女苗条柔曲的身姿。王逸注："衮带头也。言好女之状，腰支细少，颈锐秀长，靖然而特异，若以鲜卑之带约而束之也。"有人说就是《招魂》的"犀比"。

⑱思怨移：消除、忘怀忧怨的情思。移，除去。

⑲易中利心：心中正直温和。易中，内心机敏，反应快。"利心"与"易中"意义相近。易，直。利，和。中、心，指内心而言。以动作：是说动作也因而利落敏捷。

⑳粉：化妆涂脸用的脂粉。黛：青黑色的颜料，古代女子用以画眉。芳泽：香膏，也是化妆用的物品。泽，膏脂。

㉑袂，衣袖。拂，古通"蔽"。拂面：犹掩面。长袂拂面是说善舞。

㉒昔：通"夕"，一本即作"夕"，夜晚。

㉓青色：青黑色，这里指用黛青描画的眉毛的颜色。直：平直，不曲。婳（mián）：形容眼睛美的样子，这里有眼波流眄动人，显得聪慧狡黠的意思。

㉔靥（yè）辅：脸颊上的酒窝。靥，笑靥。辅，脸颊。奇牙：奇而好的牙。奇，殊异美好。牙，门齿。嗎（xiān）：同"嫣"，笑得好看的样子。

㉕便（pián）娟：形容体态轻盈美丽的样子。

㉖恣所便：随您的便，任您所为。

译文

奏起代秦郑卫四地的音乐，竽管齐鸣啊。有伏羲氏的《驾辩》，还有楚地的《劳商》啊。一齐清唱《扬阿》之歌，由赵地箫乐来领唱啊。灵魂啊归来吧！调定好空桑的旋律啊。八对佳人接连翩翩起舞，与诗赋雅乐的节奏相配合啊。敲起编钟调好磬，乐工的演奏让人欢快无比。四个乐章竞相演奏都卖力，乐音声调变化多端啊。灵魂啊归来吧！聆听各种美乐任你选。佳人唇红齿白，个个俏丽无比啊。才德不相上下性情温和娴静，习于礼节优美大方啊。肌肤丰腴骨相纤细，性情和顺让人心悦啊。灵魂啊归来吧！这里安乐又舒畅啊。美目流转含笑自然得体，蚕蛾般的眉毛又细又长啊。仪容举止秀美娴雅，娇嫩的面容红润光滑啊。灵魂啊归来吧！你会感到宁静又安详。容貌美丽体态修长，身体健美仪态万方啊。面颊丰满两耳匀称，眉毛弯弯如用圆规描画的一样标准啊。心胸宽广豪爽姿态绰约，娇艳美丽尽情展现啊。腰肢纤细脖颈秀长，像用鲜卑腰带束过一样啊。灵魂啊归来吧！忧怨的情思总会消散。正直温和聪明伶俐，动作敏捷举止端庄啊。白粉敷面青黛画眉，再调好香脂涂上啊。长袖善舞拂过面颊，善于殷勤待客让人留恋啊。灵魂啊归来吧！晚上在这儿娱乐啊。青黑色的画眉平直不曲，漂亮的眼睛流波动人啊。迷人的酒窝整齐的门牙，嫣然一笑甚是好看啊。身形丰满骨节小巧，体态轻盈优美令人醉啊。灵魂啊归来吧！随你的喜好任意行事啊。

赏析

　　以上是第二部分的第二层。极叙楚国宫廷的音乐舞蹈美女之盛。自"代秦郑卫"至"听歌撰只"，历数古来名曲雅乐，娓娓可听，穷声极变，赏心悦耳。招其魂魄来居，享受闻听之乐。由曲而连带及舞，由音声述及舞容，自"朱唇皓齿"至"恣所便只"，盛赞舞者仪态万方，容颜动人，技艺娴熟，聪明可爱。作者不惜笔墨从其外在色相之美写到其性情心灵之美，从其以舞达意写到以目传情，大笔挥洒，极为浓丽。

原文

　　夏屋广大，沙堂秀只①。南房小坛，观绝霤只②。曲屋步壛，宜扰畜只③。腾驾步游，猎春囿只④。琼毂错衡，英华假只⑤。琼毂错衡，英华假只。茞兰桂树，郁弥路只⑥。魂乎归来！恣志虑只。孔雀盈园，畜鸾皇只⑦。鹍鸿群晨，杂鹜鸧只⑧。鸿鹄代游，曼鹔鹴只⑨。魂乎归来！凤凰翔只。曼泽怡面，血气盛只⑩。永宜厥身，保寿命只⑪。室家盈廷，爵禄盛只⑫。魂乎归来！居室定只。

注释

①夏屋：大屋。夏，同"厦"。沙堂：用朱砂涂饰的厅堂。沙，丹砂，又称朱砂，是一种红色的矿物。秀：超众。

②房：堂屋两侧的房间。坛：庭院，楚方言。《淮南子·说林训》："腐鼠在坛。"旧注："楚人谓中庭为坛。"观（guàn）：楼房，宫门外高台上的望楼，可作观看眺望用。绝霤（liù）：超过屋檐，形容楼高。霤，指屋檐下接下的长槽。王夫之《楚辞通释》："檐有承溜（霤）绝水。"

③曲屋：即屋外四周的栏杆回廊，因其上修建了类似屋顶的东西，且又回环曲折，所以叫曲屋。曲屋，王逸注："周阁也。"步壛（yán）：长廊，供散步用。壛，同"檐"。扰畜：驯养家畜。

④腾驾：驾车而行。囿（yòu）：畜养禽兽的园林，有围墙，汉以后称"苑"。

⑤琼毂（gǔ）：以美玉饰车毂。错衡：以金错饰车衡。衡，车辕上的横木。英华：华美。假：大，盛大。

⑥茞（chǎi）：香草名，即白芷。郁弥：到处都是郁郁葱葱。郁，树木丛生，茂盛。

⑦鸾：古代传说中的一种神鸟。皇：同"凰"，古代传说中的鸟王，雄的叫"凤"，雌的叫"凰"。

⑧鹍（kūn）：鹍鸡，亦名昆鸡，体大似鹤，黄白色。鸿：鸿雁。鸿，闻一多校作"鹤"（《楚辞校补》）。群晨：早晨群鸣。鹜鸧（qiū cāng）：即秃鹜，水鸟名，据传似鹤而大，青苍色，头与颈都无毛，性凶猛。

⑨代游：一个接一个地游戏。代，更替，轮流，此指来回。曼：同"漫"，连绵不断，此指翻飞不

停。鹔鹴（sù shuāng）：水鸟名，雁的一种，长颈，绿身。

⑩曼泽：美好润泽。曼，美。泽，润泽。怡：喜悦。

⑪宜：舒适健康。厥身：其身的意思。

⑫室家：指宗族。盈廷：充满朝廷。爵：官位，爵位。禄：俸禄，即官员的收入。

译文

　　房屋高大又宽敞，丹砂涂饰的厅堂格外醒目啊。南面的厢房小小的庭院，望楼高耸超过屋檐啊。栏杆回环曲折绕着走廊，很适宜驯养牲畜啊。驾车外出信步游，打猎去春天的园林啊。玉饰的车毂装饰华美的车衡，华美大气光彩夺目啊。白芷兰草桂花树，郁郁葱葱

布满路啊。灵魂啊归来吧！可以纵情游玩毫无顾虑啊。大小孔雀充满园子，还畜养着鸾凤凤凰啊。鹍鸡鸿雁清晨一起鸣叫，还有秃鹙的鸣声夹杂其中啊。天鹅在池中游来游去，鸧鹒翻飞连绵不断。灵魂啊归来吧！凤凰为你飞翔在天空啊。润泽的脸上布满笑容，红光满面血气旺盛啊。身心永远舒适健康，一定会延年益寿啊。家族成员布满朝廷，爵位俸禄样样丰盛啊。灵魂啊归来吧！居住的房间已经安排妥当了啊。

赏析

以上是第二部分的第三层。写楚国宫室的富丽堂皇及春圃禽鸟之珍异。招其魂魄来居，享受观赏及宴居之乐。由宴厅而及居室之宽敞明亮，环境优雅；由环境而述及春圃百鸟争鸣，珍奇无所不有，出游有驯养之良马、华贵之车舆，其道则茝兰葱郁，桂树如林；再映照居处而祝室家宗族繁盛，爵禄归宗，安身保寿。招其魂魄来居，享受游观居处人伦之乐。最后由"爵禄盛"三字道出兴道致治之意。

第二部分，着意烘托楚国故居之美，铺叙楚国宫廷的美味佳肴、美女歌舞，宫室的富丽堂皇、奇珍异宝和珍禽异鸟。言楚地之乐，所谓称其善，则以天下之美而加之。

原文

　　接径千里，出若云只①。三圭重侯，听类神只②。察笃夭隐，孤寡存只③。魂兮归来！正始昆只④。田邑千畛，人阜昌只⑤。美冒众流，德泽章只⑥。先威后文，善美明只⑦。魂乎归来！赏罚当只。名声若日，照四海只⑧。德誉配天，万民理只。北至幽陵，南交阯只⑨。西薄羊肠，东穷海只⑩。魂乎归来！尚贤士只。发政献行，禁苛暴只⑪。举杰压陛，诛讥罢只⑫。直赢在位，近禹麾只⑬。豪杰执政，流泽施只⑭。魂乎归来！国家为只⑮。雄雄赫赫，天德明只⑯。三公穆穆，登降堂只⑰。诸侯毕极，立九卿只⑱。昭质既设，大侯张只⑲。执弓挟矢，揖辞让只⑳。魂乎归来！尚三王只㉑。

注释

①接径：道路相连，四通八达。千里：方圆千余里，泛指疆域广袤。出若云：言人民众多，出则如云。

②三圭：古代公执桓圭，侯执信圭，伯执躬圭，故曰三圭，这里指公、侯、伯。圭，古玉器名，长

条形，上圆下方，古代贵族以之作为朝聘、祭祀、丧祭时的礼器。重侯：指子、男，子男为一爵，故言重侯。三圭重侯，指国家的重臣。听类神：听察精审，有如神明。听，听审诉讼。

③察笃：明察、优待。笃，同"督"，察。夭：未成年而死。隐：疾痛，指病人。存：慰问。孤：本指幼而无父，引申为孤独之义。寡：本指老而无夫，引申为孤独义。存：抚恤，慰问。

④正始昆：定仁政之先后。正，定。始，先。昆，后。

⑤畛（zhěn）：田间道路。阜昌：众多昌盛，形容人口众多。

⑥美：美善之行，指美善的教化，美政。冒：覆盖、遍及。众流：指广大人民。章：同"彰"，明。

⑦先威后文：先以威力后用文治。王逸注："先以威武严民，后以文德抚之。"善美明，指"先威后文"的统治方法，既美善又严明。

⑧四海：偏远地区，蛮荒之地。

⑨幽陵：地名，即幽州，古"九州"之一，地在今河北北部、辽宁一带。交阯（zhǐ）：即交趾，地名，泛指五岭以南，在今两广及越南北部一带。

⑩薄：至。羊肠：山名，在今山西西北部一带。洪补曰："在太原晋阳之西北。"

⑪献行：百官向上进其治状，或进献治世良策。

⑫举杰：推举俊杰。压陛：能人贤士布满朝堂廷阶。压，立。陛，殿堂前的台阶。诛讥：惩罚、责退。诛，谴责并黜退。讥，受人讥刺指责。罢：疲软，指能力有限，不堪大任的庸人。

⑬直赢：正直而才有余者。赢，直。近禹麾：亲附、听从圣明君主禹的指挥。麾，指挥军队的旗帜，此处作指挥、治理解。蒋骥《山带阁注楚辞》说："疑楚王车旗之名，禹或羽字误也。"

⑭豪：卓越的人物。

⑮国家为："为国家"的倒文。

⑯雄雄赫赫：形容声势、声威盛大的样子，指国家威势强盛。天德：德行堪与天相配，故曰"天德"。

⑰三公：古代辅佐君王的最高的三个官职。一种说法是太师、太傅、太保。《书·周官》："立太师、太傅、太保，兹惟三公。"另一种说法是司空、司马、司徒。穆穆：平和恭敬，指和睦互相尊重的样子。登降堂：出入朝堂、殿堂。登降，上下，此指出入。

⑱毕极：全都到达。九卿：古时中央政府九位高级官员，地位在三公之下。

⑲昭质：显眼的箭靶。昭，白色。质，古代举行射礼时的箭靶。大侯：射箭时所立之布，类似于箭靶。侯，张设靶子用的兽皮或布。《仪礼·乡射礼》："凡侯：天子熊侯，白质；诸侯麋侯，赤质；大夫布侯，画以虎豹；士布侯，画以鹿豕。凡画者丹质。"

⑳揖（yī）辞让：古代行射礼，射者执弓挟矢以相揖，又相辞让，而后升射。揖，拱手行礼。

㉑三王：指夏禹、商汤、周文王。一说指楚三王。一说指《离骚》中的"三后"，即句亶王、鄂王、越章王。

译文

道路相连四通八达，百姓出行聚集如云啊。列位公侯伯子男国家重臣，听察精审有如神明啊。厚待早夭和疾苦患病之人，体恤孤儿寡妇啊。灵魂啊归来吧！这里分清先后施政行善啊。乡野城邑间道路上千条，人口众多繁荣昌盛啊。美政教化普及众生，明德恩泽成效显著啊。先施威严后行仁政，尽善尽美光明正大啊。灵魂啊归来吧！这里赏罚分明最恰当啊。名声就像灿烂的太阳，普照四海放光芒啊。德行荣誉能与天比，天下百姓都得到了治理啊。北到幽州，南到交趾啊。西接近羊肠山，东到大海边啊。灵魂啊归来吧！这里尊重贤德之人啊。君王发布政令百官进献良策，禁止苛政拒绝暴虐啊。推选贤能人士坐镇朝廷，罢免责罚无能庸人啊。正直有才者高居官位，听从圣君的指挥啊。豪杰贤能掌握政权，恩泽教化遍施民间啊。灵魂啊归来吧！为国出力得大治啊。声威盛大威风雄壮，德行清明上比苍天啊。三公和睦互相尊重，出入朝廷辅佐君王啊。诸侯入座全到达，九卿再按次序上啊。白色箭靶已经摆好，大幅布靶也已张设啊。个个持弓挟箭，相揖辞让谦逊有加啊。灵魂啊归来吧！崇尚效法前代的三位明君啊。

赏析

　　第三部分赞美楚国的幅员辽阔、人民富裕、政治清明。作者大力称颂楚国任人唯贤、国势强盛等，在描绘屈原理想化的美政的同时，也在诱使灵魂返回楚国。作者由楚国宫室转入对楚国故地的环境描写，极力夸饰楚地辽阔的疆域、人民富庶的生活和清明的政治。自"接径千里"以至篇末，都说楚国政治开明，疆域广阔，怜孤恤寡，悼天察隐，赏罚明当，德泽昭章，民安其业，臣尽其职，君贵其德，名扬四海，德达于天，选贤尚能，豪杰执政，禁苛除暴，驽罢退避。这种开明的政治背景和国富民强的局面，正是有志之士理想的用武之地，曾经忠而见谪，无罪冤死的魂灵，其复活再生，大展雄略，此即时欤！故作者以公卿之位、三王之治招其"魂乎归来！"作者用不少文字谈"兴道致治"，以豪杰执政、选贤用能的社会理想招其魂。其中对楚国遵法守道、举贤授能、步武三王一段的描写，实际上是屈原理想化了的美政和《离骚》中回顾年青时的政治理想，一脉相承。作者呼吁崇尚古三王之道，恢复战国时已废的射礼，其他如笃天隐、存孤寡、流德泽、尚贤士、禁苛暴、诛讥罢，等等，无不有抚今思古之意。

大
招

附录

《史记·屈原列传》译注

题解

本文是《史记·屈原贾生列传》中有关屈原的部分，其中又删去了所收录的屈原《怀沙》全文。因《怀沙》为本书所选楚辞另有译注。汉初的贾谊，身世与屈原相似，司马迁对他们极为同情，故写成合传。《史记·屈原列传》是从《史记·屈原贾生列传》中分割而来。《史记·屈原列传》是至今所能看到的、记载屈原生平事迹最早、最完整的材料，因此它是后人了解屈原生平的最重要依据。屈原是我国历史上第一位伟大的爱国诗人。他生活在战国中后期，当时七国争雄，其中最强盛的是秦、楚二国。屈原曾在楚国内政、外交方面发挥了重要作用，后来虽然遭谗去职，被流放江湖，但仍然关心朝政，热爱祖国。最后，他毅然自沉汨罗，以殉自己的理想。司马迁的遭际与屈原十分相似，可谓"与我心有戚戚焉"。司马迁在本篇中以楚国命运为背景，叙述了屈原的身世、才干，以及受谗遭贬、自沉于汨罗的过程，展现了爱国政治家、伟大诗人屈原的悲剧一生，以及他对国家兴亡的重大意义，给人留下了难以磨灭的印象。

原文

屈原者，名平，楚之同姓也[①]。为楚怀王左徒[②]。博闻强志，明于治乱，娴于辞令。入则与王图议国事，以出号令；出则接遇宾客，应对诸侯。王甚任之。

上官大夫与之同列，争宠而心害其能。怀王使屈原造为宪令，屈平属草稿未定。上官大夫见而欲夺之，屈平不与，因谗之曰："王使屈平为令，众莫不知。每一令出，平伐其功，曰以为'非我莫能为也。'"王怒而疏屈平。

屈平疾王听之不聪也，谗谄之蔽明也，邪曲之害公也，方正之不容也，故忧愁幽思而作《离骚》。"离骚"者，犹离忧也。夫天者，人之始也；父母者，人之本也。人穷则反本，故劳苦倦极，未尝不呼天也；疾痛惨怛，未尝不呼父母也。屈平正道直行，竭忠尽智，以事其君，谗人间之，可谓穷矣。信而见疑，忠而被谤，能无怨乎？屈平之作《离骚》，盖自怨生也。《国风》好色而不淫③，《小雅》怨诽而不乱④。若《离骚》者，可谓兼之矣。上称帝喾，下道齐桓，中述汤、武，以刺世事。明道德之广崇，治乱之条贯，靡不毕见。其文约，其辞微，其志洁，其行廉。其称文小而其指极大，举类迩而见义远。其志洁，故其称物芳；其行廉，故死而不容。自疏濯淖污泥之中，蝉蜕于浊秽，以浮游尘埃之外，不获世之滋垢，皭然泥而不滓者也。推此志也，虽与日月争光可也。

屈原既绌。其后秦欲伐齐，齐与楚从亲，惠王患之，乃令张仪佯去秦，厚币委质事楚，曰："秦甚憎齐，齐与楚从亲，楚诚能绝齐，秦愿献商、於之地六百里。"楚怀王贪而信张仪，遂绝齐，使使如秦受地。张仪诈之曰："仪与王约六里，不闻六百里。"楚使怒去，归告怀王。怀王怒，大兴师伐秦。秦发兵击之，大破楚师于丹、淅⑤，斩首八万，虏楚将屈匄⑥，遂取楚之汉中地。怀王乃悉发国中兵，以深入击秦，战于蓝田。魏闻之，袭楚至邓。楚兵惧，自秦归。而齐竟怒，不救楚，楚大困。

明年⑦，秦割汉中地与楚以和。楚王曰："不愿得地，愿得张仪而甘心焉。"张仪闻，乃曰："以一仪而当汉中地，臣请往如楚。"如楚，又因厚币用事者臣靳尚，而设诡辩于怀王之宠姬郑袖⑧。怀王竟听郑袖，复释去张仪。是时屈原既疏，不复在位，使于齐，顾反，谏怀王曰："何不杀张仪？"怀王悔，追张仪，不及。

其后，诸侯共击楚，大破之，杀其将唐眛⑨。

时秦昭王与楚婚，欲与怀王会⑩。怀王欲行，屈平曰："秦，虎狼之国，不可信，不如毋行。⑪"怀王稚子子兰劝王行："奈何绝秦欢！"怀王卒行。入武关，秦伏兵绝其后，因留怀王，以求割地。怀王怒，不听。亡走赵，赵不内⑫。复之秦，竟死于秦而归葬⑬。

长子顷襄王立⑭，以其弟子兰为令尹。楚人既咎子兰以劝怀王入秦而不反也。

屈平既嫉之，虽放流，眷顾楚国，系心怀王，不忘欲反。冀幸君之一悟，俗之一改也。其存君兴国，而欲反复之，一篇之中，三致志焉。然终无可奈何，故不可以反。卒以此见怀王之终不悟也⑮。

人君无愚智贤不肖，莫不欲求忠以自为，举贤以自佐。然亡国破家相随属，而圣君治国累世而不见者，其所谓忠者不忠，而所谓贤者不贤也。怀王以不知忠臣之分，故内惑于郑袖，外欺于张仪，疏屈平而信上官大夫、令尹子兰，兵挫地削，亡其六郡，身客死于秦，为天下笑，此不知人之祸也。《易》曰："井渫不食，为我心恻，可以汲。王明，并受其福。⑯"王之不明，岂足福哉！

令尹子兰闻之大怒，卒使上官大夫短屈原于顷襄王。顷襄王怒而迁之。

屈原至于江滨，被发行吟泽畔。颜色憔悴，形容枯槁。渔父见而问之曰："子非三闾大夫欤？何故而至此？"屈原曰："举世混浊而我独清，众人皆醉而我独醒，是以见放。"渔父曰："夫圣人者，不凝滞于物而能与世推移。举世混浊，何不随其流而扬其波？众人皆醉，何不餔其糟而啜其醨？何故怀瑾握瑜而自令见放为？"屈原曰："吾闻之，新沐者必弹冠，新浴者必振衣，人又谁能以身之察察，受物之汶汶者乎？宁赴常流而葬乎江鱼腹中耳，又安能以皓皓之白而蒙世俗之温蠖乎？"

乃作《怀沙》之赋。

⋯⋯⋯⋯⑰

于是怀石遂自沉汨罗以死⑱。

屈原既死之后，楚有宋玉、唐勒、景差之徒者⑲，皆好辞而以赋见称，然皆祖屈原之从容辞令，终莫敢直谏。其后楚日以削，数十年竟为秦所灭。

自屈原沉汨罗后百有余年，汉有贾生⑳，为长沙王太傅。过湘水，投书以吊屈原㉑。

…………㉒

太史公曰㉓："余读《离骚》《天问》《招魂》《哀郢》㉔，悲其志。适长沙，过屈原所自沉渊，未尝不垂涕，想见其为人。及见贾生吊之，又怪屈原以彼其材游诸侯，何国不容，而自令若是！读《鵩鸟赋》㉕，同死生，轻去就，又爽然自失矣。"

（节选自《史记·屈原贾生列传》）

注释

①楚之同姓：楚王族本姓芈（mǐ），后分为屈、景、昭等氏。楚武王熊通的儿子瑕，受封于屈（相传在今湖北省秭归东），其后以屈为姓。瑕即屈原的祖先。

②楚怀王：在位三十年（前328—前299年）。左徒，楚官名，最早见于战国末年。《史记·楚世家》记载：春申君曾"以左徒为令尹"。春申君也是楚王近亲，他以左徒直接晋升为令尹（宰相），可知左徒地位颇显。《楚辞·渔父》称屈原为"三闾大夫"；王逸《楚辞章句》也说屈原"仕于怀王，为三闾大夫。三闾之职，掌王族三姓，曰屈、景、昭"。屈原在怀王时，先任左徒，被楚王疏远后，谪为三闾大夫。三闾大夫是教育王族子弟的闲官，无政治实权。

③《国风》：《诗经》的一部分，多民间情歌。淫：过分。"《国风》好色而不淫"至"虽与日月争光可也"一段话，班固在《离骚序》中是作为淮南王刘安《离骚传》的话加以引用的。《列传》中其他评论《离骚》的话，可能也引自（或后人羼入）刘安的《离骚传》，如下文"虽放流……"到"……岂足福哉"那一大段，在《列传》中与上下文都不连贯，甚至有矛盾。

④《小雅》：《诗经》中的一部分，乃周末臣子批评朝政、反映现实的政治诗歌。其中有些政治讽刺诗，但没有逾越君臣的界限。

⑤丹、淅（xī）：水名。丹水源于陕西省商州区，东入河南，到湖北注入汉水；淅水，是丹水的支流，源于河南卢氏县，流经内乡、淅川，注入丹水。秦、楚战于丹水之北，淅水之南。按《史记·楚世家》与《资治通鉴》均作"丹阳"。《楚世家》："（楚怀王）十七年春，与秦战丹阳，秦大败我军，斩甲士八万。虏我大将军屈匄，裨将军逢侯丑等七十余人，遂取汉中之郡。"

⑥屈匄（gài）：楚大将军，姓屈名匄。

⑦明年：第二年，指楚怀王十八年（前311年）。

⑧郑袖：本为郑国美女，善舞，怀王封她为南后。

⑨唐眜（mèi）：《史记·楚世家》记载："（怀王）二十六年，齐、韩、魏为楚负其从（纵约）亲，而合于秦，三国共伐楚。……（怀王）二十八年，秦乃与齐、韩、魏共攻楚，杀楚将唐眜，取我重丘而去。"这段与上段相隔十年，这十年间，屈原命运如何，《史记》没有记载。

⑩据《史记·楚世家》记载，秦昭王与楚婚在怀王二十四年；"欲与怀王会"，在怀王三十年，见《楚世家》："三十年……秦昭王遗楚王书曰：'……寡人与楚接境壤界，故为婚姻，所从相亲久矣……寡人愿与君王会武关，面相约……'"

⑪《楚世家》也有类似的话，但作"昭眜曰"。有人因此怀疑《列传》的这段记载。其实，这些平常的劝阻话，不是非某人不能说。当时劝阻怀王者，可能不止一二人，《列传》与《世家》未必矛盾。

⑫据《楚世家》记载，怀王亡走赵在楚顷襄王二年（前297年），是入秦的第三年。

⑬据《楚世家》记载，怀王死于顷襄王三年（前296年）。

⑭顷襄王：前298—前263年在位。

⑮顷襄王时，屈原遭放逐。被放逐后，还"心系怀王"。这时怀王已被拘在秦国，但最后一句说"怀王之终不悟"，又似乎指楚王入秦之前。所谓"一篇之中，三致志焉"，当指《离骚》而言。这后部分可能是刘安《离骚传》的文句羼入。

⑯井渫（xiè）不食：为《易经》井卦九三爻辞，意指水井淘干净了，但井水却没人饮用，使我心里难过，因为井水是供人饮用的。君主若贤明，天下人都能赖以得福。渫，淘去污泥，这里以净比喻贤人。恻：忧伤，悲痛。

⑰此处略去《史记·屈原贾生列传》所载《怀沙》全文。

⑱汨（mì）罗：水名，在今湖南湘阴。屈原投江自杀的事是可靠的。贾谊的《吊屈原赋》、庄忌的《哀时命》、东方朔的《七谏》等早于《史记》的著作，都写到此事。投水的日子，据梁人吴均《续齐谐记》记载，是"五月五日"。屈原的绝命词《怀沙》写于"滔滔孟夏"，孟夏是夏历四月，四月到长沙，五月初投汨罗自杀，是可能的。至于投水的具体年份，众说纷纭，很难考定了。东方朔在《七谏·沉江篇》里说："终不变而死节兮，惜年齿之未央。"王逸注："惜年齿尚少，寿命未尽，而将夭逝也。"东方朔是西汉前期人，如果他的话可靠，那么，屈原殉国的时间，离怀王客死于秦可能不会太久。

⑲宋玉：相传为屈原的学生，代表作有楚辞体长诗《九辩》等。唐勒、景差（cuō）：均为与宋玉同时代辞赋家。

⑳贾生：贾谊，洛阳（今河南洛阳东）人，西汉政治家、文学家。

㉑书：指贾谊的《吊屈原赋》。

㉒略去此处《史记·贾生列传》部分。

㉓太史公曰：太史公是司马迁的自称。后面的文字是司马迁对历史人物和历史事件的评论、总结。

㉔《天问》《招魂》《哀郢》：均为屈原的作品。《哀郢》是《九章》中的一篇。

㉕《鵩鸟赋》：为贾谊所作，借与鵩鸟问答抒发自己忧愤不平的情感。

译文

屈原，名字叫平，是楚王的同姓，任楚怀王的左徒。他知识广博，记忆力很强，明了国家治乱的道理，擅长外交辞令。对内，同楚王谋划商讨国家大事，颁发号令；对外，接待宾客，应酬答对各国诸侯。楚王很信任他。

上官大夫和他职位相等，想争得楚王对他的宠爱，便心里嫉妒屈原的贤能。楚怀王派屈原制定国家的法令，屈原编写的草稿尚未定稿，上官大夫看见了，就想硬要走草稿，屈原不给。上官大夫就谗毁他说："君王让屈原制定法令，大家没人不知道的，每出一道法令，屈原就炫耀自己的功劳，说：'除了我，没有人能制定法令了'。"楚王听了很生气，因而疏远了屈原。

屈原痛心楚怀王听信谗言，不能分辨是非，谄媚的人遮蔽了楚怀王的明见，邪恶的小人危害公正无私的人，端方正直的人不被昏君谗臣所容，所以忧愁深思，就创作了《离骚》。"离骚"，就是遭遇忧愁的意思。上天，是人的原始；父母，是人的根本。人处境困难时，总是要追念上天和父母，希望给以援助，所以劳累疲倦时，没有不呼叫上天的；病痛和内心悲伤时，没有不呼叫父母的。屈原正大光明行为正直，竭尽忠心用尽智慧来侍奉他的国君，却被小人离间，可以说处境很困难。诚信而被怀疑，尽忠却被诽谤，能没有怨愤吗？屈原作《离骚》，是从怨愤引起的。他远古提到帝喾，近古提到齐桓公，中古提道商汤、周武王，利用古代帝王这些事用来讽刺当世社会。阐明道德的广大崇高，治乱的条理，没有不全表现出来的。他的文章简约，语言含蓄，他的志趣高洁，行为正直。就其文字来看，不过是寻常事情，但是它的旨趣是极大的，列举的虽是跟前事物，但是表达意思很深远。他的志趣高洁，所以作品中多用美人芳草做比喻；他的行为正直，所以至死不容于世。他主动地远离污泥浊水，像蝉脱壳那样摆脱污秽环境，以便超脱世俗之外，不沾染尘世的污垢，出淤泥而不染，依旧保持高洁的品德，推究这种志行，即使同日月争光都可以。

屈原已被免官。这以后秦国想进攻齐国，齐国与楚国联合抗秦，秦惠王以为这是忧患，便派张仪假装离开秦国，拿着丰厚的礼物送给楚国作为信物，表示愿意侍奉楚王，说："秦国很憎恨齐国，齐国却同楚国联合，如果楚国真能同齐国断绝外交关系，秦国愿意献上商、於一带六百里地方。"楚怀王贪得土地就相信了张仪，于是同齐国绝交，派使者到秦国，接受秦国所允许割让的土地。张仪欺骗楚国使者说："我同楚王约定是六里的地方，没听说给六百里。"楚国的使者生气地离开，回来报告给楚怀王。怀王很生气，便大规模调动军队去攻打秦国。秦国派兵迎击楚国军队，在丹水、浙水把楚军打得大败，杀楚军死八万人，俘虏楚大将屈匄，之后又夺取楚国的汉中地区。楚怀王就调动全国军队，深入秦地作战，在蓝田开战。魏国听说这消息，偷袭楚国邓地，楚军害怕了，从秦撤回。但是齐国始终怨恨楚国绝交，不救楚国，楚国处境十分困难。

第二年，秦国割还汉中土地来同楚国讲和。楚王说："不愿得到土地，希望得到张仪就心甘情愿了。"张仪听闻，于是说："用一个张仪可抵挡汉中土地，臣请求前往到楚国。"到楚国后，张仪又凭借丰厚的礼物贿赂楚国当权的大臣靳尚，让他对怀王的宠妃郑袖编造了一套骗人的假话。怀王最终听信了郑袖的话，又放走了张仪。这时屈原已被疏远，又不在朝廷做官，正在齐国出使，回来后，劝谏怀王说："为什么不杀张仪？"怀王后悔了，立即派人追赶张仪，但没有追上。

在这以后，诸侯联合进攻楚国，把楚国打得大败，杀死楚国的大将唐眛。

这时秦昭王和楚国通婚，要同怀王会见。怀王打算去，屈原说："秦国是虎狼一样的国家，不可以相信，不如不去。"但怀王的小儿子子兰劝怀王去："为什么要断绝和秦国的友好关系？"怀王终于去了。在怀王进入武关后，秦国的伏兵截断了他归楚的后路。扣留怀王来求得割让土地。怀王很生气，不答应。于是逃跑到赵国，赵国不敢接纳。只能又回到秦国，最终死在秦国，尸体被运回楚国埋葬。

怀王的大儿子顷襄王继位做国君，让他的弟弟子兰做令尹。楚国人全都抱怨子兰，因为是他劝说怀王去秦国的，导致其未回来。

屈原也痛恨他，虽然被流放，但内心仍然眷恋楚国，关心怀王，不忘祖国，想返回朝中，希望君王能够觉悟，楚国的坏习俗能改变。他关心君王振兴国家，想把楚国从衰弱的局势中挽救过来，在《离骚》一篇作品里再三表达这种意愿。然而终于无济于事，不能返回朝中。最后从这些事情可以看出怀王始终没有醒悟。

做君王的无论愚昧的、聪明的、贤良的、不贤良的，没有不想得到忠臣来帮助自己做好国君，选拔贤良的人来辅佐自己。但是亡国破家的事一件接着一件，而圣明治国的君主好几代都没见到过，正是他们所谓忠臣不忠，所谓贤人不贤。怀王因为不明白忠臣应尽的职责本分，所以在内为郑袖所迷惑，在外被张仪所欺骗，疏远屈原而相信上官大夫、令尹子兰，结果军队被打败，国土被割削，丢失汉中六个郡的地方，自己远离故国死在秦国，被天下人所耻笑，这就是不识人的祸害了。《易经》说："水井淘干净了，但没有人饮用，这使我心里难过，因为井水是供人饮用的。君主若贤明，大家都能得到幸福。"现在君主是这样的不贤明，哪里还谈得上幸福呢！

令尹子兰听说屈原愤恨他的话后，很生气，马上派上官大夫在顷襄王面前诋毁屈原。顷襄王听了很生气，把屈原放逐出去。

屈原走到江边，披散着头发沿着水边边走边吟唱。脸色憔悴，形体和容貌都像干枯的树木一样。一个渔翁看见了就问他："您不是三闾大夫吗？为什么来到这里？"屈原回答："全世混浊却只有我一人清白，大家都醉了却只有我一人清醒，因此被放逐。"渔翁说："聪明贤哲的人，不被事物所拘束，而能顺随世俗的变化。全世上都混浊，为什么不顺着潮流而行？众人都醉了，为什么不一同吃那酒糟喝那薄酒？为什么要保持高尚的节操志向，却使自己被放逐呢？"屈原说："我听说，刚洗过头的人一定要用手弹去冠上的灰尘，刚洗过澡的人一定要抖掉衣服上的尘土。一个人，谁又能用清净洁白的身体，去受脏物的污染呢？我宁愿跳入水中葬身鱼腹，又怎能用高尚纯洁的品德去蒙受世上的尘垢呢？"

于是他写下了《怀沙》赋。

…………

于是便抱着石头，自己跳到汨罗江死了。

屈原死了以后，楚国还有宋玉、唐勒、景差一些人，都爱好文学，由于擅长写赋受到人们称赞，然而都效法屈原的委婉文辞，始终没有人敢于直谏。从这以后，楚国一天比一天缩小，几十年后，终于被秦国所灭亡。

自从屈原自沉汨罗江后一百多年，汉代有个叫贾谊的人，担任长沙王的太傅。路过湘水时，写了文章来凭吊屈原。

…………

太史公说："我读《离骚》《天问》《招魂》《哀郢》，为他的志向不能实现而悲伤。到

长沙，经过屈原自沉的地方，未尝不流下眼泪，追怀他的为人。看到贾谊凭吊他的文章，文中又责怪屈原如果凭他的才能去游说诸侯，哪个国家不会容纳，却自己选择了这样的道路！读了《鵩鸟赋》，把生和死等同看待，认为官场上的去留升降是不重要的，这又使我感到默然若失了。"

附录